조선 후기 고전문학의 빛깔과 향기

저자 안영길

지식과교양

조선후기 고전문학의 빛깔과 향기

글을 열면서

어쩌자고 역사는 지배와 피지배를 반복하는가? 과거의 봉건시대는 왕조와 관료가 민초를 마음대로 주물러 일그러진 삶을 만들 때가 많더니, 세계화 속에 강대국은 과학, 기술 우월주의와 경제 패권주의를 무기로 다시금 약소국을 지배하고 있다. 지배와 피지배의 이분법에서 자유로울 수 없는 인류 역사는 일원주의와 다원주의의 순환으로 구성되어 있다. 정치이든 이념이든 한 개의 구심점을 지향하다가 다시금 해체되어 다양성으로 돌아간다. 다시 이 다양성은 지배적 하나를 추구하는 일원주의를 지향한다. 이런 반복을 통하여 역사는 발전을 지향하는 이른바 일원주의와 다원주의의 순환인 것이다.

과거 엇비슷하게 전개되던 동서양의 삶이 서양의 르네상스와 산업혁명을 통해 물질적으로 동양을 월등하게 추월했다. 이는 인간의 무한한 능력에 대한 믿음과 자유를 보장한 결과이다. 오늘날 뜻을 같이 하는 사람들이 목적을 효율적으로 달성하기 위해 만든 주식회사제도는 다양성에서 선택적 자유와 능력의 극대화로 발전을 더욱 가속시킬 것이다. 그렇다면 인류역사에서 최대의 발전적 방안은 자신의 의사에 따른 선택의 자유와 능력을 극대화시킬 시스템 개발에 있다. 과거 지배와 피지배의 종적 논리에서 벗어나 상호 대등한 관계와 자유 의지의 발현에 있다. 즉 인간 상호간에 수평적이고 대등한 횡적 구조를 확대시키는 것이다. 이 때문에 횡적 구조가 발달된 개인관계에서부터 국가에 이르기까지 발전의 잠재성은 무한할 것이다.

　그러나 과거 종적 구조 속에서도 인간의 정신이 메마르지 않고 삶을 꽃 피울 수 있었던 것 중의 하나가 바로 문학이 있었기 때문일 것이다. 특히, 문학에서만큼은 지배와 피지배의 구조에서 다소 자유롭고 정감이라는 원초적 공유성을 토대로 전개했기 때문에 삶이 삭막하지만은 않았을 것이다. 적어도 문학은 인간의 감성이란 커다란 공감대의 우주 안에 누구나 대등하고 자유로울 수 있기 때문이다.

　전란 뒤의 세상은 어떠한가? 엄청난 혼란과 이에 따른 절규 그리고 이에 머물지 않고 아픔을 딛고 일어서려는 굴곡 짙은 목소리가 가득했다. 바로 17세기가 이런 모습이었다. 16세기 사림파 문학을 찬란하게 꽃피우던 조선은, 임란을 겪으면서 극심한 변화를 가져왔다. 또 정묘, 병자호란과 같은 외세에 의한 전쟁이 소용돌이를 쳤고, 국내적으로는 이괄의 난과 북인의 집권과 몰락, 남인과 서인의 부상 등 실로 급변하는 정황이었다. 그러나 종창이 삭으면 새살이 돋는다. 전란으로 거의 몰락 직전에서 기사회생한 조선은, 절치부심하여 변혁을 통해 새롭게 그 기반을 다지었다. 이처럼 역사는 발전과 퇴보를 반복한다는 순환의 원리에서 그렇게 희망이 없는 것만은 아니었다. 기존의 지배적 제도나 가치가 흔들리면서 새로운 것에 대한 변혁의 욕구는 발전을 가져오고, 그런 과정에는 필연적으로 다양성을 통해 훌륭한 문화가 꽃피운다. 그리하여 이 다양성이 인정되고 존재하는 사회는 아름답다. 물론 어떤 사회이든 문화나 예술의 지배적 성향은 있겠지만 다수의 지배적 이데올로기가 소수를 억압하거나 획일화를 강요하지 않는 다양성을 인정하는 사회는, 아름답고 발전 가능성이 충만하다.

　17세기는 문학에 있어서 다양성이 논의되고 전대에 비해 비교적 모화적인 중국관에서 벗어나 객관적이며 비판적인 수용을 통해 조선적인 기풍을 만들려 했던 시기이기도 하다. 이 때문에 17세기 문학에 대한 논의는 그 자체만으로도 흥미롭고 탐색할 가치가 있다. 사상적으로 보더라도 주자학의 획일성이 약화됨에 따라 노장과 양명학에 대한 논의도 어느 정도 활발하였고, 그간 주자학적인 이데올로기의 경직성에서 자유를 꿈꾸기 시작했다. 또 문학의 성향에 있어서도 당풍唐風과 송풍宋風 또는 명풍明風까지 공유할 수 있었기 때문에 발전 가능성이 높던 때였다.

　한편 519년의 역사를 전개한 조선 왕조에서 16세기는 사림파 문학이라는 독특한 형태를 통해 문학을 꽃피웠다. 그리고 18세기는 실학을 통해 문학과 문화가 더욱 번성했다. 그러나 각각 나름대로 독특한 틀을 가진 두개의 문학을 이야기하면서 정작 이 두 사조를 연결한 17세기 문학에 대해 논의가 인색했다. 그 이유는 여러 가지가 있을 수 있지만 저자 나름대로 두 가지 정도로 나누어 보았다. 먼저 조선 최대의 장기 전쟁이었던 임진왜란 이후 열악한 사회기반 속에서 수준 높은 문학의 구현이 가능했던가에 대한 선입감이었을 것이다. 다른 하나는 정묘와 병자의 양란兩亂, 인조반정, 이괄의 난, 서인과 남인의 끊임없는 정쟁 등은 그 시대를 더욱 할퀴고 있었다는 사실이다. 이런 이유로 변혁의 17세기는 정작 치열한 삶을 살았던 그들의 열정이 있었음에도 많은 관심을 끌지 못했다.

　그러나 저자는 17세기의 치열한 현실의식과 재건을 위해 변혁을 주도한 당대의 많은 이들의 땀과 노력에 애정을 가졌다. 아니 어떤 측면에서는 평온하고 안이한 삶보다 혼돈을 극복하고 새로운 터전을 일군 그들의 문학정신을 잇고자 한다. 이런 맥락에서 서툰 문재文才이지만 감히 변혁기의 문학을 서술한다. 우선 먼저 당대의 지배적 사조였던 고문론古文論을 탐색한다. 이 책은 바로 문학 변혁의 이념이었던 고문론古文論을 중국 사조와 견주어 살펴 것이다. 나아가 전란의 생생한 기록인 실기문학, 즉 한문산문을 살펴보았다. 이때의 한문산문은 상당한 역사적, 문화적 의미를 갖는다. 처참했던 전쟁의 참상을 온전히 담아낸 실기문학은 역사를 이해하는 데 좋은 자료일 뿐만 아니라 경우에 따라서는 전쟁소재 문화콘텐츠로 활용할 수 있다. 예를 들면 이순신이라는 역사적 인물을 갖고 얼마나 많은 영화와 드라마 그리고 교육 자료로 활용했던가! 오늘날 인문학이 고사된다고 걱정이다. 그러나 필자는 이와 정반대로 생각한다. 왜냐하면 과거의 인식매체가 활자였지만 지금은 영상매체가 지배적이다. 영상매체는 더욱 다양하고 실감나는 연출을 요구한다. 전쟁은 인류사의 가장 불행한 일이지만 동시에 전쟁에 따른 각종 문학과 영상을 낳았다. 특히, 우리사회에서 의협의 김두한과 같은 개인적인 싸움에서 2차대전과 같은 실전에 그치지 않고 반지의 제왕과 같은 각양의 가상의 전쟁 영화나 드라마가 인기를 얻고 있다. 전쟁 그 자체를 즐기기보다는 이를 통해 인간을 이해하고 참상을 새겨 전쟁을 막으려는 역설적인 문화현상이다. 이런 측면에서 17세기는 활용할 문화콘텐츠의 자료가 풍부한 시기이다. 따라서 인문학이 이 시대의 지향성에 기여할 자료를 얼마든지 캐내어 활용함으로써 오히려 인문학의 고사가 아니라 새로운 중흥기를 맞을 수도 있다. 더욱이 전란 후 퇴락한 도덕성을 앙양하고 민심을 회복하기 위해 선조와 광해군은 지속적인 효자, 효부나 열녀, 충신을 기리는 정려문 건립을 장려하기도 했다. 또 월月·상象·계谿·택澤과 같은 탁월한 문장가도 있었고, 임난 때 왜병 3000여 명을 이끌고 귀화한 김충선金忠善(1571-1642)을 시켜 조총도감에서 조총과 화약 제조 등을 전수토록 했다. 이처럼 17세기는 부단한 변혁을 통해 안정과 발전을 추구했다. 따라서 문학에서도 그 변모와 발전을 살펴볼 수 있는 좋은 시기이다. 그리하여 이런 노력이 조선 후기 문학을 여는 기틀이 되었으며 훗날 실학과 위항문학으로 꽃을 피웠다.

　현실적으로 인문학 출판이 쇠락하는 어려운 여건 속에서도 선뜻 원고를 받아 출간해주신 윤석원 사장님과 편집진께 감사의 말씀을 드립니다.

비 그치고 햇살 좋은 여름날에
안 영 길

목 차

조선 후기
고전문학의
빛깔과 향기

조선 변혁기의 문학

조선후기
고전문학의
빛깔과 향기

1장. 조선 변혁기의 문학

Ⅰ. 여는 말

인류의 역사가 지금까지 끊임없는 변화 속에서도 이어져 왔고 앞으로도 변화 가운데에 지속적인 발전을 할 수 있다고 전제한다면 이 변화 속에서도 변하지 않는 기본 틀이 있을 것이다. 이 틀을 중심으로 크고 작은 폭으로 움직여 왔을 것이다. 그렇다면 이 틀은 구체적으로 무엇이고 앞으로도 어떻게 움직일까를 알아보는 것은 필연적 욕망이고 동시에 우리의 과제가 될 수도 있다. 이런 맥락에서 이 틀을 나는 일원주의와 다원주의로 나누어 설명하고자 한다. 물론 관점에 따라 여러 가지로 논할 수 있겠지만 개인에서 국가에 이르기까지 결집과 분산의 반복이라는 시각에서 일원주의一元主義와 다원주의多元主義로 나누어 볼 수 있기 때문이다. 예를 들면 동양 초기 가장 오랜 왕조를 구축했던 일원주의적 국가였던 서주西周의 쇄락은 다시금 진秦이 집권하기까지 200여 년간 춘추 전국이라는 다원주의를 통해 사상과 학문적 진보를 가져왔다. 역사상 초기의 중앙집권제라는 짧은 일원주의를 세웠던 진秦의 붕괴 이후에도 한의 건립이 되기까지 많은 정치적 사회적 혼란이 다원주의를 통해 다시 일원주의를 가져왔다. 이처럼 초기의 역사가 획일적 일원주의를 강조한 데 비하여 오늘날은 형식적 일원주의를 통해 본질적 다원주의를 추구한다는 점에서 차이가 있다. 그렇다면 역사의 축은 일원주의와 다원주의의 교체를 통해 발전을 지향한다고 볼 수 있다.

이런 맥락에서 17세기의 조선은 16세기의 연장선이 아닌 독특한 다원주의가 존재했던 시기로 보아야 할 것이다. 왜냐하면 개국에서 200여 년간 평화를 누려왔던 기존의 사회, 경제, 문화의 틀들이 임진왜란을 기점으로 극심하게 바뀌어졌기 때문이다. 즉, 1592년(선조 25년)에 시작한 7년간의 전쟁은 대외적으로 명明의 멸망을 초래했고, 전쟁을 일으킨 일본 역시 덕천德川막부로 왕조의 교체를 부른 국제 질서의 변화를 가져왔다. 조선 왕조 역시 극적인 상황에서 겨우 명맥을 진정시키는 국면에 이르렀을 뿐이었고, 만약 민초의 비판의식과 저항세력이 좀 더 강하였거나 무능한 왕권과 관료를 타도할 만한 체계화된 역량을 지닌 사회집단이 존재했다면 조선 역시 새로운 왕조 교체를 가져왔을 것이다.

그러나 왕조의 교체가 이루어지지 않은 것은 피해에 따른 결속의식과 오랜 전란에 지친 민생들이 안정된 삶을 우선시했기 때문이지 결코 조선 왕조의 유능성에 있는 것은 아니었다. 즉, 전란에 입은 인명 피해는 파악할 수 없을 정도이며 다만 일본에 끌려간 사람만 10만 여명으로 그 중에 살아온 자가 고작 약 7000여 명에 불과했다. 또 170만결에 이르는 경지가 전후에는 54만결로 줄어드는 극심한 경제적 빈곤과 국토의 황폐화를 가져왔다. 백성 중에는 기아를 못 이겨 일본에 투항한 자도 많았다. 이때의 극심한 빈곤은 급기야 '인상식人相食'에 이른다. 임난을 겪은 중인 출

신의 경상도 감영의 영리였던 이탁영李擢英(1541-1610)의 『정만록
征蠻錄』에 따르면 "허다한 명군明軍들이 양식만 다 소비하고 보리
와 밀도 없어졌으며, 가을 농사도 가망이 없으니 뼈만 남은 백성
들은 무엇을 하랴. 곳곳에서 사람을 서로 잡아먹는다고 한다. 문
경현聞慶縣에서는 한 정로위定虜衛가 그 누이를 잡아먹었다 하니
불행한 운수라도 이럴 수 있으랴(1593. 5. 12)"고 해, 극단적인 빈곤
의 참상을 보여주고 있다. 이런 상황에서 1594년의 송유진宋儒眞
과 1596년의 이몽학李夢鶴의 난은 왜란 중의 대표적인 반란으로
당대 민중에게 큰 영향을 미쳤다. 이 때문에 전란 중에 보여준 의
병의 활동이나 민심의 이반 등은 사대부는 물론 민초들에게도 새
로운 의식의 각성을 가져왔다.

　그러나 명明에서 청淸으로의 왕조 교체나 풍신수길豊臣秀吉(도
요토미)에서 덕천가강德川家康(도쿠가와)의 정권 교체가 일어났던
일본과는 달리 조선 왕조가 후대 300년간 존립할 수 있었던 이유
는, 전란의 피해에 따른 애국심이 고조되었고, 연속되는 정묘호
란(1627년 인조 5년)과 병자호란(1636년 인조14년) 따른 민생적 안정에
대한 열망이 높았기 때문이었다. 또 때늦은 각성이나마 현실의
질곡을 타개하려는 개혁이 그나마 현실적으로 어느 정도 실현되
었기 때문에 조선 왕조는 유지될 수 있었다.

　이처럼 17세기를 16세기의 연장으로 보아서는 안 되며[1], 오히
려 형식적 일원주의와 본질적 다원주의를 통해 18세기의 사상과
문학을 끌어나갈 수 있었다는 점에서 더욱 주목할 가치가 있었
다. 환언하면 17세기의 성공적인 다원주의가 존재하지 않았다면

---

1. 졸 고, 「17세기 전기 한국 한문학 연구」, 근역한문학회, 제 18 집, 2000, p.243.
　졸 고, 「조선 중기의 시론 연구」, 안동한문학논집, 제 6 집, 1997, p.9.

조선이라는 왕조도 실학이라는 사상도 존재하지 않았을 것이다.

이런 점을 인식한다면 17세기의 문학 역시 독특한 양상으로 존재했던 것은 자명한 사실이다. 이 논고는 바로 이 점에 주목하여 17세기의 문학을 살핀 것이다.

1. 연구의 필요성과 방법

한국 문학사에서 사림파 문학이 융성했던 16세기가 있었는가 하면 실학파 문학이 빛났던 18세기도 있었다. 이처럼 한 세기의 문학적 특징을 명명하면서 정작 17세기의 문학에 대한 논의는 산발적으로 진행되어 왔다. 그것은 임란 이후 전쟁의 후유증으로 문화를 꽃피울 토대가 약화된 데다가 집권층에 대한 민심이반과 거듭되는 혼란한 시대상[2] 등을 그 이유로 꼽을 수 있다.

이러한 이유 때문에 17세기는 문학이 황폐한 시기 또는 특정 지을 수 없는 시대로 인식하여 분산적인 논의를 지속한 것이 학계의 현실이었지만 이제라도 이에 대한 체계적인 설명이 필요한 것이다. 더욱이 16세기와 확연하게 구별되는 18세기를 이해하기 위한 문학사적 측면에서도 17세기에 대한 설명이 필요한 것은 필연적 과제일 것이다. 그리고 이 17세기는 오랜 전쟁에 따른 열악한 제도적 모순과 기반의 취약성이 노출되면서 자기반성과 개혁의 지향성이 강하게 표출되었다. 이런 시대적 분위기와 의식은 다음 세기에 실학사상과 문학을 꽃피울 수 있게 한 토대를 마련

---

2. 갑작스런 선조의 승하, 대북파의 의한 광해군 집권, 임해군과 영창대군의 죽음, 대북파에 의한 放逐, 인조반정, 李适의 난, 병자, 정묘호란 등 한 세기를 전후하여 참으로 많은 변화가 있었다.

하였다. 이때의 문학에서는 이런 의식이 더욱 치열하게 나타나면서 문학에 대한 다양한 논의와 새로운 관점의 전환을 야기하였으며 우리 문학의 커다란 발전을 가져왔다. 이 때문에 비평문학이 크게 거론된 것도 이런 시대상과 무관치 않다. 당대 지식인들은 기존의 진부성을 극복하고 혁신적 문풍을 성취하기 위해 중국 문풍을 면밀하게 검토하고 수용하였다. 이런 태도를 17세기 지식인들에게서 공통적이며 쉽게 발견할 수 있다.

더욱이 역사는 연속 상에서 전개되기 때문에 새로운 변혁이란 것도 기존의 한계를 보완하려는 것과 기존의 것을 철저하게 부정하여 기존을 극복하려는 노력의 일환일 것이다. 이처럼 연속성을 무시한 단절된 문학사의 논의는 그 논의 자체가 논리적 모순을 갖고 출발하기 때문에 그 정당성이 부실해질 수밖에 없다. 따라서 어느 문학사조이든 기존의 사조와 분리하여 논의하는 것은 그 출발에서부터 정당성을 잃을 수밖에 없다. 그럼에도 우리는 18세기 실학파 문학이 마치 기존과 판이한 것처럼 자리매김하면서 정작 17세기는 모호한 색채로 논의하는 것이 오늘날 학계가 풀어야 할 과제 중의 하나이다.

이제 한국 한문학이 만족할 만큼은 아니지만 연구 성과도 박약하지 않는데 17세기 문학에 관한 논의가 매우 산발적이고 체계성이 빈약한 현실에서 이에 대한 개괄적인 논의를 할 시점에 이르렀다. 이런 맥락에서 16세기와 18세기는 잇는 17세기 문학의 특징을 규명해야 하며 또 사림파 문학과 그 성격을 달리하는 실학파 문학 형성에 17세기 문학의 역할이 무엇인지에 관해서도 어떤 설명이 필요하다. 17세기 문학의 이해가 바로 이런 관점에서 논의되어야 하며 이런 연구 성과가 그 문학사적 연구의 필연성과

정당성도 갖게 되는 것이다. 따라서 이 연구는 16세기 사림파 문학과 18세기 실학파 문학 사이를 어떻게 이해할 것인가? 또 그 성격에 따라 판이하다고 할 두 세기간의 사이를 어떻게 설명할 것인가에 초점을 둔다. 그리고 먼저 이때의 크게 부각된 고문론古文論을 중심으로 전개한다. 동시에 전란을 겪으면서 다양한 계층에서 전쟁의 참상을 고발한 실기문학을 살펴보았다. 이 실기문학은 전란의 참상에 대한 생생한 고발이자 살아남은 자의 아픔을 절규하는 극사실체의 산문이다. 그리하여 이 땅에 다시는 전쟁이 재발하지 않기를 바라는 간절한 소망이자, 무능한 사대부에게 각성을 촉구하고 새로운 세상을 만들자는 가슴시린 함성이었다. 이런 시대의 지향성이 17세기를 끌어갔다. 이 때문에 그들은 과감한 변혁을 단행했고, 이런 대세에 그 모든 것이 변모하였다.

Ⅱ. 17세기 문학의 형성 배경

1. 정치적 소용돌이와 경제적 회생

조선은 전대와 달리 임란에서 무참하게 참패했다. 물론 당시로 보아서는 조총이라는 첨단무기로 무장한 왜군에게 병기 면에서 열세를 면할 수 없었지만 꼭 병기의 우열만은 아니었다. 좀 더 근본적으로 살피면 여러 갈래로 이야기할 수 있으나 대략 다음 두 가지로 요약할 수 있다.

첫째, 전쟁에 대한 대응력이 떨어졌다. 단군 이래 무수한 전쟁을 치렀던 우리 민족은, 전대와 달리 명明의 건국과 엇비슷하게 건국한 조선이 중국에 대한 입장이 사대라는 실리외교를 통해 200여 년간 평화를 존속시킬 수 있었다. 결과적으로 기민성이 약화되었다. 이런 것은 왜군이 충주의 탄금대까지 진격했을 때에도 신립장군만을 믿고 안이하게 대처했다는 데에서도 알 수 있다.

둘째, 정보력이 떨어졌다. 선조가 점심을 먹을 때 지금의 말죽거리(양재동)에서 왜군의 총성을 듣고 부랴부랴 짐을 챙겨 빗속에서 피난을 강행한 점을 보면 어떠했는지를 알 수 있을 것이다. 하물며 김성일과 황윤길을 번갈아 왜국을 보내어 정황을 파악하려 했지만 정확한 실상이 파악되지 않고 안일무사한 쪽으로 대응하여 급기야 극단적인 참상을 맞게 되었다. 그 극단적인 참상은 살상, 납치, 윤간, 기아 등 다양한 형태로 고발되고 있다. 예를 들어 『정만록』의 기록을 보면 다음과 같다.

7월 2일 상주尙州에 살던 전사부前師傅인 하락河洛은 영남의 명사인데 흉적을 만나 싸우던 날 사부의 부자는 대부인을 모시고 처와 자부와 함께 피란 중에 왜적을 만났다. 왜적은 먼저 부인을 잡고 항복하라고 부자를 참斬하고 자부를 보리밭에 끌고 가서 10여명이 욕을 보이고는 놓아 주었는데, 드디어 목을 매어 죽었다 하니 이 무슨 시운時運인가?

7월 7일 적들의 소행을 보면 소를 잡아먹는지는 모르고 다만 개, 돼지, 닭 등을 잡아 먹으며 쌀은 씻지 않고 밥을 지어 먹는다 한다. 여자 하나를 붙잡으면 부자형제를 가리지 않고 3, 40명이 서로 윤간輪姦하여 죽게 한다고 한다. 서책書冊을 찢어서 더러운 것을 닦는다고 하며, 장독에다 방실放失하여 사람에게 먹도록 한다. 그 소행을 어찌 말로 다 하겠는가?

8월 2일 거창居昌에서 유留하다. 금산군金山郡은 좁고 작은 군郡인데 흉적凶賊의 살략殺掠이 날로 심하여 본군本郡의 보고에 의하면 사망자가 2,200여명이라 한다. 기타 큰 읍邑의 사망자도 가히 짐작할 수 있다. 다만 참혹하고 비통할 따름이다. 지례智禮에 있는 적을 의병대장 김면義兵大將 金沔이 어제 출동하여 완전히 잡아 불살라 버렸고, 도망한 남은 적은 주부 배설主簿 裵楔이 성주星州의 군사를 거느리고 가서 다 죽였다고 한다. 호남湖南의 미녀美女가 많이 포로로 잡혀 왔는데 애걸하여도 불태워 죽였다고 하니 참혹하여 들을 수가 없다.

전란 중에 여자들을 납치하고 겁탈하는 것은, 왜적이 공공연하게 행한 만행들이었다. 민간인을 살육하고 야만적인 행위는 승리를 위한 전쟁이 아니라 얼마나 무자비하고 광기에 찬 파단의 역사 그 자체였다. 그리고 조선의 무모한 대처도 문제였다. 진주성 전투에서 많은 사람들이 죽었다는 소식을 듣자, "싸움에 이기지 못할 것이 뻔한 데도 병졸을 몰아넣는 것은 알지 못 하겠다"(정만록 : 1593년 6월 21일)고 하면서 당시 장수들의 무모한 전략을 비판

하였다. 또 사대부들이 하나같이 자기의 목숨만을 위해 백성은
안중에도 없고 피란에만 급급한 태도가 한스럽다는 데서 사대부
에 대한 불신을 토로하기도 하였다. 당대 민초들의 분노는 일차
적으로 왜적을 향했지만 전란이 진행될수록 위정자와 당대의 정
치현실을 비판하는 쪽으로 이어갔다.[3)]

　게다가 임진왜란(1592~1598) 7년간의 전쟁은 국가 질서의 붕괴
와 경제적 파탄으로 이어졌다. 전야田野의 황폐화가 극심했다.
이 때문에 난중에서도 군량미를 조달하기 위하여 납속책納粟策
을 시행하게 되었으며, 서얼허통庶孽許通, 향리의 동반직東班職
취임, 병사의 면역, 노비의 방량 등 신분제의 붕괴가 있었다. 이
러한 신분제의 붕괴는 조선 후기 사회변화를 주도하는 요인 중에
하나가 되었다. 한편 명明나라의 군사 파견으로 인한 숭명崇明사
상이 굳어지고 일본인에 대한 적개심이 높아지게 되었다. 또 전
란 중에 명군明軍에 의하여 관우 숭배 사상이 생기기도 하였다.
이는 후에 북벌사상을 형성하는 데에 커다란 영향을 끼치기도 하
였다.

　임진왜란 이후 조선은 정치적 사회적 안정을 추구하려고 노력
하였다. 광해군이 집권(1608~1623)하면서 서적을 편찬하고 병기를
수리하며 호패를 실시하는 등 민생안정에 힘을 기울였다. 또, 몰
락해 가는 명과 떠오르는 후금 사이에서 양단외교를 써서 두 나
라에 미움을 사지 않으려는 실리외교를 펼쳤다. 그러나 표면적으
로는 이렇게 안정을 추구하고 있었지만 정파간의 당쟁은 끊이질
않았다. 선조 말년에 집권한 북인이 대북과 소북으로 갈라지고,

----

3. 장경남, 「임란 체험의 문학적 형상화」, 우리문학회 창립 30주년 기념 국제학술대
　회, 2004. 11, p.190.

두 당파는 파쟁을 거듭하였다. 이 과정에서 광해군의 형인 임해군을 제거해야 한다는 대북의 끈질긴 요구를 광해군은 들어주지 않을 수 없었다. 게다가 박응서朴應犀, 서양갑徐羊甲, 심우영沈友英 등이 도적과 결탁하여 영창대군을 왕으로 내세우려고 한다는 역모를 허위로 조작하여 강화도로 영창대군을 유배 보내어 증살蒸殺했다. 또 영창대군의 외조부 김제남과 그의 두 아들을 죽였다.[4] 이런 정치적 파탄은 대내외적으로 조선을 안정시키려는 노력마저 무색케 하였다.

한편으로 임난 후 폐허가 된 궁궐을 재건하고 토목 사업을 벌리는 과정에서 부족한 재정을 조달하기 위하여 매관매직賣官賣職이 성행했기 때문에 더욱 백성들의 국가에 대한 신망이 떨어져 갔다. 이럴 즈음에 대북에게 눌려 지내던 서인 이귀, 김자점 등이 광해군 15년에 반정反正을 일으켜 정원군을 왕으로 추대하니 이른바 인조반정이다. 인조 반정은 이이李珥 학통의 서인이 주동하고 이황李滉 학통의 남인이 동조하는 형식으로 이루어졌다. 조식曺植과 서경덕徐敬德의 학통의 관료들이 중심을 이루면서도 학파적 순수성 확보에 취약성을 보인 북인北人은 결국 이 정변을 계기로 정파로서의 기반을 영원히 상실했다.[5] 이후 서인과 남인은 서원을 중심으로 결집되어 중앙에 진출한 자파의 관료들을 통해 자신들의 입장과 주장이 중앙 정치에 반영되도록 정계를 이끌어 갔다. 각 학파에서 학식과 덕망을 겸비한 인물이 산림山林이란 이름으로 그 여론을 주재하는 존재가 된 것도 이 시기의 특유한 양상

---

4. 『국사대사전』, 대영출판사, 1963, p.165 참조. 김희영, 『이야기 한국사』, 청아출판사, 1990, p.374 참조.
5. 한국사 특강 편찬위원회, 『한국사 특강』, 서울대 출판부, 1996, p.167.

이었다. 서인·남인의 공존 체제는 정묘, 병자의 두 차례의 호란을 겪고 효종이 북벌北伐정책을 추진했을 때에도 큰 균열이 없었다.

그러나 왕실의 복상服喪 문제를 둘러싼 예송禮訟논쟁은 정체政體 문제와 관련을 가지면서 두 정파간의 심각한 대립을 불러일으켰다. 효종 흥거시薨去時 서인이 제시한 조대비趙大妃의 복상 기간의 예론적 근거는 사서예士庶禮에 대해 왕조예王朝禮의 특수성을 고려하지 않은 것이었다. 남인은 이에 대해 왕실의 예는 결코 사족士族과 같을 수가 없다고 비판하였다. 두 차례 예송 중 첫 번째는 집권당인 서인의 주장이 채택되었으나 왕실의 입장에서는 당연히 남인의 입장이 존중되어 두 번째 예송에서는 실제로 남인이 집권하는 계기가 된다. 그러나 집권 5년만에 경신환국庚申換局(1680년)[6]이라 일컫는 서인의 반격을 받아 무너지게 된다. 그 후 9년만에 기사환국己巳換局(1689년)[7]을 통해서 재집권의 기회를 누렸지만 갑술환국甲戌換局[8]으로 5년만에 다시 밀려난다.

숙종조에 정국이 이처럼 잦게 변동한 것은 전에 없던 일로서 그 배경과 원인에 대해서는 다각적으로 살펴야 하겠지만, 우선 숙종의 태도부터 달라진 것에 주목할 필요가 있다. 숙종은 재위 초반에는 척신인 김석주金錫胄를 내세워 서인·남인 두 세력을 견제하였으나 나중에는 스스로 나서 두 세력을 번갈아 교체하면서 왕권의 입지를 강화시키고자 하였다. 이 때문에 실제 숙종은 강력한 왕권을 휘두른 왕으로 평가할 수 있다.

정국의 변동이 잦은 17세기 후반은 사회 경제적으로도 변화가 많은 시기였다. 약 반세기여 전에 몇 차례의 외침으로 많은 피해를 입었던 농경지도 이 무렵에 이르러서는 거의 복구되고 또 공납貢納 제도의 폐단을 없애고자 새로 실시된 대동법도 효력을 발

휘하기 시작하고, 국제무역에서도 약 반세기 전에 일본과의 국교
가 재개가 된 이후로 누리게 된 중개 무역의 이득이 점차 비중이
높아갔다. 국제 무역의 경우, 비단 또는 원사를 중국 상인으로부
터 사서 부산에서 일본인에게 파는 형태의 것으로 그 이득은 일
본, 중국간의 국교 정상화가 늦어지면서 장기화되어 이에 종사하
는 상인들의 상업 자본 축적의 몫은 의외로 컸다. 이는 조선 후
기 상업을 발달시키는 촉진제가 되었다. 질적인 변화를 가져오기

6. 【庚申換局】
1680년(숙종 6)에 남인(南人)일파가 정치적으로 대거 축출된 사건. 남인은
1674년(현종 15)의 예송(禮訟)에서 승리하여 정권을 잡았으나, 그해 즉위한 숙
종은 모후인 명성왕후 김씨(明聖王后金氏)의 영향으로 모후의 족질 김석주(金
錫冑)를 요직에 기용, 남인을 견제하는 태도를 보였다. 그러던 중 1680년 3월
에 남인의 영수인 영의정 허적(許積)이 조부 잠(潛)의 시호(諡號)를 맞이하는
잔치날에 벌어진 이른바 유악(油幄: 기름칠한 천막)사건이 그 발단이 되었다.
마침 이날 비가 내려 숙종은 유악을 허적의 집에 보내고자 하였으나 이미 가져
간 것을 알고 크게 노하여 패초(牌招: 나라에 급한 일이 있을 때 국왕이 신하에
게 패를 보내 불러들이는 것)로 군관의 책임자를 불러 서인에게 군권을 넘기는
전격적인 인사 조처를 단행하였다. 한편 도체찰사부(都體察使府)가 효종 때까
지 잦은 전란과 군비의 필요성으로 상설되었으나 현종 때부터 폐지되었다. 그
러다 숙종 초에 중국에 대비하여 군비를 강화하여야 한다는 윤휴·허적 등의 주
장이 제기되어 1676년 다시 설치되었다. 도체찰사부는 영의정을 도체찰사로
하는 전시의 사령부로서 의방 8도의 모든 군사력이 모두 이의 통제를 받게 되
어 있었다. 그러나 인조반정 뒤 국왕 및 궁성호위부대로 발족한 중앙군영들은
예외적인 존재로 그것에 통속되지 않았다. 이때 총융사와 수어사는 중앙군영
의 하나였으나 경기도 군사력으로 간주되어 도체찰사부의 통제 아래 들어가 있
었다. 그런데 남인측이 나머지 두 중앙군영의 군권마저 이에 귀일시키려 하자
김석주 등의 반발을 받은 것이다. 중앙군영은 대부분 서인측에 의해 창설, 발전
되어온 것이어서 서인의 관심이 높았다. 이 사건 벽두에 중앙군영의 군권이 서
인계에 전격적으로 넘겨진 것이나 김석주가 서인과 제휴한 것 등은 모두 그러
한 배경에서 이루어진 것이다. 모역 혐의의 주된 내용이 도체찰사부 군사의 동
원문제로 귀착됨에 따라 이 도체찰사부 복설에 관계된자 모두가 연루되게 마련
이어서 허견과 삼복(三福)뿐 아니라, 허적·윤휴·유역현·이원정·오정위 등 남인
계의 중진들이 많이 죽음을 당하거나 유배되었다.

에 충분한 경제 변동이 이처럼 다방면에 걸쳐 일어났던 만큼 사
회적 변화도 자연히 수반되기 마련이었다. 이런 사회적 변화 가
운데 가장 주목되는 것은 서원書院, 사우祠宇의 남설이었다.[8] 이
때의 서원 설립은 학문적 성취보다는 관직을 앞세우거나 특정한
집안의 조선祖先으로 택해지는 경우가 많았다. 또 특정한 인물을
봉사하는 기능만 가지는 사우를 세워 놓고 서원이라 통칭하는 예
도 급증하였다. 학문과 사환仕宦의 혼돈은 결국 사회가 명분보다
는 실리 위주로 바뀌어 가는 것을 의미하는 것이다. 이것은 종래
의 학파 중심의 붕당정치의 기반이 무너지는 것을 가리키는데,

---

7. 己巳換局

1689년(숙종 15) 장씨 소생의 아들을 세자로 삼으려는 숙종에 반대한 송시열 등 서인이 이를 지지한 남인들에게 패배를 당하여 정권이 서인에서 남인으로 바뀐 일. 숙종은 오랫동안 아들이 없었는데 張昭儀가 왕자 균을 낳자 장소의를 회빈으로 책봉하고 아들을 원자로 삼으려 했다. 서인들은 왕비 민씨가 아직 젊으니 후일까지 기다리자고 주장하며 이를 반대하였다. 송시열은 두 번이나 상소를 올렸으나 묵살당하고 제주도에 유배되어 賜死되었다. 이밖에 송시열의 의견을 따르던 서인 金壽興과 金壽恒 등 여러 명이 파직되고 유배를 당하였다. 이 때 김창협의 부친 김수항은 讁所에서 死藥을 받았고, 仲父 김수흥은 禍病으로 죽는다. 이 충격으로 김창협, 김창흡 형제는 관료를 단념하고 평생토록 재야에서 학문과 술로써 소일하며 사대부 계층뿐만 아니라 여항인과도 폭넓은 교류를 통해 울분을 삭혔다. 그들은 후대 여항 문학의 이론적 토대를 제시해 주기도 하였다. 이 사건 후 남인 權大運 金德遠 등이 등용되고 이후 갑술환국까지 남인이 정권을 잡았다.

8. 甲戌換局

소론 김춘택 등이 숙종의 폐비 민씨 복위 운동을 일으키자, 이를 계기로 남인의 閔黯 등이 소론 일파를 제거하려다 실패하여 화를 당한 사건. 숙종이 폐비 사건을 후회하고 있던 차 1694년(숙종 20년) 김춘택, 韓重爀 등이 폐비 복위 운동을 꾀하였다. 남인 민암 등이 김춘택 등 10명을 체포하고 그 범위를 넓혀 소론의 대두를 막으려 했다. 그러나 숙종은 오히려 민비를 생각한 나머지 남인의 행동을 미워하고 민암을 사사하고 권대운, 睦來善, 金德遠 등 남인을 유배시키고 소론의 南九萬, 朴世采 등을 등용하고 기사환국 때 왕비가 된 장씨를 회빈으로 복귀시키고 그 때 화를 당한 송시열, 김수항 등에게는 작위를 주었다. 이 사건 후 남인은 축출되고 소론이 집권하면서 老少 쟁론이 시작되었다.

이는 성리학적 붕당정치도 지탱되기 어렵게 되었다는 것을 의미한다.[9]

이렇게 사회적인 제반 여건이 달라진 상황에서 정치의 형식도 달라질 수 밖에 없었다. 정치에 임하는 국왕의 자세가 달라졌고 서인이 남인에 대응하는 문제를 놓고 다시 노론·소론으로 분파되기도 하였다. 이런 입장의 분열 속에서 노론은 자체의 공론을 주재하는 사림(당시 송시열宋時烈)이 척신과 결속하여 정치적으로 긴밀한 관계를 유지하는 정파 운영상의 새로운 변화를 일으키기도 하였다.

2. 사상적 변혁

조선 성리학사에서 치열한 논쟁이 집중된 때도 이 시기였다. 즉 퇴계, 율곡 이후 사단칠정설에 관한 입장의 대립, 인물동심설人物同心說을 중심으로 한 호락湖洛논쟁도 이 때에 펼쳐졌다. 원래 사칠논쟁四七論爭은 퇴계退溪와 고봉高峰의 사이에 있었던 것으로, 이때 퇴계는 사단을 이발理發이고 칠정七情을 기발氣發이라는 입장에서 "이기호발설理氣互發說"을 입론하였다. 그 후 율곡은 이에 반대하여 주기적主氣的인 해석을 취하였다. 그 뒤에 사단을 순전히 이理의 발發로 보는가, 또는 칠정七情 가운데 선일변善一邊으로 여겨 사단도 역시 기氣의 발發로 보는가에 따라 '사칠논쟁'이 서로 양립되어 온 것이다.[10]

그러나 이때 백호 윤휴白湖 尹鑴는 퇴, 율과 달리 매우 독자적인

---

9. 한국사 특강 편찬위원회, 『한국사 특강』, 서울대 출판부, 1996, p.169~170 참조.
10. 李丙燾, 『韓國儒學史』, (아세아문화사 1987), p.328 참조.

이론을 전개하였는데, 칠정이나 사단을 하나의 정情으로 간주하고 칠정은 사단이 그 질質이 되고, 사단은 칠정이 그 용用이 된다고 보았다. 즉 사단은 질質이고 칠정은 용用이라는 것이다. 이에 대해 우암 송시열은 질質과 용用의 관계는 반드시 질質이 앞이고 용用이 뒤에 있기 때문에 퇴계의 이선기후理先氣後의 입장과 다를 바가 없다고 비판하였다. 이에 대해 윤휴는 '사단즉칠정四端卽七情, 칠정즉사단七情卽四端'이라는 율곡의 학설은 사단과 칠정을 혼돈하여 분석적 사변의 여지가 없다고 반박하였다.[11] 이런 철학적 논쟁은 사승관계를 통하여 더욱 첨예하게 대립하여 한국적 성리학을 더욱 성숙시킨다.

또 하나 이 시기에 반드시 눈여겨 볼 것은 호락논쟁인데, 우암 송시열의 수제자 수암 권상하遂巖 權尙夏의 문하에서 발단되었다. 당시 권상하는 청풍淸風의 황강黃江에서 강학하여 문도가 문전성시를 이루었다. 그의 문도 중에는 강문팔학사江門八學士라 일컬을 정도로 뛰어난 인물이 많았다. 그 중에서도 가장 걸출한 이는 남당 한원진南塘 韓元震과 외암 이간巍巖 李柬으로 금수오상禽獸五常의 문제와 미발기질未發氣質의 문제로 견해의 차이가 컸다. 결국 두 사람은 권상하에게 질정을 받기에 이르렀는데, 권상하는 한원진의 학설을 지지하였다. 그러나 이후 논쟁은 더욱 확대되어 호중湖中의 논제로만 그치지 않고 낙하洛下의 학자들도 가담하면서 드디어 호락湖洛 간의 시비가 되었다. 여기서 호론湖論이라고 부르는 것은 권상하, 한원진, 윤봉구 등이 충청도에 살았기 때문이었고, 호론에 반대하는 대부분의 학자들(김창흡金昌

---

11. 李丙燾, 『韓國儒學史』, (아세아문화사 1987), pp.328~329 참조.

翁, 이재李縡, 어유봉魚有鳳, 박필주朴弼周 등)이 경기에 살았기 때문에 지역을 두고 부른 것이다. 이 논쟁의 핵심은 "인성人性과 물성物性 동이同異에 관한 것과 미발未發의 상태에서 심체心體가 선善한가 아니면 선악善惡을 겸하고 있는가."[12]로 압축할 수 있다. 이에 관한 논쟁은 이후 200여 년간을 지속하면서 한국 철학사에 주목할 만한 쟁점을 가지고 있다.

한편 조선의 지배적 이데올로기는 성리학인 것을 재론할 필요는 없지만 17세기는 전대와는 달리 성리학적 일변도의 경직성에서 벗어나 사상적 유연성을 보여주고 있다. 주자학朱子學의 지배적 구조 아래에서도 양명학陽明學과 노장老莊이 논의되고 실제 작품에 반영되었다는 점을 주목할 필요가 있다. 예를 들면 17세기 후반 의고적 문풍을 반대했던 이때의 문인들에게 많은 영향을 미쳤던 이지(李贄, 1527~1602)의 동심설童心說은 그 사상적 토대가 양명학이었다. 그간 학계에서는 이 시대를 명확하게 설명하지 않고 다만 작가론을 연구할 때 개방적 학문태도란 표현[13]을 통해 조심스럽게 양명학을 논의했다. 그러나 병자호란 때 화친론을 주장했던 최명길 역시 현실 문제 해결안으로 양명학을 수용한 인물이었다.[14] 18세기 실학의 이론적 토대를 마련했던 이수광 역시 남언경南彦經과 이요李瑤 등과 같은 양명학자의 이론에 호의적 태도를 가졌으며 진지眞知와 실득實得을 강조하여 증고실적證故實的 태도를 가졌다. 신흠 역시 노장 뿐만 아니라 양명학에 긍정적 수용 태도를 가졌던 인물로 양명학에 대해 다음과 같이 피력하고 있다.

---

12. 李丙燾, 『韓國儒學史』, (아세아문화사 1987), pp.382~383 참조.
13. 鄭然峰, 「장유의 문학사상」, 『한국문학사상사』, 계명문화사. 1991. p.457.
    禹應順, 「조선 중기 사대가의 문학론 연구」, 고려대 박사학위논문, 1990. p.71.
14. 鄭然峰, 「장유의 문학사상」, 『한국문학사상사』, 계명문화사. 1991. p.458.

> 문성文成 왕수인王守仁은 진실한 선비이다. 선비로서 평소 군대를
> 거느리고 몸을 접연跕鳶의 땅을 달리고 마복파馬伏波와 함께 이름
> 을 같이 했으니 장하다. ---중략--- 나는 늘 그의 호방한 태도와 빼어
> 난 풍모를 생각하며 꿈을 꾼다.[15]

또 17세기의 대표적 문인 중의 한 사람인 장유를 두고 택당 이
식이 평한 것을 보면 "육왕陸王을 주장하여 선유先儒의 가르침에
이론異論를 세우며 불학佛學을 수용하고 노장老莊에서 깨우침을
얻어 이단에 빠져들었다."[16]고 혹평하였다. 그러나 이것을 뒤집
어 보면 장유 이외에도 꽤 많은 문인들이 노장과 양명학에 유연
한 수용적 태도를 보였던 것을 유추할 수 있다.

한편 황폐한 전후戰後의 극복방법으로 주자학을 더욱 공고히
하려는 움직임과 주자학에 대한 반성과 새로운 모색으로 양명학
을 추구하는 움직임이 있었다. 물론 당대의 현실은 주자학을 강
화하였기 때문에 상대적으로 양명학은 표면적으로 크게 부각되
지는 않았지만 양명학을 추구했던 이들의 학문적 활동은 훗날 개
화에 지대한 영향을 미쳤다.

그리고 이때 주자학을 강화하려는 움직임은 우암 송시열을 중
심으로 반청북벌론反淸北伐論을 통해 무너진 도덕성을 회복하고
국가기강을 재정비하려 하였다. 그러나 서인 내부에서 현실 대응
방식을 둘러싸고[17] 명분을 중시했던 노론老論과 현실성을 강조했
던 소론少論으로 분기되었으며 이들은 다시 의리론을 걸고 송시

---

15. 신흠, 『象村集』, 「彙言」, 한국문헌연구회 영인, 1981. p.532 "王文成守仁 眞儒者
    也 以儒素能將兵 馳身於跕鳶之域 與伏波齊名 壯矣哉 ---중략--- 余每想其豪姿
    英彩 而夢寢之野"
16. 李植. 『澤堂集』, 「別集」, 雜述 追錄, 卷65, 경문사 영인본 1982. p.524.

열을 축으로 뭉친 노론老論은 학문과 현실에서 유연한 대처를 주
장한 소론少論과 대립하게 된다.

당대 조선의 이념적 현실이 성리학을 지배적 이데올로기를 삼
았기 때문에 양명학 역시 이에 자유로울 수 없었다. 경우에 따라
서는 사문난적으로 몰려 죽음을 감수해야 하는 당대의 현실에서
주자학과의 조심스러운 차별성을 가지면서 양명학은 성장할 수
밖에 없었기 때문이다. 원래 양명학은 이기일체理氣一體를 전제
로 출발하여 심학心學으로 귀결된다. 즉 성리학과 차별성을 전제
로 학문적 확산을 꾀하고 있었다.

이처럼 이 시기는 사상 면에서도 변혁적 성향이 강하게 작용하
고 있었다. 이런 사상적 변혁이 다음 세기의 실학이나 위항문학
을 탄생시킨 기반이었다.

3. 문학적 변혁

1) 명말 청초 문학론 수용

일반적으로 17세기를 전환기라고 부르는 이유는 내적으로는

---

17. 예를 들면 顯宗朝에 청나라 사신을 영접하는 방법을 두고 노론과 소론의 차이
점을 보여준다. 金萬均은 병자호란 때 祖母가 강화도에서 殉節한 사실을 거론
하여 私情으로 볼 때 원수를 접대할 수 없으므로 사직을 청하였는데, 이런 처신
은 復讐와 義理를 중시한 송시열의 지지를 얻는다. 반면에 徐必遠은 호란 때 피
해받은 사람들을 이해하지만 원활한 국정 수행을 위해서 國事의 담당자는 公
事를 우선시해야 한다는 것이다. 이른바 公義와 私義의 논쟁이었다. 公義가 '尊
君'의 성격이 강하다면 私義는 '世道'의 성격을 강조했다. 〈정만조, 「조선 顯宗朝
의 公義·私義 論爭」, 『한국학논총』14, 국민대 한국학연구소, 1991. 참조〉 이것
은 명분론을 중시한 老論과 현실을 중시한 少論과의 시각차를 보여주는 단적인
예인 것이다.

극심한 당쟁의 피해와 외적으로는 임진, 정묘, 병자호란으로 인한 전통적 가치관의 혼란에서 기인한다. 따라서 먼저 지배이념이 혼란을 보이는 전환기에는 이런 모순을 개혁하려는 의지가 표출되기 마련인데, 대개 다음과 같은 두 가지 방향이 있다. 첫째, 기존의 지배 이념이 드러낸 모순과 한계를 극복하기 위해서 그것에 대응할 새로운 가치관을 모색하려는 진보적 태도와 둘째, 그러한 모습을 일신하되 기존의 지배 이념 내부에서 방향을 모색하려는 보수적 태도이다.[18]

이런 시대적 분위기에서 17세기는 자못 그 어느 시대에 못지 않게 혁혁한 문인들이 많이 배출되었는데 이 시기의 대표적인 문인으로는 윤선도, 김만중, 홍만종, 이수광, 김창협, 유몽인, 김득신, 정두경, 이안눌, 권필, 이정구, 신흠, 장유, 이식, 윤근수, 최립 등을 꼽을 수 있다. 이 중에서도 김창협은 당대 문풍의 개혁에 지대한 영향을 끼친 인물로 그의 문학적 이론은 18세기까지 그 이론에 공감하는 문인들에 의해 후대에 계승된다. 이 시기에는 고문론을 기치로 진실한 문장을 구현하려는 노력과 문학의 독자성을 인정하려는 분위기도 형성되었다. 또 이때 시문학의 뚜렷한 특징 중에 하나는 시에 대한 품격 비평에 있다. 이런 품격에 대한 논의로 『종남총지終南叢志』, 『소화시평小華詩評』, 『호곡만평壺谷漫評』, 『시평신유詩評神遺』, 『서포만필西浦漫筆』 등이 비록 산발적이고 부분적이기는 하지만 실제 작품을 게제하여 구체적으로 비평하고 있는 것을 보더라도 이 시대에 문학의 동향이 전대와 다른 특징을 읽어낼 수 있다. 하지만 이때의 시화詩話는 기존의 시

---

18. 朴永浩, 「李植의 古文論」, 『한국의 한문학』 2권, 민음사, 1991, p.754.

학에 근거하여 격식적이고 형식의 완성도를 논의하는 수준을 벗어나지 못하고 있지만 후대의 시문학의 본질에 관한 논의를 더욱 부각시키는 계기가 된다. 그리하여 17세기 후반과 18세기 초반에 이르면 시의 본질에 대한 탐색과 논의를 통해 성정과 천기에 관한 논의가 활발해 진다. 이때의 대표적인 시화집으로『농암잡식農巖雜識』,『북헌산고北軒散稿』,『사시자詞施子』,『시칙詩則』등이 있다.[19]

17세기는 또한 고문古文을 기치로 전실한 문장 구현에 대한 논의와 노력 등이 부상되었고, 문학 그 자체에 대한 인식도 바뀌어 갔다. 또 문학 비평이 본격적으로 논의되는 시기이기도 하다.

한편 17세기에 가장 두드러진 문학적 특징은 고문론과 문학의 독자성 확보에 있다. 또 과거의 주자적 중심 세계관에서 벗어나 노자, 장자, 양명학 등을 수용하는 문인들도 형성되었다는 점이다. 이런 변화는 문학에서도 다양성이 논의되고 전대와 다른 특성을 형성하게 된다. 따라서 조선 중기는 문학사에서 그 양과 질적인 면에서도 꽃을 피웠다. 선조 때 목릉성제穆陵盛際를 거쳐 배출된 최경창, 백광훈, 이달로 일컫는 삼당시인三唐詩人과 시화총림에서 논의한 호음湖陰 정사룡鄭士龍, 소재蘇齋 노수신盧守愼, 지천芝川 황정욱黃廷彧 관각삼걸館閣三傑, 월상계택月象谿澤으로 사대가四大家가 있었다. 이외에도 송익필宋翼弼, 이산해李山海, 최립崔岦, 허균許筠, 허초희許楚姬, 차천로車天輅, 권필權韠, 이명한李明漢, 이수광李睟光, 정홍명鄭弘溟, 류몽인柳夢寅, 김상헌金尙憲, 윤근수尹根壽, 정두경鄭斗卿 등 무수한 제가가 나와 문학에 관한

---

19. 안대회,『조선 후기 詩話史 연구』, 국학자료원, 1995, p.24.

다양한 논의와 진보성을 촉구했다.

특히 선초에서 중종, 명종 때까지 이어졌던 송시풍宋詩風이 성종 때 완간 된 두시언해의 대량적 보급과 함께 당시唐詩에 관심이 높아갔다. 게다가 명나라 전후칠자前後七子의 영향으로 "문필진한文必秦漢 시필성당詩必盛唐"의 기치는 그간의 시풍을 학당學唐으로 바꾸어 놓았다. 또 잦은 사화와 임난을 겪은 이때의 지식인들은 관념적이고 도학적인 송시宋詩 보다는 진솔한 인간의 감정을 문학적 승화에 노력한 당시唐詩에 더욱 관심을 갖게 되었다.[20] 이런 사정을 김만중은 다음에서 설명하고 있다.

조선 중엽의 문인 중에 황산곡黃山谷과 진사도陳師道를 공부하였으니 바로 호음湖陰 정사룡鄭士龍, 소재蘇齋 노수신盧守愼, 지천 지천芝川 황정욱黃廷彧 등이 솔밭처럼 우뚝 서게 되었다. 이번에 또 변하여 당풍唐風으로 돌아오게 되니 최경창, 백광훈, 이달 등이 그 빼어난 자이지만 대체로 미산眉山 소동파를 배워서 잃어버렸고, 번거롭게 진술해서 사람들의 뜻에 차지 않았다. 이 때문에 강서시파江西詩派의 폐단이 더욱 꼬이고 졸렬해서 싫어할만 했다. 최崔와 백白은 당唐에 있고 오언율시와 절구는 만당晩唐의 울타리를 겨우 엿보아 한 개의 고깃 덩어리에 지나지 않아 실컷 배를 채우기에는 만족하지 않았더니 그 남들에게 이를 수 있겠는가. 권여장權汝章은 포의布衣의 시인이지만 일어나서 바로잡아 당송唐宋 중에서 훌륭한 것을 가려 모아서 아속雅俗에 두루 미치고 갈고 닦아서 지극한 아름다움을 일컬었다. 동악東岳 이안눌李安訥이 이를 화답하여 풍부함을 더하고 택당澤堂 이식李植이 흥을 이어 이치가 더욱 정밀해졌다. 마침내 남은 은택과 향기가 지금까지도 이것을 빌려서 젖게 하였으니 성대하다고 할 만 하다. 그러나 말류의 폐단이 고학古學을 전폐하고 공소空疎하며 비속한 것이 앞의 세 때에 비교하면 더욱 심해졌다. 까

---

20. 정민, 「권필과 이안눌 對備論」, 『한국의 한문학』 권3, 민음사, 1991, p.1254.

닭에 당송唐宋의 유풍遺風과 여향餘響이 이에 이르러 땅을 쓴 듯 없어지고 시도詩道에서 백 여섯 운韻의 궁색함이 지금보다 심할 때가 없다. 명明을 배우는 사람들로는 월정月汀 윤근수尹根壽와 현헌玄軒 신흠申欽 제공諸公에게서 나와 근래의 이자시李子時 민구敏求가 일가를 이루었으니 대개 우리나라 시의 옆으로 난 가지들이다.[21]

김만중의 이론에서 당송唐宋의 시풍이 조선 중기에 미친 영향과 성쇠를 논의하고 이때에 횡행한 명 문단의 영향을 지적하고 있다. 이처럼 조선 문인들의 세계관은 단지 국내적 인식에만 머무르지 않고, 중국의 문학 사조를 함께 비판하고 수용함으로써 그들의 안목과 사유의 범위를 넓혔다. 적어도 국내적 상황에만 머물지 않고 당시 중국의 문풍을 함께 견지함으로써 그들은 문학에 대한 안목을 나름대로 넓히려 했다. 그들은 특히 과거와 달리 중국의 문풍을 모화적인 모방이 아니라, 오히려 가능한 객관적 입장에서 이것을 철저히 분석하고 비판했다는 점에서 당시 국내 문학의 수준과 인식의 폭이 깊었던 것을 알 수 있다. 그들이 단지 국내적 안목에만 국한되지 않고 중국의 문단을 함께 논의했다는 것은, 그들의 문학적 관심과 열정이 고무되어 있었으며 이런 지향성은 18세기 실학을 꽃 피울 수 있게 한 것이다. 이처럼 당시 17세기 문인들의 문학에 대한 인식의 범위는 특히 중국을 함께

---

21. 金萬重, 『西浦漫筆』(景仁文化社 影印本, 1974), pp.619~620. 專攻黃陳 則湖蘇 芝鼎足雄峙 又變而反正於唐 則崔白李其粹然者也 夫學眉山而失之 往往冗陳 不 滿人意 江西之弊 尤拗拙可厭 崔白之於唐 五律七絶 董窺晩季潘籬 沾沾一嚮 不 足以果腹 其可及人乎 權汝章以 布衣之雄 起而矯之 採拾唐宋 融冶雅俗 磨礱刷 冶 號稱盡美 東岳和之 加以富有 澤堂嗣興 理致尤密 遂使殘膏剩馥 沾丐至今 可 謂盛矣 而未流之弊 全廢古學 空疎鄙俗 比前三季 尤有甚焉 唐宋遺風餘響 至此 掃地 而詩道百六之窮 未有甚於此時也 若學明一派 濫觴於月汀玄軒諸公 近代李 子時其成家者 盖東詩橫出之枝也.

견지해 보는 안목이 일반적이었다.

2) 산문의 발달

임진왜란을 겪으면서 조선은 정치·경제·사회·문화 등 제반에 걸쳐 변혁을 모색하였다. 문학 역시 예외일 수 없었다. 더욱이 정묘丁卯·병자丙子의 양란兩亂을 치루면서 조선 중기의 지식인들은, 과거의 반성과 더불어 새로운 문풍을 모색하면서 명明 문단의 변화를 참고하지 않을 수 없었다. 국초부터 우호적 관계를 지속하였고 임난 때 조선에 대한 원군은 조선인들에게 존명사상으로 나타난다. 그러나 청군의 부당한 요구와 침략은 청에 대한 거부감이 확산되었고, 그와 반대 급부로 존명 사상을 더욱 고조시킨다. 이런 태도는 문학에서도 명의 문단을 존중하고 수용하려는 모습으로 나타난다. 동시에 그들은 중국의 문풍에 대해 비판을 통하여 수용함으로써 그 나름대로의 독특한 문풍을 형성하였다. 그리고 이런 일련의 문풍 혁신은 구체적으로 고문 운동으로 요약될 수 있으니, 바로 조 선 중기에 강조된 문학 사조인 것이다.

그러나 지금까지 조선 중기의 고문이 본격적으로 대두된 원인에 대하여 전술한 원인보다는 국내적 상황의 변화에 촛점을 두어 논의가 전개되었다. 이를테면 도학파와 사장파의 대립에서 도학파에 밀려난 사장파가 임난이후 대명외교에 필요한 실용적인 문장의 차원에서 고문이 대두되었다는 견해도 있고,[22] 이와는 상반되게 실증을 중시하는 학풍과 함께 문장에서도 당대의 번화허식繁華虛飾한 문장을 배척하고, 보다 전실典實한 문장을 제시하

---

22. 朴英鎬, 「朝鮮 中期 古文論 研究」, 경북대학교 박사학위논문, 1992, p.22~25 참조.

는 방안으로 고문이 거론되었다고 그 형성 원인을 규명하기도 했다.[23] 아울러 같은 맥락에서 여말麗末 주자학 도입이래 고착화된 어록체語錄體, 주소체註疏體 문장의 쇄신을 꼽았다.[24] 물론 어록체語錄體, 주소체註疏體는 논리성과 체제성에서 진일보적인 발전을 가져왔고, 또 전아한 문체를 구축했으나 동시에 경직된 문체의 범주는 문학 양식의 다양성이란 측면에서 보다 많은 사실이나 감성을 담기에는 그 한계를 드러내었다. 더욱이 왜란과 양란 이후 조선 사회는, 민생의 피폐된 생활과 봉건적 체제의 모순에 대한 반성과 새로운 이념의 갈구로 인해, 문학에서도 변혁의 요구가 필연적이었다.

조선 전기의 어록체語錄體나 주소체注疏體에 나타나는 평연平衍, 면약綿弱, 용만冗漫한 문풍文風을 타파하고 선진양한先秦兩漢의 순정한 고문古文으로 돌아가자는 복고주의적 고문운동古文運動이 목릉성세에 이르러 대두된 배경은 어떠한 것인가? 그 배경은 복잡다단하지만 두 가지 측면에서 접근할 수 있다. 첫째는 조선朝鮮과 명明의 관계에서 찾아 볼 수 있다. 조선과 명나라는 서로 밀접한 관계를 맺고 있었던만큼 문학에서도 상당한 영향을 받았다. 즉, 당시 명문단明文壇의 흐름은 이반룡李攀龍, 왕세정王世貞을 주축으로 하여 진한秦漢의 고문古文을 표방하는 진한파秦漢派와, 왕신중王愼中, 당순지唐順之, 귀유광歸有光 등을 주축으로 하여 당송팔대가唐宋八大家의 고문문체古文文體를 모범으로 하는 당송파唐宋派로 대치되어 있었다. 이들이 주장하는 견해는 각기

---

23. 鄭 珉,「朝鮮 後期 古文論 硏究」, 한양대학교 박사학위논문, 1989, p.38.
　　강혜선,「金昌協 古文 硏究」, 서울대학교 석사학위논문, 1990, p.35.
24. 金都鍊,「古文의 源流와 性格」,「한국의 한문학」1991, p.799.

달랐으나 당대當代의 문풍에 대한 반발에서 비롯된 복고주의적 속성을 띠고 있다는 데에는 서로 일치한다. 이러한 명문단明文壇의 복고운동이 조선 문단에도 영향을 미치어 당대當代 문풍을 일신日新시키려는 고문운동古文運動이 대두되었던 것이다.

둘째는, 퇴계와 율곡을 거치는 동안 주자朱子성리학性理學이 조선朝鮮성리학性理學이라는 독자적인 사상체계로 성립되면서 사장풍辭章風문장은 자연히 위축될 수 밖에 없었는데, 사장학의 위축과 함께 요구된 문체의 변환에 대한 당연한 욕구이다. 즉 목릉 성세기에 이르러 성리학적 이론으로 무장한 문장가들이 배출되었는데 이들은 평담·정오한 고문을 쓸 것을 주장하였다. 이처럼 그 표방하는 바가 무엇이든 간에 당대當代 문장의 폐단을 치유하여 그 시대에 적합한 문장을 써야 한다는 고문운동의 속성과, 성리학적 문학관이 성립되면서 성리학이 지향한다는 고문운동의 속성과, 성리학적 문학관이 성립되면서 성리학이 지향하는 가치관의 정립을 위해 요구된 순정고문에 대한 욕구가 함께 맞아 떨어지면서 고문 운동이 촉발되었다고 생각할 수 있다.[25]

그러나 첫번째 명明과 조선의 관계에서의 논의는 설득력이 있지만 둘째 사장학의 위축에 따른 문체 변환에 대한 요구는 아닌 듯 싶다. 왜냐하면 고문론이 본격적으로 대두할 시점에는 목릉성대로 일컬어지는 문흥이 번창한 때로 번화한 문장이 많았다. 특히 임난 이후에 가벌을 자랑하기 위하여 문집 발간이 지나칠 정도로 많았으며 이런 과정에서 문집의 분량을 채우기 위하여 질적 함량 미달의 문장들이 횡행하자[26] 전실한 문장을 구현하기 위해

---

25. 朴永浩, 「李植의 古文論」, 『韓國의 漢文學』 2권, 民音社, 1991, p.759.

장유는 문장의 모범을 강구했다. 또 그는 중기 이후 급격한 산문의 양적 팽창에 따른 문장의 질적 하락을 막기 위해 고문을 하나의 대안으로 삼은 것이다.

그간 선초鮮初의 어록체나 주소체의 문장을 벗어나 새로운 문풍을 추구하는 과정에서 부화하고 알맹이가 없는 허식적인 문장이 난무하자, 이를 바로 잡으려는 일종의 문풍 개혁운동에서 고문이 본격적으로 대두된 것이다. 즉 어록체語錄體, 주소체註疏體의 유풍을 벗어나려고 해도 적어도 어록체語錄體, 주소체註疏體가 지닌 전실한 장점은 유지되어야 한다는 것이다.

이처럼 고문은 당대의 부화한 문풍의 타개에서 그 원인을 찾을 수 있으며, 역사는 그 시대의 흐름과 추구성에 의해 만들어진다는 시대 상황론의 관점에서 보면, 기존의 유풍遺風을 벗어나려는 의식적인 노력에서 전개되었다고 할 수 있다. 그리고 이런 노력은 명明 문단의 사조思潮에 대해 비판을 통해 수용함으로써 더욱 발전할 수 있었다.

한편 고찰에 앞서 주의해야 할 것은 조선 중기의 문학적 상황

---

26. 張維, 『谿谷集』 권7, (『韓國文集叢刊』 권92, 民族文化推進會) 「南窓雜稿序」 我東俗椎 鮮好事 文人述作 罕有鋟行於世者 近歲稍稱右文操觚家 競出遺集 可謂盛矣 然徐而察之 未必皆其人也 蓋其家世隆顯 胤胄趾美 則雖折楊皇荂 亦可以混響 韶濩 咄嗟之頃 能令木災而紙貴 卽窮途冷族 雖懷雲夢之富 蘊隨和之璽 沒世之後 旋就煙滅. (우리나라 풍속은 뒤쳐져 신기한 일을 좇는 일이 적어서 문인들의 작품을 인쇄하여 세상에 전하는 것이 드물다. 근년에 문학을 숭상하고 글 좀 쓴다고 하는 사람들의 유집이 다투어 나오니 번성하다고 할만하다. 그러나 천천히 살펴보면 반드시 유집이 나와야 할 그런 인물들인 것만은 아니다. 대체로 집안이 일어나 후손이 뛰어나면 속된 가요와 같은 것도 훌륭한 시문 속에 섞어 들여 눈 깜짝할 사이에 목판에 찍어 나무에 재앙을 가져오고 이리저리 전사해서 종이를 귀하게 만든다. 그에 비해 궁한 가문의 사람은 웅대한 포부를 지니고 아름다운 재주를 품고 있더라도 죽고 나면 그 훌륭한 글들이 연기처럼 사라진다.) 에서처럼 유집의 간행이 빈번하였음을 알 수 있다.

이다. 즉 당대의 시대적 상황은 임란을 전후前後하여 급격한 문인의 증가로 많은 산문을 양산하게 되었다.[27] 또한 시 중심의 문풍이 산문중심으로 옮겨지는 전환기에, 산문에 대한 문학성의 재고再考로 고문이 제시되었다는 관점도, 간과해서는 안 될 것이다. 이런 산문에 대한 인식의 변화와 문학성에 대한 재고 없이 갑자기 조선 후기 연암 소설을 위시한 산문류를 탄생시킬 수 없다. 즉 임란과 양란 이후의 산문에 대한 문학성 재고와 함께 문학으로서 장르의 다양성의 인정이, 곧 후기 문학에 영향을 끼쳤기 때문이다. 문학의 발전사적인 궤도에서 보더라도 후기 문학의 갑작스러운 탄생이 있을 수 없으며, 따라서 어떤 측면에서는 17세기는 조선 후기의 산문이 활성화되기 위한 과도기였다고 해야 할 것이며, 고문은 이런산문 작품의 한 문체의 전범으로 제시된 문혁기文革期의 지표로 이해해야 할 것이다. 고문은 또한 양란 이후 기존의 문학에 대한 반성과 더불어 문학 장르의 새로운 영역 확대와 문풍의 쇄신을 시도할 때에 하나의 이상적인 현실적 대안으로 제시되었다는 것을 유념할 필요가 있다.

---

27. 李植, 『澤堂集』(『韓國文集叢刊』 권88, 民族文化推進會), p.335. 「劉生枕流臺詩卷後序」 吾東方文學之士 至於我朝 號爲最盛 蓋由風氣滿 開法度始備 考其高下 其類 於唐天寶之際耶. (이식은 선조때 문단이 가장 융성함에 대하여 우리 동방의 문학지사가 선조 때에 가장 성했다고 할 수 있다. 대개 기풍이 만개하고 법도가 갖추어져서 그 고하를 살피면 당의 천보 때와 같다.)
   申欽, 『晴窓軟談』,(『韓國文集叢刊』 권72, 民族文化推進會), p.347. 我朝 作者 代有 其人 不啻數百家. (우리나라 작가는 대대로 훌륭한 사람이 수백명 뿐만이 아니었다.)

Ⅲ. 17세기 고문古文의 수용적 양상과 성격

1. 수용양상

문풍 개혁의 표상으로 대두된 이 고문은 수용 태도에 따라서 여러 갈래로 나눌 수 있는데, 내용면에서는 수용의 범주에 머문 사람과 수용을 걸쳐 내용을 변형 발전시킨 사람으로 대별할 수 있다. 다음은 제가의 수용 태도와 특성을 살펴 조선 중기 문학적 특징을 알아보고 후대에 어떤 영향을 미쳤는지를 살펴본다.

1) 의고파적 특징擬古派的 特徵

명대明代에 일어난 고문부흥운동古文復興運動은 옛 한족漢族의 우수한 문풍을 회복하자는 복구주의 차원에서 전개된 문풍 쇄신 운동이었다. 그리고 이 고문의 취사선택의 방법을 두고 글은 진한秦漢 이전을 본 받아야 한다는 진한파秦漢派와 당송고문唐宋古文의 정신을 계승하자는 당송파唐宋派로 대별되는데, 이들의 주요 논쟁은 의고擬古와 반의고反擬古였다. 의고擬古는 명초明初 문단을 대표하던 양사기楊士奇, 양영楊榮, 양부楊溥 등이 태평성세만을 읊으며 현실과 괴리가 심한 대각체臺閣體와 이동양李東陽의 성률聲律과 용자用字의 아름다움을 추구하고 성조聲調를 중시한 문체를 반대하는 전후칠자前後七者를 중심으로 시작된다. 전후칠자前後七者의 대표인물이라 할 수 있는 이몽양李夢陽(1472~1530), 하경명何景明(1483~1521), 이반용李攀龍(1514~1570), 왕세정王世貞(1526~1590) 등의 4인은 이에 대해 구체적인 논술을 하였다. 예를 들면 하경명은 이몽양에게 보내는 논시論詩(여이공동론시與李空同論詩)에서 "근래의 시는 성당시가 으뜸이며, 송인의 시는 세련된 듯하나 실은 거칠고, 원인元人의 시는 빼어난 듯 하지만 실은 천박하고 속되다.(근시이성당위상 송인사창노이실소로(近詩以盛唐爲尙 宋人似蒼老而實疏鹵), 원인사수준이실천속(元人似秀峻而實淺俗))"라 하여 숭당崇唐의 입장을 취하였고, 왕세정은 『예원치언藝苑巵言』 권삼卷三에서 "서한西漢의 문장은 박실하다. 동한東漢의 문장은 유약하지만 박실함에서 벗어나지는 않았다. 육조六朝의 문장은 부염하며 박실함에서 벗어났다. 당의 문장은 평범하나 아직 부염함에서 벗어나지는 못했다. 송의 문장은 비궁하지만 부염함에서는 벗어났는데, 그 수준은 더욱 낮다. 원元에는 아예 문장다운 문장이 없다.(서경지문실 동경지문약 유미리실야(西京之文實 東京之文弱 猶未離實也), 육조지문부 이실의(六朝之文浮 離實矣), 당지문용 유미이부야 송지문루 이부의(唐之文庸 猶未離浮也 宋之文陋 離浮矣), 유하의(愈下矣), 원무문(元無文))"고 했다. 이들은 시대가 지날수록 문장이 퇴보한다는 관점을 피력하면서 한漢의 문장을 높이 샀다.[28] 이처럼 "문필진한 시필한위성당文必秦漢 詩必漢魏盛唐"을 주장하면서 모방을 하나의 창작의 방법으로 인정하였다. 그들의 본질적인 취지는 고문의 훌륭한 점을 본받아 자기 문장을 쓸것을 주장했지만 결과적으로 형식적인 기교나 자구字句의 표절을 일삼았기 때문에 높은 창작성을 성취하지는 못했다. 아울러 그들이 추구했던 고문의 훌륭한 점을 배우자는 정신이, 오히려 모방과 표절로 둔갑하면서 후대 공안파公安派의 비판이 대상이 되는 모순에 빠지게 된다.

---

28. 周勳初, 『中國文學 批評史』, 中國學研究會, (이론과 실천 1992), p.215.
    차상원, 『중국문학사』, (文理社 1974), p.710~715 참조.

조선에서도 이런 의고적 문풍을 수용한 사람은 상당수였는데, 원래 의고의 본질적인 정신을 이해하기보다는 모방을 통해 문장을 꾸미는 형식쪽으로 흐르는 경우가 허다했다. 하지만 경우에 따라서 전적인 수용의 범주에만 머문 사람도 있었지만, 수용과 비판을 통해 자기의 것으로 체계화하는가 하면 또 한편으로 새로운 것으로 창출하는 사람도 있었다.

먼저 의고주의 문학을 수용하고 철저히 지킨 인물로는 미수 허목眉叟 許穆(1595~1682)으로 그는 고문古文을 무척 좋아하여 80평생 동안 진한秦漢 이후의 글을 읽지도 않았다고[29] 한다. 즉 명의 의고주의 문풍을 수용하면서 그 범주를 이탈하지 않으려고 노력했다는 것으로 귀결시킬 수 있다. 월정 윤근수月汀 尹根壽(1537~1616)도 역시 성품이 중원中原을 좋아하여 '문조선진 시종성당文祖先秦 詩宗盛唐'을 제창하리 만큼 명의 의고풍에 깊이 심취한 인물이었다.[30] 또 청천 신유한靑泉 申維翰은 진한의 문을 외워 고문을 익혔는데, 이반룡李攀龍과 왕세정을 모방하여 문명文名을 날렸다고 한다.[31] 상촌 신흠象村 申欽은 월정 윤근수月汀 尹根壽와 함께 명시明詩를 배운 의고주의자擬古主義者로 평가되었다. 그럼에도 의고주의자인 왕세정王世貞, 이반룡李攀龍이 '시필성당詩必盛唐, 문필진한文必秦漢'이라는 구호를 세우고 자신들의 시문詩文과 한漢과 당唐을 넘었다고 자긍했으나, 자신의 눈으로 보기에는

---

29. 『弘齊全書』, 册89, p.16. "眉叟記言 酷好古文 蓋其八十年讀書 未嘗讀秦漢以後文".

30. 申欽,「月汀神道碑銘」, 韓國文集叢刊 卷72, (民族文化推進會 1991), p.94~95. "文祖先秦 詩宗盛李"

31. 金都鍊,「연암문학에 대한 小考」,『한국학논총』, 1981, 제4집, p.216~217.

'명시明詩, 명문明文'일 뿐이라고 밝히고 있다.[32] 사실 상촌은 연배인 윤근수와 최립을 종유從遊하면서 그들을 통해 고문을 이해하게 되었고, 문학세계를 확충할 수 있었다. 그래서 상촌 신흠象村 申欽같은 당대의 문장가도 제자諸子와 〈전국책戰國策〉 등 진한의 고문을 배우고, 명나라 의고파 문인들의 좋아하여 그 글이 실질의 기품이 적었다고 한다.[33] 이처럼 이들의 공통점은 창작을 위한 고문古文의 활용이라는 의고의 본질적인 정신에 대한 이해보다는 모방을 하나의 창작 그 자체로 이해하는 의고의 폐단을 수용한 셈인 것이다. 따라서 의고파의 주요 핵심 중의 하나인 모방을 하나의 창작으로 간주한 점을 그대로 습득한 결과를 낳게 되었다. 하지만 당대의 대표성이 없는 문단의 현실에서 그들 나름대로 전범을 찾아 문풍을 순화시키려는 노력은 의미를 부여받을 만 하다. 이는 당대의 문인들이 명의 의고주의 문학에 얼마나 심취해 있었던가를 단적으로 나타내는 반증이라 해도 과언이 아닐 것이다.

하지만 최립崔岦의 경우는 다르다. 그도 기존의 학설에는 『어우야담於于野談』에서 나타난 지적이나 계곡 장유의 『간이당집서簡易堂集序』에서 "한편의 글을 발표할 때마다 많은 사람들에게 전송傳誦되었는데, 그러나 그의 글은 금문今文이 아닌 모작이 많다"[34]는 평을 들어 그를 대표적인 의고주의자로 규정되었다. 그리

---

32. 『象村集』, 「求正錄」上, 卷51, p.558. "王世貞李攀龍之詩文 自以爲跨漢越唐 而以余觀之 亦自是明詩明文爾
33. 『農巖集』, 卷34, 「雜識」, p.601. "象村天才敏妙 而深厚不足 又學諸子及國策 且喜皇明諸大家 故其文態度俊麗 光彩絢爛 但少質實之意雋永之味."
34. 張維, 「簡易堂集序」, 韓國文集叢刊 卷49, (民族文化推進會 1991), p.175. "每一篇出 人皆傳誦 雖狃於陳言者 或不能句 然不敢訾警 由此 非今人語也"

고 그의 각의담고刻意湛古하여 몇 번의 추고로 구두점을 떼기 어려울 만큼 기굴奇崛한 특징은 더욱 그를 철저한 의고주의자로 규명하게 이르렀다.

그러나 최근 심경호는 진한의고秦漢擬古에 몰입했다는 기존설에 비판적 의문을 제기하면서 그는 차라리 반고와 한유, 구양수를 전범으로 문장을 창작하였다.[35]고 지적했다. 본고도 이에 공감하여 뒤에서 소개하겠지만 그를 명말明末의 경릉파적 특징을 가진 문인으로 소개한다. 그는 능문자能文者로 지목되어 명에 원병을 요청하는 외교 문서를 많이 작성했던 만큼 중국 문단의 흐름을 폭 넓게 이해하였으며 당대의 과거지문科擧之文의 폐단을 지적하고 '문종자순文從字順'의 문장을 추구했던 점으로 보아 의고파 문풍은 물론 경릉파의 문학론도 폭 넓게 수용하여 나름대로의 고문을 소화 발전시킨 것으로 이해되어야 할 것이다. 나아가 그는 전대의 어록체, 주소체의 경직된 문풍을 개혁하여 본격적인 문장학의 필요성을 제창했다는데 큰 의의를 지닌 인물이다.

그러나 대체로 조선 중기의 의고문풍은 그 본질적인 정신의 이해보다는 모방과 표절이 범람하고 수사修辭와 자구字句의 조탁에만 치중하는 수식적인 문풍으로 일색하게 되었다. 따라서 김창협을 위시한 당송고문을 추종하던 문인들이 이런 병폐적인 문풍의 개혁을 주창하게 된 것이다.

2) 당송파적 특징唐宋派的 特徵

한편 명의 문단에서 이런 의고주의 문풍에 반대한 유파가 바

---

35. 鄭 珉,「朝鮮 後期 古文論 硏究」, 한양대 박사학위 논문, 1989, p.38.

로 왕신중王愼中(1509~1559), 당순지唐順之(1507~1560), 모곤茅坤 (1512~1601), 귀유광歸有光(1506~1571) 등을 중심으로 한 이른바 당 송파唐宋派들이다. 특히 당순지唐順之는 전칠자前七者에 대해 신 랄한 비판을 가했는데, 칠자七者의 문장은 "본디 참된 정신이 없 기 때문에 끝내는 점차 소멸해 갈 것이다(본무정광本無精光, 수이소 헐遂爾銷歇)「답채가천서答蔡可泉書」"라고 하면서 작가는 "천고의 변하지 않는 안목을 지녀야 한다(구천고지안이具千古只眼人)「답모 록문지현이答茅鹿門知縣二」"고 했다. 아울러 작품에는 "진정한 정 신과 천고의 세월에도 소멸되지 않을 견식이 담겨 있어야한다" (진정신여천고불가마멸지견眞精神與千古不可磨滅之見)고 했다. 그리고 그는 창작에서 "오직 마음속의 생각에 의거하여, 손이 가는 대로 글을 지을 것"(직거흉억 신수사출直据胸臆 信手寫出)을 요구했는데, 이것이 바로 '본색本色'이다. 이런 본색을 다음과 같이 말하기도 했다.

> 근래의 시문이라는 것은 오직 마음속의 생각을 써내어 마치 속언에 '입을 열면 목구멍이 바로 보인다'고 한 것처럼 써야 한다는 사실을 알았다. 그래서 후인들이 글을 읽으면 참으로 작가의 면목을 바로 알 수 있도록 해야 하며, 작은 옥의 티만큼이라도 숨김이 없어야 비로소 '본색'이라 할 수 있는 것이다.
> 近來覺得詩文一事, 只是直寫胸臆 如諺語所謂開口見喉嚨者 使後 人讀之 如眞見其面目 瑜瑕俱不容掩 所謂本色 此爲上乘文字
> 「여홍방주서與洪方州書」

이런 견해는 도덕윤리 방면의 수양을 강조한 것이다. 그는 또 "삼대 이후의 문장으로 증공曾鞏만한 것이 없고, 삼대 이후의 시 가로는 소옹邵雍만한 이가 없다(이위삼대이하지문 미유여남풍以爲三

代以下之文 未有如南豊, 삼대이하지시 미유여강절자三代以下之詩 未有如
康節者)「여왕준암참정서與王遵岩參政書」라고 하였다. 여기서 그
의 논점의 진면목이 명확히 드러난다. 그의 문장은 "이도理道를
천명하고 세상의 가르침에 보탬이 되어야 한다(가이천리도이비세교
可以闡理道而裨世敎)"고 하였는데, 그 목적은 위태로운 명말의 왕
조 옹호의 입장을 공고히 하는 데 있었다. 이것은 일종의 문학의
사회적 효용성을 강조한 문학관이었다. 그 뒤에도 귀유광歸有光
(1506~1571)과 왕세정 사이에 첨예한 논쟁이 있었다. 귀유광은 왕
세정을 비난하여 '망용妄庸', '거자巨子'라 했는데, 왕세정은 이를
비웃듯이 "망령됨은 있으나, 우매하다는 말은 들은 적이 없다(망
성유지 용칙미감문명妄誠有之 庸則未敢聞命)"라고 응대하였다. 이들의
문학관은 한 시대를 풍미했지만 오래 못 가서 후칠자後七子에 의
해 물러나고 다시금 의고주의 문학이 유행하게 되었다. 물론 당송
파의 귀유광歸有光, 모곤茅坤(1512~1601) 등이 당순지의 이론을 계
승하여 후칠자에게 이론적 도전을 시도했으나, 좌절되고 만다.[36]
  이때 이런 당송파의 이론을 수용하여 의고주의 문학을 통렬히
비판한 사람은 농암 김창협과 계곡 장유, 택당 이식 등이 있다.
특히 농암은 다음과 같이 강한 어조로 명의 의고주의 문풍을 신
랄하게 비판하였다.

  엄주 왕세정은 고인이 문장을 인용하는 것과 적절히 섞어 쓰는 묘미
  를 모르면서 다만 자구를 본뜨고자 한다. 그러므로 비지碑誌와 서사
  는 거세巨細, 경중輕重을 물을 것 없이 다 쓰고 모두 기재한다. 모두
  번용외쇄煩冗猥瑣을 보면 편독강령篇牘綱領이 거듭 넘친다. 안목

---

36. 주훈초, 上揭書, p.218 ~ 219 참조.

을 끌어내어 자세히 제시하지 못하고, 수미본말首尾本末이 거의 신
축변화伸縮變化하는 것이 없고, 그 스스로 풍신경색風神景色으로
삼는 것은 사마천司馬遷, 반구班固의 자구字句로써 수식하고 얽어
만든 것에 불과하다. 이 어찌 고인古人의 묘미妙味를 더불어 논할
수 있겠는가.[37)

고인의 제설提挈과 칙종錯綜의 묘미를 모르면서 자구字句 본뜨
기에만 치우친 명의 대표적인 의고주의 왕세정을 비판함과 동시
에 문장의 신축변화가 없이 그저 모방에만 지나지 않는 의고 문
풍을 역시 꼬집고 있다. 이 역시 명의 당송파의 이론을 수용한 것
이며 농암의 경우 당송파의 '본색本色'의 이론에 공감하여 그의
문학론을 전개한 것을 다음에서 살필 수 있다.

대개 고인이 자기 글을 지을 때 다만 자기 뜻에 의거해서 사건에 따
라 곧 바로 써 나갔어도 어의語意가 저절로 족하였다. 후인이 이것
을 읽어도 진실한 맛이 있음을 알 수가 있다. 그러나 금인今人은 걸
핏하면 고문을 인용하여 가차假借하고 장점粧點하고 힘써 장대 하
려하나 끝내 꾸미는 말만 엮는다. 그러므로 독자가 또한 예를 갖추
기 위해 쓴 말로 인식하여 실록實錄으로 여기지 않게 되었다고 한
다. 이것이 바로 고금문학古今文學에서 득실得失의 나눔이니 살피
지 않으면 안 되는 것이다.[38)

37. 『農巖集』, 卷34, 「雜識」, p.594. "弇州不知古人提挈錯綜之妙 而只欲以句字 步趣
模擬 故其爲碑誌敍事 不問巨細輕重悉 書見載煩兄猥瑣 動盈篇牘綱領 眼目未能
挈出點注 首尾本末 全無伸縮變 化其所自 以爲風神累色者 不過用馬字班句 綠
飾傳曾耳 此何是與議於古人之妙哉"
38. 『農巖集』, 卷18, 「答權變書」, p.324. "蓋古人爲文 只據己意 隨事適書 而語意自
足 故後人讀之 亦覺眞實有味 今人動引用古文 假借粧點 務爲張大 而畢竟只成
一副事套語 故讀者亦認作備禮說話 而不以爲實錄 此正古今文學得失之分 不可
不察也"

역시 당송파의 본색의 이론에 공감하여 전개한 그의 문학론을 살필 수 있다. 그래서 그는『답최창대서答崔昌大書』에서 병자호란 때 화친을 주장했던 최명길의 증손인 최창대崔昌大(1669~1720)가 고인의 본색으로서 작시하는 태도를 다음과 같이 매우 높이 평가하였다.

그대의 시를 읽어보니 문득 이런 마음이 일어남을 깨달음은 마치 갈대에 바람이 불고 봄날 얼음이 녹는 것 같다. 또 몇 번씩이나 반복하여 수 차례 지나고 엿보는 것이 비슷하여 뜻을 쓰고 말을 만들고, 성률과 격조가 진부한데 말미암지 않고, 고인의 본색을 찾는데 힘쓰니 고상하다고 생각된다. 그리고 재주와 생각이 민첩하고 넉넉하여 문장을 끌어 갈 수 있으니 읊조리는 사이에 자주 감탄하게 된다.[39]

이처럼 농암은 비평을 할 때도 본색本色(꾸밈이 없는 자연류로自然流露)을 기준으로 하였다. 장유張維도 [간역당 서문簡易堂 序文]에서 역시 당송파의 고문관을 피력하고 있다.

대저 말이 통달함에 이르면 질박하다고 할 수 있다. 문장에 질박함이 없다면 무엇으로 빛나는 군자를 능히 불후不朽에 넣겠는가. 한퇴지韓退之의 말은 오직 진부陳腐한 말을 버리기에 힘썼다. 예로부터 문장을 짓는 사람은 무엇을 제한하였던가. 오직 진부한 말을 하지 않은 자者라야 곧 후세에 길이 문장을 떨칠 수 있다.[40]

---

39. 『農巖集』,「答崔昌大書」 p.321. "得足下詩讀之 輒覺此心披發 若葭恢之吹 而春氷之釋 旣又反復數過 髣髴窺見 其用意造語聲律格調 不因襲陳陋 務尋古人本色 以爲高 而才思之 敏給 又足以濟之 吟調之間 爲之屢歎."
40. 張維,「簡易堂集序」韓國文集叢刊 卷49, (民族文化推進會 1991), p.175. "夫辭至於 達 可謂有其質矣 卽無其文 何以稱彬彬君子 而能垂諸不朽哉 韓子之言 唯陳言之務去古來爲文者 何限 唯不爲陳言者 乃能鳴於後世"

역시 당송파의 본색의 논리와 그 궤축을 같이하는 논리로 전개
된 것을 알 수 있다. 아울러 한문사대가漢文四大家의 한 사람으로
관각체館閣體 문장의 규범을 보였을 뿐만 아니라 중기 고문을 창
도했던 택당澤堂 역시 이런 논리를 계승한 일면을 찾아 볼 수 있
는데, 그는 특히『작문모범作文模範』의 서문에서 다음과 같이 문
장의 시대성을 주장하고 있다.

> 옛날과 지금의 풍속과 사정은 크게 달라졌는데, 문장과 사령詞令이
> 그 사이에서 통한다. 비록 옛사람이 현재의 세상에 태어났다 하더라
> 도 글은 반드시 현재의 글을 지어야 한다. 이것은 시학詩學이 같지
> 않기 때문이다. 그리고 마땅히 당송唐宋이하의 것으로 법을 삼아야
> 한다.[41]

이처럼 그는 문장의 시의성時宜性을 강조하고 당송 이하의 문
장을 전범으로 삼을 것을 제시하고 있다. 농암 역시 택당의 시의
성時宜性과 궤를 같이하는 고문론을 주장했는데, 특히 이를 "필위
금지문必爲今之文"이라 하여 다음과 같이 강조했다.

> 한퇴지韓退之가 문장을 짓는 데는 진부한 말을 없애기에 힘썼으니
> 진부한 말은 오직 범상어凡常語보다 못한 것을 가리키는 것만은 아
> 니다. 무릇 경전이나 고인의 말을 자신이 다시 말하는 것이 모두 이
> 것이다. 좌국반마左國班馬의 문장같은 것은 비록 괴기함이 있으나
> 한결같이 습용襲用하였으니 모두 진부한 말일 뿐이다. 이제 한퇴지
> 의 문집 수 백편을 읽었지만 하나도 고인의 구절을 습용하지 않았다.

---

41. 李植,「作文模範」,『韓國古典批評論資料集』卷2, (啓明文化社 1988), p.17. "古今
    風俗事情懸殊 而文章詞令 通於其間 雖使古人生於今世 必爲今之文 此與詩學不
    同 當以唐宋以下爲法"

명문名文이라는 이우린李于鱗의 문장같은 것도 오로지 고인의 구절을 취하여 문장을 지어 그 병폐가 심하다.[42]

이처럼 농암은 당송파의 참된 정신을 바탕으로 한 진솔한 글의 창작을 주장했다. 즉 이때의 의고주의 문풍을 반대하고, 좀 더 자기의 목소리로 짜여진 진솔한 글을 주장하였다. 이런 농암의 논리는 당송파의 논리를 수용하는데 그치지 않고 나름대로 수용하고 정리하여 새로운 문학관으로 표출하였는데 다음에서 이를 살필 수 있다.

고문古文의 문자文字와 편장篇章과 구자句字는 다 자연스러운 지극한 법도가 있어 비록 때로 참착參錯하고 정제整齊치 못한 것이 있더라도 절선折旋에 부합附合시키고자 한 것이지 구句가 그런 것이 아니다. 지금 이것을 살피지 않고 일부러 장단이 고르지 않는 말을 지어 촌스러움을 면하기를 구하니 도리어 한단학보邯鄲學步가 될까 두렵다. 여러 편중에는 이런 병통이 많다. 따라서 깊이 생각하여 평정平正과 전실典實로 힘써야 한다.[43]

농암이 주장한 고문론의 작법이 바로 자연스러운 서술 방식이다. 그것은 모방을 배제하고, 자신의 개성으로 쓸 것을 강조한 것이기도 한데, 이런 특성이 작문론이자 문장 서술상에서 기법의 하나를 제시한 것이다. 그래서 그것은 참착參錯하고 부정제不整

---

42. 『農巖集』卷34,「雜識」, p.611. "退之爲文 務去陳言 陳言非專 指俗下庸常語也 凡經古人所己道者 皆是如左國班馬之文 雖則瑰奇 一或襲用 皆陳言耳 今讀韓集 累百篇 無一語襲用 古人成句 明文如李于鱗 專取古人句字 屬綴成文 其陋甚矣"
43. 『農巖集』, 卷20,「答趙文命」, p.359. "古人文字篇章句字 皆有自然之至法 雖時有 參錯不齊整着 要合於折旋 非句然也 今不察此 而故爲長短不倫之語 以求免於板樣 却恐爲壽陵人學步 諸篇中似多此病 竝宜經心商度 要以平正典實爲務可也"

齊한 면이 있으나 차라리 수사修辭 지향적인 문장과는 비교할 수 없는 격이 있다는 것이다. 나아가 문장의 내용이 평정平正하고 전실典實한 데 있어야 한다는 문장의 본질적인 지향점을 제시하고 있다. 문장의 외면적인 성음聲音이나 수사修辭보다는 내용의 충실을 강조했다. 적어도 문학이 추구해야 할 본질적인 것은 내용의 깊이와 충실성이며 나아가 진솔한 서술과 태도에 있다는 것이다. 그가 비평문의 전범으로 삼은 것은 모곤茅坤의 『당송팔대가문초唐宋八大家文抄』였다.[44] 『당송팔대가문초』는 팔대가(한유, 유종원, 구양수, 소식, 소순, 소철, 증공, 왕안석)의 작품 선택이 적절하면서도 풍부한 점, 각자의 문장 초인抄引과 본전本傳 등 각 자가품自家品에 대한 단평短評이 붙은 점에서, 선집選集의 기능과 비평서의 기능을 함께 했기 때문이다. 특히 김창협은 모곤의 비평 방법을 활용하고 있다. 이는 당송문唐宋文의 형식으로 비평함으로써, 실제로 고문古文의 형식을 새롭게 모색하는 방법이 될 수 있었다. 이 〈팔대가문초八大家文抄〉에 실린 당송문唐宋文을 중심으로 특히 문체형식文體形式을 검토할 때, 김창협은 모곤의 비평을 상당히 참조하면서도 그 태도는 비판적, 선택적이다. 이처럼 그는 당송파의 논리를 수용 발전한 모습을 살필 수 있는 것이다.

당송파는 당대 의고주의 문풍의 폐단을 지적하면서 고문의 본질적인 정신을 계승하여 더욱 전실한 문장을 쓸 것을 주장하였다. 그들의 방법론으로는 본색의 문학관으로 진솔한 내면 세계의 가식 없는 표현을 주장하였다. 그러나 당대 조선 사회에서는 아직 중국과의 외교 관계로 쓰는 문장이나 과거문장科擧文章의 사

---

44. 강혜선, 「김창협의 古文 연구」, 서울대 석사 학위 논문, 1990, p.16.

장적詞章的 흐름으로 크게 성공하지는 못했다.

3) 공안파적 특징公安派的 特徵

명대明代는 문학에 있어서 복고주의 문풍이 지배하고 있었지만 명말明末에 이르러 복고주의 사조를 강력히 반대하고 성령性靈을 바탕으로 작가의 개성과 창의성을 중시하던 문풍 혁신 운동이 일어났다. 그간 찬란한 문풍을 장식하던 의고주의 문학도 공안파公安派에 의해 도전을 받아 결국은 무너진다. 공안파의 핵심이었던 원종袁宗(1560~1600), 원굉도袁宏道(1568~1610), 원중도袁中道(1570~1623) 삼형제등이 공안지방 사람이기 때문에 공안파라 불렀다. 그들은 "오로지 성령만을 서술하고 격투에 얽매이지 않는다"(독서성령獨抒性靈, 불구격투不拘格套)는 것이다. 즉 문학의 본질적인 '성령性靈'에 충실하되 수사적인 기교에는 얽메이지 않는다는 것이다. 그들이 말한 '성령性靈'이란 외계 사물에 대한 작가 개인의 독특한 체득을 말하며, 이로 인해 그들은 문학을 말할 때 이러한 진실된 감정과 개성의 표출을 강조하였다. 이들은 전후칠자의 창작의 한계성과 폐단을 실랄하게 공격하여 성령性靈을 중시한 문체를 강조하면서 시대의 변화에 맞는 문학의 창작을 주장했다. 모든 사물은 끊임없이 변화하기 때문에 문학도 사회의 변화에 따라 끊임없이 발전해야 한다고 제시하면서 그 시대마다 그 시대의 훌륭한 문학 작품이 있었다고 인식했다. 아울러 문학은 그 시대의 모습을 그 시대의 표현 양식에 맞게 전개해야 한다는 시대성을 강조했다. 원씨袁氏 삼형제는 "세상 사람들은 당대를 좋아하지만, 나는 당에는 시가 없다고 말하겠다. 세상 사람들은 진과 한을 좋아하는데, 나는 진秦과 한漢에는 문장이 없다고 말하겠다. 세상 사람들은 송과 원을 천시하고 배척하는데, 나는 훌륭한 시문은 송宋과 원元의 대가들에게 있다고 말하겠다.(세인희당世人喜唐, 복칙왈 당무시 세인희진한 복칙왈 진한무문 세인비송출원 복칙왈 시문재송원제대가僕則曰 唐無詩 世人喜秦漢 僕則曰 秦漢無文 世人卑宋黜元 僕則曰 詩文在宋元諸大家)[여장유우與張幼于]"라고 하여 전후칠자前後七者의 난삽한 문풍을 반대하였다. 또 이들은 "마음 내키는 대로 말하고, 입에서 나오는 대로 말하며, 성정에 따라 행동하고, 성정대로 표현해 낼 것(신심이출信心而出, 신구이담信口而談, 솔성이행 임성이발率性而行 任性而發)"을 주장하여 솔직하고 평이하며 담백한 작품을 적극 주창하였다. 이런 면에서 그들은 백거이와 소식의 창작전통을 계승한 것으로 볼 수 있다.[45)]

하지만 이런 유풍遺風은 후일 시문의 예술성과 언어의 정교성의 측면에서 부박한 작품을 낳게 되었으며 경박한 표현과 비속한 경지에 빠져들게 되었다. 이런 공안파 문학이론을 요약하면 다음과 같다.

1. 문학은 진화한다.

역대문학의 변천에는 각 시대의 특수성이 있으니 창작이나 비평에서 이 시대의 특수성을 이해하여야 문학진화 원리에 배치되지 않는 것이다. 배고천금拜古賤今으로 일자일구一字一句를 의고한다면 이것은 문학의 생명을 손상하는 것이다.

---

45. 周勳初, 上揭書, p.228.

2. 모방을 반대한다.

문학은 진화한다는 입장에서 문필진한 시필성당文必秦漢 詩必盛唐을 반대한다.

3. 성령을 독서獨抒하고 격투格套에 얽메이지 않는다.

독서성령獨抒性靈은 개인의 감정을 표현하는 것으로 언지言志이지 재도載道는 아니다. 곧 격투에 얽매이지 않는 것은 문학창작의 자유정신을 발휘하여 개성을 손상하지 않는 문학의 구현이다.

4. 문학작품에는 내용이 있어야 한다.

여기서 내용이란 감정과 사상이 충실히 작품에 나타나야 한다는 것이다. 곧 무질無質한 문文은 추한 얼굴에 분을 바른 것 같아서 바를수록 더욱 미워지는 것이다. 만일 아름다운 미인에게 분은 바르면 더욱 예뻐질 것이니 문文과 질質은 상부상의相附相依하여 훌륭한 작품을 만들 수가 있다.[46)]

17세기 조선의 경우 당송파가 곧 공안파와 궤를 같이하는 문학적 견지를 갖고 있다. 이것은 명明의 경우처럼 당송파의 자기 변형과 극복이 공안파였듯이 조선 역시 당송파를 수용한 문인들이 공안파의 논리를 이해하고 전개시켰기 때문이다. 이런 논리를 진일보 발전시킨 사람이 농암인데, 이런 농암을 가르켜 김택영은 택당이 떨쳐 버리지 못한 점을 완전히 제거했다고 한다.[47)] 그래서

---

46. 車相轅, 「中國文學史」, (文理社 1974), p.718.
47. 金澤榮, 『護堂集』, 卷8「雜言3」, 『金澤榮全集』, (亞細亞文化社 1978), p.124. "張谿谷 李澤堂二公 一洗前陋 而陋未袪 至農巖則袪盡矣"

그는 다음과 같이 주장하고 있다.

> 당나라 사람은 스스로 당나라 사람일뿐이고 지금 사람은 스스로 지금 사람일뿐이다. 서로 떨어진 것이 천년이로되 그 성률과 기조氣調를 한결같이 같게 하고자 하니 이것은 이치와 시세時勢에 무미無味한 것이다.[48]

이런 공안파의 논리는 당대의 장유의 문학관에서도 찾아 볼 수 있으며 그는 나름대로 공안파의 논리를 수용 발전시킨 것으로 이해될 수 있다.

> 아 만물의 변화와 사람의 생사 장로壯老는 하늘에 달려 있는지라 사람이 참으로 어떻게 할 수 없지만, 성습性習의 이탈과 학문의 변화는 사람이 하기에 달린 것이기에 하늘이 마음대로 할 수 있는 것이 아니다.[49]

시세의 흐름에 부합한 문학의 구현을 주장한 그의 논리는 공안파의 문학 논리와 그 궤축을 같이한다. 장유의 성정론의 경우도 공안파의 본성의 논리를 수용 발전시킨 것으로 이해해야 할 것이다. 이런 공안파의 특징은 조선 후기 문학에서 인식의 범위를 확충하는데 일역一役을 했다. 그러므로 조선 후기 문단에 자주 거론되던 최신호崔信浩, 김흥규金興圭, 장원철張源哲 등이 지적한대

---

48. 『農巖集』, 卷34, 「雜識」, p.595. "唐人自唐人 今人自今人 相去千載之間 而欲其聲 音氣調 無 一 不同 此理勢之所必無矣.
49. 『鷄谷集』, 「化堂說」, 韓國文集叢刊 卷49, (民族文化推進會 1991), p.84. "萬物之化人之生 死壯老 係乎天焉 人固無能與也 至於性習之移奪 學問之變化 人之所爲 非天之所使也"

로 '천진天眞, 자연自然, 성령性靈의 개념과 함께 조선 후기 시론의 중요한 특질을 이루고 있는 제 논리도 조선 중기 고문의 수용과 함께 배태되어 발전했음을 묵과해서는 안될 것이다. 이런 천기론은 당대의 김창협金昌協, 홍세태洪世泰, 홍량호洪良浩, 홍대용洪大容, 이옥李鈺 등의 글에서 어렵지 않게 확인할 수 있다.[50] 이처럼 고문은 문학 장르에 대한 재고와 함께 당대의 다양한 문학적 욕구를 표현해야 할 장르의 확대를 가져오게 되었다. 즉 시 중심에서 산문 문학에 대한 범주의 확대가 바로 그것이다. 그리고 문학의 평가 기준에 있어서도 다양한 문학 형태나 양식을 인정하는 단계에까지 이르게 되었다.

인심이 한결같지 아니함은 얼굴과 같다. 시문詩文이 인심人心에 말미암아 드러나니 또 어찌 같을 수 있겠는가? 지금 사람들은 당唐을 따르는 문인들을 책망하여 '어찌 한漢을 본받지 않는가'라고 책망하며, 송宋의 문풍을 따르는 문인들을 책망하여 '어찌 당唐을 본받지 않는가'라고 한다. 혹시 한 마디라도 옛것에 가까움이 있으면 반드시 드러내어 '나의 문장은 한漢의 문풍이다.', '나의 시詩는 당풍唐風이다.'라고 하니 우활하기 그지없다. 산수山水에 비유하면 산에는 오악五嶽이 있으나 형질形質은 모두 다르고, 물에는 구하九河가 있으나 물줄기와 근원은 모두 다르다. 하지만 그 험준하고 높이 솟은 모양은 같고, 잔물결이 일고 서로 부딪쳐 소리는 같아서 모두 산수山水에 손색이 없다. 오직 산이지만 언덕과 능선에 지나지 않고, 물이지만 도랑 정도에 그치는 것이 하등이 된다. 만약 만유萬有의 부동지형不同之形을 가지런히 하여 하나로 묶으려 한다면 조화造化에 병이 생기게 된다.[51]

---

50. 鄭然峯, 「張維의 문학사상」, 『한국문학사상사』, (계명문화사1991), p.471.

만물의 형상이 각각의 모습이 있듯이 문학의 형태도 다양할 필요가 있다는 것이다. 그리고 그는 기존의 송시宋詩보다 당시唐詩가 우월하다는 통념을 부정하는 새로운 단계로 나아간다. 즉 문학의 편견성을 공박한 것이다. 상촌은 당대 현실을 고려할 때 사대부임에도 사대부 계층에서 낮게 보던 시조를 사랑하였고 또 일가一家를 이루었던 점을 고려한다면 그의 문학 세계가 상당히 개방되었다는 사실을 알 수 있다. 이런 그의 학문적 성향도 당대의 공안파의 사조와 무관치 않을 것이다.

이와 같이 성정대로 진솔한 표현을 기치로 한 공안파의 논리는 농암의 문학에도 수용 발전되어 다음과 같이 나타난다.

> 그대가 옛날을 배우려는 뜻을 막으려는 것이 아니다. 다만 성음聲音면모面貌와 같은 외적인 것에서 옛사람을 찾지 말고, 반드시 그 성정性情의 참됨과 학문의 실함을 구해야 하며, 척촌승묵尺寸繩墨 사이에서 옛 사람을 본받지 말고 반드시 그 규모의 큼과 기상의 온전함을 얻어야 한다.[52]

문장의 외적인 수식보다 내적인 진실성을 배울 것을 강조하였다. 또 옛날을 배우려고 하거든 내적인 규모의 크기와 기상을 배

---

51. 『象村集』, 「求正錄」 上, 卷51, p.558. "人心不同如面 詩文由乎人心而發 又惡同哉 而今世之人 責唐曰 '胡不漢也', 責宋曰 '胡不唐也' 或有一言之幾於古 則必自標 置曰 '吾文漢也 吾詩唐也 可謂迂矣 譬之於山水 山有五岳 而形質俱殊 水有九河 而派源各異 然其嶕崒巍峨 同也 淪漣澎湃 同也 俱不失爲山水也 唯其爲山而止於丘陵 爲水 而止於溝瀆者下爾 乃若必齊其萬有不同之形 束之於一槪 則造化有病焉"

52. 『農巖集』卷18, 「答崔昌大」, p.321. "亦非以阻足下學古之志也 但欲足下勿索古人 於聲音面貌之外 而必求性情之眞問學之實 勿效古人於尺寸繩墨之間 而必得其規模之大氣象之全"

워야 한다고 했다. 이처럼 그가 지향한 문학의 성격은 내용의 깊이와 질에 있으며 서술의 진솔성과 자연스러운 흐름을 중시한 것이다. 그의 문장론은 작문의 방법과 태도 그리고 문장의 정신을 배울 것을 지적하고 있다. 우선 그는 작자의 전고典故나 모방을 벗어난 자기의 목소리, 자기의 개성을 바탕으로 문장이 구축되어야 한다고 지적하고 있다. 이것은 달리 말하면 당대에 자기의 개성 없이 모방 지향적인 문풍을 향한 질타가 될 것이며 그가 지향하는 문학의 세계 곧 문장에 대한 그의 의식인 것이다.

진정한 창작이란 남의 생각을 모방하는 데서 벗어나 자기의 뜻을 드러내고 어휘가 거칠고 어색하더라도 자신의 언어로 진솔하게 서술해야 한다는 것이다. 이것은 창작의 태도와 어휘 선택을 논급한 것으로 공안파의 논리와 상통한다. 이런 점에서 농암은 공안파적 문학을 수용하여 이론을 전개한 것을 알 수 있다.

이런 공안파의 영향은 조선 중기 문학의 다양성을 인정하는 단계의 초석을 굳히면서 후일 문학 영역의 확대를 가져오는 계기가 되었다. 이런 공안파 문학론은 당대의 일부 지식인에 의해 강조되어 조선 후기의 특징을 결정짓는 하나의 요소로 작용했다.

4) 경릉파적 특징竟陵派的 特徵

공안파의 부박浮薄한 예술성과 경박한 표현의 취약성은 후일 종성鍾惺(1574~1624)과 담원춘譚元春(1586~1637)를 중심으로 한 경릉파竟陵派에 의해 그 결점을 보완 받는다. 이들은 선시選詩를 통해 고인의 '정신'을 표출해 내고 후인의 심목心目을 연결시키자는 것으로, 실제로는 전범이 될만한 작품을 제시하고 후인을 끌어들임으로써 모종某種의 풍격을 가진 유파를 이룬다는 것이다. 과거

의고주의 주장이었던 고인의 작품을 바탕으로 하되, 그 중에서 참된 작품만을 골라내고 공안파의 주장이었던 참된 성령의 표현의 장점만을 골라 새로운 문학을 제시한 것이다. 그러나 문제는 훌륭한 작품을 선정하되 과연 그 선정의 기준이 어디에 있느냐는 문제와 진솔한 표현이라는 명분아래 괴자怪字와 험운險韻의 압운을 즐기는 등 편벽하고 속된 궁지에 빠지게 되었다. 결국 당대 지식인에게 호응을 얻어 문풍을 쇄신하는 데는 크게 성공하지 못했다.[53]

그리고 이들은 또 공안파의 작풍이 '성령性靈'에서 '학고學古'로 향하는데 비해 경릉은 반대로 '학고學古'에서 '성령性靈'으로 변천하였다. 이들은 시문 중에서 생활을 강구講求하기도 하였다. 종성種惺(1574~1624)은 고인의 정신(학고學古)으로 후인의 심목沈目(성령性靈)을 적촉해야 한다고 주장하고서 나중에는 학고學古(선서選書)와 저서著書(성령性靈)의 관계를 동일시하는 모순을 낳게 되었다. 경릉의 문풍은 명대 문단에 부화추숭한 기풍을 엿볼 수 있으나 대체로 종래의 시풍에 대한 불만으로 경릉에 동조한 것이지 크게 호응을 얻지는 못했다. 하지만 이들의 낭만적인 정신은 후대 청대 문인들의 작품에 많이 투영되어 나타난다.[54]

우리나라에서도 경릉파처럼 의고擬古와 공안公安의 장점만을 뽑아 문풍의 쇄신을 주장한 이로는 택당 이식澤堂 李植을 꼽을 수 있다. 택당은 다음과 같이 경릉파와 같은 입장을 피력하고 있다.

세상에서 문예를 말하는 자는 반드시 '문장은 마땅히 옛것을 본받아야 한다.'고 말한다. 말하는 바 옛것이 무엇이냐 물으면 좌전左傳, 국

---

53. 周勳初, 上揭書, p.229.
54. 車相轅, 『중국고전문학평론사』, (汎學社 1979), p.447~448 참조.

어國語, 반고班固, 사마천司馬遷의 책이라고 한다. 그것을 비난하
는 자는 '고古와 금今에 두개의 도道가 없으니 문장은 마땅히 근본
에 힘써야 한다'고 말한다. 말하는 바 근본이 무엇이냐 물으면 인의
도리仁義 道理의 실實이라고 한다. 내가 보건데 인의仁義는 헛되이
서는 것을 용납치 않고 고문古文에는 육경六經만한 것이 없다. 학자
가 능히 시서공맹詩書孔孟의 설說을 좇아 공부하여 얻는 것이 있다
면 고古라하고 본本이라 하는 것이 어찌 이것 밖에 있겠는가.[55]

그리고 택당은 나아가 그의 『작문모범作文模範』에서 중국 문단
의 한유를 거론하면서 문장의 정종을 삼기도 했으니 당대 문인들
의 수용 태도를 충분히 짐작할 수 있다.

한유의 문장은 문文의 정종正宗으로 먼저 읽어야 한다. 칠팔 십수
를 뽑아 읽어서 그 취미臭味를 얻으면 일생에 본 받는 것이 옳으며,
모록문茅鹿門이 뽑은 팔대가문八大家文이 가장 중정中正하다고 하
겠으나 유종원의 문장은 한유와 백중伯仲하고 소식의 문장은 비록
순정醇正하지 못한 곳이 있지만 기氣는 한유보다 떨어지지 않으니
반드시 많이 읽는다고 해서 힘을 얻을 수는 없다. 유종원 이하 육가
六家의 문文은 매우 절묘한 것 사오십 편을 추려서 틈날 때마다 읽
을 것이니 이들은 고문古文의 정맥으로 한유의 이른바 인의仁義의
말을 띄고 있다.[56]

---

55. 李植, 「頤菴集後序」, 「澤堂集」, 韓國文集叢刊 卷88, (民族文化推進會 1991),
p.150~151. "世之談藝者 必曰 '文章當法古 問其所謂古者 則左國班馬之書也 有
難之者曰 古今無二道 文章當務本 問其所謂本者 則仁義道德之實也 以余觀之 仁
義不容虛立 古文莫尙六經 學者果能從事詩書孔孟之說 而有得焉 則其謂之古 謂
之本者 夫豈外於此哉

56. 李植, 「作文模範」, 『韓國古典批評論資料集』卷2, (啓明文化社 1988), p.17~18.
"韓文文之宗 不可不先讀 七八十首抄讀 若得臭味 仍以爲終身模範可也 茅鹿門
所抄八家之文 最爲中正 柳之於韓伯仲 大蘇雖詭 文氣不下於韓不必多讀而得力
也 柳以下六家之文 抄其尤絶妙者 四五十篇 餘力一讀 此是古文章正脉韓子所爲
仁義之言也"

이처럼 택당은 고문의 정맥으로 한유의 문장을 들고서 부지런히 익힐 것을 권장하였다. 농암도 한유의 문장을 전범으로 삼았다. 조선 중기 문인의 대다수가 한유의 문장을 이상적 모범으로 여기고 참된 의경의 정제된 표현을 중시한 경릉파에 점차 공감하게 되었다. 그러나 우리 나라의 경우 중국처럼 사조나 학파가 분명하게 구분되는 것이 아니라 여러 가지 유파의 학설을 수용하여 복합된 형태로 나타난다.

2. 17세기 고문古文의 성격

1) 실용성實用性

우리가 일반적으로 고문古文하면 그 어휘 자체가 복고적 성향을 띄지만 좀 더 생각해 보면 복고 그 자체가 목적이 아니라, 현실의 필요성을 전제로 한 과거 문학의 참조를 바탕으로 한 현실적 노력이었다. 따라서 고문은 현재의 발전과 변화에 필요한 실용성을 그 바탕으로 한다.

조선 중기의 고문 역시 임란과 양란 이후의 어지럽던 시대상황 하에서 당대의 문풍을 혁신하고, 기존의 틀을 보다 고무적인 방향으로 제시하고자 했던 현실적 대안이었다. 이런 시대적 열망은 중국의 문풍의 수용에 관심을 갖게 되었고, 혹자에 따라 전적인 수용의 입장을 취한 것과 수용과 비판을 통해 좀 더 자기 내실화와 발전을 가져왔던 것을 앞에서 밝힌 바 있다.

그러나 수용이건 비판이건 당대 문인의 대상이 된 고문은, 당송고문과 진한고문을 전범으로 삼았기에 그 선택의 자체가 복고성을 전제로 한 것이다. 따라서 고문을 수용하는 측면에서 그들의 작문과 문예관에서 복고성을 띨 수밖에 없었던 것은 필연적인 사실일 것이다. 먼저 중기의 문인 중 이런 특성이 가장 크게 두드러지는 사람으로는 경릉파적 문학 성향이 강했던 택당 이식을 거론할 수 있다. 그는 당대의 어지러운 문풍을 비판하는 가운데에서 그의 복고성을 짙게 드러내고 있다.

> 서울에서 재주 있는 사람들은 경서經書를 연마하지 않고 글 짓는 것에만 전념하여 별시別試의 과거에 응시한다. 그러므로 그들의 글은 경서經書에 근본하지 않았으며 한유·구양수의 근리지문近理之文도 또한 진부한 말이라고 한다. 나아가 사마천司馬遷의 『사기史記』, 『장자莊子』 등의 책만 좇아 배워서 괴기壞奇함을 숭상하는 데 힘쓴다. 따라서 경전經傳은 배워 암송할 여가가 없으니 담을 마주하고 있는 것처럼 어둡게 되었다.[57]

택당은 당대의 문사들의 병폐를 지적하고서 이들 학문의 교정적 매체로써 경서經書를 꼽았다. 그리고 그의 경서는 정주학程朱學으로 귀결시킨다. 그는 학자란 오로지 경전經典에 마음을 기울여 정주程朱의 학문學文에만 뜻을 두어야 하며, 이단異端을 두루 섭렵하거나 채용하려는 뜻을 가져서는 안 된다고 강경한 어조로 말했다. 나아가 그렇지 않고서 학문에 종사하는 것은 배우지 않는 것만도 못하다고 단언했다.[58] 조선 중기 대표적인 고문가 중의 한 사람이었던 그의 논리를 통해 당대 고문의 복고지향적 성격

---

57. 李植,『澤堂集』,「丙子辭免大司成兼陳弊端疏」, 韓國文集叢刊, 卷88, (民族文化推進會 1991), p.132. "京中才俊之流 則不事圓點治經 專務作文 以應別試等科 而其爲文又不本於經書 如韓歐近理之文 亦視以陳言 唯從事於馬史莊子等書 務以壞奇相尙 故其於經傳 無暇學誦 至有昧然面墻者"

은 충분히 미루어 짐작할 수 있을 것이다. 이런 복고적 논리와 궤축을 같이하는 인물로는 월사 이정귀月沙 李廷龜을 꼽을 수 있다. 그는 특히 의미 전달에 중점을 둔 경전식 표현 방식을 중시하고서 복고적인 문장 효용론을 다음과 같이 피력하고 있다.

> 문장은 천지의 정채精彩이고 썩지 않는 큰 사업이다. 그것이 드러나고 묻힘은 사람에게 달려있고, 흥興하고 쇠衰함도 세도世道와 관련이 있다. 따라서 군자가 그 시대를 만나면 정채精彩를 발휘하여 사업을 하게 되고, 그 시대를 만나지 못하면 정채精彩를 거두어 문사文詞를 짓게 된다. 그러나 문사에 공교로운 사람은 이따금 세상일에 소원하고, 경제를 맡은 사람은 사한詞翰을 할 겨를이 없다. 따라서 옛 부터 작자는 근심하고 어려운 가운데에서 많이 나왔던 것이다.[59]

이처럼 그는 문학 그 자체에 가치를 높이 부여한 가운데에서 문학이 세상에 끼친 문장 효용론을 논급하였다. 그리고 그의 효용적인 문학관은 다시 '육경六經'을 통해 구체적으로 제시되고 있으며, 그 내용면에서도 벽삽僻澁하거나 부화浮華한 수식적인 문장을 멀리하고 핵심적인 의사가 전달된 문장을 쓸 것을 주장하였다.[60] 그러나 전언한 바와 같이 복고는 그 자체가 목적이 아니며 현실의 발전을 전제로 한다는 측면에서 고문의 성격은 현실적

---

58. 李植, 『澤堂集』, 「追錄」, 韓國文集叢刊 卷88, (民族文化推進會 1991), p.525. "學者 潛心經傳 專意程朱學的 不可旁及異端 有兼採幷用意也 不然則雖平生從學 乃爲學問中之罪人 不如不學野

59. 李廷龜, 「象村集序」, 『韓國古典批評論資料集』卷4, (啓明文化社 1988), p.333. "文章者 天地之精 而不朽之大業也 其顯晦在人 與喪係世道 故君子得其時 則精發而爲事業 不得其時則精斂而爲文辭 然而工文辭者 或疏於世務 任經濟者 未遍於詞翰 故自古作者 多出於憂思困厄之中"

60. 李廷龜, 「芝峯集序」, 『韓國古典批評論資料集』卷4, (啓明文化社 1988), p.343. "絶無浮華僻澁之態"

실용성에 있는 것이다. 그리고 전통적인 문장의 효용론은, 문장
이 세상에 기여해야 한다는 실질적인 측면을 강조한다는 측면에
서 실용성으로 요약할 수 있다. 더욱이 상촌의 경우는 이런 고문
의 실용적인 면이 더욱 두드러지는데, 그는 당대의 사회 상황이
천재지변과 내우외환內憂外患으로 민생이 도탄에 빠지고 국정이
황폐해지고 세도世道가 무너져 기강이 해이해진 것을 개탄하고
서[61] 근본을 세우고 경륜을 닦아 대요를 터득해야 한다.[62] 는 개혁
안을 제시하기도 했다. 따라서 그의 이런 의식은 문학에서도 더
욱 현실성를 강조한 실용주의로 향하게 되었다. 그는 누구나 지
知를 말하지 않으리오마는 진지眞知가 어렵고, 누구나 행行을 말
하지 않으리오마는 실행實行이 어렵다.[63]라고 하여 실용성에 근
거한 학문의 자세를 강조했다. 이런 의식을 지녔던 상촌 역시 그
의 학문의 기본적 지침서는 육경六經에 근본 해야 한다고 했는데,
지봉芝峯 이수광은 상촌의 묘비명에서 "그의 작법은 육경에 근본
하여 노련하고 중후함을 이루어 한 자의 흠도 잡아낼 수 없다.[64]
는 것은 더욱 이를 분명하게 보여주고 있다. 상촌과 함께 문명文
名을 떨쳤던 계곡谿谷은 정주학程朱學 일변도에서 벗어나 실질을
중시하는 관점에서 양명학의 지행합일知行合一을 수용하였다. 그

---

61. 申欽, 『象村集』, 「進古經周易箚」, 韓國文集叢刊 卷72, (民族文化推進會 1991),
    p.155. "伏見近者 天災地異 杳臻層見 民艱政瘼 日滋月甚 壞裂之世道 凌夷之紀
    綱 若涉大川 浩無津涯"
62. 申欽, 『象村集』, 「陳言箚」, 韓國文集叢刊, 卷72, (民族文化推進會 1991), p.162.
    "夫治道有大本大經 爲政立然後 盛德大業彰矣 大經修然後 家型邦則建矣 大要
    得然後施措布置立矣"
63. 申欽, 『象村集』, 「彙言」, 韓國文集叢刊, 卷72, (民族文化推進會 1991), p.306.
    "孰 不曰知 眞知爲難 孰不曰行 實行爲難"
64. 申欽, 『象村集』, 附錄 二中, 「墓誌銘」, 李晬光撰, 韓國文集叢刊, 卷72, (民族文化
    推進會 1991), p.454. "其爲文章 本於六經 老成典重 人不敢瑕點一字"

는 문학에서도 실리성을 강조하고서 내용이 알찬 문장의 구현을
강조했다. 곧 부화한 수식이나 인위적인 조작이 첨가되지 않은
충실한 내용의 문장을 창작해야 하며, 나아가 근본을 돈독히 하
고 실질을 숭상하여 마음속에 터득된 것이 발현된 문장을 이상적
인 문장으로 간주하였다. 이는 곧 '수문이명도垂文而明道'라는 전
통적인 문장관을 받아들이고, 진한의 고문을 본받아 '돈본상실敦
本尙實'한 글을 지어야 한다는 의식으로[65] 결국 당대 고문의 특성
인 복고와 실용으로 귀결 지을 수 있다. 이런 그의 의식은 다음
문장에서 더욱 선명하게 서술되고 있다.

> 무릇 문文에는 화華가 있고 실實이 있으니 사辭는 화華요, 이理는
> 실實이다. 성현의 문文은 화華와 실實이 구비되어 있는데, 제자諸子
> 로부터 비로소 일어나 둘이 되었다. 문文의 지극한 것은 반드시 화
> 華와 실實이 겸해 있는 것이다. 그러나 화華하며 실實하지 않기보다
> 는 차라리 실實하면 화華하지 않는 것이 낫다.[66]

그는 문장文章에서도 실實과 화華를 구분하여 문장을 정의하고
서 실용성에 근저한 문장의 창작을 명확하게 매듭짓고 있다.
이상과 같이 중기 문인들의 고문은 철저한 복고성에 근본하여
현실성을 감안한 실용성을 추구한 것이다. 이들은 이런 의식에
근거한 문장이야말로 기존의 문풍의 폐단을 극복하고 참신성을
제시할 수 있다고 믿었던 것이다.

---

65. 『澤堂集』, 卷5, 「鷄谷集序」, 韓國文集叢刊 卷88, (民族文化推進會 1991), p.339.
　　"盖古之人 敦本尙實 而得於中者 發而爲文 非後世之所能及也"
66. 『澤堂集』, 「答人論文」, 韓國文集叢刊 卷88, (民族文化推進會 1991), p.53. "夫文
　　字 有華有實 辭者 其華也 理者 其實也 聖賢之文 華實具備 自諸子以下 始起 而
　　二矣 文之至者 必華實兼 然與其華而不實 寧實而不華矣 濂洛諸儒之文 是也

2) 시의성時宜性

조선 중기 고문가들은 정신적인 면에서는 고인의 창작 정신을 본받았지만, 문체에서는 시대의 변화를 인정하여 당대의 흐름에 알맞은 문장의 구현을 주장했다. 그러나 그 수용방법에서 의고주의는 정신적인 측면만이 아니라 문체에서도 고인의 자구를 철저히 의고하는 견지를 가졌고, 당송고문가는 비교적 시대의 흐름에 알맞는 작법을 주장하였다.

전술한 바와 같이 조선 중기 고문은 당대의 어려운 현실과 혼탁한 문단의 개혁을 위해 제시된 방안이었던 만큼 현실 타개의 성격을 띠고 있다. 따라서 고문의 흐름 역시 시대성時代性을 중시하여 문장의 시의성時宜性을 지향했던 것이다. 먼저 상촌의 경우 세인의 심성을 들어 예시하고 있다.

> 세상에서 당唐을 말하는 자는 송宋을 배척하고, 송宋을 공부하는
> 자는 반드시 당唐을 존중하지 않는다. 이것은 모두 편견일 뿐이다.
> 당唐이 쇠할 때 어찌 이보俚譜가 없겠으며, 송宋이 융성할 때 어찌
> 아음雅音이 없었겠는가.[67]

이런 시의時宜에 따라 문장도 마땅히 시대의 모습을 담고 그들의 세계관을 그려 내여야 한다는 의견은, 역사적인 관점에서 당위론이자 진일보한 의식이라 할 수 있다. 그리고 이런 견해는 여기에서 머물지 않고 그 시대의 양태를 특징적으로 조명해야 한다

---

67. 申欽, 『象村集』, 『晴窓軟談』, 韓國文集叢刊 卷72, (民族文化推進會 1991),
　　　p.643. "世之言唐者 斥宋 治宋者 亦不必尊唐 玆皆偏已 唐之衰也 豈無俚譜 宋之
　　　盛也 豈無雅音"

는 개성적인 문장의 구현하고자 했다. 이런 의식은 월사 이정귀
月沙 李廷龜의 경우 다음과 같이 피력하고 있다.

> 문장의 현회顯晦는 세도世道의 소장消長과 같다. 그 시대를 만나
> 면 금세今世를 교화하고 시대를 만나지 못하면 후세에 전해진다. 시
> 대를 만난 자는 항상 적고 만나지 못한 자는 항상 많다.[68]

문장은 지향점에서 육경에 근본 해야 한다고 했던 월사도 세상
의 추이에 신축적인 대응을 논급하고 있다. 곧 육경의 정신에 근
본 하여 세태의 작풍과 시대상을 담아내야 한다는 것이다. 특히
당송파의 문학 이론을 수용한 김창협, 이식 등이 '오늘날의 문장'
을 강조한 시의성時宜性을 주장했다. 즉 고문의 한 특성이 시의성
이었다. 이런 논리는 공안파의 특성에서도 그대로 나타난다.

3) 다양성多樣性

살핀바와 같이 조선 중기 실용성과 개성적인 문장 그리고 시의
성을 바탕으로 한 의식 속에는 당연히 문장의 표현에 있어서도
혁신성을 추구하게 되었다. 그들이 추구한 이 표현상의 특징을
요약하면 다음 네 가지로 나눌 수 있다.

> 첫째, 부화하거나 번잡하지 않는 간결한 문장의 구현
> 둘째, 화려한 수식보다는 질박한 문장
> 셋째, 저속하지 않고 육경을 근거로 정돈된 전아한 문장
> 넷째, 벽자僻字나 삽구澁句를 쓰지 않는 평담한 문장

---

68. 李庭龜,「芝峯集序」,『韓國古典批評論資料集』卷4, (啓明文化社 1988), p.341.
"文章之顯晦 係世道消長 遇其時則化於今 不遇時則傳諸後 遇者恒少 而不遇者
恒多"

이런 특징 가운데 먼저 문장의 간결성에 대하여 농암은, 간이
의 문장을 다음과 같이 거론하였다.

> 간이의 여러 주문奏文은 정실情實을 진술함이 이미 간절하고도 곡
> 진하며 행문行文도 또한 고아하고 간련簡鍊하여 한 글자도 용솔冗
> 率하거나 부속膚俗하지 않다.[69]

간이簡易의 문장이 간결하고 속되지 않다는 농암의 평가 속에
는 당대 문장이 지향해야 할 간결성의 정곡을 찌르고 있다. 이런
농암은 문장의 실용성을 강조하여 비지와 서발류를 많이 지었는
데, 그는 문장의 작법에서 '간簡'의 의미를 세분하여 설명하였다.
곧 비지와 사전史傳의 문체가 비슷하지만 그 특성상 '간엄簡嚴'과
'해섬該贍'으로 나눌 수 있고 서사敍事의 기겁技法을 활용해 작문
할 것을 강조했다. 그는 중심 화제를 긴밀하게 구성하고 짧은 분
량의 글로서 내용을 집약시킬 것을 주장했다.[70] 이는 짧은 분량
속에서 가장 특징적으로 대상을 서술하는 방법으로 집약적인 주
제의 표현을 뜻한다. 그리고 그는 작문에서 자구字句를 모의模擬

---

69. 『農巖集』, 卷 34, 「雜識」, p.601. "簡易諸奏文 敷陳情實 旣懇切委曲 行文又古雅
　　簡鍊 無一語冗率膚俗"
70. 『農巖集』, 卷 34, 「雜識」, p.594. "碑誌與史傳文體略同 而史傳猶以該贍爲主 至
　　於碑誌則一 主於簡嚴 故韓碑敍事 與史漢大不同 不獨文章自別 亦其體當然也
　　歐陽公雖學司馬遷 而其爲碑誌 猶不盡用史傳體 亦以此耳 至明人純用史傳體 爲
　　碑誌 而又不識古人敍事之法 故其文遂無體要 而碑誌簡嚴之法 歸地矣"
　　"馬史如信陵君傳迎侯生 及灌夫傳敍罵坐等處 曲折纖悉 毫髮不貴 弇州滄溟諸
　　人作誌傳 大抵皆慕倣此等 而不知信陵君傳 專以禮士下賢 臨難得力爲案 灌夫傳
　　專以田竇兩家思怨傾奪爲案 迎侯生及罵坐處 正其緊要關節 故敍得愈詳愈愈妙
　　推此例之史漢諸傳 皆然 若事無巨細緊歇 皆欲纖悉敍次 則豈復有體要乎 弇州諸
　　人 惟不識此意此意 故其爲誌傳 擧其人一生行事 以至日用細瑣 一準史漢敍次之
　　法而模寫之 其亦可笑也"

하는 방법을 비판하고 중심 화제를 의식하지 않고 차례에 따라 서술하는 서차법敍次法을 반대했다.[71] 나아가 그는 의고파의 작법을 통렬히 비판하면서 그 대안으로 정제된 '간簡'의 미학성을 설파했다. 그가 말한 '간簡'은 '장법章法'으로 중심화제가 효율적으로 구성된 단락의 구성법을 가리키며, '편법篇法'(작품 전체 내용의 구성법으로 오늘날 두괄식, 미괄식, 양괄식과 같은 것이다.)으로 내용 전달에서 주제의 효율적인 위치를 설정함으로써 내용을 집약적으로 배열하여 보다 이해하기 쉽고 정제된 문장을 쓰자는 작문법作文法인 것이다. 따라서 그는 훌륭한 문장의 작법을 위하여 끊임없는 단련과 정제를 요구한 것이다.[72]

이처럼 농암이 지적한 경우처럼 자구의 모방이나 어조사(지之, 이而 등)를 사용하여 문장 길이를 압축하는 것이 아니라 내용의 긴밀한 구성과 단락의 효율적인 배치를 통해 전실한 문장을 구현하자는 것이다. 이것을 바꾸어 보면 당대의 문장이 얼마나 다채롭고 또 혼탁했는지를 입증하는 것이라 할 수 있다.

또 하나 고문가들은 문장의 전범성을 중시하여 당송팔대가문과 증공·한유·구양수의 문체에 깊은 관심을 갖고, 이것을 전범으로 전아한 문장의 창작을 강조한 것이다. 육경六經 외에도 『사기史記』, 『한서漢書』, 『팔대가문초八大家文抄』을 문장작법의 기본서로 제시한 것이다. 당송문을 바탕으로 실용문을 추구하고, 실용문 서문 비지류를 주로 썼다.

이들 중에 김창협은 구양수의 비지문을 가장 선호했고, 서발체

---

71. 上同

72. 『農巖集』 卷 34, 「雜識」, p.594. "古人之簡 簡於篇法 明人之簡 簡於字句"
   『農巖集』, 別集, 卷 4, 「附錄」 「諸家記述雜錄」, p.743. "農兄又謂 文不可太易 勸余於作文時 必料簡 料簡既鍛鍊之意也 歐陽公亦嘗如此云"

는 의론과 서사가 잘 조화된 증공曾鞏·구양수의 서발을 가장 이상적인 문장으로 간주했다. 특히 공안파의 이론을 수용하고 발전시켜 다양한 형태의 장르의 문학을 주장한다. 신흠, 장유, 김창협 등에게서 이런 모습이 두드러지게 나타난다.

Ⅳ. 17세기 문학의 특징

문학의 독자성과 고문론古文論

　17세기는 변혁을 추구하던 시기였다. 문학에서도 고문古文을 중심으로 전실典實함을 강조했다. 이 시기의 김창협, 김창흡, 홍만종, 권필, 정두경, 등이 주로 벼슬을 사직한 후에 문학 활동을 통해 호응을 얻었다면 실제 당대의 문병을 잡아 왕성한 문학 활동을 한 인물로 월상계택月象谿澤을 거론할 수 있다. 이 때문에 17세기 문학의 특징을 논할 때 월상계택月象谿澤을 빠뜨릴 수 없다. 이른바 사대가四大家라 일컫는 명칭에 논의가 있을 만큼[73] 이들이 당대에 차지하는 비중이 실로 적지 않았기 때문이다. 월상계택月象谿澤이라 불리우는 월사 이정구月沙 李廷龜(1564~1635)와 상촌 신흠象村 申欽과 계곡 장유谿谷 張維 그리고 택당 이식澤堂 李植 등으로 이들은 당대의 문병을 잡아 그 영향력이 컸을 뿐만 아니라 문장에 대한 나름대로의 일견이 설득력을 얻었기 때문이다. 먼저 이정구는 외교 문서에 능숙하고 문장력이 출중했던 것을 인정받아 인조 반정 이후에 대제학과 정승을 지냈을 만큼 문학을 통해서 입신한 경우였다. 특히 중국 문인들과 교유하면서 명말 정초明末 淸初의 의고문을 받아들였다. 그리고 그는 주로 당대의 신흠과 대비되어 자주 평가되는데 그 평이 대조성을 극명하

---

73. 李鐘虎,「象村 申欽의 散文著述과 文藝意識」,『民族文化』20輯, 民族文化推進會, 1997, p.52. (사대가에 대한 명칭 유래와 타당성을 검토하면서 '사대가'라는 용어 사용에 재고를 제시했다.)

게 밝히고 있어 흥미롭다.

> 이정구李廷龜와 신흠申欽은 같은 시대에 명성을 다투었다. 전후의 논자들은 서로 우열이 있다. 당시 문원文苑의 논의는 자못 신흠을 더 높게 보고 있는데, 장유張維가 쓴 두 사람의 문집에서 볼 수가 있다. 근세에 이르러 송시열이 비로소 이정구를 더 높게 보았는데, 대개 신흠申欽은 옛 수사修辭를 보고 꾸미는 공이 많으며, 이정구李廷龜는 뜻에 따라 베끼고 펴는 우여紆餘의 극치가 뛰어났다. 수사修辭를 숭상하는 자는 신흠을 높게 보고 이치를 주장하는 자는 이정구를 취하니 진실로 각기 취하는 바가 다르다.[74]

두 사람의 특징을 열거하고 당대의 문풍을 두 사람의 특징처럼 크게 양분하여 설명하고 있다. 그러나 수사적 세련성보다 진실한 내용이 담긴 글을 높이 평했던 농암은, 신흠보다 이정구의 문학 성향을 보다 더 존중하였다. 다음은 바로 신흠의 문학을 혹평酷評하면서 이정구의 문학 성향에 우호적인 김창협의 비평관을 살펴 볼 수 있다.

> 신흠은 천부적인 재주가 민첩敏捷하고 오묘奧妙하나 심후深厚함이 부족하다. 또 제자서諸子書와 전국책戰國策 및 명나라 제대가諸大家에게 배우기를 좋아한 까닭에 그의 문장의 태도는 준려俊麗하여 광채光彩가 현란絢爛하나 알맹이의 뜻과 맛이 부족하다. 이정구는 천부적인 재주가 화섬華贍하나 고간高簡함에는 부족하다. 또한 고인의 법칙에 구애하지 않고 쉽게 쓰므로 그 문장은 우여紆餘하고

---

74. 金昌協,『農巖集』권34, p.601.「雜識」月沙象村同時齊名 前後論者 互有軒輊 當時文苑之論 頗以象村爲勝 觀谿谷所序二公文集可見也 至近世 尤翁始以月沙爲勝 盖象村視古修辭餙之功多 月沙隨意抒寫紆餘之致勝 尙辭者右象村 主理者 取月沙 固各有所見也.

통창通暢하여 간난艱難하고 군색한 모습이 없다. 다만 체제가 전엄
典嚴함이 부족하고 격조格調가 고아하지 않아서, 두 사람의 장단長
短은 대개 여기에서 벗어나지 않았다. 선생께서 선진先進의 뜻을 따
르는 것은 송시열宋時烈의 논론과 거의 가까운 것이다.[75]

신흠과 이정구를 평하는 기준으로 수사修辭와 달의達意를 제시
했다는 그 사실 자체가, 농암이 문학을 보는 기본적인 인식이 수
사修辭와 달의達意로 이분화 시켰다는 것을 알 수 있을 것이다.
아울러 그는 살펴 본 바와 같이 수사적修辭的 우수성優秀性 보다
는 달의達意의 전실성典實性을 우위에 둠으로써 상촌보다 월사를
더 높이 여긴 것도 당연한 결과이다. 그러나 달의를 중시했다해
서 수사修辭를 간과한 것이 아니라, 달의를 중시한 문장이 수사
적 묘미도 잘 갖추어 드러날 것을 주장했기에 월사의 문장을 높
이 산 가운데에서도 체제가 간엄典嚴하지 못하고, 격조가 고아高
雅하지 못다고 지적하고 있는 것이다.

이와 같이 신흠의 천부적인 재주와 화려한 문체文體를 높이 평
하면서도 내용이 부실한 면을 지적하고, 체제와 어투가 생섭하고
거칠지만 질박한 내용과 자연스럽게 짜여진 이정구李廷龜의 문장
을 보다 더 높이 샀다. 나아가 달의를 중시했던 문학적 측면에서
이정구를 송시열宋時烈과 동일한 범주의 인물로 묶고 있다. 물론
이정구는 처조부妻祖父요, 송시열은 농암의 스승이다.

그러나 이정구를 평할 때, 고간高簡함이 부족하고 격조格調가

---

75. 상게서, 권34, p.601. 「雜識」象村天手敏妙 而深厚不足 又學諸子及國策 且喜皇
明諸大家 故其文態度俊光彩絢爛 但少質實之意 雋永之味 月沙天才華瞻 而高簡
不足 且不規規於古人繩墨 出之甚易 故其文紆餘通暢 絶艱難拘窘之態 但體裁欠
典嚴 格調不古雅 兩家長短槪不出此 夫子從先進之義 則尤翁之論其殆近矣乎.

고아古雅하지 않다는 점과 체제가 전엄典嚴함이 부족하다고 지적
한 그의 비평의 태도를 볼 때, 꼭 혈연적인 인정人情에만 얽매이
지 않고 그 나름대로 뚜렷한 비평 의식이 견지되었음을 알 수 있
다. 이처럼 당대 평론의 기준은 수사修辭중심과 달의達意 중심으
로 이분화 시켜 논의했던 것을 김창협의 예를 통해 살필 수 있다.
이런 특징을 김창협은 다음과 같이 압축하여 논의했다.

'사辭'를 높이는 사람은 신흠을 높게 평가하고, 이理를 높게 평
가하는 사람은 이정구를 꼽았다.[76] 김창협의 평을 통해 선초鮮初
부터 내려오던 수사와 달의라는 전통적 비평관을 읽어 낼 수 있
다. 특히 달의는 문학 본질에 대한 탐색을 언급한 것으로 창작의
무게 중심이 어느 곳을 향해야 할 지를 분명히 밝혀주고 있다.

한편 이정구는 문학에서 창작의 동기를 언급하면서 무료無聊와
불평不平을 거론했다. 문인의 가슴속에 쌓인 답답한 심정 또는
울분 등이 글을 짓는 동기라고 여겼다. 다음에서 그런 정황이 잘
드러나고 있다.

> 이미 시대와 잘 맞지 않아서 사람을 좇아 부俯, 앙仰을 하지 않았더
> 니 회기부의懷奇負義하게 되어 더러운 세상을 한탄하고 분개하였
> 다. 가슴에 불평이 쌓이고 걱정이 늘어나 무료하고 불평해지면 반드
> 시 시로 표현했으니 사물에 대하여 회포를 풀어 자득自得하지 않은
> 것이 없었다.[77]

권필(權韠, 1569~1612)의 문학적 특징을 논하면서 문학에 대한 이

---

76. 상게서, p.144.「雜識」尙辭者 右象村, 主理者 取月沙.
77. 權韠,『石洲集』, p.469.「石洲集序」旣與時抹掇 不欲隨人俯仰 懷奇負義 忼慨濁
世 凡有磊塊壹鬱 無聊不平 必以詩發之 觸物遣懷 無非自得.

정구의 관점을 피력했다. 물론 권필의 문학적 특성을 말하고 있으나 동시에 그런 특징을 잘 집어내고 강조한 측면에서 역시 이정구의 문학관의 일단을 추출할 수 있다. 이런 그의 관점은 옥봉집서玉峰集序에서도 같은 맥락으로 일관되게 드러난다.

> 일찍이 과거 공부를 포기하고 명산名山, 대천大川에 노닐기를 좋아했다. 이미 시대와 잘 맞지 않아서 무료해지고 불평한 마음이 생기면 반드시 시로써 표현했다.[78]

이런 말을 토대로 볼 때 문학 창작의 동기는 무료하고 불평한 것에서 출발한다고 했지만 바꾸어 말하면 문학은 불평스럽고 무료한 감정을 해소해 줄 수 있다는 말로 이해할 수 도 있다. 이번에는 이런 이정구의 문장적 특성을 선조는 '사출폐부寫出肺腑' '곡진성간曲盡誠懇'으로 간평하고 있다. 즉 명明에 사신을 보낼 때 상사上使가 백사白沙 이항복李恒福이었는데, 서장관書狀官으로 신흠申欽을 추천하자 선조가 다음과 같은 이유를 내세워 이정구를 추천했다.

> 상사上使(이항복李恒福)가 계청하되 "변무辨誣이외에도 반드시 변증辨證해야 할 것이 많을 것이오니 이는 응교應敎 신흠申欽이 문사文辭에 뛰어나 명백하고 절실하니 신흠으로 서장관을 삼으면 마땅할 것 같습니다." 하니 선조께서 대답하시되 "일찍이 신흠이 지은 자첩字帖을 보니 매우 좋은 것만은 아니다. 반드시 이 사람으로 서장관을 삼을 필요는 없다. 하물며 사신으로 외지에 가 있으면 교체하기도 어렵다. 내 생각으로는 오늘날 사명詞命의 문文을 잘 하는 사람

---

78. 상게서, p.453. 「玉峰集序」 早抛擧子業 好遊名山大川 旣與時不諧 凡無聊不平 必於詩而發之.

은 이정구 만한 사람이 없다. 그 글을 읽으면 폐부에서 써 내어 곡진
하고 간절하며 깊이가 있고 무게가 있으니 이는 참으로 글을 잘하는
선비이다. 사람됨이 역시 계략이 있으니 경이 만일 내 말이 헛되지
않다 하면 부사로 승격시켜 대동하라. 국사가 중요하니 나머지는 생
각할 것 없다.[79]

선조의 논평은 이정구의 문학적 특징을 압축하는 것인데 사출
폐부寫出肺腑는 문학에 대한 그의 자세이고, '곡진성간曲盡誠懇'과
'온자전중蘊藉典重'은 문학에서 표현상의 특징을 가리킨다.

한편 이정구와 문학사에서 비교의 대상으로 자주 거론되는 신
흠(1566~1628)의 문학은 두 가지 특징으로 요약할 수 있다. 첫째,
문학에 대한 두 사람간의 차별성이 두드러진다는 점과 둘째, 문
학적 역량에서 거의 대등한 위치에 있다는 점이다. 우선 신흠의
문학적 재능을 살펴보면 이정구와 마찬가지로 외교 문서에 능하
고 인조반정 후 대제학과 영의정을 지냈으며 순정한 고문을 보여
주었다. 특히 문학 본질에 대한 깊은 사려를 통해 문학이 비록 작
은 재주이지만 지극한 도가 있어도 문학이 아니면 전할 수 없다
는 논리로 문학의 독자성을 옹호하고 있다. 신흠은 윤근수와 함
께 명시明詩를 배운 의고주의자擬古主義者로 평가되는데, 제자諸
子와 「전국책戰國策」 등 진한秦漢의 고문古文을 배우고 명나라 의
고파 문인들을 좋아하여 그 글이 실질의 기품이 적었다[80]고 김창

---

79. 『月沙集』, 권21, 張3. 上使啓曰 辨誣之外 必有許多陳辨 應敎申欽長於文辭 明白
    勤切 如以申欽爲書狀官 則似便當答曰 曾見申欽所製咨帖 不至太好 不必此人爲
    書狀官 況奉使在外 尤難改易 予意今之善於詞命之文者 莫如李廷龜 觀其文 寫
    出肺腑 曲盡誠懇 蘊藉典重 此眞能文之士 其爲人也 亦頗有計 卿若以予爲不虛
    陞副使 別有帶行 國事爲重 餘不可計.
80. 상게서, 권34, p.601. 「雜識」 象村天才敏妙 而深厚不足 又學諸子及國策 且喜皇
    明諸大家 故其文態度俊麗 光彩絢爛 但少質實之意雋永之味.

협으로 부터 비판을 받기도 하였다.

그는 우리 시가의 전통적인 두 주류인 광경지향光景指向의 시조와 의론議論지향의 시조로 나타나고 있다. 그리고 상촌의 경우 비록 우리의 시가를 '시여詩餘'라고 생각하고는 있었으나, 우리의 시가를 중국의 악부와 같은 위치에 두고 있다는 점에서 선각적인 시관을 가진 것으로 평가받고 있다.[81] 이 점이 당대의 여타의 문인들과 차별성을 갖는 상촌만의 세계라 하겠다. 우리 시조 문학에 대한 그의 남다른 애착은 높이 평가할만 하다.

이런 상촌의 학문적 경향은 다음과 같이 압축할 수 있다.

> 공의 문장 학습은 육경六經에 기초하였다. 어려서는 한창려(한유)를 좋아하였고, 일단 장년이 되어서는 고문古文을 모두 가져다 읽었으며, 만년에는 스스로 깊은 경지를 열었다. 오직 좌씨左氏·사기史記·장자莊子·이소離騷·예기禮記·고악부古樂府·선시選詩·이백李白·두보杜甫의 시 등 제가의 글을 취하여 좌우에 두고 자못 명明의 제대가諸大家의 문체를 사랑하였다.[82]

당대의 보편적인 학습서인 육경六經에 충실하였고, 만년에는 고문을 거의 섭렵했다는 점, 다방면의 서적을 통해 주자적 사유에서 비교적 자유로울 수 있다는 점에서 그의 학문적 성향이 파악될 수 있다. 이 때문에 당대 사대부와는 달리 시조 문학에도 일견을 구축할 수 있었다.

---

81. 박을수, 「申欽論」, 『한국문학작가론』, 황패강 외 2인 공편, 형설출판사, 1998, p.263.

82. 金尙憲, 「玄軒先生行狀」, 『象村稿』附錄 "公爲文章 本於六經 幼嗜昌黎 旣壯悉取 古文讀之 晩乃自闢堂奧 秖取左馬莊騷禮記古樂府選詩李杜詩諸家　置座右而頗 愛明諸大家文體也"

상촌은 연경을 처음 갈 때 7개월간 최립崔岦, 윤근수 등과 동행하며 그들에게 많은 것을 배웠다. 상촌은 윤근수와 함께 선진고문파先秦古文派의 선구자였다. 상촌은 윤근수尹根壽에 대해 다음과 같이 언급하고 있다.

> 고문古文을 배우는데 앞장서서 선진先秦과 서한西漢을 위주로 하되 사마천을 매우 좋아하였으며 시는 성당을 으뜸으로 삼았다. 황명皇明의 제가로 신양信陽(하명경)·북지北地(이몽양)·봉주鳳洲(왕세정)·창명滄溟(이반룡)의 글을 읽기를 좋아했다. 시대를 뛰어넘어 정신적으로 개연히 그들과 한 시대에 살지 못한 것에 대해 한탄하였다.[83]

또 상촌은 최립崔岦에 영향을 입었고 가까이 지내는 사이가 되었다. 그래서 다음과 같이 언급하고 있다.

> 간이 최립簡易 崔岦은 문장을 지을 때 옛날의 작가를 따르기에 힘쓰고 시는 여사餘事로 여겼다. 그런데도 그의 시는 역시 남보다 뛰어나고 기건奇健한 구절이 있었다.[84]

하지만 신흠은 윤근수와는 달리 양명학陽明學수용에 선도적 역할을 했다. 신흠은 정주학程朱學과 소강절邵康節과 양명학陽明學을 함께 수용하고 있다. 특히 그는 귀양살이에서도 이학理學에 몰두하여 상수象數에서 정주학程朱學을 절충하는 학문의 유연성

83.『象村稿』,「海平府院君月汀尹公神道碑銘」, 韓國文集叢刊 卷72, (民族文化推進會 1991), p.94. "倡爲古文 以先秦西京爲主 而酷好司馬子長 爲詩宗盛李 好觀皇明諸家 信陽北地鳳洲滄溟 曠世神交 慨然有不竝世之嘆"
84.『象村稿』,「晴窓軟談」下, 韓國文集叢刊 卷72, (民族文化推進會 1991), p.346. "簡易崔岦爲文 力追古作者 餘事於詩 詩亦有奇健 出人之句"

을 나타내고 있다. 후일 이런 그의 학문과 성품은 김포金浦와 춘천에 기거할 때 유려한 전원 문학을 일구어 낸다.

나아가 신흠은 현실적 필요성에 근거하여 실질적인 학문을 강조하였다. 다음에서 이런 모습을 찾을 수 있다.

> 증자가 일관一貫에 대하여 말하기를 "선생님의 도는 충서忠恕일 뿐이다."라고 했는데, 그것은 가까운 곳에서 제대로 비유한 것이다. 언제 한 번이라도 고원高遠한 말을 한 적이 있었던가? 하지만 후대 유학자에게 일관一貫에 대해 논하라면 반드시 천天과 성性을 말하며 모든 것을 끌어대어 스스로 고상한 척 한다. 공문孔門에서 사람을 가르칠 때에는 핍근逼近하고 아래로 와서 마치 배고픈 사람이 음식을 찾고 추위에 떠는 사람이 옷을 찾게 되는 것처럼 일상 생활에서 절실한 내용을 깨우쳐 주어 효과를 보게 한다. 그러나 말세에 와서는 말만 높고 커서 실제와는 아무 상관도 없게 되었다. --- 중략 --- 이 때문에 도를 말하는 자는 많아도 도를 터득한 자는 적다.[85]

이처럼 신흠은 학문에서도 실리적 가치를 주장했다. 하지만 신흠과 이정구에 대한 총평은 그리 높지 않다. 즉 이정구와 신흠은 고문의 본보기를 보이고자 했지만 고문의 간정簡整한 체와 절심切深한 의경을 그려내지 못했다. 또 그의 학문적 성취와는 별개로 타고난 재질을 바탕으로 즉석에서 쉽게 쓰며 고고하고 간결한 맛이 부족하고 체제가 엄정하지 못하다는 평을 듣는다.[86] 그러나

---

85. 『象村稿』, 「求正錄」中, 韓國文集叢刊 卷88, (民族文化推進會 1991), p.397. "曾子語一貫曰 夫子之道 忠恕而已 可謂能近取譬 何嘗有高遠之語 使後之儒者 論一貫則必談天談性 引以自高 無所不知 孔門敎人 愈近愈下 而切於人之日用 如飢之必待食 寒之必待衣 必得其效 季世之言愈高愈大 而與人事不相干 ---중략--- 故談道者多 而得道者少"

역으로 보면 당대의 난삽하고 격이 떨어진 문장을 바로잡고 문장에서 하나의 전범을 세우려 했던 그들의 노력과 지향성을 소홀히 평가해서는 안 될 것이다.

전술한 바와 같이 17세기 전반기가 임진왜란과 병자호란을 겪으면서 봉건제도가 갖고 있던 모순과 경직화된 주자학적 세계관에 대한 반감이 강하게 분출되었다. 일부 선진 지식인들에 의해 일어난 개혁의 노력이 그 나름대로의 정당성을 구축하려 했다면 계곡 장유(谿谷 張維, 1587~1638)의 문학적 성취도 이런 맥락에서 이해할 필요가 있다. 그러나 이런 대세의 변혁의 요구에도 기득권을 고수하려는 지배층이 오히려 주자학의 이데올로기를 더욱 강조하여 전후 붕괴된 사회 기강을 바로 잡고자 했다. 이 때문에 존명尊明의 사대주의를 더욱 합리화하고, 주자가례朱子家禮의 보급을 통하여 사회적 기강을 확립하려고 했다. 심지어 주자학 이외의 학문은 엄금異端으로 엄금하는 폐쇄성을 보이기도 했다.

그러나 대세의 흐름은 기존 체제에 대한 자성과 변혁을 바라는 시점에서 지식인들의 지향적 자세가 결코 주자학적 세계만으로 획일화시킬 수만은 없는 형편이었다. 특히 장유는 양명학에 몰입하는가 하면, 노장老莊에도 심취하는 등 폭 넓은 학문적 활동이 두드러졌다. 나아가 양명학의 철학 구조와 천기론天機論의 상관성을 논급하기도 하고 장자적 세계관을 논의하기도 했다. 이런 그의 자세를 두고 장유의 문학론은 당대의 주자학적 문학관이 지닌 경직성에서 탈피하여 문학의 고유한 가치를 인정하였을 뿐만 아니라 후기 천기론의 선구적 양상을 보이는 것으로 높이 평가하

---

86. 조동일, 『한국 문학통사』 3, 지식산업사, 1996, p.61.

기도 했다.[87]

  실제로 인조반정仁祖反正 이후 서인 정권 내에서도 장유와 같이 주자학에 의해서 이단으로 배척된 양명학을 택한 사람이 있을 정도였다.[88]

  장유의 이런 의식은 정치활동에서도 여실히 드러나는데, 즉 정묘, 병자호란 때 최명길과 함께 주화主和를 관철시켜 명분론보다는 실리적 처세관을 보여 주기도 했다. 이런 그의 행동은 명분론보다 현실적 상황을 우선시 한 것으로 평가할 수 있다.

  이런 장유의 진보적 성향은 주자학 이외의 학문에 대해서도 포용적인 모습을 보여주고 있다. 장유는 우주의 시원을 태허太虛, 기氣로 규정하고 자연 만물의 변화를 기氣의 취산聚散으로 설명하였다. 그의 이러한 입장은 장자철학 뿐만 아니라 장재張載의 기일원론氣一元論에서 힘입은 바 큰 데, 그는 인간의 인식 능력도 기의 작용으로 보았다. 그러나 장유는 인성론人性論, 사회 정치 사상 방면에서는 주자학의 틀을 벗어나지 못했다. 그는 이이李珥의 이기론理氣論의 구도를 수용했으며, 당대 정치권의 최대 쟁점이었던 명분론, 예론禮論의 격렬한 투쟁 속에서 핵심 역할을 수행하였다. 여기에서 장유를 반주자학적反朱子學的 경향을 보이는 양명학자나 장자적 사유를 지닌 인물로 규정하는 것이 무리임이 드러난다. 장유가 보이는 양명학의 제학설에 대한 호의나 장자적 사유에의 근접은 방법론의 차원에서 이루어진 것일 뿐, 사유의 기본 토대는 여전히 주자학의 틀에 긴박되어 있기 때문이다. 물

---

87. 우응순, 「조선중기 사대가의 문학론 연구」, 고려대학교 박사학위논문, 1990, p.107.
88. 崔雄, 「상촌시조연구」, 『白影 鄭炳昱先生還甲紀念論叢』 II, 1983, p.257.

론 그의 진보적 성향은 높이 살만하나 당대의 주자학적 세계관에서 완전히 자유로울 수는 없었다.

장유의 합리적인 학문 정신과 실천은 주자학에 비판적으로 접근할 수 있는 방향을 제시하여 다음 시대, 윤휴, 박세당으로 이어지는 진보적 학문 활동의 전사前史를 이룬다는 점에서 긍정적인 평가를 내릴 수 있다. 특히 장유의 경우 도道와 같은 절대적 보편성이 아니라 천기天機가 지닌 상대적 개별성을 인정, 개성론의 영역까지 나아간 것은 주목할 만하다.

장유의 문학은 경술經術에 근본한 이치理致를 추구하는 것으로, 그 문학적 성취도는 천부적 자질에 좌우된다는 논리를 전개한 것이다.[89]

장유는 시보다 문장에 능한 사람으로 특히 문장에서는 이理를 중시했다.

> 문장은 이치를 주된 것으로 하니 이치가 승勝하면 문장은 아름답기를 기약하지 않아도 저절로 아름답게 된다. 간혹 이치가 괴려乖戾하고도 글이 아름다운 경우도 있겠지만 군자는 그런 문장을 아름답게 여기지 않는다.[90]

그는 또 의리義理를 밝히는 것이 문장의 주된 도道라고 다음과 같이 말했다.

---

89. 우응순, 「조선중기 사대가의 문학론 연구」, 고려대학교 박사학위논문, 1990, p.172~175 참조.
90. 『鷄谷漫筆』, p.574. "文主於理 理勝則文不期美而自美 亦有理乖而文美者 君子不以爲美也."

사람은 스스로를 다스린 뒤에 대물待物을 하지 않을 수 있고, 스스
로를 세운 뒤에 부물附物을 하지 않을 수 있다. 독립獨立해서야 수
물隨物하지 않을 수 있으며 불의不義를 부끄러워 한 뒤에 절물竊物
을 벗어날 수 있다. 불인不仁을 미워한 뒤에 해물害物을 면할 수 있
으니 요컨대 의리의 구별이 있을 뿐이다.[91]

장유는 고문가古文家답게 상질尙質을 내세우며 철저한 단련을
통한 재학才學의 겸비와 유자儒者로서의 덕목을 강조했다. 인간
과 문학 작품 그 자체를 혼돈해서는 안 되며, 문학의 본질적 가치
와 불후성不朽性을 인정하고 식고識高를 앞세운다. 문주어리文主
於理라고 하여 명의리明義理를 다룰 것과 기氣를 중시했으며, 고
문의 전칙典則을 지킨다. 시는 언지言志라 하여 「서경書經」의 이
론을 따랐고, 성정性情에서도 발發한다고 하였으며, 시의 영험성
과 세교성世敎性을 높이 사고, 표절은 절대 금물이며, 따라서 작
시오계作詩五戒를 당부한다고 했다.[92]

이처럼 장유는 고문을 토대로 논리를 전개하고 16세기의 경직
된 문풍과는 다른 유연한 문학관을 보여 주고 있다.

하지만 이런 개혁적 성향과는 반대로 오히려 기존의 주자학적
세계관을 견고히 하여 당대의 제문제를 해결하려는 문인이 있었
다. 그가 바로 택당 이식(澤堂 李植, 1584~1647)이었다. 그는 관각
체 문장의 전형적 면모를 보여주었으며, 동시에 조선 중기 대표
적 고문가 중의 한 사람이다. 그는 주자학과 궤를 달리하는 문인

---

91. 『鷄谷漫筆』, p.587. "人必自治而後 可以不待物矣 自立而後 可以不附物矣 有守
而後 可以不隨物矣 羞不義而後 可以免於竊物矣 惡不仁而後 可以免於害物矣
約而言之 義理之辨而已矣."
92. 金周漢, 「張維評論小攷」, 『한국의 한문학』 제2권, 민음사, 1991, p.751~752.

들을 이단이라 경고하고 공자와 맹자의 학문이 하나의 전범일 뿐
당대의 이理와 기氣에 대한 새로운 관점의 논의를 일체 용납하지
않는 매우 보수적 성향을 나타내었다. 오로지 그의 처신과 학문
적 연원이 정주학程朱學에 있음을 알 수 있다. 그런 그의 문학론
은「작문모범作文模範」에서 쉽게 드러난다. 먼저 그의 문론文論
을 요약하면 시대에 합당한 문장 양식으로 작문해야 한다는 시의
성時宜性을 꼽을 수 있다. 다음으로 문과 도가 긴밀한 균형을 유
지해야 한다는 도문일치론道文一致論으로 압축할 수 있다. 그는
한유韓愈의 문장을 하나의 전범으로 삼고 한유의 고문 정신을 구
현하려고 노력했다.

> 한유의 문장은 문장의 조종으로 우선적으로 읽지 않을 수 없다. 만
> 약 취미臭味를 얻었다면 곧 종신토록 모범을 삼을 만하다. --- 중략
> --- 모곤茅坤(록문鹿門)이 초록한 당송팔가문唐宋八家文이 가장 중
> 정中正한 것이 된다. 류종원柳宗元이 한유에게서는 백중伯仲이 구
> 양수와 왕안석王安石 또 증공曾鞏이 오로지 한유로부터 나왔다. 삼
> 소三蘇(순洵, 식軾, 철轍)가 비록 학문이 장중 하였으나 또한 한유의
> 모범에서 벗어나지 않는다. 소식蘇軾이 비록 괴기하지만 문장의 기
> 상이 한유에 못하지 않아 의意 지志를 주로 삼아 붓끝으로 표현했
> 다. ---이것이 고문古文의 정맥正脈이니 한유가 말한 인의仁義의 말
> 이다.[93]

이식은 한유의 문장을 모범으로 작문할 것을 강조했는데, 그의

---

93. 李植,『澤堂集』,「作文模範」, (景文社 影印本, 1981) "韓文文之宗 不可不先讀 若
　　得臭味 仍以爲終身模範可也 … 茅鹿門所招八家文 最爲中正 柳之於韓如伯仲
　　歐王曾專出於韓 三蘇雖學莊圖 亦不出於韓之模範 大蘇雖詭 文氣不下於韓 以意
　　爲主 筆端有口 … 此是古文章正脈 韓子所謂仁義之言也."

의식 속에는 당대의 문풍이 혼탁하여 전범이 없음을 개탄하고서 나름대로 문장의 모범으로서 한유의 고문관을 제시한 것이다. 한유의 전실한 문장을 통해 당대의 문풍을 바로 잡으려 했던 그의 노력을 다음에서 찾아 볼 수 있다.

내가 젊었을 때 목릉穆陵의 말기로 상서庠序에서 명예를 날리는 사람들을 보았다. 그들은 과거문자科擧文字를 가지고 팔을 걸어붙이며 서로 자랑했다. 유담자游談者들도 그 취해지고 떨어지는 소疏의 숫자를 보고, 이름이 오르는 고하高下를 보고 월단평月旦評의 경중輕重을 삼지 않음이 없었다. 하지만 그 문장의 예들은 다 한유가 기롱한 배우와 같은 것들이었다. 이 때문에 가의賈誼, 동중서董仲舒, 조식曹植, 유정劉楨과 같이 기이하고 뛰어난 사람들도 이를 말미암지 않고 이름을 얻기는 만에 하나도 바랄 수 없었다. 따라서 그들은 어쩔 수 없이 방정한 것을 깎아 궤법詭法에 맞춰 시속의 좋아함을 굽혀 나갈 수밖에 없었다. 대개 우리나라의 과거의 학문은 이 때문에 번성해 졌지만 문장은 실로 병들어 갔다.[94]

당대와 전대의 문풍을 혹독한 비판을 통하여 고문이야말로 이런 제반의 문제를 해결할 수 있는 단초가 될 수 있다고 강조한 것이다. 그가 비록 주자학적 입장을 지나치게 견지한 나머지 보수

---

94. 李植, 『澤堂集』, 「送材赴會試序」, p.168. "余甫弱冠當穆陵之季 見士之居庠序 騁名譽者 率以科試文字 相矜扼腕 游談者 無不視其取解之疎數 登名之高下 爲其月旦輕重焉 然其文例 皆韓子所譏類於俳者也 卽雖有怪奇傑卓 賈董曹劉之倫 不由是而取名 萬不能一 故彼之不得不刊方詭法 以俯就時好 盖國朝科試之學 於是爲盛而文章實病焉."

성을 벗어날 수 없었다고 하지만 난삽한 당대의 문장을 고문을 통해 전실성을 구축하려는 점은 높이 평가할 만 하다.

이상에서 논의한 17세기 문학의 특성을 요약하면 다음과 같다.

1. 전통적 비평관인 수사와 달의 중심의 평이 지배적이었다.
2. 중국의 의고문을 받아들여 문예를 풍부하게 만들고자 했다. 특히 당대의 문인들은 진한秦漢의 고문古文을 주로 활용했다.
3. 임란과 양란 후 가벌의 중흥 차원에서 과다한 문집의 간행에 따른 혼탁한 문장을 바로 잡으려는 측면에서 고문이 부상되었다. 또 산문의 양적 증대에 따른 질적 하락을 막기 위해 현실적 대안으로 고문을 제시했다. 나아가 고문을 통해 전실한 문장을 구현하려 했다.
4. 산문작가군의 양적 팽창은 비평문학의 본격적 거론을 가져오게 했다.
5. 문학 그 자체에 대한 독자성을 인정하기 시작했다. 특히 이수광은 문학 본질론과 창작론을 통해 문학 그 자체에 대한 가치를 부여했다.
6. 주자적 세계관에서 완전히 벗어 날 수는 없었지만 어느 정도 노장과 양명학을 수용할 수 있는 유연성을 찾을 수 있다.

이처럼 변혁을 추구하던 시기에 문학 역시 고문古文을 중심으로 전실典實함을 강조했다. 동시에 이때의 문학은 16세기의 도道와 결부된 문학관에서 벗어나 문학 그 자체의 독자성을 확보하였다. 양적 팽창에 따른 질적 저하를 막기 위해 장유, 이식, 김창협 등의 문학적 노력이 있었다. 또 비평문학이 꽃을 피워 조선 후기 문학을 풍성하게 한다. 그리하여 17세기 문학은 변혁을 통해 질적, 양적 성장을 이룬 문학사의 발전시기로 주목해야 할 것이다.

V. 17세기 산문의 양상

1. 서론

1) 기존 시각의 검토와 문제제기

17세기를 논자에 따라 몇 갈래로 이해한다. 즉, 이 시기의 정묘호란, 병자호란, 이괄의 난, 경신대출척庚申大黜陟, 갑술환국甲戌換局, 예송논쟁禮訟論爭 등을 거론하면서 전쟁, 사화士禍, 당쟁黨爭 등처럼 부정적 시각으로 보는 것이 일반적이었다. 또 일각에서는 이런 혼란한 시기에 주목할 만한 문학작품의 산출에 대해서도 의구심을 가진 것도 사실이었다. 그러나 이와는 반대로 임란壬亂과 양호란兩胡亂를 극복한 조선은 숙종에서 정조대를 가리켜 '진경시대眞景時代'로 보는 시각도 있다. 진경이란 조선의 고유색을 한껏 드러내면서 난만한 발전을 이룩했던 문화절정기를 가리키며, 중원의 문화를 조선의 것으로 소화하여 재창출한 문화적 힘의 발산을 뜻하기도 한다.[95] 이처럼 17세기를 두고 보는 시각에 따라 판이한 입장을 취한 것이 사실이었다. 그러나 18세기에 실학을 꽃피웠고 문화의 중흥기를 일구었다는 사실에서 17세기는 후자의 시각에 더욱 설득력을 얻고 있다.[96] 다만 전자의 경우 피상적 고찰에 기인한 것으로 이해된다. 그리고 최근에는 일본에 의해 왜곡되었던 이때의 사화士禍, 당쟁黨爭 등을 긍정적으로 보는 주

---

95. 최완수, 「조선왕조의 문화절정기, 진경시대」, 『진경시대』1, 돌베개, 1998.
96. 이태진외, 『조선시대 정치사의 재조명』, 태학사, 2003, p.6 참조.

장도 설득력을 얻고 있다. 일제 강점기를 거치면서 일본에 의해 고착된 시각에서 벗어나 좀 더 우리의 시각에서 새롭게 정립하려는 시도는 매우 바람직한 일이다.[97] 더욱이 이 시기는 전대와 다른 새로운 문학적 양상을 갖는데 그 대표적 특징 중에 하나가 산문의 양적 팽창과 이에 대한 긍정적인 시각을지적할 수 있다.

2) 연구의 방향

이때의 산문을 파악하기 위해서는 17세기 전후의 문학사적 연관성 속에서 살펴야 한다. 왜냐하면 17세기의 존재성도 결국 16세기의 계승이나 극복 속에서 존재하기 때문이다.

그간 우리는 어떤 현상을 이해할 때 그 현상 자체만을 중시함으로써 전체와의 연관성을 소홀히 하였다. 마치 그것은 전대와 전혀 판이하여 별개로 존재하는 듯한 오류를 범하였다.

이런 논리는 17세기 산문을 이해하는 데에도 필요하다. 문학 역시 이런 상황에서 예외일 수 없으며 오히려 17세기는 16세기에 대한 극복의 변화상을 매우 치열하게 담고 있다.

---

97. 김용걸은 일본의 학자 高橋亨이 조선의 당파적 성격을 설명하는 근거로, 主理와 主氣라는 단순한 용어로 분류한 이래로, 현재에도 高橋亨의 이런 정리방법을 학자들이 답습하여 주리·주기적 추출하는 데 익숙한 학계의 상황에 대해 다음과 같은 인식의 전환을 제시했다. 즉 주자학적 개념에 집착하지 말고 주자학적 체계연관 속에서 주자학의 근본 지향성을 파악할 것을 지적했다. 즉 기존의 통념적 분류에 대한 새로운 인식의 전환을 촉구한 것이다. 김용걸, 『이익 사상의 구조와 사회 개혁론』, (서울대학교 출판부 2004), p. v -vi 참조.

2. 본론

1) 산문발달의 원인과 추이

16세기는 사림파 문학이 융성했고 특히 삼당시인을 비롯하여 두시杜詩가 널리 읽혀졌다. 이것은 국초 이래로 꾸준히 진행시켜 오던 두시언해가 완성되어 선조 때 대량 보급되었으며, 단군 이래 대등 또는 대립적 관계에서 중국과의 대응의식에서 긴장을 늦추지 않았으나 사대事大라는 새로운 정치적 국면으로 오랜 기간 동안 평화가 정착되었다. 또 낭만과 문학적 상상력을 자극하는 허경 중심의 서술은 더욱 당시풍唐詩風을 가속화 시켰다.

그러나 임란과 병자·정묘호란, 이괄의 난 등을 겪으면서 이런 낭만적 정감은 쇠퇴하고 대신 당대가 처한 상황을 사실적으로 담은 각양의 산문이 발달하였다. 이 산문이 발달한 원인에 대해서는 여러 가지가 있겠지만 크게 세 가지로 나누어 보았다.

첫째, 실기문학實記文學이 발달했다. 주지한 것처럼 1592년(선조 25년) 4월 일본이 15만 대군을 이끌고 부산을 공격하면서 시작된 임진왜란은 1598년 2차 침입을 강행한 정유재란까지 7년 동안의 미증유의 대사건이었다. 임진왜란은 국내·외에 엄청난 피해를 끼쳤으며 그 충격은 가히 상상을 초월할 정도였다. 임진왜란의 충격은 여러 종류의 글로 표현되었다. 임란의 원인을 밝히는 반성과 책임 문제를 따지는 비판의 글들이 산출되었고, 문인 사대부 뿐만 아니라 시골에 묻힌 선비와 부녀자들까지 모두가 자신의 처지에서 글로써 임란의 참상을 알리고 어려움을 호소했다. 임진왜란은 문학의 모든 양식으로 형상화되었고, 서사문학 중에서도 설화說話, 소설小說, 전傳, 실기實記 등의 양식을 동원해 형성화하였다. 특히 이 가운데 각계각층에서 자신들이 보고, 듣고, 느낀 바를 바탕으로 해서 임난壬亂의 참상과 정치현실, 우국충정의 마음과 정절, 인간애 등을 드러낸 것이 실기문학實記文學이다.[98] 이 실기문학은 역사 서술과는 다른 양태를 띠고 있다. 오히려 역사에서 소홀하게 취급되는 전경적 상황묘사, 인간 중심의 구체적인 삶의 모습, 개인적 차원의 갈등 등이 감성 중심의 정서적 반응과 융합되어 나타난다. 이런 점에서 실기문학의 문학적 가치는 시대사의 단층적인 모습을 현장감 있게 구현하면서 경험세계에 대한 작가의 솔직한 자기 고백적 토로가 심미적 감수성 및 기록정신과 어떻게 결부되어 있느냐에 달려 있다고 할 수 있다.[99]

이처럼 임난 전에 당시풍唐詩風이 유행하고 한시가 문단을 주도하는 분위기가, 전란을 겪으면서 사실적 산문으로 바뀌어 갔다.

둘째, 임난 후 붕괴된 가문을 중흥하는 과정에서 조탁과 공력이 많이 드는 시보다는 비교적 서술이 용이하고 다양한 형태의 글쓰기가 가능한 산문을 선호했다. 장유가 당대의 이런 현실을 지적한 것을 보면 더욱 명확하다.

> 우리나라 풍속은 뒤쳐져 신기한 일을 좇는 일이 적어서 문인들의 작품을 인쇄하여 세상에 전하는 것이 드물다. 근년에 문학을 숭상하고 글 좀 쓴다고 하는 사람들의 유집이 다투어 나오니 번성하다고 할만하다. 그러나 천천히 살펴보면 반드시 유집이 나와야 할 그런 인물들인 것만은 아니다. 대체로 집안이 일어나 후손이 뛰어나면 속된 가요와

---

98. 張庚男,「壬亂 體驗의 文學的 形象化」, 동아세아문학에 나타난 전쟁체험 양상, 우리문학회 창립 30주년 국제학술대회, 2004, 11, p.181.
99. 張庚男,「임진왜란의 문학적 형상화」, 아세아문화사, 2000. 참조.

같은 것도 훌륭한 시문 속에 섞어 들여 눈 깜짝할 사이에 목판에 찍어
나무에 재앙을 가져오고 이리저리 전사해서 종이를 귀하게 만든다.
그에 비해 궁한 가문의 사람은 웅대한 포부를 지니고 아름다운 재주를
품고 있더라도 죽고 나면 그 훌륭한 글들이 연기처럼 사라진다.[100]

이처럼 유집의 간행이 빈번하였음을 알 수 있다. 동시에 부실
한 시문의 양산도 적지 않았던 것을 파악할 수 있다.

셋째, 임난을 전후하여 급격한 문인의 증가로 많은 시문을 양
산하게 되었다. 이식은 당대의 이런 현실을 다음처럼 언급했다.
즉, 선조 때 문단이 가장 융성함에 대하여 우리 동방의 문학하는
선비가 선조 때에 가장 성했다고 할 수 있다. 대개 기풍이 만개하
고 법도가 갖추어져서 그 고하를 살피면 당의 천보 때와 같다.[101]
고 했다. 신흠 역시 이때를 가리켜 우리나라 작가는 대대로 훌륭
한 사람이 수백 명 뿐만이 아니었다.[102] 고 했다.

16세기 사림파의 등장은 종국적으로는 제한된 관직을 두고 훈
구파에 맞서 효율적인 관직 진출을 꾀한 불가피한 움직이었다.
즉, 신진 다수의 조직적인 참여를 통해 기득층인 훈구파로부터
자신들의 입지를 정당화 하려는 속성이 있다. 하지만 현실적으

---

100. 張維,『谿谷集』권7, (韓國文集叢刊 권92, 民族文化推進會)「南窓雜稿序」“我東
俗椎 鮮好事 文人述作 罕有鋟行於世者 近歲稍稱右文操觚家 競出遺集 可謂盛
矣 然徐而察之 未必皆其人也 蓋其家世隆顯 胤胄趾美 則雖折楊皇荂 亦可以混
響 韶護 咄嗟之頃 能令木災而紙貴 卽窮途冷族 雖懷雲夢之富 蘊隨和之璽 沒
世之後 旋就煙滅.”
101. 李植,『澤堂集』(韓國文集叢刊 권88, 民族文化推進會), p.335.「劉生枕流臺詩
卷後序」“吾東方文學之士 至於我朝 號爲最盛 蓋由風氣滿 開法度始備 考其高
下 其類 於唐天寶之際耶.”
102. 申欽,『晴窓軟談』, (韓國文集叢刊 권72, 民族文化推進會), p.347.“我朝 作者
代有 其人 不啻數百家.”

로 한정된 관직을 두고 이런 진출이 용이한 것만이 아니었다. 그러나 임란 후 능력만 있으면 신진 사림의 진출이 전대보다 비교적 수월하였고, 이를 위해 학문적인 수양과 능력이 필수적 이었다. 따라서 관료 진출의 가능성이 높아진 환경에 더 많은 진출을 꿈꾸는 문인이 증가하였고, 이런 시대상에 시문의 양산은 팽창할 수밖에 없었다.

한편 이와 같은 산문의 양적 증가에 따른 산문의 변화는 두 가지 의미를 갖는다. 먼저 부정적인 시각에서는 문장의 질적 하락으로 이해할 수 있다. 그러나 다른 한편으로 긍정적인 시각에서 다양한 글쓰기의 시도는 개성의 역동적인 표출로 산문의 발전을 가져왔다는 것이다. 이런 상반된 관점에서 당대에 펼쳐진 것은 고문운동이었다. 즉 기존의 의고성의 문풍을 비판하고 전실한 글쓰기로 진한의 문장과 당송고문을 텍스트로 제시한 것이다. 또 하나 여기서 주목할 점은 산문이 팽창한다는 것은, 그 사회의 인식이 바뀌어 간다는 것을 의미한다. 즉 일반적으로 산문은 내면의 느낌과 체험을 드러내는 문학 양식으로 실용적 요구 때문에 짓기도 하지만, 비교적 객관적으로 사회 및 인생이나 자연 경관을 묘사하면서 주관 감정을 투사하고 융합시킨다. 정신의 자유로운 운동에 의하여 이루어지는 문학양식이기에 산문은 엄격한 의미의 예술적 기교를 문제 삼지 않는다. 그렇다고 산문에 그 나름의 규범이 없는 것은 아니다. 자유스럽지만 그 나름의 규범을 스스로 창출한다. 심오한 사상이나 현실에 대한 깊은 인식이 미학적 재능과 결합할 때 예술 산문이 이루어진다.[103] 따라서 17세기

---

103. 심경호, 『한문산문의 미학』, 고려대 출판부 1998. p.5.

는 이와 같은 시대적 상황에서 산문은 자연스럽게 발달되었다.

한편 전술한 것처럼 임난 이후 가문을 중흥시키려는 노력과 관료 진출을 꾀하는 문인들의 팽창 등은 산문의 양적 증대를 가져왔다. 또 조선 전기의 평화롭던 상황과 달라진 시대상 역시 한시의 형태만으로 당대의 표현 형태를 만족시킬 수 없었다. 그리하여 산문의 부상은 필연적이었으며 양적 팽창에 따른 난삽하고 질적 저하를 막기 위해 나름대로 중국의 고문을 끌어 당대의 산문에 귀감으로 삼고자 했다. 이런 노력은 임난을 전후하여 허균이 고문을 연마하던 때에도, 최립과 윤근수가 함께 한유의 글에 현토를 하고, 명의 복고주의 문학론을 비판한 고문론을 전개한 모곤茅坤의 『당송팔대가문초唐宋八大家文鈔』가 유포되어 '당송팔가문'이란 용어가 정착되었다. 이후에는 이식李植이 『팔대가문초』에 대해 구체적으로 언급하였고, 이후에도 정조의 책문策問이 있을 만큼 『팔대가문초』는 중시된다. 또 조선후기 고문론의 이론적 근거로 모곤의 의고문 비판론과 함께 명말 청초의 전겸익錢謙益의 문장론이 수용되었는데, 김창협金昌協은 전겸익의 문장론을 소개하기도 했다.[104] 이후에도 이런 노력은 지속되어 남공철南公轍의 경우 「사군자문초서四君子文鈔序」를 지어 정조의 문체순정책을 지지하기도 하였다. 이 책은 조선 고문의 역사를 논한 정연한 논문으로서 주목할 만 하다. 이 『사군자문초四君子文鈔』는 최립·장유·이식·김창협의 문을 선정하였으며, 남공철은 이 사가四家가 양한兩漢을 권여權輿로 삼고 혹 제자諸子로 내달려가거나 혹은 한구韓歐를 궤범으로 정하여 부솔膚率·천근淺近·누속陋俗의

---

104. 심경호, 『한문산문의 미학』, 고려대 출판부 1998. p.148-149 참조.

문폐文弊를 극복하였다고 평가하였다.[105]

이것은 조선 전기와 다른 글쓰기 형태의 변화를 의미하며 산문에 대한 인식도 많이 달라진 것을 뜻한다. 즉 17세기에는 변화를 추구하는 사회에서 문인들의 인식도 달라졌고, 문학적 성향도 바뀌어 기존의 산문과 다른 형태의 글쓰기를 가져왔다. 즉 그간 조선의 산문은 중국의 산문과 밀접한 관계를 가졌는데, 중국의 경우 산문은 주로 변문이 발달하기 이전인 진한秦漢 때 이루어진 경사제가經史諸家의 산문체와 당唐의 한유韓愈 이래 산문의 주류를 이루어 온 문체를 말한다. 중국의 문언문은 선진 시대의 의론문議論文을 틀로 삼아 한대漢代의 논책문論策文과 서사문敍事文으로 발전하면서, 간결성과 함축성을 미적 특성으로 삼아 왔다. 우리의 경우 고려 중엽의 김황원金黃元과 김부식金富軾 이래로 순정고문이 산문체의 중심 문체로 되었다. 이 순정고문 형식의 산문체가 조선 중기 이후에 와서는 그간의 산문의 평판성을 극복하려고 여러 가지 새로운 문체와 글쓰기 방식이 시도되어, 조선 후기에 이르러 산문문학은 사상 감정과 체험을 서술하고 생활주변을 진실하게 묘사하는 문학 장르로서 확고한 위치를 차지하기에 이른다.[106]

이 때문에 한문산문을 이해하기 위해서 다음과 같은 지적도 나름대로의 의의를 갖는다.

> 한문산문을 포함한 한국 한문학의 미의식을 규명하는 문예 미학적 연구 방법에 대한 논의가 아직 모색의 단계에 머물러 있는 현 상황에서 문체론적 접근을 통해 개개 작가의 구체적 작품을 꼼꼼히 분석하

---

105. 심경호, 『한문산문의 미학』, 고려대 출판부 1998. p.152.
106. 심경호, 『한문산문의 미학』, 고려대 출판부 1998. iv 참조.

고 그 배후에 있는 사상이나 미의식을 규명하는 것이 한문 산문의 미
학적 특성을 규명하는 데에 방법론적으로는 여전히 유효하다.[107]

이제 산문이 갖는 문체적 특성이나 미감을 검토하자는 논의는
산문의 발달사적 의미보다는 본질적인 이해에 중점을 둔 것으로
적절한 지적이다.

또 하나 주목할 것은 중국 명말 청초 문학사조의 유입이다. 즉
초기의 의고주의 사조에서 종국에는 경릉파 사조는 문학에 대한
다양한 쓰기의 안목을 넓혀 주었다.[108] 이때의 문학을 이해하려면
당대인이 현실의 문풍을 극복하기 위해 청으로부터 참고한 각양
의 사조도 함께 읽어야 한다.

2) 산문 발달의 양상

(1) 실기문학의 발달

실기문학은 작자의 체험세계, 역할, 신분, 활동 양상 등에 따라
그 내용이 다양하게 나타난다. 그래서 저작자의 체험 방식에 따
라 그 하위 유형으로 종군실기從軍實記, 포로실기捕虜實記, 피난
실기避難實記, 호종실기扈從實記로 나눌 수 나눌 수 있다.[109] 하지

---

107. 장원철,「한문 산문에서의 미학적 특성」,『한국한문학연구 29집』2002, p.33-34 참조.
108. 안영길은 17세 고문을 검토하면서 명말청초의 문학사조가 조선의 문풍에 어
      떻게 영향을 미쳤는가를 밝혔다. 이에 따르면 16세기말 17세기 초기에는 의
      고주의 문풍이 지배적이었다가 17세기 중엽에는 당송파 사조로 후에는 공안
      파와 경릉파 사조의 영향도 받아 다양한 문학적 시각을 체험할 수 있었다. 이
      를 토대를 17세기는 풍성하고 다양한 글쓰기를 시도했다. 안영길,『조선 변혁
      기의 문학연구』, 이화출판문화사, 2002. 참조.
109. 張庚男,「壬亂 體驗의 文學的 形象化」, 동아세아문학에 나타난 전쟁체험 양
      상, 우리문학회 창립 30주년 국제학술대회, 2004, p.182.

만 명확하게 구분되는 경우도 있지만 작자 자신의 개인 문집에
체험한 것들을 부분적으로 기술하고 있어 당대의 대다수의 문집
에는 이처럼 실기의 기록들이 담겨있다.

특히, 대표적인 종군실기는 작자가 임진왜란에 장군, 종사관,
의병 등으로 참여하여 적과의 전투 상황, 진중의 생활상 등을 서
술한 실기이다. 이에 해당하는 작품은 다음과 같다.

이정암李庭馣 :『서정일기西征日記』
이탁영李擢英 :『정만록征蠻錄』
류성룡柳成龍 :『징비록懲毖錄』
이 　노李　魯 :『용사일기龍蛇日記』
이순신李舜臣 :『난중일기亂中日記』
조 　정趙　靖 :『임난일기壬亂日記』
안방준安邦俊 :『은봉야사별록隱峯野史別錄』
조경남趙慶男 :『난중잡록亂中雜錄』
정경운鄭慶雲 :『고대일록孤臺日錄』
강 　항姜　沆 :『간양록看羊錄』

다음으로 위와 같이 표면적이고 개괄적인 실기보다 개인적 또
는 사회적으로 당대의 실상을 좀 더 생생하고 구체적으로 다른
몇 가지 실기문을 살펴본다. 먼저 임진왜란 때 투항은 김충선金
忠善(일본명 : 사야가〈沙也可〉)의 실기문을 살펴본다.

대구 녹촌에는 임진왜란 때 항왜降倭로서 선조 임금에게 김충
선이라는 이름을 하사 받은 사람이 있는데 그 자손이 녹촌 근처
에서 많이 살고 있다. 지금 조정(정조)에 이르러 충선의 자손들이
글을 예조에 올려 은전을 받고자 하였다. 당시 예조판서는 오재

순 이었다. 내가 오판서의 종제인 오재신을 통하여 김충선의 행
적을 얻어 볼 수 있었는데 그 대략은 다음과 같다.

> 충선은 임진년에 가등청정의 선봉장이 되었는데 그때 나이가 22살
> 이었다. 평생 중원의 문물을 사모하였기에 조선을 공격하는 것은 불
> 의라고 여겼다. 자청하여 동국 싸움에 출정하여 우리나라와 풍습을
> 보고서는 좋아하여 병사 김응서金應瑞에게 글을 보내어 귀화를 원
> 한다는 뜻을 밝히고, 3,000명의 병사를 데리고 귀화하였다.---조정에
> 서 조총도감을 설치하고 충선을 감조관으로 삼으니 조총을 쏘는 법
> 과 화약을 만드는 법을 모두 전수하였다. ---이괄의 장수 서아지徐牙
> 之 역시 항왜降倭였는데 이괄이 패주하자 서아지도 마침내 망명하
> 였다. 아지가 워낙 날래고 용맹스러워 사로잡지 못하자 조정에서는
> 충선에게 밀명을 내려 잡으라 하니 충선이 계획을 세워 사로잡아 바
> 쳤다. 병자호란 때 쌍령雙嶺의 전투에서 충선이 의병을 일으켜서 영
> 남의 군사를 따라서 오랑캐를 많이 죽이니 거의 만 명에 이르렀다.
> ---나이 70여세에 이르러 대구 녹촌에서 살았는데 가선대부의 작위
> 를 받았다. --- 충선의 당호는 모화慕華이고 왜국 이름은 사야가沙也
> 可였으며 대대로 왜국에서 작위를 받았는데 그의 호적을 가져왔다.
> 그 외할아버지는 평수철平秀喆이고 김충선은 위에서 내린 이름으로
> 본관을 김해로 하였다. 평생토록 왜국의 일에 관해 말하지 않았는데
> 부사 홍춘점洪春點의 딸을 아내로 맞아 많은 자녀를 두어 후손이 매
> 우 번창하였다.[110]

임진난의 특수한 상황을 기록하였다. 일반적으로 밀리기만 한
싸움으로 인식되었고, 철저한 일본인의 탄압으로만 인식되었던
전쟁이었다. 그러나 일본의 명분 없는 전쟁에 투항한 왜장을 통

---

110. 민족문학사연구소 한문분과 옮김, 『18세기 조선 인물지 병세재언록』, 「병세재
     언록 원문 교주문」, (창작과 비평사 1997) p.296.

해 새롭게 전쟁을 인식하게 한 기록이다.

　다음은 최현(崔晛, 1563-1640)이 지은 「용사음」은 전쟁가사로 당대의 참상을 생생하게 고발하고 있다.

　　도이島夷 추종醜種을 뉘라서 배태胚胎흐고
　　맹호猛虎 장경長鯨이 산해山海를 흔들거늘
　　동서남북東西南北에 뭇싸흠 니러나니
　　밀티며 취티며 말 하시고 일 할셰고
　　니 됴흔 수령守令들 너흐느니 백성百姓이요
　　돕 됴흔 변장邊將들 허위느니 군사軍士로다
　　재화財貨로 성城을 쓰니 만장萬丈을 뉘 너모며
　　고혈膏血로 히지 프니 천척千尺을 뉘 건너료
　　기라연 금수장綺羅筵 錦繡帳의 추월춘풍秋月春風 수이 간다
　　히도 길것마는 촉병유秉燭遊 귀 엇덜고
　　주인主人 줌든 집의 문은 어이 여러느뇨
　　도적盜賊이 엿거든 개는 어이 줏잣는고
　　대양大洋을 브라보니 바다히 여위엿다.

　임난을 당한 조선은 군관민이 일치단결하여 국난 극복을 해야 할 것 같으나 정작 현실은 그렇지 못했다. 오히려 부패한 관리들이 재물을 수탈하여 만장萬丈을 쌓았고, 백성의 고혈膏血로 연못을 파니 천척千尺이나 되었다는 모순된 실상을 고발하고 있다. 전쟁 중에서도 부패한 관리들은 비단을 깔은 자리에 앉고 수를 놓은 휘장 속에서 계절을 보낸다. 부패한 관리와 병사를 괴롭히는 장수들을 거론하며 부정된 당대의 실상을 실기하고 있다. 이런 절망감

은 선조 임금을 호종扈從하던 중인 유희경(中人 劉希慶, 1545-1636)
의 시에서도 나타난다. 그의 문집『촌은집村隱集』에는 당대의 전
시의 절박한 상황과 절망감이 매우 극명하게 실기되었다.

扈衛三旬九遇食	호위하느라 서른 날에 기껏 아홉 번 먹을 뿐이고
客中風味冷於水	나그네 입맛은 얼음보다 더 냉혹하다.
思量莫若超塵世	생각해보니 티끌세상 벗어나
寧作香山舍主僧[111]	차라리 묘향산에 암자짓고 중이나 될거나.

　비록 시로써 간결하게 피난의 고통을 담고 있지만 이것 역시
실기문학이다. 거의 굶어 기진맥진한 호종扈從과 전란의 고통과
절망감에서 차라리 스님이나 되고 싶다는 심정이 전란의 참담함
을 더해 주고 있다.

　(2) 고문의 발달

　전란을 겪으면서 각자의 체험을 나름대로 서술했던 다양한 글
쓰기의 시도가 있었다. 또 피폐한 가문을 중흥하는 과정에서 활
발한 문집간행에 따른 부족한 분량의 원고는 문장의 질적 하락을
야기했다. 이런 질적 하락을 막으려는 노력이 있었다. 또 전대의
의고문풍을 극복하려는 일련의 문풍쇄신운동 즉 로 고문운동이
펼쳐졌다. 좀 더 전실한 문풍을 구현하기 위해 하나의 텍스트로
고문을 제시한 것이다. 이를테면 명말 청초의 의고주의 문풍에서
당송고문, 그리고 공안파, 경릉파의 문풍까지 다양한 고문운동이

111.『村隱集』권 1,「述懷」

전개되었다. 이를 근거로 문장사대가의 글 또는 『사군자문초四君子文鈔』가 발간되기까지 하였다. 이는 바꾸어 말하면 팽창하는 산문에 하나의 전범을 보이려는 시도였으니 그만큼 산문 문학이 풍성하였다는 것을 입증한 것이다.

이 고문운동의 성격은 시의성, 실용성, 다양성으로 요약할 수 있다.[112] 그리고 당대를 대표하는 문장가로 월상계택月象谿澤을 언급하지 않을 수 없다. 이들은 각기 나름대로의 문장을 구현했다. 게다가 남공철은 최립·장유·이식·김창협의 문을 뽑아 『사군자문초四君子文鈔』라 이름하였다. 특히 농암에 대해서는 다음과 같이 언급하였다.

> 농암의 문장은 두건을 쓰고 도복을 입고 산림을 노닐며 예절을 다스리는 사이에 온화한 모습으로 읍하여 공손을 표시한다. 하는 말마다 이치에 맞아 참다운 유자의 기질의 모습이다.[113]

조긍섭曹兢燮은 허목許穆을 가리켜 다음과 같이 평하였다.

> "미수眉叟의 문장을 일찍이 생각해 보면 흙으로 빚은 술그릇처럼 고기古氣가 있어 시속에 맞지 않지만 물에 담백한 맛은 입에 맞지 않는 것과 같다.[114]

---

112. 안영길은 17세기 고문의 성격을 위와 같이 시의성, 실용성, 다양성으로 특징지어 설명하였다. 안영길, 『조선 변혁기의 문학연구』, 이화출판문화사, 2002. 참조.
113. 『金陵居士集』卷11, 「四君子文鈔序」, "農巖之文 幅巾道服 徜徉周旋乎山林經禮 之間 雍容揖讓 言言中理 眞儒者之氣像也"
114. 『심제집』 권6 「與金창강서」 "眉叟之文 就嘗以爲如瓦樽有古氣 而不適於時 玄酒 有淡味 而不可於口"

여기서 '고기古氣'란 바로 고문을 가리킨다. 이처럼 고문에 근거한 작가와 작품 선정은 당대의 문학적 성향이 무엇인가를 극명하게 보여준다. 그리하여 이른바 한문사대가로 일컫는 이정구. 신흠, 장유, 이식에서 사군자 불리는 최립, 이식, 장유, 김창협 그리고 허목 등에 이르기까지 이들을 문장가로 선정한 공통적 기준은 고문이다. 고문을 통해 전실한 산문의 구현을 주장한 것이다. 이 고문이 지향하는 속성은 중국의 고문古文을 받아들여 하나의 전범을 만들고자 했다. 특히 17세기 초기의 문인들은 진한고문을 주로 활용했으나 후반에 이르러 당송고문 쪽으로 비중이 옮겨갔다. 이처럼 활발한 창작 활동은 16세기의 문학이 도의 종속된 개념에서 벗어나 문학 그 자체에 대한 독자성을 인정하기 시작했다.

고문이 발달한 또 다른 원인에 대해서는 변새풍의 사조와 악부시의 영향이 크다.

즉, 조선 중기에 유행한 변새풍邊塞風의 사조는 학당풍學唐風과 악부시樂府詩 모작과 상당한 관련이 있다. 삼당시인三唐詩人의 등장과 함께 당풍의 시가 유행했고, 명대 전후칠자의 소개로 악부의 영향을 많이 받았다. 예를 들면 신흠의 경우 王世貞의 시를 극찬하였는데, 당시의 왕세정만이 아니라 이몽양李夢陽·하경명何景明·이반룡李攀龍의 시가 대부분 의작擬作 악부시樂府詩가 많았다. 16세기말 17세기 초반에 변새풍의 시상이 유행한 것은 송시에서 느끼지 못한 허경의 매력에 있다. 이런 변새풍의 특징을 다음과 같이 정리하기도 하였다.

첫째, 특정한 시대·특정한 지명과 관련된 전형 의상意象의 계승을 통해 고색古色·고향古香의 미감을 추구한다. 당시를 논할 때, 통상적으로 변새시邊塞詩는 성당盛唐을 최고로 평가하지만 실상 그것은 시의 제재상 가장 보수적인 것 중의 하나로 유구한 전통을 갖는다.

예를 들어 흉노와 대립적 관계에서 한대漢代의 정경이나 인물을 추숭하는 경향이 있었다.

둘째, 특수한 호칭이나 인물형상, 그리고 변새邊塞와 관련된 물상의 활용을 통해 변새적 풍정邊塞的 風情을 추구한다. 특수한 호칭이나 인물형상 역시 주로 한대漢代의 서북 변새邊塞 개척 역사와 관련이 깊다. 좌현왕左賢王·우현왕右賢王·천교자天驕子·단우單于·혼사왕渾邪王·가왕可汗 등 흉노와 공방전에 관련된 것이 많다. 이에 쟁투를 벌린 이광李廣·곽거병霍去病·위청衛青·두헌竇憲과 같은 장군이나 장건張騫·소무蘇武와 같은 문인도 등장한다. 이를 통해 호연지기, 의협심, 충정, 장부의 기개 등을 노래했다.

셋째, 작품 안에서 일정한 주제와 분위기로 구조화되고, 특정한 미감을 형성한다.

종군從軍의 고단함, 아내 또는 고향에 대한 그리움, 변방의 혹독한 환경, 호아胡兒, 호희胡姬 등 변새邊塞 이민족의 생활모습, 종군하여 공훈을 세우고자 하는 장지壯志 등을 주제와 소재로 활용하였다면 황黃·흑黑·백白·홍紅을 주로하는 색감, 한寒으로 대표되는 촉감, 비린내로 대표되는 후감 등은 황량하고 창망한 분위기를 구축하는 대표적인 예이다. 또 그것은 한 작품 혹은 한 구절의 의경에서 비장悲壯·강개慷慨하고 호방豪放한 미감을 형성한다.

하지만 이런 전형 의상意象이 구축하는 일정한 경향성은 처음 한 두 수의 시를 읽을 때는 생경함으로 인해 신선미가 있겠지만, 여러 수를 읽으면 천편일률적인 느낌을 지을 수 없게 된다. 특히 강고한 주제전통 하의 전형 의상意象의 경우, 관습적 재현이 거듭됨에 따라 시인의 상상력이 고갈되고, 시공간이 몰각된 상상의 공간에서 그저 관습적 정서와 미감을 복제하는 데 그치게 된다. 전형 의상意象의 계승이 단순한 모의로 떨어져 버릴 위험성이 상존하는 것이 이 때문이다.[115]

그리하여 정두경의 경우 『사기史記』 읽기를 매우 좋아하였는데 「흉노열전匈奴列傳」을 열독하여 그의 시에 변새풍이 많다.[116]

이처럼 의고성 문풍은 결국 주체적 자아의 문학관을 약화시키고 또 당대가 처한 현실 극복적 성향에도 맞지 않게 되었다. 따라서 반의고성의 문풍 즉 고문운동이 표면화된 것이다.

17세기 18세기 전반의 일군의 비평가들에게 조선 중기의 의고적 문풍은 주요한 비판의 대상이었다. 김창협은 이때의 문풍을 가리켜 "가는 길이 한결같고 음조가 비슷하여 아마도 그 사람을 볼 수 없다."[117]고 한 것은 바로 이런 것을 지적한 것이다. 이런 것은 궁극적으로 지나친 허경을 비판한 것이다. 즉 모작을 벗어나 자신만의 개성적인 필치로 참신한 글쓰기를 구현할 것을 제시한 것이다.

그러면서도 생섭한 문장을 배척하면서 당송고문을 전범으로 제시했다. 또 이들은 자구와 같은 표절을 비판하고 고문이 갖는 정신을 계승하여 당대의 문풍을 쇄신하려 했다.

---

115. 임준철, 「조선 중기 한시에서의 典型 意象의 계승과 미감의 확충」, 제 7차 한국한문학회 전국학술대회 『19세기 한문학의 재조명』 2004, 11, 27. 고려대 문과대, p.115-121 참조.
116. 정두경, 『東溟先生集』, 卷 七 , 「西塞懷古 三首」其三 456면 "馬遷骨朽其言在 每讀令人感慨多 文章最嗜匈奴傳 意氣偏憐易水歌"
117. 김창협, 『農巖集』, 권 34 「雜識」, "軌轍如一, 音調相似 其人 殆不可見"

(3) 비평문학

문헌상 고려 말 『백운소설』에서 비평이란 개념이 구체화된 이래 크게 부상되지는 못하였다. 그러던 것이 조선 선조 시대를 거치면서 급격한 문인의 증가와 활발한 시문의 산출을 통해 비평문학을 부상시켰다. 그리하여 이 짧은 기간에 각양의 비평이 활발하게 전개되었는데 대략 그 작품의 수에서 엄청나려니와 내용면에서 다채롭다. 이때의 비평서는 다음과 같다.

종남총지終南叢志 : 김득신(金得臣, 1604-1684) 1책, 47항목. 연산 조 때 어무적 시에서 조선 중기 남용익 등의 시문 비평

소화시평小華詩評 : 홍만종(洪萬宗, 1643-1725) 2권 1책. 을지문덕에서 그 당대의 문인까지 시문 비평

시평보유詩評補遺 : 홍만종(洪萬宗, 1643-1725) 1책. 소화시평에 미비한 것을 보안하여 비평

호곡시화壺谷詩話 : 남용익(南龍翼, 1628-1692) 3권. 홍만종이 시화총림을 엮으면서 그 중 60항목만을 가려 호곡시화라고 함

수촌만록水村漫錄 : 임경任璟(숙종조) 12행 16장. 56편의 시화 수록.

서포만필西浦漫筆 : 김만중金萬重(1635-1720) 2권 1책. 우리나라 시 전반을 광범위하게 비평.

현호쇄담玄湖瑣談 : 임경任璟(숙종조) 1권. 시화와 시 이론을 담아서 비평.

다음은 비평이 부분적으로 산재된 작품을 살핀 것이다.

『상촌잡록象村雜錄』: 신흠(申欽, 1566-1628)
『류원총보類苑叢寶』: 김육(金堉, 1580-1658)

『자해필담紫海筆談』·『하담파적록荷潭破寂錄』·
『부계기문涪溪記聞』: 김시양(金時讓, 1581-1643)
『택당산록澤堂散錄』: 이식(李植, 1584-1647)
『계곡만필谿谷漫筆』: 장유(張維, 1587-1638)
『연평일기延平日記』: 신익성(申翊聖, 1588-1644)
『순오지旬五志』·『명엽지해蓂葉志諧』: 홍만종(洪萬宗, 1643-1725)
『산중일기山中日記』: 정시한(丁時翰, 1625-1707)
『사군자문초四君子文鈔』·『황종집구가선黃鍾集九家選』
                : 김석주(金錫胄, 1634-1684)
『공사견문록公私見聞錄』: 정재륜(鄭載崙, 1648-?)
『농암잡식農巖雜識』: 김창협(金昌協, 1651-1708)

이때에 이자二字, 사자四字 비평 또는 작품을 구체적으로 거론
하여 인상비평과 품격비평을 함께 하기도 하였다. 동시에 비평의
형식을 뛰어넘어 나름대로의 심미안적인 잣대로 시문을 평하여
완성도를 높이려 하였다. 또한 중국의 작품이나 작가를 거론하여
특정한 경향에 대해 비평을 더하기도 하여 비평 문학이 무릇 익
었다. 풍성한 비평서의 산출과 그에 따른 다양한 비평은 비평문
학의 전성기를 맞게 한다. 이처럼 비평문학이 부상되었다는 것은
비평할 시문이 풍부했다는 것과 이에 따른 비평의식도 함께 존재
했다는 것이다. 이와 같이 17세기는 산문이 발전하여 새로운 글
쓰기를 시도한 시대였으며 동시에 문학에 대한 당대인의 인식도
전대와 다르게 바뀌어 가고 있었다. 이때의 비평의 특징에 대해
서는 산문의 발달양상을 살피는 것이 주안점이어서 일일이 거론
할 수 없지만 그간의 성과를 토대로 다음과 같이 요약할 수 있다.
　대체로 국내의 작가를 평할 때 당시풍을 가진 작가를 높이 평가
했다. 이 때문에 외형적인 수사의 조식彫飾에 치중했던 명인明人

의 시보다 성정과 천기를 주된 것으로 한 당인唐人의 시를 높이 샀다. 이런 기준은 중국의 작가를 비평할 때에도 그대로 적용했다.

당대의 작품을 평하는 기준을 보면 다음과 같은 것을 주로 하였다.

1. 주제의 명확성을 검토한다. (주제의 명확성)
2. 단락의 짜임새를 검토한다. (단락의 효율적 구성)
3. 표현상의 특성을 살펴 작품의 미학성을 논급한다. (미학성)
4. 미흡한 부분을 지적하여 작품의 완성도를 높인다.
   (이자二字의 평을 주로 사용)

이런 방법을 활용하여 그 작품의 우수성과 부족한 점을 동시에 서술함으로써, 작품의 완성도를 높이려 했다.[118]

한편 17세기말의 품격 비평에서 강조한 것은 '성율'과 '기상'이었다. 또 당시唐詩와 두보를 하나의 비평 기준으로 세워 이에 가까운 것은 높이 평가하고, 거리가 먼 것은 폄하시켰다.

이때에 자주 거론된 '천기天機'와 '성정性情'의 용어는 후기 시론에 지대한 영향을 끼친 평어評語들로 개성적인 관점의 시론이 피력된 한 예例인 것이다. 이런 면에서 18세기 후반의 시인들에게 안목을 넓혀 주고 또 한편으로 이론의 발전을 꾀할 수 있게 하였다.

특히 당대의 천기를 중시한 비평관은 김창흡(金昌翁, 1653-1722)과 신정하(申靖夏, 1681-1716), 신방(申昉, 1685-1736), 이의현(李宜顯, 1669-1745) 등에 의해 계승 발전 되었다. 또 김창협 형제와 교유했던 홍세태는 이들의 천기론을 정래교와 같은 여항인들에게 전수

---

118. 안영길, 「17세기말 18세기초 한문학 비평연구」, 한국한문학회 2001년 추계학술발표회 논문집 참조.

하여 후일 여항 문학의 이론적 토대를 제공했다는 점에서 문학사적 의의를 갖는다.[119]

3. 산문 발달의 의의

이상의 논의를 요약하여 17세기 산문이 갖는 의의를 정리한다.

1. 혼탁한 문풍을 정제하기 위해 고문운동이 팽배했다. 여기서 혼탁한 문풍이란 질이 낮은 문장을 뜻할 수도 있지만 동시에 개성이 넘치는 역동성을 지난 문장을 가리킨다. 그리하여 다양한 글쓰기의 시도는 조선식 소품쓰기를 가져올 수 있었다.

2. 중국 중심의 거대담론이나 과장적인 허경에서 벗어나 전쟁이나 참담한 현실을 각자의 입장에서 담는 실기형식의 문학이 일어났다. 이런 양상은 산문문학을 부각하게 하였다. 이에 개인의 사소한 정감의 이야기이나 시정의 하찮은 소재도 지면에 올렸다. 또 색깔 나는 어휘나 조선적 어투와 문체도 구김살 없이 서술하는 계기를 마련했다. 그리하여 문장이 짧아지고, 단일한 주제를 전달했다. 그리고 구어체로 서술하여 기존과 자못 다른 문풍을 가져왔다.

이런 17세기 산문의 지향성과 흐름은 18세기의 실학과 같은 특징을 갖게 한다. 즉 18세기 산문의 특성을 갖게 한 문학적 성향과 이를 억제하려는 기존의 전통적 산문형식의 충돌로 요약할 수 있다.

---

119. 안영길, 「17세기말 18세기초 한문학 비평연구」, 한국한문학회 2001년 추계학술발표회 논문집 참조.

이처럼 17세기에는 다양한 글쓰기를 시도했다. 조선조에 빈번하게 사용하던 어록체語錄體, 주소체註疏體의 형식[120]에서 벗어나 당대의 어감과 문체를 쓰려는 나름대로의 글쓰기가 횡행하자 이에 기존의 전통적 입장에서 규제가 있었다. 즉 고문을 제시하여 혼탁한 문풍에 대응하려 하였다. 그러나 비록 새로운 글쓰기의 시도가 실험적이고 불완전하지만 기존의 중국 것과 다른 우리 틀의 글쓰기를 시도한 것으로 후대에 상당한 의미를 갖는다. 또 우주, 초월적 심상, 철학, 국가, 경세 등과 같은 거대담론에서 벗어나 일상의 세세한 정감을 펼치고, 토속어, 시정의 말, 역관이나 의원 같은 중인의 일화나 작품 등을 담는 생활 글쓰기로 바뀌었다. 그리하여 과거 고문의 문체적 특성에서 벗어나 조선적 문체를 사용할 수 있었다. 일상의 사건이나 단일 주제를 중심으로 한 소품 쓰기가 활발해졌다.

이처럼 17세기의 산문은 우리 문학사에 새로운 글쓰기의 시도라는 발달사적 의의를 갖는다.

---

120. 심경호는 어록체와 이문체에 대해 다음과 같이 언급하고 있다. 한문은 원래 중국 先秦 시대의 口語에 기초하여 형성된 문장 언어를 주로 말하며, 宋代의 白話文에 연원을 둔 語錄體와 元代의 吏文에서 유래된 吏文體도 아우른다. 다만 어록체나 이문체는 정통 한문학의 세계에서는 중심 문체가 아니었다. 심경호, 『한문산문의 미학』, 고려대 출판부 1998년, ii 참조.

VI. 17세기의 시평론詩評論

1. 서론

17세기는 시문의 양적 팽창과 함께 이에 따라 부상된 다양한 시평론詩評論이 존재했다. 그리고 이런 시평론은 과거와 다른 양상을 보여 주며 그 중 일부는 18세기의 지배적인 시평론으로 부각되었다. 따라서 17세기의 시평론을 검토하는 것은 조선 후기 비평사를 이해하는 중요한 토대가 될 수 있다. 이런 맥락에서 이 논문은 전대와 다른 양상이나 부각된 시평론을 중심으로 17세기 비평사를 이해하려 한다. 이를 위해 17세기의 지배적인 비평론을 입신론入神論과 천기론天氣論 그리고 구안론具眼論 또 성정론性情論 등으로 나누어 보았다. 물론 이때에도 기존의 전통적인 비평인 기상론氣象論이 존재했다. 그러나 고려 말 이규보 이래 조선 말기까지 꾸준히 전개된 이론으로 약간의 변모된 모습을 보일 뿐 대동소이大同小異하기 때문에 논의에서 여기서는 제외한다. 그리고 17세기 시평론은 그간 작가별 연구에 따라 산재되어 전개되었다. 이 때문에 총체적인 조망이 필요했다. 이 논문은 바로 이런 점을 고려하여 전개한 것이다. 자료 검토 중에 입신론에 관한 이론은 김주백의 상촌 신흠의 시문학 연구[121)에 힘입은 바 크다. 그는 상촌 신흠의 문학을 논하는 과정에서 입신론에 관해 비교적 체계적으로 서술하고 있다. 여타의 이론 역시 작가별 개별 연구로 분산되어 관점에 따라 경중을 달리하고 있다. 이에 이들의 공

---

121. 김주백, 「상촌 심흠의 시문학 연구」, 단국대 박사논문, 1997.

통점을 취합하여 나름대로 정리하고 분석하여 덧붙였다.

2. 본론

1) 입신론入神論

시에서 최고의 경지를 가리키는 말로 신경설神境說을 들 수 있다. 신경설神境說은 조선 중기에 신흠의 신화론神化論과 이안눌의 입신론入神論 또 이수광의 입신론入神論을 들 수 있다. 먼저 신흠은 태생적인 청기淸氣가 시인에 의해 천공天工의 경지를 만드는 것을 신화神化라 했다. 작품이 도달할 수 있는 최고의 경지로 신이화지神而化之, 신품神品, 입신入神 등으로 표현한다. 신흠은 신神에 이르는 방법을 구체적으로 제시하고 있는데, 먼저 마음을 지극히 청명淸明하게 하는 방법, 다음은 기氣를 강화하는 방법, 마지막으로 자강불식自强不息의 방법을 제시했다. 이것은 청기淸氣의 체득을 통해 양기養氣를 하고 이런 과정이 지속될 때 신화神化의 경지에 도달할 수 있다는 것이다. 그리하여 「황화집서皇華集序」에서 "기氣가 왕성하면 신神으로 화化할 수 있다"[122]고 했다. 기氣가 곧 신화神化의 토대인 것을 말하고 있다. 또 「야언野言」에서 "허虛가 지극하면 신神이 될 수 있고, 신神은 기氣를 낳는다"[123] 하여 허虛에서 기氣의 생성과정을 설명했다. 그리고 "스스로 힘써 쉬지 않는 것이 하늘의 허虛이다"[124] 라 했다. 이 때문에 허虛

---

122. 신흠, 『象村稿』, 「皇華集序」, (한국문집총간 1981), 11쪽. "氣盛而化神者乎"
123. 신흠, 『象村稿』, 「野言 二」, (한국문집총간 1981), 328쪽. "虛極化神 神變生氣"
124. 申欽, 『象村稿』, 「野言 二」, (한국문집총간 1981), 329쪽. "自强不息 天之虛也"

를 기르는 것을 강조했다.

이처럼 17세기에 눈여겨 볼만한 시의 이론 중의 하나가 입신론
入神論이다. 이 입신론은 일찍이 다독을 통하여 입신한 수 있다는
이행李荇의 '학시론學詩論'이기도 한데, 그의 증손인 이안눌에 이
르러 더욱 구체적으로 나타난다. 즉 입신入神이란 작가적 역량이
작품으로 나타나는 신묘한 경지인데, 묘오妙悟에 의한 자득으로
얻을 수 있다고 했다. 이 입신의 경지는 후천적인 노력에 의해서
더욱 높은 경지에 도달할 수 있다고 했다. 그래서 그는 입신의 방
법으로 독서를 권유하고 있는데, 두률杜律를 거듭 읽어 만 삼 천
번에 이르렀다고 한다.[125]

이런 맥락에서 이안눌이 작시作詩에서 중독重讀을 강조한 이유
는 그것을 통해서 최고의 작시 능력을 배양함과 아울러 신묘한 경
지에 들어간 작품을 지을 수 있는 방법을 제시한 것이다. 이처럼
다독입신론多讀入神論은 자신 보다 앞선 대가들의 작품을 연이어
다독함으로써 글들의 자법字法, 구법句法, 장법章法, 전고典故 등
작시 일반에 관한 요령을 익히는 것은 물론이고 나아가서 작시의
최고 단계인 입신入神의 경지에 들어 갈 수 있다는 견해이다.

이런 입신을 위해 구체적 독서물로 제시된 것이 '육경六經'인데,
그는 시경과 서경이 작시의 근본이라 하여 경전학습의 중요성을
강조했다. 또 그는 백가를 저작詛嚼해서 뱃속을 화려하게 가득
채우고, 끝에 가서 육경으로 때맞추어 짐작해야 한다.[126] 라고 하
여 백가百家를 포함하는 육경이 작시의 근본이 되어야 한다는 견

---

125. 李安訥, 『東岳集』, 「行狀」, 559쪽. "我朝惟容齋公萬讀 故其詩亦入神 公心腹其
說 及謫居無事 重讀杜律 有至萬三千偏者"
126. 李安訥, 『東岳集』, 「江都錄」, 201쪽. "用前韻贈任生景游""坐咀百家華滿腹 六
經終要及時斟"

해를 제시했다.

이런 이안눌의 시적 특성을 두고 이식은 다음과 같이 지적하고 있다.

> 동악의 시가 남은 것이 만 수 인데 매 수마다 정련精錬하여 일자일구一字一句도 모두 내력이 있고, 예리하면서도 웅건雄建하고 성율이 모두 맞아 천수 백수가 마치 한 수를 고르는 것 같다. 시詩의 수가 많아도 능히 갖추었고 단정하여, 옛날부터 있었던 것이 아니다. 책을 읽음에는 반드시 천번 백번으로 수효를 세웠다. 일찍이 모재 김안국慕齋 金安國이 "책은 반드시 만 번을 읽어야 글이 바야흐로 입신入神하니, 조선에서는 오직 용재공容齋公이 만독萬讀을 한 까닭에 그 시가 또한 입신入神하였다."고 한 말을 듣고서 공이 마음으로 그 말에 탄복하여, 귀양 가 일이 없기에 두률杜律을 거듭 읽기 만 삼천 번에 이르니, 그 노건老健하고 뜻의 독실함이 또 이와 같다.[127]

이처럼 이안눌은 시작에 앞서 광독廣讀과 중독重讀을 강조했다. 그리고 그는 시 학습법을 다음과 같이 구체적으로 제시하기도 했다.

> 붓을 들어 시 쓰기를 자주하고, 먹물 묻혀 어찌 부賦 짓기에 소홀하랴. 장·굴·마·반의문장은 참으로 회자될만하고, 서경과 시경은 작문 공부의 근본이다. 새로운 과제를 이상하게 여기지 말고 부지런히 힘쓰되, 학업을 하려면 먼저 옛 글을 읽어야 한다.[128]

한편 이런 이안눌의 학습법과 경전 활용을 두고 홍만종은 다음

---

127. 李安訥, 『東岳集』, 「行狀」, 559쪽. "其詩見存者 幾萬首 首首精鍊 一字一句 皆有來歷 鋒鋩雄建 聲律諧適 如千百首選一首 其多而能辨 衆而能整 古未嘗有也 讀書必以千百番爲數 嘗聞金慕齋言 書必萬讀 文方入神 我朝惟容齋公萬讀 故其詩亦入神 公心服其說 及謫居無事 重讀杜律 有至萬三千偏者 其老而志篤又如此"

과 같이 평가하고 있다.

> 판서 심집이 글을 올려 부모 봉양을 위한 고을 벼슬 자리를 청하여
> 안변부사에 제수되었다. 그 어머니의 수사壽詞를 짓도록 하니, 동악
> 이안눌이 자리에서 율시 한 수를 지었다. 그 시의 경련에 "경월卿月
> 은 멀리 도호부에 임하였고, 수성壽星은 높다랗게 대부인에게 읍을
> 한다."라고 하였다 문사인 이진李進이 그것을 보고 감탄하기를 "참
> 으로 육경六經에 바탕을 준 문장이다"라고 하였다.[129)

이처럼 그의 입신론의 토대는 중독重讀이고 그 독서물은 육경
六經이었다. 이런 입신론은 이수광에게도 찾아 볼 수 있는데, 이
수광은 성당盛唐의 작품이야말로 조탁의 흔적을 찾을 수 없을 정
도로 천득天得의 자연스러움을 지닌다고 했다. 그리하여 천득天
得을 지닌 시의 극치는 입신入神이라 할 수 있는데, 이수광은 신神
을 변화불측의 문학성으로 이해했다. 여기서 그는 기존의 문단에
대응할 수 있는 새로운 '이신위주以神爲主'의 문학론을 이끌어 내
었다.[130) 그리고 사람의 신체에 내재한 무형의 역량들 중에서 작
품 창작에 관여하는 요인으로 정精·기氣·신神을 거론하여 각각에
대한 문학성의 의미를 부여했다. 그는 정精에 의한 작품이나 기氣

---

128. 李安訥, 『東岳集』, 「咸營錄」, 驪江出版社 영인본, 1982, 346쪽. "抽毫只待題詩
數 漬墨寧敎作賦疎 莊屈馬班眞膾炙 典謨風雅本菑畬 莫嫌新課勤相勖 隷業須
先讀古書"
129. 洪萬宗 『小華詩評』, 52칙. "沈判書輯上章乞養 除安邊府 使壽大夫人 東岳席上
賦一律 其頷聯曰 卿月遠臨都護府 壽星高拱大夫人 文士李進見之歎曰 眞六經
文章也"
130. 이수광, 『芝峰類說』, 권8, 文-15, 景仁文化社, 영인본. "古人謂文章以氣爲主 其
說尙矣 至柳子厚乃曰 爲文以神志爲主 余以爲神者變化不測之謂 志者氣之帥
也 旣曰志則氣不足言也 旣曰神則志不足言也 故余斷之曰 文章以神爲主"

에 의한 작품보다 신神에 의한 작품이 가장 훌륭한 문학성을 구현한다고 했다. 그가 말한 신神은 결국 작가적 역량이 작품으로 나타나는 신묘한 운미韻味라 할 수 있는 것인데, 변화불측의 자연스러움이 작품으로 융화된 신神의 경지는 묘오妙悟에 의한 자득自得이 수반되어야 도달할 수 있다고 했다. 높은 기상을 연마하기 위해 학식의 깊은 온축도 중요하지만 더욱 차원 높은 입신의 경지는 묘오妙悟에 의한 자득으로 이루어 질 수 있다고 보았다.

이수광의 '이신위주以神爲主'의 문학론을 두고 박수천은 중국의 청대淸代 신운설神韻說과 비교했는데, 즉 이수광의 '이신위주론以神爲主論'이 청대淸代 초기 왕사정王士禎이 제창한 신운설神韻說과 유사하다고 보았다. 즉 신운설은 송대 엄우宋代 嚴羽가 주장한 입신入神의 문학론과 명대明代 전후칠자前後七子 중 왕세정王世貞의 전변轉變된 격조설格調說을 기반으로 개진한 문학론인데, 이수광도 동일한 영향속에 왕세정 보다 조금 앞서 신운설적인 문학론을 말했다는 것이다. 이는 우리나라 문학론이 중국에서 제기된 문학론을 모방하는 수준을 벗어나 독자적으로 존재했던 것이다. 이수광은 문학에 관한 독자적 시각으로 작품의 문학성을 탐구했던 까닭에 신운에 의한 문학론의 제기가 중국보다 오히려 앞설 수 있다.[131] 고 보았다.

이처럼 17세기의 입신론은 시가 도달할 수 있는 최고의 경지를 지향했던 것으로 광독廣讀, 중독重讀, 자득自得 등과 같은 다각적인 방법을 통해 시의 진보성을 촉구했다. 입신入神은 선천적인 자질보다 후천적인 노력을 통해 획득할 수 있다는 데에서 당대

---

131. 朴守川, 「지봉유설 문장부 연구」, 서울대 박사학위 논문, 1994, 170~171쪽, 참조.

지식인들의 주체적이고 능동적인 비평관을 읽어 낼 수 있다.

2) 천기론天機論

천기론天機論은 전대의 재도지기載道之器와 같이 문학이 도의 부수적 존재로 작용하는 문학관에서 벗어나 문학 그 자체에 대한 의미 부여의 성격을 갖고, 동시에 품격비평이 갖는 인상적 비평에서 벗어나 본질적인 시관에 대한 이해에서 기인하다. 그리하여 기존의 일반성을 극복하려는 비평관이라 할 수 있다. 즉 조선은 고려의 문풍을 그대로 이어서 선초부터 소동파를 모범으로 하는 송시풍이 중종, 명종 때까지 이어졌다. 그리고 성리학을 숭상하는 학풍이 더욱 확산되면서 문장에서 주소체, 어록체가 일반화되었다. 그리고 성리학적 분위기 속에서 문학은 도를 구현하기 위한 부수적 존재로 인식되었기에 문학 그 자체에 대한 능동적 표출이나 주체적인 독립이 부족했다. 그러나 선조 때 이르러서는 두시언해의 잦은 인행印行에 따른 두시에 대한 호감도가 높아지고 '문필진한 시필성당文必秦漢 詩必盛唐'의 복고復古를 주창하던 명明의 전후칠자前後七子와 당송파, 공안파, 경릉파 등의 이론이 수용되면서 관념적이고 이치적인 것 보다는 진솔성과 자연스러움 그리고 정情의 문학이 더욱 호소력을 얻는다. 17세기 말의 천기론도 이런 맥락에서 형성된 비평론이다. 이理보다는 정情을 중시한 관점, 인위성보다는 자연스러운 유로流露, 관념의 표백보다는 천성의 발랄함이 더욱 돋보인 관점이었다. 그래서 당시 석주石洲 권필은 이런 자연스럽고 즉흥적이고 천성이 울출한 기풍의 시를 지었기 때문에 그를 당의 이백에 견주어 지기도 하였다. 홍만종은『소화시평小華詩評』에서 권필을 다음과 같이 높이 사고 있다.

아마도 석주는 시에 있어 참으로 하늘이 준 자이다. --- 시는 하늘에서
얻지 않으면 시라고 할 수 없는데, 하늘에서 얻지 못한 자가 눈에 상처
가 나고 가슴이 아프도록 종신까지 시를 짓더라도 그 성취한 것이 만
당晩唐의 여러 사람들을 가장하여 진짜인 것처럼 할 뿐이다. 비유하
자면 채단을 잘라 인조화人造花를 만들어도 빛나지 않는 것은 아니겠
지만 사람들과 함께 그 살아있는 빛깔을 말할 수 없는 것과 같다.[132]

인위성보다는 천성의 유로流露가 드러난 작품의 특징을 요약하
고 있다. 이런 천기에 대한 언급은 신흠(申欽, 1566-1628)에게서도
찾아 볼 수 있는데, 그는 천기를 도통道通과 연결시키고 있다.

行年四十九年非　　지나간 마흔 아홉이 허사였어,
始覺天機是道機　　천기天機가 곧 도기道機인 것을 이제야 알았네.
脫盡世緣消盡累　　세상 인연 다 털고 얽힌 것 다 없애고,
萬山紅綠掩重扉[133]　　온통 산 붉고 푸른데 사립문 닫고 있네.

49세에 김포金浦로 방축되었을 때 읊은 시이다. 천기와 도기를
동일 선상에 두고 자연 속에서 찾고자 했다. 그는 이 천기를 청기
淸氣로 표현해 좀 더 구체적으로 제시하고 있다.

기氣는 완전하고 소리가 맑으며 색깔로 치면 담담하고 예스러웠고
지닌 뜻은 고상하고 법이 있다. 아 하늘에서 타고났던 모양이었다.
시는 천득天得이 아니면 시라고 말할 수 없다.[134]

---

132. 홍만종, 『小華詩評』. "蓋石洲之於詩 眞所謂天授者. ---詩非天得 不可謂之詩 無
　　得於天者 雖劌目鉥心 終身觚墨 而所就不過咸通諸子之優孟爾 譬如剪綵爲花
　　非不燁然 而不可與語生色也"
133. 신흠, 『象村稿』, '題壁二首', 其一, 한국문집총간, 71책, 498쪽.
134. 신흠, 『象村稿』, 「白玉峯詩集序」, 8쪽. "其氣完 其聲淸 其色淡而古 其旨雅而則
　　噫 其得於天者也 詩非天得 不可謂之詩"

> 그 시는 선禪에 함영涵泳하는 것인지, 아니면 천기天機가 저절로
> 발현해서인지 고인에 견주지 않아도 닮았고, 새겨 꾸미지 않아도 공
> 교롭게 되었다.[135]

기氣의 특징은 맑고 자연스럽다. 그리하여 하늘로부터 부여받은 천기天氣란 것이다. 이런 신흠의 문학적 특징을 두고 강왈광姜日廣은 천기天機의 자명自鳴으로 보았다. 이 때문에 신흠은 두보의 연마적인 시보다 천기가 분출한 이백의 시를 더 좋아하였다고 했다. 김주백은 신흠의 이런 문학관은 위항문인이었던 유희경劉希慶(1545-1636), 최기남崔奇男(1586-1669) 등에게 영향을 끼쳤다.[136] 고 보았는데 후대 위항인들의 주된 문학론이 천기론이었던 점에서 정확하게 지적했다. 천기天機라는 용어는 16세기의 문학에서부터 자주 거론되기 시작한 것으로 사전적 의미는 천지조화의 심오深奧한 비밀 또는 '천성 본래의 진성眞性'을 가리킨다. 이처럼 '천기天機'는 짧은 고전 비평사 연구의 연륜에도 불구하고 연구자들의 집중적인 조명을 받아온 용어로, 여말麗末 지식인의 시에서부터 조선 중기 도학자들을 거쳐 꾸준히 사용되어왔다.[137] 그리고 17세기의 천기론天機論에 대하여 다음과 같은 지적도 있다.

16세기를 살던 서경덕徐敬德은 도를 천기로 파악하고 자연과 인간과의 몰아일치物我一致를 통하여 천기天機가 체득될 수 있다

---

135. 『象村稿』, 姜日廣의 「申相國象村稿敍」 "其詩也而涵泳于禪乎 其禪也而遊戲于 詩乎 抑天機之自鳴 無事比疑而肖 雕刻而工乎"

136. 김주백, 「상촌 심흠의 시문학 연구」, 단국대 박사논문, 1997, 77쪽.

137. 李勝洙, 「17세기말 天機論의 형성과 인식의 기반」, 『한국 한문학 연구』 18집, 한국 한문학회, 1995, 307쪽.

고 보았다. 서경덕徐敬德 이후 성현成俔과 허균許筠같은 이들이
천기天機 논의에 적극 가담하면서 천기天機는 성정性情보다도 우
위의 개념으로 인정되기 시작하였고, 아울러 문학을 도덕과 분리
하여 독자적인 가치로 파악하려는 움직임이 16세기말, 17세기초
의 조선 예단藝壇에 싹트게 되었다.[138]

　이런 시대적 상황에서 천기天機를 문학과 결부시켜 보면 작자
가 내용 전달에서나 표현에서나 성정을 진솔하게 형상화시키는
것을 가리킨다. 이 때문에 기교에 치중하거나 부박한 내용을 담
지 않는 천성天性의 유로流露로 압축할 수 있다.
　이 '천기天機'란 용어는 당대의 특징을 적변適辯해 주는 김만중
의 말에서 좀 더 쉽게 찾을 수 있다. 숙종 때의 김만중은 송강松
江의 삼별곡(관동별곡, 사미인곡, 속미인곡)을 좌해左海진문장眞文章이
라 일컬으면서 그 평가의 기준으로 '천기지자발天機之自發', '무이
속지비리無夷俗之鄙俚'를 꼽았다.[139] '개성이 잘 표현된 시문', 또는
'중국의 것을 모방하지 않은 독창성'을 지칭하는 말이다. 김만중
은 시문의 우열을 논하는 잣대로 천기天機를 꼽았다. 천기天機는
개성적인 시관의 대표적인 표현으로 시에 있어서의 모방을 배제
한 진솔한 심성의 유로流露를 뜻한다. 이런 천기에 대한 언급을
김창협에서도 살필 수 있는데 김창협의 경우 성정을 함께 논의하
고 있다.

---

138. 鄭然峰, 「張維의 文學思想」, 『韓國文學思想史』, 啓明文化社, 1991, 451쪽.
139. 金萬重, 『西浦漫筆』 "況此三別曲者 有天機之自發 而無夷俗之鄙俚 自古 左海眞
　　　文章 只此三篇"

시는 성정의 발함이며 천기의 움직임이다. 당시唐詩는 이런 것을 얻었던 까닭에 초성중만당初盛中晚唐을 막론하고 대개 모두가 자연에 가까왔다. 지금에는 이것을 알지 못하고 오로지 성색聲色을 모방하고, 기격氣格에 힘써서 고인을 쫓으려고 하니, 성음聲音과 면모는 혹 방불한 것이 있으나, 정신이나 흥회興會는 도무지 서로 같지 않으니 이것이 명인明人의 실책이다.[140]

김창협에 따르면 "시는 성정이 드러난 것이며 동시에 천기의 움직임이다." 라고 했다. 바꾸어 말하면 천기가 시를 만든다는 것으로 천기가 곧 시작詩作의 출발이며 천기가 없으면 시다움이 없다는 것이다.

이 때문에 천기를 쌓는 방법으로 당시풍을 배우려 했다. 이런 노력은 홍만종과 남용익에 의해 지적 되고 있다. 그는 "내가 시의 법을 배우려고 하였는데 이백과 두보는 너무 높아서 배울 수 없었고 오직 많이 읽고 음송함으로써 그 음향을 그리워하고 기력을 생각할 뿐이었다."[141]는 데서 당시唐詩를 배우려는 모습을 읽어낼 수 있다.

이런 천기론이 후대 사대부는 물론 위항인들의 문학론으로 부각할 수 있었던 것은 농암의 처신에 있었다. 즉, 명문가의 사대부이면서도 시문을 통해 소탈하게 위항인을 대하는 농암의 교유는, 많은 위항인들에게 존경의 대상이 되었다. 홍세태는 이런 김창협 형제에게 글을 배웠고 농암의 천기론을 후일 위항문학의 중심적

---

140. 金昌協, 「雜識」, 『農巖集』, 卷34, 595쪽. "詩者性情之發而天機之動也 唐人詩有
　　　得於此 故無論初盛中晚 大抵皆近自然 今不知此而專欲摸象聲色 黽勉氣格 以
　　　追踪古人 則其聲音面貌 雖或?? 而神情興會 都不相似 此明人之失也"
141. 南龍翼, 『壺谷漫筆』, 「總編」3冊 164쪽. "余思學詩之法 李杜絶高不可學 惟當多
　　　讀吟誦 慕其調響 思其氣力"

이론으로 활용한다.

참고로 김창협 형제의 문학론이 계승된 과정을 도표로 담았다.

〈사승 계보도〉

김창협
김창흡   → 홍세태 → 정래교 → 조수삼

3) 구안론具眼論

원래 '구안具眼'과 '구이具耳'는 명대明代 초기에 이동양李東陽이 거론했다.[142] 17세기의 경우 이수광, 김득신 등에 의해 부각되었다. 즉 17세기는 비평가의 비판적 수용 태도를 두고 '구안具眼'과 '구이론具耳論'이 대두되었다. 먼저 이수광은 '구안具眼'과 '구이具耳'에 대하여 다음과 같이 논급하고 있다.

> 지금 세상 사람들은 '구안具眼'도 없고 '구이具耳'도 없다. 그저 보고 들은 것에만 익숙해서 시대의 선후先後와 원근遠近으로 우열과 경중輕重을 가리는 자들로 온 세상이 이럴 뿐이다. 비록 옛날의 문호인 양중揚雄, 사마천司馬遷, 이백李白, 두보杜甫 등이 세상에 다시 태어나도 어찌 알고 믿는 자가 있겠는가? 나는 이런 것들을 느낄 뿐이다.[143]

---

142. 郭紹虞 編,『淸詩話續編』,「懷麓堂詩話」, (臺灣 木鐸出版社 1983). "詩必有具眼 亦必有具耳"

143. 李睟光,『芝峰集』, 권8 文評 - 26. "見俗人 無具眼又具耳 唯習熟見聞 以時之先後遠近 爲優劣而輕重之者 擧世皆是也 雖使古之文章豪傑之士 如揚馬李杜 復生於今之世 世豈有知而信之者哉 余竊感焉"

작가 나름대로의 비평적 안목과 비판적 청취 태도의 필요성을 지적하고 있다. 이 때문에 '구안具眼'과 '구이具耳'가 없는 것을 '왜인간장矮人看場'[144] 이라고 말하기까지 했다. 그래서 작가적 '구안具眼'과 '구이具耳'이야말로 작품을 제대로 볼 수 있는 잣대가 될 수 있기 때문이다. 따라서 이런 '구안具眼'과 '구이具耳'를 위해서는 '진지眞知'와 '실득實得'의 필요성을 지적했다.

사람 중에 자신은 당堂 아래에 있고 눈은 대롱 속에 있으면서 망령되이 고인의 우열을 논하고 또는 남의 말을 듣고 그것의 시비를 정하는 자가 있다. 이런 사람은 '진지眞知'와 '실득實得'을 가지지 못했다. 이런 사람의 시문은 고인에게 미치지 못할 뿐만 아니라 마치 꼬마가 말 배우기를 하는 것과 과거 준비생이 하는 말과 같을 뿐이다.[145]

이처럼 '진지眞知'와 '실득實得'을 통해 '구안具眼'과 '구이具耳'를 갖출 수 있다는 비평관을 제시했다. 즉 피상적인 관찰이나 허상을 쫓는 지식이 아니라 참된 지식을 갖추어야 하고, 실제적인 체득이 있어야 한다는 것이다. 이런 비평관은 김득신(1604-1684)에게도 나타난다. 특히 그의 구안론은 당시풍에 편중되어 달의에 소홀한 것을 우려했는데, 그의『종남총지』를 살펴보면 17세기 후기 시단의 흐름을 이해하는데 중요한 단서를 제공하고 있는 것을 알 수 있다. 즉 당시풍을 강조한 김득신은 향響과 이理의 조화를 추

---

144. 상게서 권9 詩評-85.
145. 상게서 권8 文-32. "人有身居堂下 眼在管中 而妄論古人優劣 或聞人所言 而定其是非 如此者 非有眞知 實得也 至其所自爲詩若文 則不惟不及古人 有若小兒之學語 擧子之常談而已"

구하여 당시唐詩에 치우친 경향에서 발생하는 문제점을 보완하고자 했다.[146)

여기서 말하는 향響과 이理란 운율(수사)과 이치(달의)로서 이 두 가지의 조화를 추구한 것이다. 나아가 구안론具眼論을 통해 당대 인들의 시평 태도까지 꼬집으면서 작품 그 자체로만 평가하는 객관적 자세를 주장하기도 했다. 그의 구안론具眼論를 살펴본다.

> 내가 생각하기에 세상사람 중에 눈을 제대로 뜬 자가 없고, 또 귀가 제대로 뚫린 자가없다. 다만 그들은 시대의 선후와 작자의 귀천의 직분을 가지고 시문을 평가하려고 한다.이 때문에 이백과 두보가 다시 태어나도 만약 지위가 낮으면 반드시 업신여기는 자가 나타날 것이니 세상의 도가 한탄스럽다.[147)

위처럼 당대 문풍이 당시풍唐詩風에 편중된 것에 대한 반성적 태도를 김득신에게서 찾아 볼 수 있다. 그리하여 백곡 김득신은 평생에 시만을 연구하고 정신을 푹 쏟아서 글자 하나를 놓으려면 천 번씩 고치고 고쳐 반드시 절묘하게 만들려 했으니, 가도賈島와 같은 류流였다.[148) 고 했다. 김득신은 다음과 같은 자신의 경험을 통해 '구안具眼'을 이야기하고 있다.

> 시詩를 아는 사람은 시를 보고 그 사람을 알지만, 시를 알지 못하

---

146. 金得臣, 『柏谷文集』, 「贈龜谷詩序」, 太學社, 1985, 591~592쪽. "近來操觚者 咸日 詩者主於響 余不勝捧腹 象村晴窓軟談序 詩非無理也 其言至矣 專爲響則無理 專爲理則無響 二者兼備 謂之詩矣"

147. 金得臣, 前揭書, 362쪽. "余謂俗人無具眼 又無具耳 唯以時之先後 人之貴賤輕重之 唯使李杜再生 若沈下流 亦必有輕侮者 世道可慨也"

148. 林埰, 『水村謾錄』, 1078쪽. "金栢谷得臣 平生工詩 調琢肝腎 一字千鍊 必欲工絶 其賈島之流乎"

는 사람은 그 사람의 이름을 가지고 시를 취하고 한다. 내가 젊었을
때 시명詩名이 없어서 비록 가작佳作이 있어도 사람들이 좋게 여기
지 않았다. 뒤에 시명을 얻자 비록 경어警語가 아니라도 짓기만 하면
모두들 칭송을 하니 참으로 우습다. 내가 병자호란 때에 "낮에도 항
상 들판에서, 통곡하는 소리를 듣고 꿈에도 역시, 오랑캐를 피해 다니
곤 한다."라는 글귀를 택당이 보고 칭찬하며 말하기를 "자네의 시에
는 두시의 조격調格이 무척 많으니, 두시를 얼마나 많이 읽었기에 그
러한가? 문장의 국량局量이 있으니 반드시 힘써 성공하도록 하라"고
했다. 그 때에 나는 한창 두시를 읽고 있었는데, 택당 같은 이는 명감
明鑑이 있다고 말 할만하다. 따라서 시를 모르는 사람이 칭찬을 해도
기쁠 것이 없고, 헐뜯어도 성낼 것이 없다.[149]

작품 자체의 완성도를 통해 비평하기 보다는 명성을 따라 비평
하는 당대의 폐단을 지적하고 있다. 이를 막기 위해 실제적 체득
을 통해 구안을 갖추어야 한다는 것이다. 이런 모습에서 17세기
는 나름대로의 안목을 강조한 구안론具眼論이 강조되었다.

4) 성정론性情論

17세기 성정론에 대해서는 김창협에 의해 돋보인다. 특히 그의
이론은 위항문학의 이론적 토대를 제시했다는 측면에서 더욱 주
목할 가치가 있다.

일반적으로 천기와 성정은 비슷한 것 같지만 실상 다르다. 위
에서 언급했듯이 천기天機는 청기淸氣를 가리킨다면 성정性情은

---

149. 洪贊裕譯 『詩話叢林(下)』, 「終南叢志」, (통문관 1993), 959~960쪽. "知詩者 以
    詩取人 不知詩者 以名取詩 余少也 名稱 未著 雖有佳作 人不爲貴 及得詩聲 雖
    非警語 輒皆稱誦 良可笑也 余於丙子亂中 有 晝常聞夜哭 夢亦避胡兵 之句 澤
    堂 詠歎 謂余曰君詩 極有杜格 讀杜幾許耶 有文章局量 須勉之 時 余方讀杜詩
    若澤堂 可謂有明鑑也 彼不知詩者 譽之不足喜 毁之不足怒也"

주자의 성정지진性情之眞을 나타내는 것으로 볼 수 있다.

과거에 사림파士林派의 경우, 문학을 성정性情의 도야陶冶내지는 심성수양心性修養의 수단으로 간주하는 경향이 짙었다. 그런데 이런 특색은 임란 이후 점차 퇴색되어 가면서 17세기에 이르러서는 문학을 도의 부수적인 존재로 보기보다는 그 자체의 영역을 조금씩 인정해 가는 추세로 흐르게 되었다. 이처럼 17세기 성정에 관한 논의는 김창협에 의해 좀 더 명쾌하게 설명되어지고 있다. 이 때문에 그는 시를 성정 그 자체의 발현이며 천기의 움직임이라 했다. 이런 시에 대한 시각은 문학의 독자성을 상당히 인정한 것이다. 그래서 "시詩는 성정性情의 발함이며 천기天機의 움직임이다"[150]라고 김창협은 시를 성정性情이 드러난 것으로 간주했다. 이것은 곧 성정을 주된 것으로 삼았던 당시唐詩를 높이 평가한 비평관을 읽어 낼 수 있다. 성정의 참된 모습이 모방과 인위적인 기교 없이 진솔하게 형상화될 때, 시로서의 가치를 가질 수 있다는 것이다. 이런 인식은 종래의 시경詩經의 '사무사思無邪' 경지로 이해될 수 있다고 본다. 시가 허식적인 언어의 유희나 자기 교만의 장식물이 아닌 인간의 솔직한 심경을 담은 자연, 그 자체이어야 한다는 것이다. 그래서 그는 송시宋詩와 명시明詩를 비교하면서 시의 본질을 다음과 같이 논급하고 있다.

> 송인宋人의 시는 고실故實과 의론議論을 주로 하니 이것은 시가의 커다란 병이다. 명인明人이 그것을 공격한 것은 옳다. 그러나 그들이 한 것은 반드시 송인宋人을 능가하지 못하고 도리어 송인宋人에

---

150. 『農巖集』, 卷34, 「雜識」, 595쪽. "詩者性情之發而天機之動也 唐人詩有得於此 故無論初盛中晚 大抵 皆近自然 今不知此而專欲摸象聲色 黽勉氣格 以追踪古人 則其聲音面貌 雖或影髴 而神情興會 都不 相似 此明人之失也"

게 미치지 못하니 어찌된 것인가? 송인宋人은 비록 고실故實과 의론을 주로 하지만, 학문의 축적된 바와 지의志意의 은결蘊結된 바가 감격촉발感激觸發하고 분박수사噴薄輸寫하여 격조格調에 구애되지 않고 규범에 얽매이지 않는다. 그러므로 그 기상이 호탕하고 원기元氣가 넘쳐 때로 천기가 발하는 것 같으니, 그의 시를 읽으면 가히 그 성정지진性情之眞을 볼 수 있는 것이다. 명인明人은 법규에 얽매어 걸핏하면 모방을 하게 되어 걸음걸이까지도 본받게 되지 천진天眞을 회복할 수가 없는 것이다. 이런데도 도리어 송인이 아래에 있다고 비웃을 수 있겠는가?[151]

송인宋人의 시가 고실故實과 의론議論을 강조하는 폐단이 있지만 법규에 얽매고 모방을 일삼는 명인의 시보다는 좋다고 하였다. 그 이유는 격조나 법규에 얽매지 않고 나름대로 진실한 문학을 추구하였으며, 천기가 표출되고 성정지진性情之眞을 볼 수 있기 때문이라는 것이다. 이처럼 그는 천기에 바탕을 두어 성정性情의 진실한 모습을 그린 것을 이상적인 시詩로 보았다. 그리하여 그는 작시에서도 성정이 표출될 것을 논급하고 있다.

대저 시작詩作은 성정性情을 묘사하고, 사물을 마음대로 표현할 수 있고 감촉한 바를 따라서 불가능함이 없는 것을 귀하게 여긴다. 일의 정조精粗와 말의 아속雅俗은 오히려 마땅히 가릴 수 없다.[152]

---

151. 『農巖集』, 卷34, 「雜識」, 595쪽. "宋人之詩 以故實議論爲主 此詩家大病也 明人攻之是矣 然其自 爲也 未必勝之或 反而不及焉何也 宋人雖主故實議論 然其學問之所蓄積志意之所蘊結 感激觸發 噴 薄輸寫 不爲格調所拘 不爲塗轍所窘 故其氣象 豪蕩淋漓 時有近於天機之發 而讀志猶可見其性情之 眞也 明人太拘繩墨 動涉模擬 效顰學步 無復天眞 此其所以反出宋人下也歟"
152. 上揭書, 596쪽. "夫詩之作 貴在抒寫性情牢籠事物 隨所感觸 無乎不可 事之靜粗 言之雅俗猶不當掠 擇"

이처럼 그의 시작詩作은 성정에 근본을 두어야 하고 사물의 감흥을 능숙하게 표현할 수 있어야 한다는 것이다. 시어詩語의 인위적인 기교와 허식을 배제하고 참다운 인간의 성정性情을 노래할 수 있는 것이 시의 본질적인 모습이라고 인식했다.

그런데 여기서 김창협이 말한 성정지진性情之眞은 주자朱子의 성정지정性情之情과 구별할 필요가 있다. 주자朱子의 성정지정性情之情은 도덕적 개념으로 문학에서는 도의 본체로 규정하고 있으나, 김창협의 경우 인간이 느끼는 본연지성本然之性으로 문학에서는 인위적 기교나 모방이 없는 자연스러운 유로流露를 뜻한다.

> 시가詩歌의 도道는 문장과는 다른 것으로 진정 허경虛景과 한사閑事를 많이 이야기하는 것이니, 고인古人의 묘妙라는 것도 도리어 여기에 있는 것이다. 비록 허경虛景과 한사閑事라고 말하지만 천기의 활발한 묘妙와 인간이 지닌 성정지진性情之眞은 실로 그 사이에 있는 것이다. 사람으로 하여금 읽게 하면 족히 노래 부르며, 감발感發하고 흥기興起시키니 말의 뜻을 넘어서는 곳에서 얻는 것이다. 이러한 것이 그 묘妙이니 어찌 사리를 늘어놓고 고실故實을 늘어놓은 것으로 시를 짓는다고 여기는 자들이 능히 미칠 바이겠는가? 그러므로 오늘날의 시를 논하는 사람들은 고인의 허경한사虛景閑事의 묘妙를 얻지 못하는 것을 근심으로 삼아야지, 허한虛閑으로 근심은 삼는 것은 마땅한 것이 아니다.[153]

훌륭한 시인이란 성정이 잘 담겨진 시를 써야 하며 이 성정性情

---

153. 『農巖集』, 卷12, 「與趙成卿」, 218쪽. "詩歌之道 與文章異者 正以其多道虛景 多道閑事 而古人之 妙 却多在此 蓋雖曰虛景閑事 而天 機活潑之妙 吾人性情之眞 實寓於其間 使人讀之足以謳歌吟諷感 發興起 而得之於言意之表 此其妙豈敷陳事理排比故實以爲詩者之所能及耶 然則今之論爲詩者 病不 得古人虛閑之妙 而已 不當槪以虛閑爲病也"

은 허경虛景과 한사閑事에 있다고 했다. 여기서 허경虛景과 한사閑事란 자의字義 그대로 한적한 경지를 뜻하는데, 곧 문학에서의 '관조의 세계', '여백의 미'를 의미한다. 그러므로 허경한사虛景閑事의 묘를 얻은 詩는 그 사이에 성정지진性情之眞과 천기지묘天機之妙가 있어, 사람으로 하여금 감흥, 감발시켜 언외지의言外之意를 얻을 수 있다는 것이다. 까닭에 사리事理나 전고典故를 열거한 시보다 더 훌륭하다는 것이다. 이것은 천기와 성정이 허경한사를 소재로 작품 의식세계에 내재되어야 한다는 그의 문학의식의 일단을 읽어 낼 수 있으려니와 시인의 작품 세계는 허경한사虛景閑事와 같은 오묘의 경지를 창출해야 된다는 것을 가리킨다. 여기서 오묘의 경지는 자연으로도 볼 수 있는데, 시는 이런 자연과 교감하는 것이라 했다. 그래서 그는 "시와 자연은 서로 상통하는 것이며, 또한 서로 정기를 불어 넣어야 한다"[154]고 했다. 시는 이처럼 진실한 인간의 심성을 바탕으로 자연과 성정이 존재해야 한다는 것이, 농암이 가졌던 시의 본질에 관한 의식이었다.

이런 성정론은 당대의 문학 활동에 적용되었고 김창협의 문도는 물론 홍세태를 비롯한 위항인들에 의해 계승되어 갔다.

그리고 이때의 시평은 역시 이자二字, 사자四字 평어評語이 계속 사용되었다. 예를 들어『소화시평小華詩評』,『시평보유詩評補遺』에 사용된 품격 용어의 수는 일자一字평어가 29항에 19종, 이자二字평어가 222항에 163종 사자四字평어가 60항에 59종이 되고,『호곡만필』에 사용된 품격용어의 수는 145종이다.[155] 다음 이런 비

154.『農巖集』, 卷21, 372쪽. 〈兪命岳李夢相上二生東遊詩序〉"詩歌之妙 與山水相通 故二者相値 而 精氣互注焉"

155. 조성조,「호곡만필연구」,『伏賢漢文學』, 제 6집, 1990, 33쪽.

평의 예를 살펴본다.

> 간이 최립의 침건沈健(침울하고 건장함)함과 월사 이정구의 화원和遠(평화롭고 광원廣遠함)함과 상촌 신흠의 수윤粹潤(순수함과 윤택)함과 오봉 이호민의 영탈穎脫함과 지봉 이수광의 온담溫淡함과 오산 차천로의 굉일轟溢(소리가 크고 흐름이 넘침)함과 체소 이춘영의 오탕驚宕(뛰어가는 말과 같음)과 동악 이안눌의 혼웅混雄(혼연하고 웅장함)함과 학곡 홍서봉의 경책警策과 청음 김상헌의 염정恬整함과 계곡 장유의 창달暢達(조리가 분명함)함과 관해 이민구의 한광閒曠함과 택당 이식의 정긴精緊(정밀하고 긴요함) 백주 이명한의 호일豪逸함은 모두 제각기 극처에 다달랐다. 그러나 조격調格의 높이 뛰어남에 있어서는 읍취 박은으로 주主를 삼아야 할 것이요, 정경情境이 해화諧和됨에 있어서는 마땅히 석주 권필을 종宗을 삼아야 할 것이요, 체제體制의 기발한데 있어서는 마땅히 동명 정두경으로 관冠을 삼아야 할 것이다. 그리하여 나는 기재企齋(신광한의 호)로써 사간司諫(정지상)을 대적하고, 석주石洲로써 익재益齋를 대적하고 동명東溟(정두경의 호)으로써 문순文順(이규보의 시호)을 대적하려 하니, 시를 잘 아는 사람은 '어떻다'고 하겠는가?[156]

식암 김석주는 일찍이 우리나라의 시인을 골라서 각 개인의 등급을 붙여서 글귀를 만들었다. 그리고 비유의 형식을 빌려 표현했다.

> 월사 이정구는
> 청오산에 구름이 걷히고
> 부상에 달이 떴다.
> 지봉 이수광은

---

156. 洪贊裕譯 『詩話叢林(下)』, 「호곡만필」, 통문관, 1993, 971쪽.

활짝핀 오얏꽃은 밤빛을 하얗게 장식했고,
탐스러운 복사꽃은 낮에 이글이글 불탄다.
석주 권필은
기이한 봉우리에 구름이 뭉게뭉게 일어나고,
끊어진 구렁에 안개가 꽉 끼었다.
동악 이안눌은
높은 정자는 물 위에 걸쳤고
홍교가 구렁에 누었다.
오산 차천로는
붕새가 바다 위에 높이 날고,
용마가 공중에 뛰논다.
택당 이식은
백척이나 우뚝 선 바위요
열 아름이나 되는 굳센 소나무이다.
동명 정두경은
멀리서 불어오는 바람이 바다를 뒤흔들어
거센 파도가 하늘에 닿았다.[157]

이처럼 17세기말의 비평은 기존의 이자二字 또는 사자四字로
압축된 인상 비평과 평가 대상의 시가 갖는 품격의 특징을 논하
는 것을 병용하였다. 그렇다면 17세기말에 부각된 품격 비평은
구체적으로 어떤 특징을 갖고 있는가? 이 품격비평에 대한 특징
을 정리하면 다음과 같다.

품격비평이란 작품의 감상행위 과정에서 비평을 동반하여 작
품의 품격과 품위를 논하고 이해를 꾀하는 비평방법이다. 주로
작품의 실제적 감상을 중시하는 반면, 면밀한 분석이나 논리적
실증과 같은 과학적 속성은 부족한 비평방식으로 작품의 가치적,

---

157. 洪贊裕譯 『詩話叢林(下)』, 「현호쇄담」, 통문관, 1993, 1177-1179쪽.

인상적 감상을 중시한다.[158] 이런 품격 비평은 일종의 인상 비평이 좀 더 심화된 단계로 나아간 것으로 볼 수 있다. 이런 비평의 경향이 18세기는 성정性情을 중심으로 한 본질적 탐색을 논의하고 있다. 그리고 이때의 비평은 품격비평과 17세기 후반의 천기론, 성정론 등이 혼재되어 있었다. 이것이 18세기를 맞아 시의 본질적인 것에 대한 이해로 비평의 양상이 바뀌어 간다.

3. 결론

이상의 논의를 요약하여 결론을 맺는다.

시詩에서 입신入神의 경지를 추구하고 실제 입신의 관점을 중심으로 작품을 비평했다는 것은, 작품의 완성도를 극대화하려는 17세기 비평관을 읽을 수 있다. 또 이런 입신을 위해 구체적인 방안을 제시했는데 광독廣讀, 중독重讀, 자득自得 등과 같은 다각적인 방법을 통해 최고의 경지를 지향했다. 입신은 태생적인 천재성에 기인한 것이 아니라 후천적 노력을 통해 성취할 수 있다는 진취적이고 능동적인 비평관을 살필 수 있다. 동시에 입신의 경지를 갈망한 당대의 문학적 노력은 비평사의 지대한 발전을 가져왔다.

17세기 말에는 인상비평에서 조금씩 벗어나 시의 본질에 대한 비평관인 천기론이 부상했다. 이런 천기론은 문학의 자주성과 독립성을 인정한 것으로 시인 각자의 천성의 유로流露를 강조했다. 이런 천기론은 신분적 한계를 뛰어넘는 인간 천성에 대한 이해로 후일 위항문학의 중심이론이 되었다.

---

158. 賴力行, 『중국고대 문학 비평학』, (華中 사범대학 출판사 1991), 71쪽, 참조.

작품 자체가 갖는 문학성보다 명성을 쫓아 평하는 당대의 세태를 비판하며 참다운 안목 즉 구안론具眼論이 대두되었다. 이 구안具眼을 위해 '진지眞知'와 '설득實得'를 제시했다. 즉, 허상을 쫓는 지식이 아니라 참된 지식을 갖추어야 하고, 실제적인 체득이 있어야 한다는 것이다. 이런 구안론은 김득신에 의해 부각되는데 당시풍에 편중되어 달의에 소홀한 것을 우려하여 향響과 이理의 조화를 추구하였다. 여기서 말하는 향響과 이理란 운율(수사)과 이치(달의)로서 이 두 가지의 조화를 뜻한다.

김창협에 의해 강조된 성정론은 성정지진性情之眞이 자연스럽게 유로流露될 것을 뜻한다. 까닭에 사리事理나 전고典故를 열거한 시보다 성정의 참됨이 표출된 시를 더욱 높이 평가한 것이다. 즉 시가 갖는 본질에 대한 이해가 활발하게 논의된 것이다.

그러나 17세기는 실제적으로 기존의 품격비평과 시의 본질에 관한 비평이 혼재되어 있었다. 즉, 비평사의 발전적 성향이 함께 존재했다. 이를 통해 18세기의 비평사를 더욱 힘차게 열 수 있었다.

VII. 17세기 한시漢詩의 입신론入神論

I. 서론

시의 생산량이 늘어나고 그 질적인 향상을 촉구하던 17세기 시인들 사이에 어떻게 하면 좀 더 훌륭한 시를 쓸 수 있을까를 고뇌하게 되었다. 그리고 이에 대한 나름대로의 방향과 방법을 추구하는 과정에서 입신론入神論이 부상되었다. 이는 문학 활동이 왕성했던 일단을 보여줌과 동시에 질적인 성장을 추구하던 당대 시인들의 문학 의식을 살필 수 있다. 이런 과정에 그들은 중국의 시론을 원용하여 자신들의 문학적 가능성을 극대화하고자 했다. 이것은 고전 시학이 비록 중국의 이론에 힘입고 있지만 중국의 시학을 변용시켜 우리의 고전시학을 정립해 왔다는 것을 보여 준다. 마찬가지로 근대 문학의 이론 역시 서구의 시학에 전적으로 빚지고 있지는 않다. 우리 고유의 고전 시학을 발전적으로 계승한 면이 있거나 적어도 중국 시학의 변용으로 볼 수 있다.[1] 이런 맥락에서 입신론은 최상의 시의 완성도를 설정하고 이를 위한 다양한 실현 방법을 제시했다는 점에서 오늘날에도 탐구해 볼 만한 가치가 있다. 주지한 사실처럼 17세기는 비평 문학이 부상된 시점이었다. 즉 비평할 대상이 풍부했고 이에 따른 기준도 활발하게 논의된 것을 의미한다. 이때의 시론을 두고 그간 학계에서 가장 많이 거론된 것이 천기론天機論이며 이와 견주어 성정론性情

---

1. 김준오, 「六詩論 및 詩眼論과 서구의 轉移詩論」, 『동서시학의 만남과 고전시론의 현대적 이해』, (새미 2001), 9쪽.

論, 시안론詩眼論, 입신론入神論, 묘오론妙悟論 등이 전개되었다. 모두 중국의 시학을 원용하여 나름대로 덧씌우고 변용하여 우리의 시론으로 만든 것이었다. 그간 학계에서는 특히 천기론에 관심을 갖고 연구가 활발하였는데 17세기를 중심으로 천기론을 규명한 연구도 있었지만[2] 이때의 입신론에 대한 연구는 산발적으로 언급되는 수준이었다.[3] 그것은 학계의 논의가 천기론에 집중한 결과 여타의 시론에 대한 관심은 상대적으로 왜소했기 때문이다. 그러나 최상의 시(입신入神)에 대한 다양한 탐색은 그 논의 자체만으로도 시공을 뛰어넘어 흥미롭지 않을 수 없다. 본고는 이런 점에 주목하여 시에서 입신 入神의 의미와 이를 위한 다양한 방법에 대한 검토를 통해 고전 시학의 가치와 의미를 살피고자 한다.

---

2. 천기에 대한 논의는 장원철의 「조선 후기 문학사상의 전개와 전기론」(한국학대학원 석사논문 1982)에서 본격적으로 시작되어 김혜숙에 의해 일단락되었다.「한국 한시론에 있어서 천기론에 대한 고찰」, (『한국한시연구』2 1994, 『한국한시연구』3 1995.) 이후에도 꾸준히 전개되어 다음과 같은 논문이 이어지고 있다.
박태성,「조선 시대 천기론의 전개」,『연세어문학』, 1994.
李勝洙,「17세기말 天機論의 형성과 인식의 기반」,『한국한문학』18집, 한국한문학회 1995. 307쪽.
任侑炅,「18세기 천기론의 특징」,『한국한문학연구』18집, 한국한문학회 1995.
박경수,「조선 후기 천기론의 시학과 낭만주의 시론의 비교 연구」,『현대문학이론연구』, 1999.
李東歡,「조선후기 천기론의 개념 및 미학이념과 그 문예·문학사적 상관」,『한국한문학연구』28집, 2001.
3. 김주백,「상촌 신흠의 시문학 연구」, 단국대 박사학위 논문, 1997.
이종묵,「이안눌 한시 연구」,『한국문화』, 1994.
朴守川,「지봉유설 문장부 연구」, 서울대 박사학위 논문, 1994. 등과 같이 부분적인 언급의 수준에 머물러 있다.

II. 입신의 경지와 방법

1. 입신의 경지

시는 다루는 대상이나 상황이 일정하지 않고 무궁무진함으로 어떤 경우에도 가장 적합한 시를 써낼 수 있는 경지가 있는데 엄우는 이를 입신入神으로 표현했다. 신神이란 말은 시에서 가장 고차원적인 경지이다. 신사神似, 신품神品, 정신精神, 신묘神妙 등이 바로 그 예들이다. 그에게 이상적인 시란 세계를 반영하면서도 개인적인 정서와 의식으로서의 예술을 떠나 자연을 모방하는 것이다.[4] 이런 용어에 대한 명쾌한 정의는 장호張晧에 의해 더욱 선명하게 설명이 이어진다. 신神이란 인人의 회귀回歸를 말한다. 신神은 신령과 같은 미신적인 관념이 아니라, 사람의 생명본체가 멀리 도달하는 미적 극치로 회귀한다는 의미이다. 예술의 오묘한 통찰, 기묘한 상상, 창작 사유의 가장 아름다운 표현, 심미의 최고 경계, 이성과 감성의 인식을 넘어선 것, 곧바로 깨닫는 투철한 체험, 최고로 유쾌한 미감의 향수, 인물, 개성, 풍모의 생동하는 모습, 형식미와 물상미物象美가 표출하는 독특한 인격미를 내비치는 것 등의 의미를 지닌다. 이와 관련된 용어는 입신入神·전신傳神·형신形神·신운神韻 등이 있다.[5] 한편 남송의 엄우의 이론은 청대淸代의 왕사정王士禎의 신운설 神韻說에 영향을 미쳤고 입신入神을 지나치게 강조함으로써 신비주의적 경향에 빠진다는

---

4. 유약우 저, 이장우 역, 『중국시학』, (명문당 1994), 148쪽.
5. 張晧, 『中國美學範疇與傳統文化』, (中國 武漢 : 湖北教育出版社), 1996. 이진오, 「전통미학 범주이론 분석」, 『동서시학의 만남과 고전시론의 현대적 이해』, (새미 2001), 233쪽, 재인용.

지적도 있다.[6] 그러나 입신入神을 하기 위해서는 오입悟入을 전제한다. 오입悟入으로 드러나는 것이 바로 흥취興趣, 기상氣象, 본색本色, 당행當行, 입신入神이기 때문이다. 오입悟入이란 일종의 돈오頓悟의 경지이다. 돈오頓悟는 불교 선종의 수행법이다. 불경을 읽는 수행의 형식에 얽매지 않고 자신의 본성을 꿰뚫어 봄으로써 본체를 깨닫는 수행법이다. 그래서 시와 선禪은 공통점 혹은 상호보완적 요소들을 가지고 있다. 첫째, 선禪에 들어가는 태도와 시의 창작태도 사이에는 일치점이 있다. 둘째, 자신과 세계를 관조하며 인생에 대한 여유를 보여준다는 점에서 공통점이 있다. 셋째, 선어禪語와 시어는 상징과 비유를 자주 사용한다. 넷째, 선禪에서는 이심전심以心傳心이라 하여 언어로서는 도저히 전달할 수 없는 것을 강조하는데 이것은 시에서 언외지의言外之意를 중시하는 것과 일맥상통한다.[7] 그렇다고 해서 시와 선禪을 일치 시킬 필요는 없다. 다만 남송南宋 때 엄우(嚴羽, 1195?-1245?)는 불교 교리에 조예에 깊었고 묘오설妙悟說 역시 선禪의 관점에서 전개한 시론이었다. 그의 대표적인 저서 중에 하나인 『창랑시화滄浪詩話』는 당시의 강서시파江西詩派와 사령시파四靈詩派의 만당풍晚唐風을 경계하기 위한 의도로 쓰여졌기 때문에 상대적으로 '진眞'과 '미美'의 문제가 중심적인 논제로 부각된다. 강서시파江西詩派의 작위성을 경계하는 의도에서 '진眞'의 문제가, 강호파江湖派의 일상화를 경계하는 의도에서 '미美'의 문제가 강조된 것이다. 전고典故나 성어成語를 기피하는 백묘白描의 수법이나 묘오妙悟

---

6. 박남훈, 「妙悟論과 하이데거 시론」, 『동서시학의 만남과 고전시론의 현대적 이해』, (새미 2001), 67쪽.

7. 임석, 「寒山子禪詩硏究」, 『중어중문학연구』14, 서울대학교 중어중문학회, 32-33쪽.

나 흥취興趣가 있는 신비주의적 경향이 주된 방법론으로 제기되는 이유가 바로 여기에 있다.[8]

한편 엄우의 『창랑시화』의 내용을 좀 더 자세하게 분석해 보면 「시변詩辯」에 핵심들이 담겨 있다. 그 속에는 고금시古今詩의 예술적 풍격과 시에 대한 학습, 그리고 창작방법의 문제가 논의되고 있다. 그는 시의 원리를 네 가지로 분석한다. ① 시도詩道는 묘오妙悟와 흥취興趣에 있다. ② 시의 품격으로 크게 보면 양류兩類, 즉 우유불박優遊不迫과 침저통쾌沈著痛快가 있다. ③ 시의 품격을 작게 보면 구품九品, 즉 고고高, 고古, 심深, 원遠, 장長, 웅혼雄渾, 표일飄逸, 비장悲壯, 처완凄婉이 있다. ④ 시의 극치는 입신入神이다.[9] 입신入神을 획득하기에 전개되었던 일련의 과정은 돈오의 깨달음 → 점수漸修의 노력 →오입悟入의 경지 → 입신入神으로 요약할 수 있다. 그리고 이런 과정의 결과에서 획득한 입신시入神詩의 특징은 언외지의言外之意를 담고 '진眞'과 '미美'를 아우르는 신비한 시적 형상화를 가리킨다. 이른바 이것이 최고의 시인 것이다. 이런 경지를 왕사정王士禎의 신운설神韻說에서 있는 듯하나 있지 않고 없는 듯하나 없지 않으며, 숨은 듯하기도 하고 드러난 듯하기도 하며, 존재하는 듯하기도 하고 없어진 듯하기도 한, 이른바 허허실실虛虛實實한 가운데 경화월수鏡花月水의 경景을 드러내는 것이라 할 수 있다.[10]

한편 입신의 경지에 도달한 시란 두보와 이백의 시를 가리킨

---

8. 허세욱, 『중국고전문학사』(하), (법문사 1998), 87-88쪽.
9. 박남훈, 「妙悟論과 하이데거 시론」, 『동서시학의 만남과 고전시론의 현대적 이해』, (새미 2001), 62쪽.
10. 張少康·劉三富, 『中國文學理論批評發展史』(下,) (北京大學出版社 1996), 397-410쪽 참조.

다. 즉 이백의 낭만주의적인 전통과 두보의 전범적인 침착통쾌沈着痛快한 현실주의적 전통을 지칭한다. 또 시대적으로는 한漢나라와 위魏나라의 시를 높이고 '기상氣象', '흥취興趣', '본색本色' 등이 도달한 정밀도를 말한다.

그렇다면 17세기 조선의 시인들은 입신入神의 경지를 어떻게 인식하고 있었는가? 당대 시인들이 시에서 최고의 경지를 가리키는 말로 신경설神境說을 거론했다. 신경설神境說은 조선 중기에 신흠의 신화론神化論과 이안눌의 입신론入神論 또 이수광의 입신론入神論을 들 수 있다. 먼저 신흠은 태생적인 청기淸氣가 시인에 의해 천공天工의 경지를 만드는 것을 신화神化라 했다. 작품이 도달할 수 있는 최고의 경지로 신이화지神而化之, 신품神品, 입신入神 등으로 표현했다.

이처럼 17세기에 입신론은 활발하게 논의되었던 것으로 논자에 따라 다양한 정의가 설정되었다. 이 입신론은 일찍이 다독을 통하여 입신할 수 있다는 이행李荇의 '학시론學詩論'이기도 한데, 그의 증손인 이안눌에 이르러 더욱 구체적으로 나타난다. 즉 입신入神이란 작가적 역량이 작품으로 나타나는 신묘한 경지인데, 묘오妙悟에 의한 자득으로 얻을 수 있다고 했다. 이 입신의 경지는 후천적인 노력에 의해서 더욱 높은 경지에 도달할 수 있다고 했다. 이런 입신론入神論은 이수광에게도 찾아 볼 수 있는데, 이수광은 성당盛唐의 작품이야말로 조탁의 흔적을 찾을 수 없을 정도로 천득天得의 자연스러움을 지닌다고 했다. 그리하여 천득天得을 지닌 시의 극치는 입신入神이라 할 수 있는데, 이수광은 신神을 변화불측의 문학성으로 이해했다. 여기서 그는 기존의 문단에 대응할 수 있는 새로운 '이신위주以神爲主'의 문학론을 이끌어

내었다.[11] 그리고 사람의 신체에 내재한 무형의 역량들 중에서 작품 창작에 관여하는 요인으로 정精·기氣·신神을 거론하여 각각에 대한 문학성의 의미를 부여했다. 그는 정精에 의한 작품이나 기氣에 의한 작품보다 신神에 의한 작품이 가장 훌륭한 문학성을 구현한다고 했다. 그가 말한 신神은 결국 작가적 역량이 작품으로 나타나는 신묘한 운미韻味라 할 수 있는 것인데, 변화불측의 자연스러움이 작품으로 융화된 신神의 경지는 묘오妙悟에 의한 자득自得이 수반되어야 도달할 수 있다고 했다. 높은 기상을 연마하기 위해 학식의 깊은 온축도 중요하지만 더욱 차원 높은 입신의 경지는 묘오妙悟에 의한 자득으로 이루어 질 수 있다고 보았다.

이수광의 '이신위주以神爲主'의 문학론을 두고 박수천은 중국의 청대淸代 신운설神韻說과 비교했는데, 즉 이수광의 '이신위주론以神爲主論'이 청대淸代 초기 왕사정王士禎이 제창한 신운설神韻說과 유사하다고 보았다. 즉 신운설은 송대宋代 엄우嚴羽가 주장한 입신入神의 문학론과 명대明代 전후칠자前後七子 중 왕사정王士禎의 전변轉變된 격조설格調說을 기반으로 개진한 문학론인데, 이수광도 동일한 영향 속에 왕세정 보다 조금 앞서 신운설적인 문학론을 말했다는 것이다. 이는 우리나라 문학론이 중국에서 제기된 문학론을 모방하는 수준을 벗어나 독자적으로 존재했음을 보여준다. 이수광은 문학에 관한 독자적 시각으로 작품의 문학성을 탐구했던 까닭에 신운에 의한 문학론의 제기가 중국보다 오히려 앞설 수 있다.[12] 고 보았다. 이처럼 입신론은 명明·청대淸代의 이

---

11. 이수광, 『芝峰類說』, 권 8, 文-15, 景仁文化社, 영인본. "古人謂文章以氣爲主 其
    說尙矣 至柳子厚乃曰 爲文以神志爲主 余以爲神者變化不測之謂 志者氣之帥也
    旣曰志則氣不足言也 旣曰神則志不足言也 故余斷之曰 文章以神爲主"
12. 朴守川, 「지봉유설 문장부 연구」, 서울대 박사학위 논문, 1994, 170~171쪽, 참조.

론과 결부되었지만 동시에 우리의 독자적인 이론으로서도 그 의미를 갖는다.

2. 입신의 방법

조선 17세기의 시인들에게 입신의 경지를 획득하기 위한 방법은, 남송南宋의 엄우가 제시한 것과 달리 매우 구체적이고 현실적이다. 우선 신흠을 살펴보면 신神에 이르는 방법을 구체적으로 제시하고 있다. 먼저 마음을 지극히 청명淸明하게 하는 방법, 다음은 기氣를 강화하는 방법, 마지막으로 자강불식自强不息의 방법을 제시했다. 즉 시에 임하는 태도를 바꿈으로써 시의 경지도 향상할 수 있다는 것이다. 이것은 청기淸氣의 체득을 통해 양기養氣를 하고 이런 과정이 지속될 때 신화神化의 경지에 도달할 수 있다는 것이다. 그리하여 「황화집서皇華集序」에서 "기氣가 왕성하면 신神으로 화化할 수 있다"[13] 고 했다. 기氣가 곧 신화神化의 토대인 것을 말하고 있다. 또 「야언野言」에서 "허虛가 지극하면 신神이 될 수 있고, 신神은 기氣를 낳는다"[14] 하여 허虛에서 기氣의 생성과정을 설명했다. 그리고 "스스로 힘써 쉬지 않는 것이 하늘의 허虛이다"[15] 라고 했다. 이 때문에 허虛를 기를 것을 강조했다. 그렇다면 입신入神의 방법은 인위성을 제거한 천연에서 우러나오는 순연한 기질을 자강불식自强不息으로 단련하는 것이다. 즉 숨길 수 없는 기질의 가능성을 연마하여 입신入神의 경지에 이르는 것이다.

---

13. 신흠, 『象村稿』, 「皇華集序」, (한국문집총간 1981), 11쪽. "氣盛而化神者乎"
14. 신흠, 『象村稿』, 「野言 二」, (한국문집총간 1981), 328쪽. "虛極化神 神變生氣"
15. 申欽, 『象村稿』, 「野言 二」, (한국문집총간 1981), 329쪽. "自强不息 天之虛也"

한편 이런 신흠 문학의 특성을 두고 권오웅은 「상촌의 주신적
主神的 문학론文學論 연구」(『한문학연구』 5집, 계명한문학연구회, 1988)
에서 상촌의 문학관이 주신적主神的 관점에 서 있음을 주장하면
서, 이런 관점은 그 토대가 역학과 관련이 있다는 입장을 피력했
다. 상촌은 상수학적象數學的 역학사상을 바탕으로 신神의 자연
성을 시에서 주로 나타내고자 하여 주신적主神的 문학론을 세웠
으며, 이것은 재도문학과 개성, 풍기風氣 문학의 교량적 시각이
되었다고 보고 있다.

최웅은 「신흠의 문학론」(『한국의 한문학』 제 1권 민음사, 1991)에서
상촌은 주자학적 문학관에서 벗어나 문학의 독자적인 면을 인식
한 이론가로 명명하고 있다. 그런데 신흠의 시학이 지닌 특징과
그의 문학사상이나 문학전반과 관련해서 논의한 연구는 박희병,
전재강, 이규춘 으로 압축해 볼 수 있다.[16] 그리고 남송우는 신흠
문학의 특징을 자연스러움으로 압축하여 적시했는데 이 역시 인
위성을 배제한 순연한 기질의 노정露呈으로 이해할 수 있다. 기
존 연구 역시 신흠의 개성적인 문학관에 주목하여 '자연스러움'
또는 '주신적主神的 문학관'으로 설명하고 있다.

다음으로 이안눌은 입신의 방법으로 독서를 권유하고 있는데,
두률杜律를 거듭 읽어 만 삼천번에 이르렀다고 한다.[17] 신흠이 자
신의 순연한 기질을 단련하여 입신을 추구한 것과는 자못 차이가
있다. 두시와 같은 전범을 끊임없이 연마함으로써 입신하는 것으
로 후천적 노력을 중시했다. 즉 좋은 시를 쓰기 위해서는 두시와

---

16. 남송우, 「申欽 詩論에 나타나는 자연스로움의 현대적 의의」, 『동서시학의 만남
과 고전시론의 현대적 이해』, (새미 2001), 142쪽.
17. 李安訥, 『東岳集』, 「行狀」, 559쪽. "我朝惟容齋公萬讀 故其詩亦入神 公心腹其說
及謫居無事 重讀杜律 有至萬三千偏者"

같은 명시名詩를 반복하여 그 체제와 내용을 자기 것으로 용해해서 창출할 것을 강조한 것이다. 이런 맥락에서 이안눌이 작시作詩에서 중독重讀을 강조한 이유는 그것을 통해서 최고의 작시 능력을 배양함과 아울러 신묘한 경지에 들어간 작품을 지을 수 있는 방법을 제시한 것이다. 이처럼 다독입신론多讀入神論은 자신보다 앞선 대가들의 작품을 연이어 다독함으로써 글들의 자법字法, 구법句法, 장법章法, 전고典故 등 작시 일반에 관한 요령을 익히는 것은 물론이고 나아가서 작시의 최고 단계인 입신入神의 경지에 들어 갈 수 있다는 견해이다.

이런 입신을 위해 구체적 독서물로 제시된 것이 '육경六經'인데, 그는 『시경詩經』과 『서경書經』이 작시의 근본이라 하여 경전학습의 중요성을 강조했다. 또 그는 백가百家를 저작詛嚼해서 뱃속을 화려하게 가득 채우고, 끝에 가서 육경六經으로 때맞추어 짐작해야 한다.[18] 라고 하여 백가百家를 포함하는 육경이 작시의 근본이 되어야 한다는 견해를 제시했다. 이런 이안눌의 시적 특성을 두고 이식은 다음과 같이 지적하고 있다.

> 동악의 시가 남은 것이 만 수 인데 매 수마다 정련精鍊하여 일자일구一字一句도 모두 내력이 있고, 예리하면서도 웅건雄建하고 성율이 모두 맞아 천수 백수가 마치 한 수를 고르는 것 같다. 시詩의 수가 많아도 능히 갖추었고 단정하여, 옛날부터 있었던 것이 아니다. 책을 읽음에는 반드시 천번 백번으로 수효를 세웠다. 일찍이 모재 김안국(慕齋 金安國)이 "책은 반드시 만 번을 읽어야 글이 바야흐로 입신入神하니, 조선에서는 오직 용재공容齋公이 만독萬讀을 한 까닭에

---

18. 李安訥, 『東岳集』, 「江都錄」, 201쪽. "用前韻贈任生景游" "坐咀百家華滿腹 六經 終要及時斟"

그 시가 또한 입신入神하였다."고 한 말을 듣고서 공이 마음으로 그 말에 탄복하여, 귀양 가 일이 없기에 두률杜律을 거듭 읽기를 만 삼천 번에 이르니, 그 노건老健하고 뜻의 독실함이 또 이와 같다.[19]

이처럼 이안눌은 시작에 앞서 광독廣讀과 중독重讀을 강조했다. 그리고 그는 시 학습법을 다음과 같이 구체적으로 제시하기도 했다.

붓을 들어 시 쓰기를 자주하고, 먹물 묻혀 어찌 부賦 짓기에 소홀하랴. 장·굴·마·반의 문장은 참으로 회자될 만하고, 『서경』과 『시경』은 작문 공부의 근본이다. 새로운 과제를 이상하게 여기지 말고 부지런히 힘쓰되, 학업을 하려면 먼저 옛 글을 읽어야 한다.[20]

한편 이런 이안눌의 학습법과 경전 활용을 두고 홍만종은 다음과 같이 평가하고 있다.

판서 심집이 글을 올려 부모 봉양을 위한 고을 벼슬 자리를 청하여 안변부사에 제수되었다. 그 어머니의 수사壽詞를 짓도록 하니, 동악 이안눌이 자리에서 율시 한 수를 지었다. 그 시의 경련에 "경월卿月은 멀리 도호부에 임하였고, 수성壽로은 높다랗게 대부인에게 읍을 한다."라고 하였다 문사인 이진李進이 그것을 보고 감탄하기를 "참

---

19. 李安訥, 『東岳集』, 「行狀」, 559쪽. "其詩見存者 幾萬首 首首精鍊 一字一句 皆有 來歷 鋒鋩雄建 聲律諧適 如千百首選一首 其多而能辨 衆而能整 古未嘗有也 讀 書必以千百番爲數 嘗聞金慕齋言 書必萬讀 文方入神 我朝惟容齋公萬讀 故其詩 亦入神 公心服其說 及謫居無事 重讀杜律 有至萬三千偏者 其老而志篤又如此"

20. 李安訥, 『東岳集』, 「咸營錄」, 驪江出版社 영인본, 1982, 346쪽. "抽毫只待題詩數 漬墨寧敎作賦疎 莊屈馬班眞膾炙 典謨風雅本菑畬 莫嫌新課勤相勖 隷業須先讀 古書"

으로 육경六經에 바탕을 준 문장이다"라고 하였다.[21]

이처럼 그의 입신론의 토대는 중독重讀이고 그 독서물은 육경六經이었다.

한편 당대의 시인들은 대체로 시문을 지을 때 기氣를 중시했으나(이기위주以氣爲主) 이수광은 신神을 중시하여(이기위주以神爲主) 최상의 작품을 구현하려 했다. 그는 다음과 같이 문학에서 신神의 의미를 설명하고 있다.

> 옛 사람들이 문장은 기氣로써 주主를 삼았다고 했는데 그 설說이 오래된 것이다. 류자후柳子厚가 말하기를 "문장을 지음에는 신神과 지志를 주로 삼는다."고 했다. 나는 신神이란 것은 변화를 헤아릴 수 없음(변화불측變化不測)을 말한 것이고 지志라는 것은 기氣의 장수라고 생각한다. 이미 지志라고 말했으면 기氣는 말할 필요가 없고, 이미 신神이라 말했으면 지志는 말할 필요가 없다. 그러므로 나는 단정하기를 문장은 신神으로서 주主를 삼아야 한다(이신위주以神爲主)고 말한다.[22]

그는 나아가 작품 창작에 관여하는 기본적인 작가의 요인을 정情·기氣·신神으로 보고 그것에 의한 각각의 문학적 성취에다 '정情〈기氣〈신神'의 명백한 증차를 부여했다. 그 중에서도 '이신위주

---

21. 洪萬宗『小華詩評』, 52칙. "沈判書輯上章乞養 除安邊府 使壽大夫人 東岳席上賦一律 其頷聯曰 卿月遠臨都護府 壽星高拱大夫人 文士李進見之歎曰 眞六經文章也"

22. 이수광, 『芝峯類說』권 8, 「文-15」. "古人謂文章以氣爲主 其說尙矣 至柳子厚乃曰 爲文以神志爲主 余以爲神者變化不測之謂 志者氣之帥也 旣曰志則氣不足言也 旣曰神則志不足言也 故余斷之曰 文章以神爲主"

以神爲主'의 문학성을 최상의 것으로 주장하였다.[23] 그리하여 이 '이신위주以神爲主'를 구현하는 방법으로 자득自得을 강조했다.

시의 품평은 고인들이 다하여 거의 남은 것이 없다. 만약 여러 대가 大家의 시어詩語를 모두 취하여 깊이 생각하고 즐겨서 탐색한다면 마땅히 얻는 바가 있을 것이다. 하지만 신神에 이르러 조화하는 경 지는 이 돈오頓悟를 기다려야 하니 무릇 시의 도道는 언어로 서로 깨우쳐 주기가 어렵기에 반드시 스스로 터득한 뒤에야 가능하다.[24]

돈오頓悟해야 자득自得할 수 있어 입신入神의 시를 쓸 수 있다. 이 말은 남송南宋의 엄우嚴羽의 논리와 일치한다. 즉 선도禪道가 묘오妙悟에 있듯이 시도詩道도 묘오妙悟에 있다고 보았는데[25] 이 것은 돈오頓悟 → 자득自得의 경지 → 입신入神 으로 과정을 요약 할 수 있다. 그리하여 다음과 같이 입신入神을 위한 방법을 다시 금 제시하고 있다.

왕사정王士禎이 이르기를 "서경西京과 건안建安의 시문은 다듬고 갈아서는 도달할 수 없는 듯 하다. 그러지 말고 요점은 익히기를 오 로지 하고 깨달음을 응결하기를 오래하는 데 있다. 그러면 '신神'과 '경境'이 합쳐져서 홀연忽然히 오고 혼연渾然스럽게 찾을 만한 갈림 길이나 계단도 없어지고 가리킬 만한 빛이나 소리도 없게 된다."고 하였다. 내가 이르건대 비단 서경西京과 건안建安의 시문만이 아니 라 무릇 모든 시문도 그러해야 한다.

---

23. 朴守川,「芝峯類說 文章部 硏究」, 서울대학교 대학원 박사학위논문 1994. 139-140쪽 참조.

24. 이수광,『芝峯類說』권 9,「詩-25」. "詩評古人盡之 殆無餘蘊 若悉取諸家詩語 深潛 玩索 則當有所得 至於神而化之之域 則須是頓悟 大抵詩道難以言語相喩 必自知 然後可也"

25. 嚴羽,『滄浪詩話』,「詩辯」. "禪道惟在妙悟 詩道亦在妙悟"

왕사정王士禎의 관점을 원용하여 자신의 주장을 강화하고 있다. 작품의 대상과 작가의 경境이 만나 입신入神의 경지를 구현한 작품은, 익히기를 오로지 하고(점수漸修) 깨달음을 응결하는데(작시作詩) 있다고 보았다. 물론 이수광의 입신론入神論은 왕사정王士禎의 이론과 유사하지만 완전히 부합하지는 않는다. 왕사정의 신운설神韻說은 차츰 변질되고 극단화하여 현실과 동떨어진 자연의 경물을 읊은 작품만 높이 평가하여 후대에 부정적인 평가를 받게 되었지만[26] 이수광의 논의는 당대의 시관에 적지 않은 자극이 되었을 것이다. 이를 두고 박수천은 조선 후기까지 지속적인 영향을 미치게 되었다고 보았다.[27] 이런 지적은 왕사정이 선적禪的인 면을 강조한 데 비해 이수광은 신화神化의 도달 방법을 고려해서 말하였다. 앞으로 좀 더 구체적인 증거를 보강할 필요가 있다. 그들은 동일하게 작가의 신神에 의한 작품적 흥취를 말했으나 이수광은 형식적 기법을 중시했고 왕사정은 그것에 강한 구속을 받지 않았다. 즉 왕사정의 신운설神韻說은 형식보다 내용적 측면에 더 치중했는데 이수광의 문학론은 내용과 형식의 변증법적 결합의 차원이라 할 수 있다. 이 때문에 왕사정의 신운설과 구별 지어 '이신위주以神爲主'의 문학이라 지칭한다.[28]

한편 이런 입신론에 근거한 신운풍神韻風에 관련하여 꼭 긍정적인 것만은 아니었다. 특히 홍석주는 신운神韻과 공취空趣에 대하여 매우 강도 높은 비판을 했다.

---

26. 周勳初(중국학연구회 역), 『중국문학비평사』, (이론과 실천 1992), 244쪽 재인용.
27. 朴守川, 「芝峯類說 文章部 硏究」, 서울대학교 대학원 박사학위논문 1994. 146쪽.
28. 朴守川, 「芝峯類說 文章部 硏究」, 서울대학교 대학원 박사학위논문 1994. 146쪽.

온유돈후溫柔敦厚하지만 촉박하지 않고 위완함축委婉含蓄하지만 노골적이지 않는 것이 참으로 시에서 귀한 것이다. --- 후세에 시를 논하는 자들은 당나라 사람을 위주로 하여 신운神韻을 받들지만 의론議論을 내치며, 공취空趣를 숭상하지만 직치直致를 비루하게 여긴다. 『시경詩經』은 오래된 것이다. 당나라 사람들 가운데 두보杜甫보다 나은 이가 없다. 기생을 읊으면 '사군자유부 막학야원앙使君自有婦 莫學野鴛鴦'(사군은 집에 부인이 있으니, 들판의 원앙을 배우지 말라.)이라 하고, 분백分帛을 읊으면 '편달기부가 취렴공성궐鞭撻其夫家 聚斂貢城闕'(그 사내의 집을 다그쳐, 빼앗아 대궐에 공물로 바치네.)이라 하고, 사냥하는 것을 보면 '초중호토진하익 천자부재함양궁草中狐兔盡何益 天子不在咸陽宮'(숲 속 여우와 토끼 잡은들 무엇하리, 천자는 함양궁에 있지 않은데.)이라 하고, 고기잡이하는 것을 보면, '오도하위종차락 폭진천물성소애吾徒何爲縱此樂 暴殄天物聖所哀'(우리들이 어찌 이런 놀이를 즐기리오, 자연물을 없애는 건 성인께서 슬퍼하시는 바이다.)라 한다. 이와 같은 것을 신운神韻이라고 말할 수 있겠는가? 아니면 직치直致가 아니라고 말할 수 있겠는가? 이와 같은 시들은 다행이 두보에게서 나왔기에 망정이지, 만약 송 이후의 사람들에게서 나왔다면 엄우嚴羽와 호응린胡應麟의 무리들이 어찌 눈을 바로하고 보려고 했겠는가?[29]

시적 경계만을 숭상하여 내용면에서 공허한 경지에 빠지는 것을 비판하였다. 그리하여 두보의 시를 끌어 얼핏 보면 신운神韻으로 보이나 자세히 보면 직치直致라 지적하였다. 또 온유돈후溫柔敦厚하고 위완함축委婉含蓄한 시풍을 이상적인 것으로 간주하

---

29. 홍석주, 『淵泉全書』, 「鶴岡散筆」권4, 115쪽. "溫柔敦厚而不迫 委婉含蓄而不露 固詩之所貴也---後世之論詩者 以唐人爲主 宗神韻而出議論 尙空趣而鄙直致 三百篇尙矣 唐人之詩 莫尙於杜 詠妓則曰 使君自有婦 莫學野鴛鴦 詠分帛則曰 鞭撻其夫家 聚斂貢城闕 觀獵則曰 草中狐兔盡何益 天子不在咸陽宮 觀打魚則曰 吾徒何爲縱此樂 暴殄天物聖所哀 若是者 可謂之神韻乎 抑可不謂之直致乎 如此詩者 幸而出於杜耳 若出於宋以後者 嚴儀卿胡元瑞之徒 尙肯正目而視乎"

고 의론을 담고서도 화려하지 않으며 질박한 내용의 시를 창출할 것을 주장했다. 그리고 '직치直致' 속에서도 얼마든지 '흥경興境'과 '신회神會'를 구현할 수 있는 시를 높이 평가했다.[30]

이처럼 17세기의 입신론은 광독廣讀, 중독重讀, 자득自得 등과 같은 다각적인 방법을 통해 시가 도달할 수 있는 최고의 경지를 추구하려 했다. 이를 통해 시론을 더욱 풍부하게 했다. 입신入神은 선천적인 자질보다 후천적인 노력을 통해 획득할 수 있다는 데에서 당대 지식인들의 시에 대한 열정과 사랑을 읽어 낼 수 있다.

Ⅲ. 결론

17세기의 입신론의 특징을 요약하는 것으로 논의를 맺는다.

조선 17세기의 입신론은 남송 때 엄우의 『창랑시화』의 시론과 청淸의 왕사정王士禎에 신운설神韻說에 힘입어 전개되었다. 신사神似, 신품神品, 정신精神, 신묘神妙 등으로 일컬어지는 입신론은 언외지의言外之意를 담고 '진眞'과 '미美'를 아우르는 신비한 시적 형상화를 추구하였다.

17세기 조선의 시인들은 최고의 경지를 가리키는 말로 신경설神境說을 거론했는데, 이를 두고 신흠의 신화론神化論과 이안눌의 입신론入神論 또 이수광의 입신론入神論 등으로 설명하고 있다. 먼저 신흠은 태생적인 청기淸氣가 시인에 의해 천공天工의 경지를 만드는 것을 신화神化라 했다. 작품이 도달할 수 있는 최고의 경지로 신이화지神而化之, 신품神品, 입신入神 등으로 표현했다. 그는 비교적 입신入神에 이르는 방법을 구체적으로 제시하고

---

30. 홍석주, 위의 책, 115쪽. "夫歌詩之妙 莫尙乎興境神會"

있다. 먼저 마음을 지극히 청명淸明하게 하는 방법, 다음은 기氣를 강화하는 방법, 마지막으로 자강불식自强不息의 방법을 제시했다. 이것은 청기淸氣의 체득을 통해 양기養氣를 하고 이런 과정이 지속될 때 신화神化의 경지에 도달할 수 있다는 것이다. 그리고 기氣가 곧 신화神化의 토대이며 "허虛가 지극하면 신神이 될 수 있고, 신神은 기氣를 낳는다"고 하여 허虛에서 기氣의 생성과정을 설명했다. 이 때문에 허虛를 기르는 것을 강조했다. 그렇다면 입신入神의 방법은 인위성을 제거한 천연에서 우러나오는 순연한 기질을 자강불식自强不息으로 단련하는 것이다. 즉 숨길 수 없는 기질의 가능성을 연마하여 입신入神의 경지에 이르는 것이다.

이행李荇의 증손인 이안눌은 할아버지의 다독을 통하여 입신할 수 있다는 '학시론學詩論'을 끌어다가 입신론을 전개하였다. 특히 그는 묘오妙悟에 의한 자득으로 입신할 수 있으며, 이 입신의 경지는 후천적인 노력에 의해서 더욱 높은 경지에 도달할 수 있다고 했다. 그리하여 몸소 두률杜律를 거듭 읽어 만 삼천 번에 이르렀으며 신흠이 자신의 순연한 기질을 단련하여 입신을 추구한 것과는 자못 차이가 있다. 두시와 같은 전범을 끊임없이 연마함으로써 입신하는 것으로 후천적 노력을 중시했다. 이처럼 다독입신론多讀入神論은 자신 보다 앞선 대가들의 작품을 연이어 다독함으로써 글들의 자법字法, 구법句法, 장법章法, 전고典故 등 작시 일반에 관한 요령을 익히는 것은 물론이고 나아가서 작시의 최고 단계인 입신入神의 경지에 들어 갈 수 있다는 견해이다. 그리고 입신을 위해 구체적 독서물로 제시된 것이 '육경六經'인데, 그는 『시경詩經』과 『서경書經』이 작시의 근본이라 하여 경전학습의 중요성을 강조했다. 또 그는 백가百家를 저작詛嚼해서 뱃속을 화려하게 가득 채우고, 끝에 가서 육경六經으로 때맞추어 짐작해야 한다고 하여 백가百家를 포함하는 육경이 작시의 근본이 되어야 한다는 견해를 제시했다.

이수광의 경우 청淸의 왕사정王士禎의 이론과 유사한 입신론入神論으로 나름대로의 시론을 전개하였다. 그는 왕사정의 내용에 치중한 신운설神韻說을 형식과 결합시켜 변증법적으로 시론을 전개하였다. 이 때문에 왕사정의 신운설과 구별지어 '이신위주以神爲主'의 문학이라 지칭받기도 한다. 그는 작품의 대상과 작가의 경境이 만나 입신入神의 경지를 작품을 구현하기 위해서는, 익히기를 오로지 하고(점수漸修) 깨달음을 응결하는데(작시作詩) 있다고 보았다. 그는 입신의 방법으로 '돈오頓悟 → 자득自得의 경지 → 입신入神'의 과정을 제시하고 있다.

그러나 입신론이 꼭 칭송의 대상만은 아니었다. 홍석주는 입신론에 근거한 신운풍神韻風에 관련한 신운神韻과 공취空趣에 대하여 매우 강도 높은 비판을 했다. 즉 시적 경계만을 숭상하여 내용 면에서 공허한 경지에 빠지는 것을 비난하고서 두보의 시를 끌어 얼핏 보면 신운神韻으로 보이나 자세히 보면 직치直致라 지적하기도 하였다. 또 온유돈후溫柔敦厚하고 위완함축委婉含蓄한 시풍을 이상적인 것으로 간주하고 의론을 담고서도 화려하지 않으며 질박한 내용의 시를 창출할 것을 주장했다. 그리고 '직치直致' 속에서도 얼마든지 '흥경興境'과 '신회神會'를 구현할 수 있는 시를 높이 평가하기도 했다.

이처럼 17세기의 입신을 위한 방법으로는 청기淸氣를 양기養氣하여 자강불식自強不息의 노력을 제시하거나 광독廣讀, 중독重讀, 자득自得을 강조하였으며 시작詩作을 선禪의 수행법과 유사한 돈

오점수頓悟漸修와 같은 다양한 방법을 통해 시론을 더욱 풍성하
게 하였다. 특히 입신入神은 선천적인 자질보다 후천적인 노력을
통해 획득할 수 있다는 데에서 당대 지식인들의 시에 대한 열정
과 사랑을 읽어 낼 수 있다.

Ⅷ. 17세기 산문 발달의 원인과 추이

Ⅰ. 서론

우리 문학사의 맥락으로 볼 때 17세기는 시에서 산문 중심으로 전환되는 시점임에도 이에 대한 규명이나 연구가 미흡한 것이 사실이었다. 이것은 단순하게 시에서 산문으로 장르가 전환되는 것이 아니라 지배적인 표출 양상이 바뀜으로 사람들의 의식의 흐름도 바뀌었다는 것을 의미한다. 그럼에도 이에 대한 근원적인 고찰이 충분치 않은 채 18세기 문학의 화려함을 앞 다투어 연구한 것이 그간의 수십 년간 학계의 추세였다. 물론 18세기 그 자체가 성취한 학문적 성취나 매력에 감응하여 자연스럽게 연구할 가치와 분위기가 충분한 것 역시 인정하지 않을 수 없다. 그러나 좀 더 18세기의 근원적인 매력을 생각해 본다면 17세기의 변환을 주목하지 않을 수 없다. 17세기의 독특한 전환이 18세기의 화려함을 낳을 수 있었고, 분명 16세기와는 색다른 양태에서 시에서 산문으로 그 지배양상이 바뀌어 갔고, 이후 전대와는 다른 산문이 산출되었다. 따라서 17세기 산문 발달의 그 원인과 추이를 규명하는 것은, 그간 학계의 시각을 확장시키는 것이며 좀 더 온전한 우리 문학사를 이해하는데 의의가 있다.

물론 그간 17세기의 연구가 전무한 것은 아니었다. 초기 연구가 그러하듯이 작가론 연구가 어느 정도 성숙하자 이어서 작품론 및 창작론이 대두되었다. 작가론은 방대하고 앞으로도 지속적으로 전개되어야 할 것이기에 여기서 논외로 한다. 다만 이런 선행

연구를 바탕으로 당대의 문학 장르를 중심으로 규명한 연구[1]도 있었다. 또 17세기 환경의 제반적 특징을 객관적으로 살펴 본 성과도 있었다.[2] 이들 연구는 일찍이 17세기가 갖는 생태적, 역사적, 문학사적 의미가 괄목할 만한 것임을 알고서 나름대로 규명한 노작들이다.

한편 문학사에서 17세기 산문을 두고 대체로 두 가지 방향에서 논의되어 왔다. 먼저 고문古文을 중심으로 17세기 산문을 해석하면서 중국 문단과의 관계에서 우리 산문을 규명하려는 연구가 지배적이었다.[3] 그리고 또 다른 하나는 임란 이후의 당대 현실을 감안할 때 실기문의 대두를 간과할 수 없다는 시각이다.[4] 여기서 주목할 것은 짧은 기간에 네 차례의 전란을 겪은 당대인에게 더 이상 시로써는 현실적 질곡을 담아내기에는 적합하지 않았을 것이다. 그리하여 자연스럽게 산문에 눈을 뜰 수밖에 없었고 조선 전기의 전기적傳奇的 글쓰기 보다는 좀 더 다큐적인 글쓰기를 통해 전란의 아픔을 담아내는 실기문이 발달하였다. 또 과거의 개인보다는 가정을 나아가 국가를 논하는 대상의 확장을 가져왔으며 분량면에서도 단편에서 중편 또는 장편을 지향하는 경향을 띄기도 한다. 이것이 그간 학계에서 17세기 산문에 대한 시각이자 연구의

---

1. 김대현, 『조선시대소설사 연구 - 17세기 소설의 이행과정을 중심으로-』, (국학자료원, 1996).
   최기숙, 『17세기 장편소설 연구』, (월인, 1999).
   송혁기, 『17세기말 18세기초 산문이론의 전개양상』, 고려대 박사학위논문, 2005.
   안영길, 『조선 변혁기의 문학연구』, (이화문화출판사, 2005).
2. 이영학편, 『17세기 한국 지식인의 삶과 사상』, (다해, 2006).
3. 정민, 『조선 후기 고문론 연구』, 한양대 박사학위논문, 1989.
   안영길, 『조선 변혁기의 문학연구』, (이화출판문화사, 2005).
   강명관, 『공안파와 조선후기 한문학』, (소명출판, 2007).
4. 張庚男, 『임진왜란의 문학적 형상화』, (아세아문화사, 2000), 참조.

성과였다. 그러나 이것 역시 아직 17세기가 차지하는 문학사적 비중을 고려한다면 더욱 심화되고 총체적인 연구를 기다리고 있다. 이에 본고는 이런 맥락을 감안하여 17세기 산문발달의 원인을 두 가지 측면에서 살펴 좀 더 총체적인 연구에 일조하고자 한다.

II. 산문 발달의 원인

1. 생태적 측면

17세기는 인류의 생태적 측면에서 극심한 변화를 일으킨 때였다. 즉 주지한 것처럼 15세기 후반부터 18세기 중엽까지는 지구 기온이 전반적으로 낮은 시기였다. 그리하여 소빙하기(Little Ice Age)라고도 부른다.[5] 이 때문에 극심한 한재, 수재, 기근으로 전염병이 창궐하였는데 한국사에서는 16·17세기에 그런 현상이 두드러졌다.[6] 특히 17세기의 효종대(1649-1659)와 현종대(1659-1674)에 기근이 계속 발생되었다. 기근은 전염병뿐 아니라 심한 추위까지 동반한 경우가 많았기 때문에 피해가 극심하였다. 현종 12년(1671) 한 해 동안 굶주린 자는 680,993명이고, 얼어 죽거나 굶어 죽은 자는 58,415명, 전염병 사망자는 34,326명이나 되었다. 이때 기근과 전염병으로 사망자가 거의 100만에 달했는데, 관리들이 두려워 실제 숫자를 보고하지 않았다고 한다.[7] 이에 조정에서는 진황지 개간을 적극 장려하면서 농업을 권장하는 정책을 폈다. 이를 위해 진황지 개간을 하는 자에게는 종자·농기구·농우 등을 빌려주고 개간에 필요한 물자를 지방관이 책임을 맡아서 마런하도록 했다. 그러나 전쟁으로 백성들이 유랑민으로 전락하거나 지주의 몰락으로 개간이 어렵게 되자 조정에서는 개간자에게 세금을 면제해 주거나 나아가 토지소유권을 인정해 주기도 하였다. 또 소유권이 있는 유주진전有主陳田인 경우, 개간자에게 경작권을 인정해 주기도 하였다. 하지만 실제 개간의 담당자는 주로 왕실이나 관청을 중심으로 권세가나 지방 토호들이었다. 그들은 유력한 물적 기반과 인적 기반을 바탕으로 진전의 개간을 선도하였다. 다음으로 양반들도 인적·물적인 자원을 동원하여 개간을 하였으며, 나아가 농민들도 개간에 참여하여 자기 땅으로 삼고자 하였다. 농민들은 지방 토호들이 개간하기 어려운 산골의 협소한 땅이나 계곡의 후미진 곳 등의 짜투리 땅을 개간하여 자기 소유

---

5. Brian Fagan,『The Little Ice Age, How climate made history: 1300-1850』, 2000. (윤성옥역, 『기후는 역사를 어떻게 만들었는가』, 중심, 2002)
1645년~1715년 사이가 무척 추웠는데 이 기간에 태양흑점의 수 또한 급격히 줄어들었다고 한다. 바로 이 기간이 태양활동의 극소기(가장 작은 시기)로서 이 기간을 이 현상을 연구·기록한 19세기의 태양천문학자 마운더(E. W. Maunder)의 이름을 따서 '마운더 극소기(Maunder Minimum)'라고 부르고 이 기간이 지구의 '소빙하기의 최근판'이라고 부른다.
우리나라에서는 소빙하기가 1480년부터 시작되었고, 조선실록에 그와 관련된 기록이 있다. 예컨대 함경도 단천에서는 8월에 때 아닌 서리가 내렸으며, 갑산에서는 눈이 내리고 물이 얼었다. 함흥에서는 밥그릇만하거나 주먹 크기의 우박이 내려 수많은 동물과 새가 그 우박에 맞아 죽었고, 농작물이 큰 피해를 입었다 한다. 전라도 화순에서는 태풍으로 수백 그루의 소나무가 부러지고 9살 아이가 바람에 날려 떨어져 죽었다. 제주목사는 기근과 전염병으로 2260명이 죽었고 살아있는 자도 몰골이 귀신과 같다고 했다. 전라감사는 굶주려 죽은 자가 200여명이고 전염병으로 죽은 자가 670명이라고 했다. --중략-- 왕은 자신이 덕이 없다고 생각해 절제된 생활을 했다. 예컨대 수라상의 반찬수와 양을 줄이고 궁중에서 지내는 제사의 비용을 줄였으며, 가무를 삼갔다. 조정에서는 구황서를 발간해 국민들에게 소나무가루로 떡이나 죽을 만드는 법을 가르쳤으며, 전염병을 막고 치료하는 책도 발간했다. (왕조실록 현종 11년 8월 11일, 현종 12년 4월 3일, 6월 8일, 8월 2일 참조)

지로 삼았다.

이때에 농업에 관한 서적이 대대적으로 발간되었다. 예를 들면 신속申洬이 효종 6년(1655)에『농가집성』과『농사직설』을 발간하여 개간지 농사법을 알려주거나 선진지역의 농법을 소개하기도 하였다. 그의『농사직설』을 보면 "토지가 습해서 곡물 파종이 어려운 곳은 풀을 베어 시비한 뒤 밀을 파종하고, 다음 해에는 마른 논(건전乾田)으로 만들어 목화를 심으면 좋다."와 같이 진황지 활용법을 매우 구체적으로 제시하고 있다. 이 외에도『농가설』,『농가월령』,『위빈명농기』등이 발간되어 농업기술을 향상시켰다.[8]

중종 25년(1530)부터 진휼청을 설치하여 굶주린 자에게 직접 곡식을 나누어 주어 기민을 구제하였는데 진휼청은 17세기말까지 존속하였으며, 이후에는 상평창이 그 기능을 대신하였다.

이런 생태환경의 변화에 따른 사회적인 여건에서 농경서적과 같은 실용서나 현상과 사실에 대해 직설적으로 표현하는 산문 쓰기가 자연스럽게 발달하였다.

2. 역사적 측면

조선은 개국(1392) 이래 대체로 태평성태를 이루었다. 역사상 중국과의 실리적인 사대외교를 통해 평화를 구가하고 문물의 질

---

6. 이태진,「장기적인 자연재해와 전란의 피해」,『한국사』30, 국사편찬위원회, 1998.
7. 이태진,「상평창·진휼청의 설치 운영과 구휼문제」,『한국사』30, (국사편찬위원회, 1998), 357쪽.
『왕조실록』, 현종조, 현종 12년 12월 임오 참조.
8. 이영학편,「17세기 경제적 상황」,『17세기 한국 지식인의 삶과 사상』, (다해, 2006), 4-5쪽 참조.

적 향상을 추구할 수 있었다. 또 각양의 민생을 위한 정책이 성공을 거두면서 안정적인 사회를 형성할 수 있었다. 그리하여 16세기는 사림파 문학이 융성했고 특히 삼당시인을 비롯하여 두시杜詩가 널리 읽혀졌다. 이것은 국초 이래로 꾸준히 진행시켜오던 두시언해가 완성되어 선조 때 대량 보급되었으며, 단군 이래 대등 또는 대립적 관계에서 중국과의 대응의식에서 긴장을 늦추지 않았으나 사대事大라는 새로운 정치적 국면으로 오랜 기간 동안 평화가 정착되었다. 또 낭만과 문학적 상상력을 자극하는 허경虛景중심의 서술은 더욱 당시풍唐詩風을 가속화 시켰다.

그러나 임진난(1592)이 발발한 이래 정유재란(1597), 정묘호란(1627), 병자호란(1636-1637) 등은 45년간이라는 매우 짧은 기간에 4차례의 전쟁을 치루면서 조선 초기의 160-170만결의 토지는 50만결 밖에 경작할 수 없을 정도로 황폐화되었고 민심 역시 극도로 불완전한 상태였다. 까닭에 사람들의 의식에도 많은 변화가 생겼다. 즉 전대의 음풍농월이나 태평성대의 낭만적인 문학보다는 사실에 대한 다큐적인 기록문학이 발달하고 현실적인 대안에 관한 탐색이 우위를 가질 수밖에 없었다. 그리하여 이때에 실기문학이 발달하였다. 즉, 전쟁의 부산물이자 생생한 삶의 흔적이며 뼈를 깎는 아픔에 대한 증언이었다. 살아남은 자의 고뇌와 현실 개선의지가 절감토록 폐부를 찌른다. 이런 현실 속에서 산문이 발달한 그 이유로는 대략 다음과 같이 요약해 볼 수 있는데 기존 연구물의 자료를 활용했다.[9]

첫째, 실기문학實記文學이 발달했다. 주지한 것처럼 1592년(선

---

9. 안영길, 『조선 변혁기의 문학연구』, (이화문화출판사, 2005), 86-89쪽.

조 25년) 4월 일본이 15만 대군을 이끌고 부산을 공격하면서 시작된 임진왜란은 1598년 2차 침입을 강행한 정유재란까지 7년 동안의 미증유의 대사건이었다. 임진왜란은 국내·외에 엄청난 피해를 끼쳤으며 그 충격은 가히 상상을 초월할 정도였다. 임진왜란의 충격은 여러 종류의 글로 표현되었다. 임란의 원인을 밝히는 반성과 책임 문제를 따지는 비판의 글들이 횡행하였고, 문인이나 사대부뿐만 아니라 시골에 묻힌 선비와 부녀자들까지도 모두가 자신의 처지에서 글로써 임란의 참상을 알리고 어려움을 호소했다. 임진왜란의 참상은 문학의 모든 양식으로 형상화되었고, 특히 서사문학 중에서도 설화說話, 소설小說, 전傳, 실기實記 등의 양식을 동원해 집중적으로 그려내었다. 이 가운데에서도 각계각층에서 자신들이 보고, 듣고, 느낀 바를 바탕으로 해서 임난壬亂의 참상과 정치현실, 우국충정과 정절, 인간애 등을 드러낸 것이 바로 실기문학實記文學이다.[10] 이 실기문학은 역사서술과는 다른 양태를 띠고 있다. 오히려 역사에서 소홀하게 취급되는 전경적 상황묘사, 인간 중심의 구체적인 삶의 모습, 개인적 차원의 갈등 등이 감성 중심의 정서적 반응과 융합되어 나타난다. 이런 점에서 실기문학의 문학적 가치는 시대사의 단층적인 모습을 현장감 있게 구현하면서 경험세계에 대한 작가의 솔직한 자기 고백적 토로가 심미적 감수성 및 기록정신과 어떻게 결부되어 있느냐에 달려 있다고 할 수 있다.[11]

이처럼 임난 전에 당시풍唐詩風이 유행하고 한시가 문단을 주도

---

10. 張庚男, 「壬亂 體驗의 文學的 形象化」, 동아세아문학에 나타난 전쟁체험 양상, 우리문학회 창립 30주년 국제학술대회, 2004, 11, 181쪽.
11. 張庚男, 『임진왜란의 문학적 형상화』, (아세아문화사, 2000), 참조.

하는 분위기가, 전란을 겪으면서 사실적 산문으로 바뀌어 갔다.

둘째, 임난 후 붕괴된 가문을 중흥하는 과정에서 조탁과 공력이 많이 드는 시보다는 비교적 서술이 용이하고 다양한 형태의 글쓰기가 가능한 산문을 선호했다. 장유가 당대의 이런 현실을 지적한 것을 보면 더욱 명확하다.

> 우리나라 풍속은 뒤쳐져 신기한 일을 좇는 일이 적어서 문인들의 작품을 인쇄하여 세상에 전하는 것이 드물다. 근년에 문학을 숭상하고 글 좀 쓴다고 하는 사람들의 유집이 다투어 나오니 번성하다고 할만하다. 그러나 천천히 살펴보면 반드시 유집이 나와야 할 그런 인물들인 것만은 아니다. 대체로 집안이 일어나 후손이 뛰어나면 속된 가요와 같은 것도 훌륭한 시문 속에 섞어 들여 눈 깜짝할 사이에 목판에 찍어 나무에 재앙을 가져오고 이리저리 전사해서 종이를 귀하게 만든다. 그에 비해 궁한 가문의 사람은 웅대한 포부를 지니고 아름다운 재주를 품고 있더라도 죽고 나면 그 훌륭한 글들이 연기처럼 사라진다.[12]

이처럼 유집의 간행이 빈번하였음을 알 수 있다. 동시에 부실한 시문의 양산도 적지 않았던 것을 파악할 수 있다.

셋째, 임난을 전후하여 급격한 문인의 증가로 많은 시문을 양산하게 되었다. 이식은 당대의 이런 현실을 다음처럼 언급했다. 즉, 선조 때 문단이 가장 융성함에 대하여 우리 동방의 문학하는 선비가 선조 때에 가장 성했다고 할 수 있다. 대개 기풍이 만개하

---

12. 張維, 『谿谷集』 권7, (韓國文集叢刊 권92, 民族文化推進會)「南窓雜稿序」“我東俗椎 鮮好事 文人述作 罕有鋟行於世者 近歲稍稱右文操觚家 競出遺集 可謂盛矣 然徐而察之 未必皆其人也 蓋其家世隆顯 胤胄趾美 則雖折楊皇荂 亦可以混響 韶護 咄嗟之頃 能令木災而紙貴 卽窮途冷族 雖懷雲夢之富 蘊隨和之璽 沒世之後 旋就煙滅.”

고 법도가 갖추어져서 그 고하를 살피면 당의 천보 때와 같다.[13]
고 했다. 신흠 역시 이때를 가리켜 우리나라 작가는 대대로 훌륭
한 사람이 수백 명 뿐만이 아니었다.[14] 고 했다.

16세기 사림파의 등장은 종국적으로는 제한된 관직을 두고 훈
구파에 맞서 효율적인 관직 진출을 꾀한 불가피한 움직이었다.
즉, 신진 다수의 조직적인 참여를 통해 기득층인 훈구파로부터
자신들의 입지를 정당화하려는 속성이 있다. 하지만 현실적으
로 한정된 관직을 두고 이런 진출이 용이한 것만이 아니었다. 그
러나 임란 후 능력만 있으면 신진 사림의 진출이 전대보다 비교
적 수월하였고, 이를 위해 학문적인 수양과 능력이 필수적 이었
다. 따라서 관료 진출의 가능성이 높아진 환경에 더 많은 진출을
꿈꾸는 문인이 증가하였고, 이런 시대상에 시문의 양산은 팽창할
수밖에 없었다. 즉, 문학작품의 산출도 시대의 요구를 반영하여
진행한다는 사실을 보여주고 있다.

Ⅲ. 산문의 지향성

1. 장편화

조선 초기의 대표적인 산문의 한 갈래인 전기소설傳奇小說은
17세기에 이르러서는 복잡한 체험과 변모된 시대상을 담기에는

---

13. 李植, 『澤堂集』(韓國文集叢刊 권88, 民族文化推進會), 335쪽. 「劉生枕流臺詩卷
後序」 "吾東方文學之士 至於我朝 號爲最盛 蓋由風氣滿 開法度始備 考其高下
其類 於唐天寶之際耶."
14. 申欽, 『晴窓軟談』,(韓國文集叢刊 권72, 民族文化推進會), 347쪽. "我朝 作者 代
有 其人 不啻數百家."

내용과 형식에서 적합하지 않았다. 그리하여 17세기에 이르러서는 국문소설의 등장이 본격화하고 전대와 달리 가장 눈에 띄는 것은 분량의 변화였다. 즉, 전대에 야담이나 개인적인 전傳에 의한 단편적인 서술이 이때에는 만남과 이별, 그리고 죽음에 이르는 다양한 삶의 체험을 담아냄으로써 분량의 증대를 가져왔다. 그리고 그 형식과 내용면에서도 먼저 17세기 전반에 전기소설의 변형과정에 일어나는 장편화의 양상이고, 다른 하나는 초기의 삶의 존재론적 문제에서 후기로 갈수록 삶의 가치론적 문제로 이행하고 있다는 점이다. 예를 들면『운영전雲英傳』,『최척전崔陟傳』,『홍길동전』,『최문헌전崔文憲傳』 등은 내용면에서 전기소설의 변형이며 분량면에서 중편소설에 해당된다. 그러나 17세기 후반에 이르면『구운몽』,『사씨남정기』,『창선감의록』,『소현성록』 등에서는 주인공 한 사람의 일대기를 축으로 하지만 가족과 일생의 전 과정을 보여줌으로써 당시 사회의 모습과 사상과도 긴밀한 연결성을 보여준다. 특히, 그 가운데에서도『구운몽』은 고전 장편소설의 성립으로 보고 있다.[15] 그리고 전기의 불교적인 존재론의 문제에서 유교적인 가치론의 문제로 이행되고 있는데『사씨남정기』,『창선감의록』,『소현성록』 등에서 이를 반영하고 있다.

한편 임란 이후 17세기 초의 작품들은 남녀 주인공의 기이한 만남을 비극적으로 처리하던 전기소설의 단순한 제재를 더욱 다양한 부분으로 확대시키고 있다. 이것은 전쟁이라는 현실적인 경험이 대거 수용되었기 때문이다. 현실의 폭 넓은 반영이 산문에 나타남으로써 개인의 문제에서 가정의 문제로, 다시금 조정과 정

---

15. 김대현,『조선시대소설사연구』, (국학자료원, 1996), 16쪽.

책의 문제로 그 범위가 확대되어 간다. 이것은 폐쇄성에서 개방을 갈망하는 당대 의식을 반영하는 것이다. 그리고 이런 과정은 자연스럽게 장편화로 나타난다.

2. 전범화

17세기 산문의 변화는 명말明末 청초淸初의 문단을 인식하는 데에서 비롯한다. 의고론이 대두되면서 이에 대한 수용과 비판을 통해 산문 쓰기에 대한 인식이 바뀌어졌다. 또 산문 쓰기의 전범에 대한 다양한 변화를 겪게 된다. 즉, 초기 의고파의 문풍에서 당송파의 문풍으로 나아가 공안파의 문풍과 경릉파의 문풍이 논자에 따라 다양하게 수용과 비판을 거듭한다. 이런 과정에 하나의 전범으로 제시되는 독서물도 바뀌어 갔다. 먼저 선진양한 先秦兩漢의 고문古文이 거론되어 윤근수나 최립 같은 문인은 이런 전범물에 몰입하였다. 때문에『좌전左傳』,『사기史記』는 대체로 다수의 문인이 전범으로 인식했으나『국어國語』,『전국책戰國策』, 양웅揚雄, 가의賈誼 등은 허목 계열의 문인군에서는 혹호酷好하였으나 김창협 계열의 문인군에서는 산문의 전범으로 인정하지 않았다. 즉, 가장 이상적인 산문으로 선진先秦시대의 육경六經을 제시하는 데에는 이견이 없었으나 그것을 실제 창작과 연결지어 문체적인 전범으로 삼는 것에서는 입장을 달리 했다. 그 차이가 명확하게 포착되는 지점은 육경 이외의 선진양한산문에 대한 선호와 학습의 문제였다. 또 김창협 계열에서 중요한 전범으로 상정한 당송산문에 대해, 허목 계열은 전범으로 삼지 않았음은 물론 그 가치를 폄하하는 시각을 보였다. 또 학습법에서도 차이를 보여 전범의 외형이 아니라 정신을 배워야 한다는 당위에는 양자가 동의하지만, 산문 창작의 실제에 있어서 허목계열은 제한적 전범의 반복적인 독서를 통해 문기文氣의 체득을 중시한 반면에 김창협 계열은 전범적 산문에서 구사된 작법과 수사기법을 도출해서 학습해야 한다고 보았다. 허목계열이 문체적 측면에서까지 전범과 흡사한 작품을 창작하는 데 주력했다면 김창협 계열은 시대의 차이를 무시한 옛 글의 재현을 반대하고 '법'을 배우되 당대의 어휘와 문체로 그려낼 것을 강조했다.[16] 이후 공안파의 이론에 감응하여 시대성과 독자성을 담아내는 산문쓰기가 횡행하다가 절충적인 경릉파의 이론도 수용되어 산문쓰기의 질적 향상을 꾀하기도 하였다. 그리고 그 과정에서 전범화에 따른 다양한 독서물에 대한 이해와 평가를 통해 17세기 산문의 변화를 체험하게 된다. 이후 이를 토대로 조선적인 글쓰기가 부상할 수 있었던 것이다. 이런 특징은 17세기 장편소설에서도 활용되어 전고典故활용을 통한 글쓰기 방식이 관례화된다. 전고 활용은 텍스트 자체를 지적인 대상물로 인식하고 있음을 전제로 삼은 지식인들의 글쓰기 방식이다. 이 시기의 소설들은 서사 세계의 미학성과 타당성 확보를 위한 기제로서 전고를 활용한 것이다. 즉 17세기에 전고 활용의 글쓰기가 내면화되었다는 것이다.[17]

3. 실용화

전언한 것처럼 공주목사 신풍申渢이 효종 6년(1655)에 『농가집성』을 편찬하여 농가의 생산을 독려하였고 이후 『농가설』, 『농가월령』, 『위빈명농기』 등의 농업 서적이 쏟아졌다. 또 비지류碑誌

---

16. 송혁기, 「17세기말 -18세기초 산문이론의 전개양상」, 고려대 박사논문 2005, 211쪽.
17. 최기숙, 「17세기 장편소설 연구」, (도서출판 월인, 1999), 472쪽.

類의 글쓰기가 활발하면서 이에 대한 논의가 일어났다. 예를 들면 김창협이 비문에서 생소한 자구와 기벽한 결점을 제거할 것을 지적하고 있다.

> 한유의 비지碑誌와 체격體格은 진실로 간엄簡嚴해서 본받을 만하다. 그러나 그 자구字句는 때때로 너무 생소하고 기벽奇僻한 곳이 있어 그의 조성왕비曹成王碑와 같은 것은 한편을 통틀어 보아도 모두 그렇다. 때문에 후인後人이 배울 것이 못 된다. 모곤茅坤이 의론議論한 것은 또한 식견이 없는 것은 아니지만 단지 『사기史記』와 『한서漢書』로 그것을 가늠하는 것은 부당하다.[18]

한유의 비지문碑誌文은 하나의 모범이 될만하지만 자구가 생소하고 기벽한 결점을 들어 배척하고 있다. 그리고 이에 대응하여 『사기史記』의 필법에 근원한 구양수의 비문에 주목하여 제자 이의현李宜顯에게 이를 권하기도 하였다.[19] 이는 구양수가 『사기史記』의 필법을 체득하여 비문에 반영하여 탁월한 풍격을 이루었기 때문에[20] 구양수의 비문을 권유한 것이다. 물론 이것은 비문 작법에 관한 언급이지만 이처럼 실용문 쓰기가 어느 정도 활발한 것을 추측해 볼 수 있는 대목이다. 신흠도 실용성을 강조하여 당대의 현실을 천재지변과 내우외환內憂外患으로 민생이 도탄에 빠지고 국정이 황폐해지고 세도世道가 무너져 기강이 해이해 진 것을

---

18. 金昌協, 『農巖集』, 卷34, 「雜識」, 599쪽. "韓碑體格 固極簡嚴可法 而其字句 亦時有太生割奇僻處 如曹成王碑 通篇皆然 要非後人所當學 鹿門議之亦不爲無見 但不當專以史漢律之耳"

19. 李宜顯, 『陶谷集』, 「陶峽叢說」, 39쪽 참조.

20. 歐陽脩, 『歐陽脩全集』, 「桑辜傳」, "余--中略--尤愛司馬遷善傳 而其所書皆偉熱奇節 士喜讀之 欲學其作"

개탄하면서[21] 근본을 세우고 경륜을 닦아 대요大要를 터득할 것을 강조했다.[22] 그리하여 그는 "누구나 지知를 말하지 않겠는가마는 진지眞知가 어렵고, 누구나 행行을 말하지 않겠는가마는 실행實行이 어렵다."[23]하여 진지眞知와 실천을 중시했다. 이런 것 역시 실용에 근거한 문학의식을 반영한다. 이런 모습은 이식李植에게도 나타난다.

무릇 문文에는 화華도 있고, 실實도 있으니 사辭는 화華요, 이理는 실實이다. 성현의 문文은 화華와 실實이 구비되어 있는데, 제자諸子로부터 비로소 일어나 둘이 되었다. 문文의 지극한 것은 반드시 화華와 실實이 겸한 것이어야 한다. 그러나 화華하며 실實하지 않기보다는 차라리 실實하며 화華하지 않는 것이 낫다. 염락濂洛과 여러 선비의 문장이 바로 이것이다.[24]

이처럼 실리적인 글쓰기의 의식이 실용성을 추구하는 문장으로 구현된 것이다. 이런 인식은 17세기 소설에서도 반영되어 소설에 대한 긍정적 견해와 부정적 견해가 팽배한 가운데에 작품이

---

21. 申欽, 『象村集』, 「進古經周易箚」, 韓國文集叢刊 卷72, (民族文化推進會, 1991), 155쪽. "伏見近者 天災地異 杳臻層見 民艱政瘼 日滋月甚 壞裂之世道 凌夷之紀綱 若涉大川 浩無津涯"

22. 申欽, 『象村集』, 「陳言箚」, 韓國文集叢刊 卷72, (民族文化推進會, 1991), 162쪽. "夫治道有大本大經 爲政立然後 盛德大業彰矣 大經修然後 家型邦則建矣 大要得然後 施措布置立矣"

23. 申欽, 『象村集』, 「彙言」, 韓國文集叢刊 卷72, (民族文化推進會, 1991), 306쪽. "孰不日知 眞知爲難 孰不日行 實行爲難"

24. 李植, 『澤堂集』, 「答人論文」, 韓國文集叢刊 卷88, (民族文化推進會, 1991), 53쪽. "夫文字有華有實 辭者 其華也 理者 其實也 聖賢之文 華實具備 自諸子以下 始起而二矣 文之至者 必華實兼 然與其華而不實 寧實而不華矣 濂洛諸儒之文 是也"

세상에 끼친 교훈적인 측면이 고려되어 『사씨남정기』, 『창선감
의록』 등을 우호적인 대상으로 인식함으로써, 인식전환의 계기
가 된다. 이 때문에 17세기 소설 창작의 융성을 도모하고 소설에
대한 긍정적 수용의 실천적 계기로 작용하였다.[25] 즉 실리적인 입
장에서 소설이 수용되고 있음을 살필 수 있다.

Ⅳ. 결론

어떤 지배적인 장르가 바뀐다는 것은 변화될 수밖에 없는 원인
에 기인한다. 먼저 기온의 강하에 따른 생태계의 변화가 식량부
족을 일으켰다. 따라서 이에 대응한 농경서적과 같은 실용서 발
간이 일반화되었다. 다음으로 45년간 4차례의 전쟁을 치루면서
실기문이 발달되었다는 점이다. 전란의 체험을 각양의 산문형식
으로 표출하여 그 참상을 징언하고 재발을 막고자 하였다. 또 비
지문에 대한 전범을 세우고자 당대의 대표적인 문인이었던 김창
협이 나름대로의 작법론을 제시했다는 것은 산문쓰기가 활발했
다는 것을 입증하고 있다.[26]

한편으로 명말明末 청초淸初 문단을 참조하는 가운데 산문 창
작에 질적 변화를 촉구하게 되었다. 즉, 의고파의 수용이 계기가
되어 조선에서 산문 비평이 본격적으로 시작되었던 것이다.

그리하여 17세기 산문의 양적 증가에 따른 변화는 두 가지 의미
를 갖는다. 먼저 부정적인 시각에서는 문장의 질적 하락으로 이
해할 수 있다. 즉, 다량의 산문이 산출됨으로써 그 중에는 수준 미

---

25. 최기숙, 『17세기 장편소설 연구』, (도서출판 월인, 1999), 60쪽.
26. 강명관, 『공안파와 조선후기 한문학』, (소명출판, 2007), 7쪽.

만의 작품도 존재했다는 것이다. 그러나 다른 한편으로 긍정적인 시각에서 다양한 글쓰기의 시도는 개성의 역동적인 표출로 산문의 발전을 가져왔다는 것이다. 이런 상반된 관점에서 당대에 펼쳐진 것은 고문운동이었다. 즉 기존의 의고성의 문풍을 비판하고 전실한 글쓰기로 진한의 문장과 당송고문을 텍스트로 제시한 것이다. 또 하나 여기서 주목할 점은 산문이 팽창한다는 것은, 그 사회의 인식이 바뀌어 간다는 것을 의미한다. 즉 일반적으로 산문은 내면의 느낌과 체험을 드러내는 문학 양식으로 실용적 요구 때문에 짓기도 하지만, 비교적 객관적으로 사회 및 인생이나 자연 경관을 묘사하면서 주관 감정을 투사하고 융합시킨다. 정신의 자유로운 운동에 의하여 이루어지는 문학양식이기에 산문은 엄격한 의미의 예술적 기교를 문제 삼지 않는다. 그렇다고 산문에 그 나름의 규범이 없는 것은 아니다. 자유스럽지만 그 나름의 규범을 스스로 창출한다. 심오한 사상이나 현실에 대한 깊은 인식이 미학적 재능과 결합할 때 예술 산문이 이루어진다.[27] 따라서 17세기는 이와 같은 시대적 상황에서 산문은 자연스럽게 발달되었다.

한편 전술한 것처럼 임난 이후 가문을 중흥시키려는 노력과 관료 진출을 꾀하는 문인들의 팽창 등은 산문의 양적 증대를 가져왔다. 또 조선 전기의 평화롭던 상황과 달라진 시대상 역시 한시의 형태만으로 당대의 표현 형태를 만족시킬 수 없었다. 그리하여 산문의 부상은 필연적이었으며 양적 팽창에 따른 난삽하고 질적 저하를 막기 위해 나름대로 중국의 고문을 끌어 당대의 산문에 귀감으로 삼고자 했다. 이런 노력은 임란을 전후하여 허균이

---

27. 심경호, 『한문산문의 미학』, (고려대출판부, 1998), 5쪽.

고문을 연마하던 때에도, 최립과 윤근수가 함께 한유의 글에 현토를 하고, 명의 복고주의 문학론을 비판한 고문론을 전개한 모곤茅坤의 『당송팔대가문초唐宋八大家文鈔』가 유포되어 '당송팔가문'이란 용어가 정착되었다. 이후에는 이식李植이 『팔대가문초』에 대해 구체적으로 언급하였고, 이후에도 정조의 책문策問이 있을 만큼 『팔대가문초』는 중시된다. 또 조선후기 고문론의 이론적 근거로 모곤의 의고문 비판론과 함께 명말청초의 전겸익錢謙益의 문장론이 수용되었는데, 김창협金昌協은 전겸익의 문장론을 소개하기도 했다.[28] 이후에도 이런 노력은 지속되어 남공철南公轍의 경우 「사군자문초서四君子文鈔序」를 지어 정조의 문체순화정책을 지지하기도 하였다. 이 책은 조선 고문의 역사를 논한 정연한 논문으로서 주목할 만하다. 이 『사군자문초四君子文鈔』는 최립·장유·이식·김창협의 문을 선정하였으며, 남공철은 이 사가四家가 양한兩漢을 권여權輿로 삼고 혹 제자諸子로 내달려가거나 혹은 한구韓歐를 궤범으로 정하여 부솔膚率·천근淺近·누속陋俗의 문폐文弊를 극복하였다고 평가하였다.[29]

이것은 조선 전기와 다른 글쓰기 형태의 변화를 의미하며 산문에 대한 인식도 많이 달라진 것을 뜻한다. 즉 17세기에는 변화를 추구하는 사회에서 문인들의 인식도 달라졌고, 문학적 성향도 바뀌어 기존의 산문과 다른 형태의 글쓰기를 가져왔다. 즉 그간 조선의 산문은 중국의 산문과 밀접한 관계를 가졌는데, 중국의 경우 산문은 주로 변문이 발달하기 이전인 진한秦漢 때 이루어진 경사제가經史諸家의 산문체와 당唐의 한유韓愈 이래 산문의 주류를 이

---

28. 앞의 책, 148-149쪽 참조.
29. 앞의 책, 152쪽.

루어 온 문체를 말한다. 중국의 문언문은 선진 시대의 의론문議論
文을 틀로 삼아 한대漢代의 논책문論策文과 서사문敍事文으로 발전
하면서, 간결성과 함축성을 미적 특성으로 삼아 왔다. 우리의 경
우 고려 중엽의 김황원金黃元과 김부식金富軾이래로 순정고문이
산문체의 중심 문체로 되었다. 이 순정고문 형식의 산문체가 조선
중기 이후에 와서는 그간의 산문의 평판성을 극복하려고 여러 가
지 새로운 문체와 글쓰기 방식이 시도되어, 조선 후기에 이르러 산
문문학은 사상 감정과 체험을 서술하고 생활주변을 진실하게 묘
사하는 문학 장르로서 확고한 위치를 차지하기에 이른다.[30]
　이 때문에 한문산문을 이해하기 위해서 다음과 같은 지적도 나
름대로의 의의를 갖는다.

　　한문산문을 포함한 한국 한문학의 미의식을 규명하는 문예 미학적
　　연구 방법에 대한 논의가 아직 모색의 단계에 머물러 있는 현 상황에
　　서 문체론적 접근을 통해 개개 작가의 구체적 작품을 꼼꼼히 분석하
　　고 그 배후에 있는 사상이나 미의식을 규명하는 것이 한문 산문의 미
　　학적 특성을 규명하는 데에 방법론적으로는 여전히 유효하다.[31]

　이제 산문이 갖는 문체적 특성이나 미감을 검토하자는 논의는
산문의 발달사적 의미보다는 본질적인 이해에 중점을 둔 것으로
적절한 지적이다.
　또 하나 주목할 것은 중국 명말 청초 문학사조의 유입이다. 즉
초기의 의고주의 사조에서 종국에는 경릉파 사조는 문학에 대한

---

30. 앞의 책, iv쪽 참조.
31. 장원철,「한문 산문에서의 미학적 특성」,「한국한문학연구 29집」2002, 33-34쪽 참조.

다양한 쓰기의 안목을 넓혀 주었다.[32] 이때의 문학을 이해하려면 당대인이 현실의 문풍을 극복하기 위해 청으로부터 참고한 각양의 사조도 함께 읽어야 한다.

---

32. 안영길은 17세 고문을 검토하면서 명말청초의 문학사조가 조선의 문풍에 어떻게 영향을 미쳤는가를 밝혔다. 이에 따르면 16세기말 17세기 초기에는 의고주의 문풍이 지배적이었다가 17세기 중엽에는 당송파 사조로 후에는 공안파와 경릉파 사조의 영향도 받아 다양한 문학적 시각을 체험할 수 있었다. 이를 토대를 17세기는 풍성하고 다양한 글쓰기를 시도했다. 안영길,『조선 변혁기의 문학 연구』, (이화출판문화사, 2005), 참조.

〈17세기 문학작품 및 작가 연표〉

년도	재위	당대의 주요인물과 사건	문학작품	중국과 일본의 정황과 문학작품
1636	인조14	병자호란. 일본에 통신사 파견 김만중(西浦) 生(1637-1692) 김지수(苔川) 졸(1585-1636)	苔川集	후금, 국호를 淸으로 바꿈(1636)
1640	인조18	김상헌 淸에 잡혀감		浦松齡 (1640-1715) 『聊齋志異』
1641	인조19	麟坪大君 瀋陽에서 돌아옴 일본에 통신사 파견 세자, 西敎의 여러 책과 輿地球 천주상 등을 가지고 귀국 (1645) 홍만종(玄黙子)生(1643-1725)		順治帝 즉위 (1643) 洪昇(1646-1704) 『長生殿』
1647	인조25	최명길(遲川) 卒(1584-1647)		孔尙任(1646- ?) 『桃花扇』
1649	인조27	인조 승하(5월) 김집, 송시열 등 명을 받아 조정에 나아감.		馮夢龍(1574- 1645)
1650	효종원년	김상헌(淸陰) 卒(1570-1652) 김창협(農巖) 生(1651-1708) 하멜 제주도 표류	淸陰集, 野人談論	『三言』 凌蒙初(1580- 1644) 『二拍』 抱甕老人『今古奇觀』
1653	효종4	통신사 조연 등 向日(1655) 김창흡(三淵) 生(1653-1722)		
1657	효종8	김집(愼獨齋) 卒(1574-1656)		納蘭性德(1654- 1685)『飮水詞』, 『通志堂詩文集』, 『通志堂經解』

년도	재위	당대의 주요인물과 사건	문학작품	중국과 일본의 정황과 문학작품
1659	효종10	효종 승하(5월) 제 1차 禮訟 (慈懿大妃 복상) 朞年으로 정함.		
1660	현종1	남인, 서인 간의 禮訟(3월) 윤선도 귀양(4월)		
1661	현종2	조경(1586-1669)이 윤선도의 상소를 변호하다가 대간의 논 박으로 파면을 당함.		康熙帝 즉위 (1661)
1667	현종8	윤선도 유배에서 풀려나다.		錢謙益(1582- 1664) 『初學集』,『有學 集』
1668	현종9	윤두서(慕齋) 生(1668-1766) 송시열의 건의로 동성결혼금 지(1669)		方苞(1668-1749) 『望溪文集』
1671	현종12	이우, 문안사로 淸에 사신감 허적 영의정이 됨(1673) 仁宣王后 승하(2월) 제 2차 禮訟 --服制, 朞年制로 정함 현종 승하(8월) 己亥儀禮 追罪 로 송시열의 관직이 깎임. 윤선도(孤山) 卒(1587-1671) 정두경(東溟) 卒(1597-1673)	東溟集	沈德潛(1673- 1769) 『唐宋八大家文 讀本』,『古詩源』, 『唐詩別裁』
1675	숙종원년	송시열 덕원부로 귀양감 윤휴 이조판서가 됨 송시열 圍籬安置함(윤 5월)		『康熙字典』 『明史』, 『佩文韻府』, 『淵鑑類函』,
1676	숙종2	정선(謙齋) 生(1676-1759) 허목초상 나주 미천서원에 안치		『古今圖書集成』 『四庫全書』
1677	숙종3	이하곤(澹軒) 生(1677- ?)		

년도	재위	당대의 주요인물과 사건	문학작품	중국과 일본의 정황과 문학작품
1678	숙종4	허적 상평통보 주조케 함		
1680	숙종6	경신환국으로 남인 실각 허적, 윤휴 사사. 송시열 석방 (5월)되고 영중추부사가 됨. 김 수항은 영의정이 됨		
1681	숙종7	이익(星湖) 生(1681-1763)		
1682	숙종8	홍문관, 「농가십이월도」를 올 림(4월) 허목(眉叟) 卒(1595-1682)	眉叟記言	러시아와 네르친 스크 조약 체결 (1689)
1694	숙종20	갑술옥사 발생		鄭燮(1693-1765) 『板橋集』

2장
조선후기 작가의
빛깔과 향기

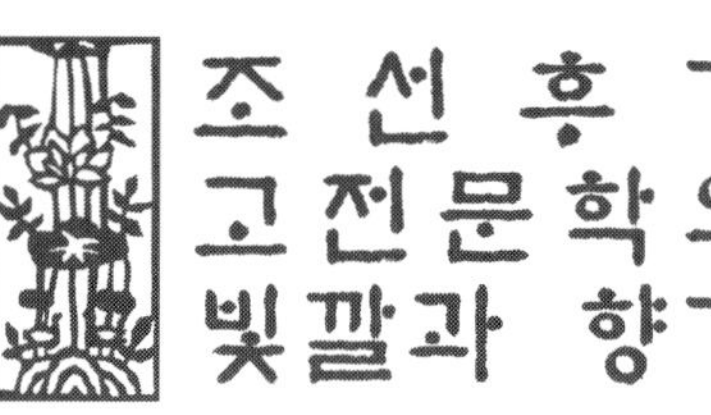

조 선 후 기
고 전 문 학 의
빛깔과 향기

2장 조선후기 작가의 빛깔과 향기

(1) 신유한申維翰의 문학사상

Ⅰ. 서론

대체로 조선의 선비들은 유학사상에 몰입하여 인의충효예신孝悌忠信禮義를 중심으로 일생을 매몰하는 경향이 있다. 그것의 옳고 그름을 따지는 것이 아니라 학문이란 대상을 유연하게 읽고 개방적이며 객관적으로 수용할 때 더욱 진보할 수 있는 것이다. 따라서 이런 학문적 태도는 간혹 탈구조주의를 지향하고 가끔은 해체주의의 성격을 가지기에 비판의 대상이 되기도 한다. 17세기 말 18세기는 이런 성향이 부분적으로 나타나기도 했다. 그 중심축의 하나에 신유한申維翰(1681~1752)이 자리한다. 그는 유자儒者이면서 불교의 교리를 수용하여 대등선상에서 이해하고서 또 이를 가감하게 피력하였으며 또 노장에 심취하여 독특한 사상체계를 구축한 인물이었다. 이는 적어도 당대의 지배적 사상에 얽매지 않고 자유롭고 포괄적으로 사상을 받아들여 나름대로의 세계관을 펼친 것이었다. 그리하여 그의 문학은 매우 자유롭고 호방하게 그려진다.

신유한의 본관은 영해寧海, 자는 주백周伯, 호는 청천靑泉이며 조선 후기의 문신·문장가이다. 경상도 밀양의 한미한 집안에서 태어나 3세에 생모生母김씨金氏에게 『효경』을 배우고, 8세에 시골 선생에게서 공부했다고 할 뿐 뚜렷한 사승관계를 갖고 있지 않았다. 또 서당에서 스승을 쫓아 배우기를 좋아하지 않고 거의 독학으로 공부하였다. 공부 역시 보편적인 유가서적을 읽었고 다만 『이소경』을 좋아하여 고을 훈장을 졸라서 장구章句를 배울 때마다 읽고 외워서 책이 닳아 수십 번씩 바뀌었어도 읽어 그 회수를 기억하지 못하였다. 훗날 신유한 자신도 이것을 인정하여 『이소경』에 대해서는 자신만큼 아는 사람이 없을 것이라고 자부하였다.[1] 그리고 또 『산해경山海經』, 『목천자전穆天子傳』을 즐겨 읽어서 문예적 취향성이 풍부하고 지적 호기심이 많은 것을 살필 수 있다.

특히 일본의 도쿠가와 요시무네(덕천길종德川吉宗, 1684-1751)의 8대 쇼군 습직을 축하하기 위해 숙종 기해년(1719)에 통신사 홍치중을 수행하는 제술관으로 일본에 갔다. 그는 7개월에 걸쳐 일본을 여행한 견문과 우삼방주雨森芳州를 비롯하여 수십 명의 일본 문인과 교류하면서 이를 담은 『해유록海游錄』을 지었다. 가능한 임진란의 역사적 사실을 걷어내고 객관적으로 일본을 이해하고 관찰한 기행문으로 높이 평가된다.

이후 주로 중앙의 한직閒職이나 지방 수령과 같은 외직을 통해

---

1. 「原集」권3, 27장, 〈與任正言璞論文書〉 "甫離齔 不喜從塾 師章程業 得尙書隻章片簡 已喃喃學誦 聞左丘司馬數行句法 輒鼓舞呷唔 當時時人 皆笑僕稱而狂"

관료생활을 했는데 이것은 신유한의 선대에 관료로 크게 현달한 사람이 없었고, 중앙의 지배권과도 깊은 교유가 없었기 때문이다. 그리하여 그는 주로 학문의 세계를 통해 유유자적하며 자유로운 사상체계를 구축할 수 있었다. 1744년에 봉상사奉常寺 첨정僉正을 마지막으로 관직에서 은퇴하여 가야산 에서 은거하며 일생을 마쳤다. 결과적인 논의이겠지만 그가 만약 중앙관료나 중요 요직에서 일생을 보냈다면 아마도 그의 학문과 사상체계는 자유롭거나 호방하지 못했을 것이다. 마치 다산 정약용이 그의 젊은 시절을 유배지 강진에서 19년을 보냄으로써 다산의 문학과 사상세계가 형성되었듯이 신유한 역시 한직과 외직의 관료생활을 통해 지배적 성향에서 다소 자유로웠기에 학문과 사상체계를 구축할 수 있었을 것이다. 이 때문에 그의 사상적인 유연성은 세계관의 호한성과 독특성을 갖게 했다. 이런 까닭에 그에 대한 연구가 일찍 다양한 갈래에서 전개되었는데 대체로 다음과 같다.

먼저 신유한의 문학론과 시에 대한 연구였다. 한시와 문학론을 연구한 것[2]과, 고문을 중심으로 그의 문학론을 살펴본 것[3] 그리고 최성대와의 교유를 중심으로 그의 담론을 살펴본 것[4]이 있다. 또 작품을 중심으로 그의 사유방식을 규명한 것[5]이 있다. 이들 모두 나름대로의 관점에서 그의 문학론과 문학세계를 밀도 있게 다루었다. 그러나 17세기 대표적인 의고론자 중에 한 사람이었던 만큼 이에 대한 연구도 필요하다. 한편 종교적인 관점에서 그의

---

2. 김영숙, 신유한의 한시연구, 영남대 석사논문, 1981.
   -----,「청천의 문학관과 시론」,『영남어문학』 8집, 1981.
3. 이향배,「청천 신유한 고문론 연구」,『어문연구』 1999.
4. 황수연,「18세기 지식인의 교유와 문화적 담론 검토」,『한국고전연구』 8집,
5. 이종호,「청천의 현실인식과 사유방식」,『안동대 논문집』 11집, 1989.

불교관을 살핀 것[6]도 있다. 이외에는 대체로 한일 관계에 근거한 연구가 지배적이었다. 『해유록』이나 조선 통신사 문학을 중심으로 살핀 것[7]과 한일간을 중심으로 일련의 연구[8]가 있었다. 동북아시아를 하나의 대상으로 파악하는 범국가적 관점에서 앞으로도 이에 대한 연구가 지속되어야 할 것이다. 그러나 그의 인식의 기반이 되는 사상적 연구는 아직 미진한 편이다. 당대에도 그에 대해 '기이奇異'하다는 평이 있을 만큼 독특했던 그의 사상적 추이를 주목할 필요가 있다. 이것은 그가 성리학적 세계관에 근거하면서도 노장 철학을 흡수하고 불교를 받아들여 나름대로의 독특한 사상체계를 구축했던 만큼 이에 대한 고찰이 필요한 것이다. 즉, 적어도 그가 유교적 세계관에 머물지 않고 다양한 사상을 탐닉하고 흡수하여 구축한 그의 문학사상은 충분히 고구할 가치가 있기 때문이다.

　이런 맥락에서 본고는 그의 문학사상을 규명하여 그의 세계관을 이해하려 한다. 이를 위해 생애를 중심으로 한 전기적 고찰 방법을 사용할 것이며, 이런 사상적 특성을 반영하는 작품을 분석하여 그의 세계관을 밝힐 것이다.

---

6. 유호선, 「청천 신유한의 불교관 연구」, 『불교학연구』 제 8호, 2004.

7. 이혜순, 「해유록 연구」, 『숭실대 논문집』 제 18집, 1988.

8. 최박광, 「한일간 한문학 교류에 대하여」, 『한국한문학 연구』 제 5집, 1981.
　-----, 「唱和集에 나타난 한일간의 시의 교류」, 『蓁山學報』 제 2집, 1991.
　정응수, 「한일간 상호 이미지 연구」,-신정 백석과 신유한을 중심으로- 원광대 대학원, 2003.
　오바타 미치히로, 「신유한의 일본자연관과 일본인관의 관계에 대한 고찰」, 사회과학연구 제 8집, 2004.

Ⅱ. 생애와 사상적 추이

1. 성장기의 사상

사상이란 주어진 환경에 대응하는 의식을 말한다. 여기서 환경이란 공간적, 시간적 환경과 해석자의 기호성 및 입지적효志的 환경도 함께 포함한다. 그리고 이 사상은 끊임없는 변화를 통해 나름대로의 진보를 추구하고 독특한 세계관을 형성한다.

신유한은 어려서 생모 김씨에게 3세 때 『효경』을 배웠고 나머지는 대부분 독학을 했다. 그는 주로 『효경』, 『비파행』, 『이소경』, 『소학』, 『시전』, 『사기』, 『팔대가문』, 『사서』, 『주역』, 『주례』, 『춘추』, 『제자백가서』 등 매우 보편적인 유가경전을 읽었다. 다만 『산해경山海經』, 『목천자전穆天子傳』을 즐겨 읽어 호기심이 많고 감성이 풍부한 것을 알 수 있다. 그리고 당대의 여느 선비처럼 그저 평담한 성리학적 사상을 갖고 사부辭賦와 기문奇文을 좋아하는 문예 취향성을 보여준다. 또 가정 형편이 넉넉지 못하여 주로 필사본을 갖고 공부했지만 즐거워했다. 이런 사실에서 호학적인 태도와 유교적 사상성을 살필 수 있다.

2. 사환기仕宦期의 사상

그의 사상의 다채로운 모습은 사환기를 통해 드러난다. 관료생활을 통해 사회 비판의식과 애민의식 그리고 승려와의 교유를 통한 불교세계로의 확충 이따금씩 드러나는 도가적인 취향성 등이 그러하다. 물론 당대의 문인에게 이런 유사성이 없는 것은 아니겠지만 신유한의 경우 매우 적극적이며 공개적으로 표출하였다는 점이 그 차별성을 갖는다. 그리하여 그에게는 유·불·노장이 대등하게 공존하며 독특하게 그려진다. 먼저 그의 사환仕宦의 이력을 살펴보자. 그는 1713년 33세에 증광갑과增廣甲科에 장원을 한 후 비서저작랑秘書著作郎, 제술관製述官, 승문원 부정자承文院 副正字, 성균관전적成均館典籍, 봉상사판관奉常寺判官, 무장현감茂長縣監, 봉상사첨지奉常寺僉知, 연일현감延日縣監 등의 관직을 역임했다. 특히, 1719년 총 479명으로 구성된 통신사절단의 제술관製述官이 되어 통신사通信使 홍치중洪致中을 따라 일본을 견문하면서 그의 사상에 많은 변화가 왔다. 사행 중 일본 문인들과 교유하면서 그의 뛰어난 시문으로 문명을 날렸다. 이를 토대로 쓴 『해유록海游錄』은 『해행총재海行摠載』 중에 제 3편인데, 기행문의 성격을 넘어 일기日記·지리·풍속·제도를 치밀하게 기록한 일종의 보고서와도 같았다. 교유한 문인을 비롯하여 초목草木에 이르기까지 기록하였기에 지금에 읽어도 그 사실성 때문에 매우 홍미롭다. 총 12회에 걸쳐 펼쳐진 통신사절 가운데에 신숙주申叔舟의 『해동제국기海東諸國記』는 일본의 강역彊域 형세形勢를 기록하였다면 9번째의 기해사절단은 조엄이 이끌던 계미사절단과 함께 가장 활발한 일본과의 교류를 담고 있다. 특히, 기해사절단의 활동을 담은 『해행총재海行總載』 중에서도 이 『해유록』은 기행문학의 백미로 일컬어진다. 그가 긴 여정9)에서 보고 느낀 것은 표현된 문장 이상으로 다감했을 것이다. 모두 261일이나 걸린 이 여정에서 대마도에서 아이노·가미노세키·우시마도·나고야·오사카·에도의 각 지방마다 수많은 문인, 학자들과 창화하였으며, 하루에도 수십 명씩 찾아오는 일본 문사들에게 시를 써 주고 필담을 통해 문명文名를 떨쳤다. 한편 당대 일본의 최고의 학자였던 신정백석申井白石과는 직접 만나지 못했지만 그와 관련한 많은 관심과 기록을 남겼다. 이 때문에 그의『해유록海游錄』은 통신사 일기의 백미라고 부를 만하다. 이때의 작품을 감상해서 그의 사상적 추이를 살펴본다.

아득한 창파에 고향 생각 실어 보았는데
놀라워라! 시격이 호탕하게 펼쳐지네.
꽃 핀 물가에 배를 묶고 야심한 달밤까지
왜인과 마주하여 웃어 가며 술을 마시네.

己把鄉心輸汗漫　　頓驚詩格起雄豪
芳洲繫纜三更月　　笑對蠻郎飮碧醪[10]

---

9. 사신 행차 수륙 노정기는 이러하다.
　◎바다로 간길
　　부산- 좌수포 480리 - 풍기 40리 - 서박포 30리 - 선두포 120리 - 대마도 부중 70리 - 풍본포 480리 - 남도 350리 - 적간관 280리 - 삼전고 180리 - 상관 160리 - 겸예 200리 - 도포 200리 - 우창 240리 - 실진 100리 - 병고 180리 - 하구 100리
　◎강으로 간길
　　하구 - 대판 30리 - 평방 50리 - 정성 40리
　◎땅으로 간 길
　　정성 - 왜경 40리 - 대진 30리 - 수산 50리 - 팔번산 60리 - 금수 40리 - 대원 40리 - 우기 50리 - 명고옥 60리 - 명해 40리 - 강기 50리 - 적판 30리 - 길전 40리 - 황정 50리 - 빈송 40리 - 견부 40리 - 현천 40리 - 금곡 40리 - 등지 30리 - 준하 부중 50리 - 길원 70리 - 삼도 60리 - 소전원 80리 - 대기 40리 - 등택 40리 - 신내천 30리 - 품천 50리 - 강호 30리. [申維翰,『海游錄』, 보리 2004. 39쪽, 참조.]
　◎현대어 표기
　　서울 - 부산 - 대마도 -이키 - 아이노 - 아카마카세키 - 가미노세키 - 도모노우라 - 우시마도 - 실진 - 효고 - 오사카 - 요도가와 - 교토 - 나고야 - 오카자키 - 에도 - 시즈오카 [김태준, 한국의 여행 문학, 이화여자대학교출판부, 2006. 참조]
10. 申維翰,『海游錄』

아득한 바다를 바라보며 고향을 그리워했는데, 왜인과 마주하여 술을 마시니 오히려 시격이 호탕하게 펼쳐진다. 그리하여 웃으며 야심한 밤까지 함께 즐긴다. 여기서 왜인에 대한 반감은 전혀 찾아 볼 수 없고 즐거움만 가득할 뿐이다. 임난 이후에 조선 문인들이 갖던 일본에 대한 반감은 거의 읽을 수 없다. 하물며 기해통신사절 이후에 펼쳐진 계미통신사절에서도 반일감정이 곳곳에 표출된 것에 비한다면 신유한에게서는 이런 요소들은 잘 나타나지 않고 오히려 일본을 극찬하고 왜인을 매우 우호적으로 서술하고 있다. 물론 이런 태도를 입장에 따라서는 매우 비판적으로 해석할 수 있지만 신유한의 경우 현장성을 중시하고 가능한 편견 없이 일본을 이해하고 수용하는 모습을 보여주고 있다. 다음 역시 이런 모습을 보여주고 있다.

> 물고기들 들락날락 맑은 포구에 맴돌고
> 물새들 높으락낮으락 석양 무렵 모래에 노니네.
> 시흥을 타서 문득 이국의 시름도 잊고
> 사슴 타고 선경에 온 듯 스스로 기뻐하네.

魚龍出沒依晴浦　　鸛鶴高低戲晚沙
乘興頓忘殊俗陋　　自矜騎鹿到仙家[11]

일본을 선경에 비겼다. 물고기가 가득하고 맑은 바다에 물새들조차 모래가에서 늦도록 노닌다. 이런 곳 일본은 선경이기에 고향 생각도 잊고 스스로 기뻐한다는 표현에서 그가 얼마나 일본에 대해 우호적인 입장을 취했던가를 알 수 있다. 다음은 일본 유곽

---

11. 申維翰, 『海游錄』

에서 남녀 애정의 모습을 묘사한 시이다.

> 낭군의 머리는 푸르기가 오이 같고,
> 내 치아의 희기가 박과 같네.
> 박이 자라 오이넝쿨 껴안으면,
> 어디엔들 얽히지 아니하리.

> 郎頭綠如瓜　儂齒白如瓠
> 瓠生抱瓜蔓　何處不縈紆[12]

　일본식 상투(정곡丁髻)를 하기 위해 이마 위의 머리를 깎으면 머리가 푸르스름하게 보인다. 바로 그 푸르스름한 모습의 남자를 오이에 비겼다. 유녀인 나의 하얀 이를 박 속으로 비유하고 있다. 그리고 푸른빛의 오이가 하얀 박과 껴안고 있다. 즉, 키스행위를 묘사하고 나아가 남녀간의 성행위를 상상케 한다. 푸른색과 흰색의 대비를 통해 남녀를 상징화시켰고 오이와 박이 껴안는 행위를 통해 남녀 간의 성행위를 절묘하게 상징화시켰다. 점잖은 사대부가 이런 것을 시로써 묘사한다는 것은 그리 체통에 이롭지 않을 터인데, 신유한은 여과 없이 흥미진지하고 재미나게 묘사했다. 이처럼 그는 일본에 대해서 호감을 갖고 조선의 도덕성에 다소 자유롭게 이해하고 서술하였다. 이를 두고 신유한은 조선 문화를 기준으로 하여 일본 문화를 판단하면서도 자기의 견문을 있는 그대로 전달하려는 전달자 내지는 관찰자로서의 입장을 취하고 있다. 물론 이것은 일본의 실정을 파악해서 보고해야 하는 임무도 띠고 있는[13] 통신사들의 공통된 입장일 수도 있다. 그러나 일본의

---

12. 申維翰,『海游錄』

일반적인 생활 풍속을 묘사한 시는 정몽주 이래 통신사들의 기행록에 광범위하게 존재하고 있지만, 신유한처럼 유녀의 습속을 소재로 한 악부시 형태의 아름다운 시를 남긴 사람은 없다.[14]

신유한이 남긴 한시는 310여제餘題에 680여수餘首이다. 그러나 7개월간 일본 사행기간 중에 일본에서 남긴 시문은 6000여수가 된다고 했다. 따라서 일본에 많은 작품이 산재해 있을 가능성이 있다.[15] 바꾸어 말하면 신유한의 일생에서 가장 왕성하게 작품 활동을 할 때가 바로 사행기간이었다. 이 때문에 이때의 작품은 매우 낭만적이고 호방하며 문학적 감성이 넘치는 것을 볼 수 있다. 그의 문학사상도 특정한 관념에 구애되지 않고 좀 더 자유롭고 호쾌하게 표출할 수 있었을 것이다. 아울러 그의 일본 체험은 진솔하고 개방적이며 객관적으로 일본을 이해하고자 했다. 그리하여 일본 체험을 통해 그간 중국 중심의 세계관에 동요를 일으켰으며[16] 문화와 민족의 차이를 극복한 교유와 일본 문화의 경험을 통해 사실적인 필치로 대상을 재현하는 활동[17]으로 이어지고 있다. 그리고 통신사절을 통해 신유한은 일본에 대한 문화적 우월의식 또는 자국문화와 문학에 대한 자부심을 갖게 된다.[18] 이것은 그의 개방적이며 객관적인 학문적 태도에 기인한다. 과거의

---

13. 임진왜란 이후에 조선 정부는 일본과 국교를 재개하면서 '경계하면서 사귄다.'는 외교 방침을 정했다. 임진왜란의 상처를 안고 있는 조선으로서는 당연한 일이었다. 그래서 사절들의 임무에는 일본이 다시 침략할 의사가 있는지 없는지를 살피는 것도 포함되어 있었다.
14. 이경복『고려시대 기녀연구』(민족문화문고간행회, 1986, 43쪽) 재인용.
15. 김영숙, 「청천 신유한론」, 『조선후기 한시작가론1』, 이회 1998, 416쪽.
16. 이혜순, 「신유한의 해유록 연구」, 『숭실대 논문집』 18집, 1988.
17. 김영숙, 「신유한 한시 연구」, 영남대 석사논문, 1982 참조.
18. 최박광, 「창화집에 나타난 한일간의 시의 교류」, 『모산학보』 2집, 1991, 61, 82쪽 참조.

역사인식에 매몰되지 않고 있는 그대로 대상을 읽는 태도는 그의 문학세계를 더욱 풍성하게 만들었다. 이런 태도는 나이를 뛰어넘어 최성대와의 학문으로 교유하는 모습으로 이어진다. 다음에서 이런 것을 읽어 볼 수 있다.

지난 번 족하의 시를 일러 근본이 현포의 기화와 낭원의 외로운 학 같아 애오라지 티끌도 없고 밥 짓는 연기도 없어 왕왕 세상 사람들과 어긋난다고 하였습니다. 그래서 규구의 모임에 한 두 제후가 마음으로 배반하는 자가 없을 수 없다고 하였습니다. 지금 다원과 금직 등의 작품 및 갈옷을 풀은 후의 기성, 옹주 등의 작품을 보니 명성 옥녀가 내려와 우물과 절구를 잡는 것 같아 사람들과 즐길 만하고 또한 사람들에게 족하가 세상의 인연에 이미 익숙해져 외로운 벽이 점차 변하였다는 것을 충분하게 압니다. 위문후가 지금 음악을 듣고 점차 귀에 즐거워하여 서쪽 하수의 풍기가 상박지음으로 섞인 것 같습니다. 심지어 산성 절구에 있는 '오직 젊은 빨간 치마 입은 여자만 와서 볼만 하네'와 누암 율시의 '형역이 가히 물역을 겸할 만하네.'의 이런 시어는 모두 다 자기도 모르는 사이에 이루어진 것이어서 단련해서 생긴 것이 아니니 옛날 '꿈이 날아 촛빛에 모이고 동산에 제비 나니 사람의 말소리나 비가 떨어진다.'는 구절들과는 경수와 위수가 뚜렷이 다르듯 구별됩니다. 그러나 누가 손가는 대로 이루어진 솜씨를 논할 수 있겠습니까? 경치를 좇아 마음 속을 그려 마을의 꽃이 되고 길가의 잎이 되며 갈대에 비 내리고 바람에 버들가지 날리는 것도 되니 모든 것이 각기 자욱한 하늘의 향기 아닌 것이 없고 한 터럭도 후산과 간제 검남가의 면모를 따른 것이 없습니다. 까닭에 족하의 본색이 높다고 하는 것입니다. 무릇 시가에는 세 가지 맛이 있으니 격이 맑고 생각이 맑고 재주가 맑은 것을 우선으로 삼아 근본을 삼습니다. 족하는 이미 아울러 갖추었으며 글자마다 또 만당 이후 글 짓는 자의 재주에 빠지지 않으니 진실로 족하는 홀로 인간의 청정한 깨달음을 얻었습니다. 또 석가여래의 무진장다라문이 지은 것 같이 지었으니 이에 제가 아쉽게도 충분히 알지 못하나 다시 '중후' 두 글자로

족하를 규제하고자 합니다. 예나 지금이나 두보를 배우는 자 중에서 송나라나 원나라 사람의 기질과 습성이 번거롭게 하여 중후가 너무 질박해 때때로 약을 먹고도 병이 드는 것 같습니다. 그러나 우승, 가주, 고맹, 제편의 글을 읽어보면 다 적료한 중에 강하고 매운 맛을 가지고 있고 부드러운 중에 단단한 뼈대를 볼 수 있어 자연스러운 소리는 온화하나 기운은 드넓고 말은 간략하나 뜻은 무거워 온화하게 사당에 옥패가 되고 오연하게 사당의 거문고가 됩니다. 그러니 자랑과 수식을 기다리지 않고도 그렇게 할 수 있는 것입니다. 족하가 이에 청한 것이 지나치면 붕 뜨고 고요한 것이 지나치면 유약하니 감히 해 아래 등불을 켜는 꼴이나 애쓴다면 좋겠습니다.[19]

최성대와 신유한의 사귐은 10년이라는 나이를 뛰어넘어 부부로 비유[20]될 만큼 평생을 시문으로 교유한 각별한 사이였다. 그러나 시문을 평가할 때는 주관적인 태도를 지양하고 매우 객관적인 입장에서 사실적 비판을 하였다. 신유한의 입장에서 최성대는 격과 생각 및 재주를 겸비하였다고 극찬하였다. 나름대로의 기준을 세

---

19. 신유한, 「答崔士集」, 『청전집』권3, 20-21쪽. "足下詩本如玄圃琪花 閬苑孤鶴 了無塵埃煙火氣 往往與世人 左所以葵丘之會 不能無一二諸侯心背者 今而得茶園禁直之作 及釋褐以後 騎省熊州諸篇 卽如明星玉女 降執井臼 能與人歡 亦使人飽知足下世緣旣熱 孤癖漸化 魏文侯之聽今樂而稍悅於耳 故西河風氣 雜以桑濮之音 至如山城絶句 有曰 惟少紅裙可望來 樓巖律詩 有曰 形役可堪兼物役 差等韻語 率皆矢口而成 不假鍛鍊 視昔者 闇夢齦聚暉團鵲飛人語雨淋淋之句 涇渭自別 然執論其信手逢場 逐景寫懷 爲村花逕葉雨撼風絮 莫不各有馥馥天香 一毫不着后山簡齋劍南家 眉目以足下本色高也 夫詩家三昧 本以格淸 思淸才淸爲最 足下旣兼有之矣 字字句句 又不墮咸通 以後篆刻樅橫者伎倆 信足下獨得人間淸淨菩提 便做到如來無盡藏陀羅門 遒僕苦不知足復以重厚二字 規足下矣 此在古今學杜家 有以宋元人氣習諉之重厚多質 時時飮藥而加病 然至讀右丞嘉州高孟諸篇 皆於寂寥中得薑桂味 澹宕中見柟骨 自然聲溫而氣厚 詞簡而意重 穆乎爲明堂玉佩 雕然爲 廟朱絃 有不待矜餙而能矣 恐足下於此 淸過則柔 敢日下添登 良亦勞矣"

20. 『靑莊館全書』, 제33권, 『淸脾錄』권 2. '崔杜機'조 : "或云 申崔爲夙世夫婦 靑泉爲夫 而杜機爲婦"

워 이에 근거하여 평하고 있다. 두기시집의 서를 쓴 이수봉은 신유한의 평에 근거하여 역시 최성대의 시를 평을 하고 있는데, 이는 신유한의 평이 어느 정도 객관성을 인정받은 것으로 볼 수 있다.[21] 신유한과 최성대는 공통적으로 현감과 같은 외직에서 오랫동안 근무했다. 즉 서로에 대한 동병상련이 작용했다. 다음은 목민관으로서의 현실인식이 어떠했는가는 다음의 〈조강행祖江行〉에서 선명하게 드러난다.

쪽배가 조강에 이르자
날이 저물어 강촌 주막에서 자네.
큰 파도는 눈을 뿜어내는 듯
철썩거리며 허공으로 치솟네.
강촌의 늙은이는 귀밑머리가 흰데,
스스로 말했다. "나는 이 포구에 사는데
조강을 일명 '삼기하'라고 한다네.
세 강이 아침에 바닷물과 만나기 때문이요
남으로는 호남에서 해서론 평양으로 통하여
잇닿는 배들이 나는 북처럼 들락거리고
고기, 소금, 과일, 베, 쌀, 산같이 쌓아
이 포구에는 하루에도 천 척의 배가 지나가네.
장년으로 황모 쓴 이는 어느 고을 사내인지
청사며 금파라를 파네.
모두들 한강은 건너기가 괴롭다지만
목로주점에 가서 술과 계집이 얼마냐고 묻지요
아름다운 소녀가 머리를 처음 올리고
목청 좋은 여인은 눈썹을 예쁘게 그렸고
버들가지 모양 가늘고 가는 허리로

---

21. 황수연, 「18세기 지식인의 교유와 문화적 담론 검토」, 『한국고전연구』 8집, 76쪽.

곱게 '춘면가'를 부르네.
강은 날마다 흐르고 봄술이 익어갈 때면
취해서 돈을 던지며 젊은 아낙을 부르고
달이 지고 조수가 일면 배위에서는 수군거리고
봄빛이 강머리 버드나무에서 일어나네.
해마다 이 항구는 성대하게 번화했는데
북녘 나그네 평양풍류 자랑 부끄러이 여겼네.
팔도가 자주 가뭄이 들면서
세상의 인정도 점점 바뀌어
구름같은 돗대에 찰찰거리던 노소리에
누가 다시 머리 돌려 강언덕을 바라보는가?
마을마다 다 쓸쓸해지고
계집들도 바람처럼 흩어져 버렸다네.
봄날 밭에서 농사짓고
가을날 부엌에서 땔나무로 불을 지피고
사내는 추위에 옷도 제대로 입지 못하고
계집은 배고파도 밥을 지을 수 없네.
오늘날에는 밥하는 집도 새벽별같이 드물어
그냥 벽에 걸린 비린내 나는 고기잡이 도롱이만 바라보네.
도롱이 걸치고 낚시배로 나갔다 허탕치고 저물 때 돌아오면
강둑에 바람이 급하고 어둑어둑 비마저 내리니
지난 날 성쇠를 어찌 다 말하리오.
나는 이미 얼굴이 글렀고 수염과 눈썹마저 세어 버렸네."
원님이 듣고 생각이 아득해서
침울하게 읊조리다가 붓을 놓고 가을하늘만 바라보네.
그대는 알지 못하는가?
삼남지방 이름난 일백고을에
관기마저 머리 흔들어 금비녀 집어던지는 것을
가만히 앉아 민생이 다 시들어 빠짐을 생각하면서
내 홀로 어찌하여
가야산 몇 두렁 밭에 씨를 뿌리지 않고 있는가?

扁舟泊祖江　　　　　暮宿江村盧
洪濤若噴雪　　　　　澎湃騰空虛
江村老翁鬢皚皚　　　自言生在此港居
祖江一名三岐河　　　是爲三江合朝滄海波
南通湖海西樂浪　　　舳艫相屬如飛梭
魚鹽果布米作山　　　此港一日千帆過
長年黃帽何郡郎　　　賈客靑絲金巨羅
皆言漢水苦難越　　　笑問當壚沽酒娥
羅敷初總髻　　　　　莫愁工畫蛾
纖纖柳枝腰　　　　　艶唱春眠歌
江流日日變春酒　　　醉擲金錢喚少婦
月落潮生船上語　　　韶華澹蕩江頭柳
年年此港盛繁華　　　北客羞誇浿江口
自從八路頻水旱　　　世事人情看漸換
布帆如雲檣軋軋　　　誰復回頭望江岸
東鄰北里盡蕭索　　　錦袖花釵風渙散
春田學種稼　　　　　秋竈供樵爨
夫寒未授衣　　　　　女飢不得粲
祇今烟戶似晨星　　　但看挂壁漁蓑腥
漁蓑釣艇暮虛歸　　　江中風急雨冥冥
眼前盛衰那可道　　　儂顏已失黛眉靑
使君聞此意茫然　　　沈吟落筆當秋天
爾不識　　　　　　　三南一百古名州
官娃掉頭拋金鈿　　　坐思民生凋弊盡
吾獨胡爲　　　　　　不種伽倻數畝田[22]

이 시는 포구를 무대로 헐벗은 민초들의 삶을 대화체로 그려내
었다. 조강의 나루터의 번성했던 옛날의 영화는 사라지고 농사짓

---

22. 신유한, 「祖江行」, 『청천집』 권 2 31-32쪽.

고 나무하며 어렵게 살아가는 늙은이의 이야기를 화자가 서사적으로 서술했다. 그리하여 민초의 어려운 상황에 괴로워하는 목민관의 모습을 담고 있다. 또 마지막 구절에는 가야산에 묻혀 이런 현실을 잊고 그저 농사꾼으로 살고자 하는 자신의 심정도 피력하고 있다. 이때의 시는 더 이상 절구나 율시로는 당대의 다변적 현실을 담아낼 수 없었다. 까닭에 형식을 깨어 고체시 형태로 당대의 굴곡에 찬 시대상을 담아내고 있다. 이런 애민의식의 발현은 목민관으로서 최선을 다해 선정하려는 유교적 가치관을 반영한다. 또 그 이전에 인간에 대한 이해와 사랑을 전제한 그의 인간미에 기인하기도 한다. 그의 이런 인식은 향리 출신의 시인 최태식權台式에게 써준 시문의 발문에서 더욱 분명하게 드러난다.

> 우리 동방은 산수가 치우치고 비좁아서 대지의 신령이 재주 있는 자를 키우고 나라에서 인재를 뽑는 방식이 중국과 다르다. 우리 조선 300년 이래로 문무의 선비로서 과거를 통해 진출한 자 가운데에 대대로 녹을 받는 빛나는 문벌이 아니면 백에 하나도 높은 지위에 오르지 못한다. 이 때문에 불우한 처지를 슬피 노래하는 무리들이 종종 약을 팔면서 자취를 숨기고 산·역·서리의 신분으로 타락해 버린다. 마치 옛날에 문지기, 야경꾼, 광대 모양으로 때때로 그 무료하고 불평한 생각을 펴내었다. 그냥 있을 때나 돌아다닐 때, 서로 모이고 헤어짐을 슬퍼하거나 기뻐하여 반드시 시가詩歌로서 서로 권장하여 근세에 풍요風謠가 더욱 성하게 되었다. 저 류하柳下(홍세태洪世泰의 호號), 성재省齋(고시언高時彦의 호號), 항동자巷東子(김부현金富賢의 호號)와 같은 이들은 이미 판각을 거쳐 그들의 시가 공경公卿들 사이에서 자자하게 이름이 나 있다. 이 어찌 『시경詩經』 속의 「산진」, 「습령」, 「실솔」, 「겸가」의 풍風이 아니겠는가?[23]

불합리한 인재등용방식을 비판하고 있다. 이것은 『시경』에서

‘풍風’과 ‘아雅’가 존재하듯 조선에도 ‘사대부 문학’과 ‘여항인 문학’이 병존함으로써 여항인의 정치의식을 흐리게 만들고 대신 문학을 통해 보상받을 수 있다고 믿게 했다.[24] 이처럼 조선 후기에 이르면서 사회제도의 불합리성, 구조적 모순을 지적하는 목소리가 사대부들 가운데에서도 거론되었다. 신유한 역시 이런 맥락에서 권태식을 위로하면서 동시에 사회제도에 관한 자신의 입장을 피력하였다. 즉, 그의 현실 비판적인 의식을 살필 수 있다. 아마 그 역시 훌륭한 관료로 성공을 희망했을 것이다. 그리고 현실의 개혁에 적극 참여하는 주도세력을 꿈꾸었을지도 모른다. 그러나 그에게는 한직과 외직에서 만족해야 했다. 아마도 당대 지배권으로 몰입할 수 있는 희박한 가능성은 그에게 새로운 사상을 눈뜨게 했을 수도 있을 개연성을 배제할 수 없다.

한편 이런 그의 태도는 사상적으로 확산되어 불교와 유교를 대등하게 인식하였다. 왜 그가 정통적인 보수 유풍儒風에서 불교와 노장을 인정하고 유연하게 받아들였는지는 사실 잘 규명할 수 없다. 다만 이 점에 대해서 이종호 역시 다음과 같이 지적하고 있다.

무엇이 그에게 성리학적 사유에 매몰되지 않고 노·불적 세계관을 지향하도록 한 것일까? 그 원인을 설명할 만한 확실한 근거는 아직 제시하지 못하였다. 다만 그의 출생과 신분, 혹은 독서이력이 설명 자료

---

23. 신유한, 『청천집』권6, 「題宜間錄」, “吾東方山水 僻而隘 卽地靈毓材 與邦家選人之法 與中國異 及我朝三百年來 文武之士 繇科第而進者 非世祿華閥 百不能一致崇顯 所以悲歌落拓之徒 往往隱於賣藥 沈於算譯胥吏 如古之晨門擊折簫舞之君子 間以其亡聊不平之思 而發於室家行旅 悲歌聚散 則必有詩歌相酬唱 挽近世風謠益盛 如柳下省齋巷東子 諸人 亦旣剞劂而行 其詩藉藉公卿間 斯豈非山榛濕苓蟋蟀蒹葭之風乎”
24. 이종호, 『조선의 문인이 걸어온 길』, 한길사 2004, 325쪽.

로 제공될 수 있을지 모른다. 그러나 그것도 잘못하면 지나친 속단의 오류에 빠질 위험이 있다. 그래서 개인적인 억측은 삼가기로 한다.

 한편으로는 그의 문장의 흐름이 단조롭다는 느낌이 있다. 왜냐하면 방만한 유학체·역사적 전고를 사용하기보다는 노자나 장자, 불서 혹은 초사체楚辭體를 이끌어 와 지나치게 노출시키고 있기 때문이다. 이 점은 종래의 전형적 유학자들이 학문적으로 비판의 대상으로 불교를 공부했고 내적인 생활에서 다분히 노장적인 경향을 지녔던 것과는 다르다. 이 경우 그들은 그러한 경향을 숨기고 외면적 형식에서는 유자적 이상을 추구했다. 지평 이제암이나 다른 인사들이 신유한을 이학異學을 한다고 마땅치 않게 생각하게 된 까닭은 그가 자제할 줄 모르고 지나친 노·불학 편향을 보였기 때문이다.[25]

이런 지적에 충분히 공감한다. 사실 개인적으로 "왜 신유한이 노·불을 넘나들며 이에 관한 언급을 많이 했을까?"에 대한 몇 가지 추론되는 것이 있다. 성장기에 특별한 사승관계가 없어서 좀 더 자유롭게 대상을 읽을 수 있다는 점, 집권세력의 중심에서 멀어져 있었기에 그의 학문적 태도가 크게 주목할 대상이 아니란 점, 또 순수한 개인의 학문적 취향성이란 점 등으로 유추해 보지만 이것 역시 정황에 근거할 뿐 구체적인 증거가 없다. 그리하여 위의 지적처럼 속단의 오류에 빠질 위험이 있어 억측은 하지 않겠다. 다만 그의 생애와 학문적 사승관계, 중심권으로 몰입하는 가능성의 희박 등을 전제한 추론일 뿐이다.

그러나 중요한 것은 그가 유·불을 대등하게 인식했다는 사실이다.

---

25. 이종호, 『조선의 문인이 걸어온 길』, 한길사 2004, 340-341쪽 참조.

내가 일찍이 부처의 가르침을 논하였는데, 그 역시 순순히 사람을 이끌기를 잘 하였다. 지금 그 글을 읽어보니 비록 언어는 자주 중국과 다르나 천하 사람들이라면 누구나 불성佛性을 본래부터 스스로 가지고 있으니, 다만 무명無明, 번뇌가 뿌리 깊숙이 물듦으로 인해서 탐음貪淫·노치怒癡와 같은 온갖 종류의 망념에 사로잡혀 생사고해에 빠진다고 여겼다. 이 때문에 마침내 그들에게 염불하며 참회하는 방법을 가르쳐서 사람이면 모두 개과천선하는 것이 있게 한다. 생각건대, 또 도산검수刀山劍樹와 같은 무거운 형벌이 있다는 말을 퍼뜨려 비로소 사람마다 그 죄받기를 두렵게 여기도록 했고, 삼생의 업보와 보시한 공덕의 효험을 보이어 사람마다 비로소 남에게 베풀기를 좋아하도록 했다. 무릇 천하 사람들에게 이미 마음을 돌려 도를 향해 가게 할 수 있어서, 개과천선하고 죄를 두렵게 여기고 베풀기를 좋아하게 하는 것이 그 일념一念의 선함을 인연하여 생각하고 생각하기를 그침이 없는 것이 안연이 '인을 어기지 않고', '허물을 거듭하지 않아서' 그 본유의 성품을 회복하는 것과 같다. 아마도 이를 '지선至誠은 부식不息'이라고 하는 것이다. '명덕明德을 밝히고 지선至善에 머무르게 한다'는 것일 게다. 석가가 사람들에게 염불하도록 한 이유가 반드시 이와 같을 것이다. 그런데 훗날의 학불學佛하는 사람들은 왜 그렇지 않은가?[26]

유교에서 생래적인 덕성이 있듯이 사람들에게는 대체로 불성佛性을 갖고 있다고 보았다. 그러나 탐음貪淫이나 노치怒癡와 같은 망념으로 생사고해에 빠져 있기에 염불과 참회로 그들을 개과천

---

26. 신유한, 「念佛契序」, 『청전집』 "嘗論 釋迦之敎 亦循循善誘人 今讀其書 雖言語往往與中國異 然彼以天下人人 本自有佛性 只緣無明煩惱 染得根深 被它貪淫怒癡 百種妄念 落在生死苦海 遂乃甚之以念佛懺悔之法 而人皆有改過遷善意 又布之以刀山劍樹之說 而始人人畏罪 示之以三生業報 布施功德之驗 而始人人好施子 夫使天下人已能回心而嚮道 改過遷善 畏罪好施子 因其一念之善 而念念不已 如顏淵之不違仁不貳過 以復其本有之性 其斯謂至誠不息 其斯謂明明德 止於至善 釋迦之敎人念佛 必若是焉已矣 奈之何後之學佛者不然"

선토록 하였다는 것이다. 따라서 유교의 명덕明德을 통해 지선至善을 추구하는 것과 같은 맥락에 있다고 하였다. 즉 불교와 유교를 대등하게 보았다. 대체로 당대의 사대부가 불교를 배척의 대상으로 인식한데 반하여 동일선상에 두었다는 점이 매우 이례적이다. 이런 그의 인식과 태도로 인해 그의 주위에는 많은 승려들이 찾아 왔다. 이 때문에 불사佛事와 관련된 글들을 부탁받을 정도였으며 불승과의 교유 기록이 문집에 산재되어 있다. 즉 연초상인演初上人, 화산상인華山上人, 눌상인訥上人, 영선사英禪師 등 승려와 글을 주고 받았으며「법광사석가불사이탑중수비문法廣寺釋迦佛舍利塔重修碑文」,「송암대사비명松巖大師碑銘」,「신각송운대사분충서란록발新刻松雲大師奮忠紓亂錄跋」을 찬술하고「운대사분충서란록雲大師奮忠紓亂錄」을 편집했다.[27] 이외에도「념불계서念佛契序」,「운수암기雲水庵記」,「내원암기內院庵記」,「낙암대사비명洛巖大師碑銘」 등에 산견되어 있다.

신유한은 유학을 존중했던 만큼 불교에 대해서도 우열논리를 부여치 않고 대등하게 인식하였다. 사실 당대 현실을 고려한다면 쉽지 않은 처사이다. 그럼에도 그가 주저 없이 승려와 교유하고 불법에 대하여 논의한 것은 그의 열린 학문적 태도에 기인한 것이다. 다음은 설송대사에게 지어준 시를 살펴본다.

산성에 한낮이 되도록 시를 읊으니
봄꽃이 책에 비추는 구나.
스님 오니 산새가 모이고
스님 가니 산의 구름이 흩어지네.

---

27. 김영숙,「청천 신유한론」,『조선후기 한시작가론1』, 이회 1998, 426쪽.

山郭日高吟　春花映薄書
僧來山鳥集　僧去山雲舒

내『능가경』을 외우니
불교의 좋은 것을 말할 수 있네.
본래부터 생각이 있고 없고 간에
땅에 봄풀이 돋아나네.

我誦堎伽經　能言西敎好
本來無有想　髓地生春草

꿈에 설송 그대를 보니
내게 무엇을 그리 애썼냐고 물었네.
답하길 바닷가에
어떤 나그네가 복숭아를 훔쳤다고 했네.

夢見雪松子　問我何自勞
答云滄海上　有客亦偸桃[28]

　1편에서 스님에 대해 매우 호의적인 태도를 보이고 있다. 스님
이 오니 새가 모이고, 스님이 가니 구름이 흩어진다는 것은 스님
을 신비적 대상으로까지 인식한 듯하다. 우리의 의지에 관계없이
순환하는 자연을 빗대어 불교의 윤회적 가치관을 보여주고 있다.
또 자문자답을 통해 세상의 평범한 사람(작자)이 천도복숭아를 훔
쳤다고 했는데, 유자가 불교에 심취한 것을 상징화하였다. 그리
고 단순히 취향적 차원이 아니라 불교에 대해서도 어느 정도 지

---

28. 신유한, 「山人國坦自通度寺來謂與雪松大師同棲雪松名演初余方外友因贈五言
　　三篇兼示雪松」, 『청전집』

적 체계를 갖추었다는 자부심을 찾을 수 있다. 이런 모습은 노장에서도 역시 동일하게 나타난다.

> 공은 어려서부터 독서하여 중년에 노장老莊의 말에 취미를 붙여 도리가 있음을 목격하고 남몰래 정신으로 통했다. 평소에 반드시 마루를 쓸고서 흙덩이 모양으로 말없이 앉아 입으로 명성·이익을 말하지 않았다. 그러나 사람을 보면 그 사람의 마음씨가 맑은가 사특한가만을 보고 장점과 단점을 따지려는 마음을 갖지 않았다. 일을 할 때에도 영광과 치욕에 대해 좋아하고 싫어함이 없었고 남의 칭찬과 비난에도 기뻐하거나 화를 내는 마음이 없었다. 모습이 화기애애하고 생각이 고요하기 때문에 목소리가 창밖으로 나가지 않았다. 집안사람이나 부녀자들로부터 손님이나 아이 종에 이르기까지 연분에 따라 응대하되 한 번이라도 큰 소리나 사나운 얼굴을 하지 않았다. 이것은 아마도 그 청명·순수함이 날로 도道에 나아가 '인위로써 자연을 없애지 않았기' 때문이며 '득得으로써 명名을 따르지 않았기' 때문이다. 필경 속세를 뛰어넘어 본원으로 들어가 조물과 짝이 될 것이니, 이를 그 진眞으로 돌아간다고 말하는 것이다. 아! 지극하도다. (중략) 나는 이에 말하노라. "천고千古에 진眞으로 돌아간 이로 학사學士(신유한)가 여기 있다"라고 했다.[29]

'인위로써 자연을 없애지 않았다.', '득得으로써 명名을 따르지 않았다.'는 전형적인 노장의 인식관이다. 나아가 죽음이란 속세를 뛰어넘어 본원으로 들어가 조물과 짝이 되어 이제 진眞으로

---

29. 신유한, 「故西河任學士臨終詩贊幷書」, 『청전집』권 5 24-25쪽, "公自幼讀書 中年有味老莊言 目擊道存 嘿與神通 所居必淨掃堂皇 嗒然塊坐 口不談聲利 見人淑慝 無長短心 遇事榮辱 無好醜心 聞他贊毀 無喜慍心 所以形和意靜 聲不出牖外 自家人婦子親懿 以及賓客厮竪 隨緣應接 日不用高音厲色 蓋其淸明純粹 日進於道 無以人滅天 無以得徇名 畢竟 超氛埃 入玄始 與造物爲侶 是謂反其眞 鳴呼至矣 --- 吾斯日 曠千古而歸 學士有焉"

돌아간다는 논리는 노장에 심화된 그의 면모를 그대로 드러낸 것
이다. 신유한은 당시 세계에서는 학문적으로 매우 기괴한 이력을
가졌다. 불교를 당대 지배적인 성리학과 대등하게 인식하고 또
노장철학에 심취한 매우 개방적이며 독특한 인물이었다. 이처럼
성리학, 불교, 노장 등이 함께 한 독특한 인식관이 문질文質문제
에서 선명하게 드러난다.

 상나라의 예를 문헌에 고증할 수 없으나 수레와 의복은 흰색을 숭상
했고, 정삭正朔은 축丑을 숭상했으니 질質이 소박한 것으로 마땅히
야野에 이르렀다 하겠다. 이에 삼인三仁과 구후九侯와 백이·숙제가
나와 만세의 강상綱常을 세웠으니 그 바로 질質이 승勝하여서 순하
게 된 것이 아닌가. 주공이 예를 일으키고 명칭을 세워 등급을 나누
어 제정했더니, 그 문文이 빛나 해와 별이 하늘에 벌려 있는 것과 같
았다. 백 년도 채 못되어서 제후들이 천자를 참칭僭稱하고 대부들이
제후를 참칭하여 노魯나라에 삼가三家가 자기의 집안에서 팔일무를
사용했으니 대저 문이 지나쳐서 위僞가 된 것이 아니겠는가? 이로부
터 천하에 질質이 있음을 알지 못하고 文이 있음만 알게 되었다. 주
관周官을 본뜨는 자들은 한나라 거섭 연간의 주공(왕망)을 칭송하고
주례를 읽는 자들은 송나라 희령 연간의 공자(왕안석)를 칭송한다.
(그들은) 온화하고 유순한 모습으로 갑甲은 주朱(정통正統)이고 을
乙은 자紫(사설邪說)라고 하면서 저마다 이윤·부열이요 관중·제갈
량이라 한다. 그들은 자신의 몸을 태산이나 화산처럼 세우되 오직 높
아지지 않을까 걱정해서 높아지게 되면 명성이 날 것이요, 바람이나
천둥처럼 대중을 고무시키되 오직 자기에게 오지 않을까 걱정해서
오게 되면 이익이 생기는 것이다. 명성과 이익의 뿌리가 더욱 깊어질
수록 혼란과 멸망의 길로 나아가게 된다. 이와 같은 것을 불씨佛氏
는 '환幻'이라 했고, 노자老子는 '도盜'라고 했다. 무엇이 불러서 이
지경에 이르게 되었을까? 바로 문文이 그로 하여금 그렇게 만든 것
이다. 오직 군자는 이것을 두렵게 여긴다.[30]

문의 폐단은 위僞가 되고 이를 회복하기 위해서는 질質을 회복해야 한다는 것이다. 상고주의에 근거한 역사인식관은 미수 허목으로부터 영향을 받았은 것으로 보인다.[31] 당대의 번잡한 문장의 폐단을 복고주의을 통해 치유하고자 했다. 이것이 현실적으로는 설득력이 약했지만 불佛과 노장老莊 사상을 통해 유가적 사상의 문제를 극복하려는 대안으로써 의미가 있다.

3. 노년기의 사상

관직생활은 1736년에 끝났다. 거듭 봉상사奉常寺 첨지僉知가 제수되었지만 나아가지 않다가 1744년 64세 고령으로 봉상사奉常寺 첨지僉知로 부임했다. 그 후 은퇴하고 가야산에서 은거하며 스스로 '가야초수伽倻樵叟'라는 자호를 짓고 우거했다. 여기서 자신을 최치원에 비기면서 은둔의 말년을 보냈다. 마치 최치원이 말년에 은거하며 『사산비명四山碑銘』을 쓰며 탈속적인 삶을 추구했던 태도로 여생을 보냈다. 그리고 이때 노장철학과 불경 등에 더욱 매몰된다. "계해(1743년) 가을 내가 서울에서 셋방살이를 할 때 상고尚古(김광수金光遂)가 나를 찾아와 함께 이야기를 했다. 그는 내 옆에 『금강경』, 『원각경』, 『유라경』 등 불서가 있는 것

---

30. 신유한, 「李子野字說」, 『청전집』권 6 28쪽, "商之禮 文獻無徵 然 車服上白 正朔
上丑 質素而樸者 宜及於野矣 是其有三仁九侯 伯夷叔齊出 而樹萬世綱常 夫非
質勝而純與 周公作禮 設名分制等級 其文炳炳 如日星之揭矣 不數百年 而諸侯
僭天子 大夫僭諸侯 魯三家 而用八佾之舞 夫非文過 則僞與 自是天下不如有質
而知有文 法周官者 稱居攝周公 讀周禮者 稱熙寧孔子 煖煖姝姝 甲朱乙柴 家伊
傅而戶管葛 彼其植躬如泰華 唯恐不高 高則名矣 鼓衆如風雷 唯恐不來 來則利
矣 名利之根愈深 而亂忘之轍隨之 若是者 佛氏以爲幻 老子以爲盜 孰召而至 文
使之然 惟君子爲是之懼"
31. 이종호, 『조선의 문인이 걸어온 길』, 한길사 2004, 354쪽.

을 보고 기뻐서 손뼉을 치며 말하길, '이 길에는 묶는 것도 없고 풀 것도 없어 깨닫기가 매우 쉬우니 세상의 법도와 비교해 보면 쾌활하다.'라 하였다. 상고가 부처에 대하여 기뻐하는 것은 그 세상의 얽매임에서 초탈하기 위해서이다."[32] 이처럼 신유한의 경우 노년에 불교에 몰입을 했던 것을 살필 수 있다. 다음 시는 노년의 이런 모습을 잘 적시하고 있다.

1) 인생은 뜻에 맞아야 귀한 것
이 세상 좁은 걸 어찌 할 거나?
차라리 개잡이의 즐거움 따를지언정
부귀영화로 살지 않겠네.

人生貴適意　天地隘如何
寧從屠狗樂　不作飯牛歌

2) 산 남쪽 열 이랑 밭에
집을 지으니 한 말 크기로다.
손에 산해경을 펼쳐 놓고
정신은 세상밖에서 노니네.

山南十畝田　築室如斗大
手展山海經　神遊八荒外

3) 시서는 필경 나를 저버렸고
가난하여 농사나 장사조차할 수 없네.
십 년 동안 강서에 살다가
앉아서 흰 수염되어 탄식하네.

---

32. 김영숙, 「청천 신유한론」, 『조선후기 한시작가론1』, 이회 1998, 425쪽.

詩書竟負吾　貧不事農賈
十年漢江西　坐歎秋鬢素

4) 마을에 좋은 집 가득해도
마주해도 서로 알지 못하네.
그대 여러 형제 모이니
아름다운 나뭇가지 학의 집이네.

城中百甲第　面面不相知
扈翁衆昆季　鶴巢瓊樹枝

5) 배고파도 훔친 쌀 먹지 않고
목말라도 탐천 마시지 않네.
날마다 새벽 동네에는
술과 거문고로 신선놀이 하네.

飢莫食盜粟　渴莫飮貪泉
日日晦洞裡　琴尊與作仙

6) 누가 가야산 늙은이라 했던가?
오 년을 장주에 살았네.
꿈에 최치원이 나타나
일찍이 부성후 되었다네.

誰使伽倻叟　五十居漳州
夢見孤雲語　曾爲富城侯

7) 장주는 나쁘지 않아
스스로 살아갈 여유가 있네.
고사리국 조밥 먹으며
앉아서 도사 책 읽네.

漳州故不惡　　自養還有餘
薇羹服粟飯　　坐讀靑牛書

8) 이웃 마을 여럿이나
동음洞陰만큼 좋은 곳 없네.
송하 늙은 곳에 대자리 펴고
나와 함께 식사를 준비하세.

隣城三四五　　莫如洞陰好
松花白黑簞　　與我作廚오

9) 깨끗한 흰 구름 날리는 산에
푸른 물 넘실넘실
그대 내게 노래를 권하니
시내와 산도 뜻이 같네.

皎皎白雲山　　盈盈蒼玉水
使君勸我歌　　溪山如有意

10) 옛 것도 아니고 지금 것도 아니니
갑작스런 노래에 음률을 가리지 않네.
가을바람 뜰 앞의 나뭇잎 스치니
찌르르 찌르르 벌레도 읊조리네.

非古亦非今　　驟歌不擇音
秋風撼庭葉　　唧唧自虫吟[33]

신유한의 시에는 고체시 형식의 장편시가 제법 많다. 개성이

---

33. 신유한, 「寄洞陰任使君璿五言十絶」, 『청전집』

강하고 자유롭게 서사적 내용을 많이 읊조렸다. 1)은 세상과 뜻이 맞지 않아 세속적인 부귀영화를 버리고 살겠다는 의지를 드러내었다. 즉, 제대로 펼치지 못했던 관직생활과 모순된 사회구조에 대한 통렬한 격감을 표출했다. 2)는 이제 『산해경』을 읽으며 소박하게 살아가는 자신의 모습을 담아냈다. 그리하여 작은 집을 짓고 세상과 유리되어 노닐고 있다. 3)은 가난하게 살면서 늙어버린 자신의 탄식을 그렸다. 4)는 자신의 처지로 인해 지인마저 적지만 그대가 와 주어 조금은 위로 받을 수 있다는 심정을 드러냈다. 또 함부로 교유하지 않는 자신의 청초한 자세를 임용任瑢에게 피력하였다. 5)는 4)와 마찬가지로 가난하고 소박한 자신의 생활상을 읊조렸다. 6)은 자신을 최치원에게 비겨 나름대로의 삶에 의미를 부여하고 있다. 7)은 장자의 삶의 모습을 닮아보고 극빈한 가운데에서도 현실 초월적인 생활상과 노장철학에 몰입한 경지를 드러내었다. 8)은 동음洞陰에 살고 있는 임용任瑢과 함께 지내고 싶은 심정을 노래했다. 9)는 자연 속에 살아가는 유유자적한 경지를 담아내었다. 10)은 즉흥시를 짓고 깊어가는 가을의 정취를 노래했다. 신유한은 절구나 율시보다 자신의 심회를 드러낼 때는 서사적 고체시를 즐겨 썼다. 기존의 일반적인 형식으로는 그의 심상을 드러내는데 미흡했기에 자유로운 고체시를 사용하곤 했다. 노년에 그는 노장에 몰입하여 탈속적인 삶을 추구한다. 노장의 토대는 자연주의 사상이며 순리성을 추구한다. 이 때문에 그의 문학 역시 이런 자연에 순응하는 가치관을 담아내었다.

Ⅲ. 결론

　신유한은 유·불·노장을 자유롭게 넘나들던 문인이었다. 이 때문에 당대에는 기인奇人으로까지 취급되었다. 그러나 그가 열린 자세로 대상을 받아들이고 인식하면서 독특한 그의 사상체계를 형성하였다. 대체로 그의 생애와 견주어 보면 성장기에서는 그 역시 당대의 보편적인 유자儒者와 별반 차이가 없다. 다만『이소경』이나『산해경山海經』,『목천자전穆天子傳』등을 읽으며 문예 취향성이 좀 남달랐을 뿐이다. 그러나 사환기에 일본 통신사절단을 다녀온 후 그의 견문은 더욱 넓어지고 문학적 감성이 더욱 풍부해졌다. 과거의 감정에 매몰되지 않고 대상을 개방적으로 받아들이고 객관적으로 읽는 그의 학문적 태도는, 그의 문학세계를 한층 더욱 풍성하게 하였다. 이런 태도는 사상면에서도 반영되어 승려들과도 깊은 교유로 이어져 보편적인 유자儒者와는 다른 길을 걸었다. 그는 불교를 유교와 대등선상에서 이해했으며 유교에서 말하는 덕성은 불교의 불성과 같은 것으로 설명하고 있다. 그리고 인과응보에 기인한 윤회 사상을 믿었으며 다양한 불경을 섭렵하였다. 나아가 염불과 참회로 중생을 개과천선토록 하는 것은, 유교에서 명명덕明明德을 통해 지선至善을 추구하는 것과 같은 맥락으로 인식했다. 당대로서는 매우 파격적인 사상의 표출이다.

　그럼에도 목민관으로서 민초의 고충을 헤아리고 문학으로 실사하여 선정善政을 구현하려 했다. 또 불합리한 인재등용방식을 비판하고 개선을 희망했다. 이처럼 그의 의식의 기본 축은 유학이다. 그러나 이에만 한정 짓지 않고 노장사상도 섭렵한다. 그리하여 일본 사행에서 획득한 풍부한 문학적 정감과 여러 사상들이 어우러져 자유롭고 호방한 문학세계를 펼쳤다.

그가 중년에 노장사상에 취미를 붙이다가 노년에는 이에 심취하여 노장적인 삶을 추구하였다. 인위로써 자연을 제거하지 않고, 득得으로써 명名을 따르지 않으며, 죽음조차 진眞의 세계로 귀의하는 것으로 인식한 것은 그가 노장에 심취한 면모를 보여주고 있다. 그리하여 그의 노년기의 문학에서는 운율과 형식에 얽매지 않고 자유롭게 쓰는 고체시를 즐겨 사용했다.

그의 문학은 매우 자유롭고 열려져 있다. 일본에서 유녀의 습속을 소재로 한 악부시 형태의 아름다운 시를 남긴 사람은 신유한 만한 이가 없을 만큼 거침없이 서술하고 일본 문사와의 교유도 진솔하고 활달하였다. 그리하여 그의 문학 세계는 매우 호방하고 자유롭게 펼쳐졌다. 유불노장에 얽매지 않고 개방적으로 읽고 수용하는 태도를 통해 그의 문학사상은 더욱 풍성하게 우리에게 보여주고 있다.

(2) 신유한申維翰의 산문의식

Ⅰ. 서론

일반적으로 신유한을 허목계열 문인으로 분류하여 논의하면서 그의 독특한 산문관을 일반화시키는 것이 학계연구의 현실이다. 물론 신유한의 주장이 허목계열의 논지와 일치하는 것이 상당 부분 있다. 하지만 좀 더 천착해서 살펴보면 허목계열과는 별개로 그만의 산문관을 피력한 것을 알 수 있다. 즉, 그는 허목 계열이나 김창협 계열과 별반의 관계없이 나름대로의 당대 산문에 대한 개혁을 요구했던 순수문인이었다. 이 논문은 이런 기존의 일반적 인식을 벗어나기 위해 객관적으로 신유한의 산문관을 분석하고 정리하여 그 문학의 특성과 위상을 정립하는데 있다. 이를 위해 당대의 지배적인 산문론, 즉 허목계열과 김창협계열의 산문론을 동시에 견주고 그 가운데 신유한의 산문적 특징을 추출하여 그만의 산문관을 밝히려 한다.

주지하는 바 17세기는 명말明末 청초淸初의 사조를 유입하면서부터 그간의 글쓰기에 대한 검토를 본격적으로 거론하던 때였다. 그리고 이런 글쓰기에 대한 다양한 논의는 크게 허목 열의 문인과 김창협계열의 문인으로 나누어 볼 수 있다. 물론 이외에도 산발적인 개별 논의가 있었다. 하지만 큰 틀은 이 두 계파를 중심으로 대체로 일치된 목소리를 갖고 산문 쓰기에 대한 관점을 제시했기 때문에 이를 중심으로 당대 산문 쓰기의 특징을 파악하는 것도 무리는 아닐 것이다.

한편 당대의 현실에서 다수의 문인이 사승관계나 당파에 얽매지 않을 수 없었으며 결과적으로 독자적인 시각의 공표가 녹록한 것만은 아니었다. 이런 현실에서도 비교적 사승관계나 당파에 크게 얽매지 않고 나름대로의 시각으로 산문을 이야기한 사람이 바로 신유한(申維翰, 1681~1752)이다. 그를 허목계열의 문인으로 국한시키고 있지만 실상은 특정한 계열에 크게 얽매이지 않고 자유롭게 살며 소신껏 문학을 즐긴 사람이었다.[34]

　이런 신유한의 문학적 행적에 관심을 갖고 몇몇 연구자가 꾸준하게 그의 문학과 사상을 탐색해 왔다. 그러나 대체로 신유한에 관한 관심은 한일 관계에 근거한 연구가 지배적이었다. 즉,『해유록』이나 조선 통신사 문학을 중심으로 살핀 것[35]과 한일간을 중심으로 한 일련의 연구[36]가 있었다. 문학 연구와 함께 동북아시아를 하나의 대상으로 파악하는 범국가적 관점에서 앞으로도 이에 대한 연구가 지속되어야 할 것이다. 한편 아직 많은 참여자가 없지만 종교적인 관점에서 그의 불교관을 살핀 것[37]도 있다. 그리고 다음으로 신유한의 문학론과 시에 대한 일련의 연구가 있었다. 한시와 문학론을 연구한 것[38]과, 고문을 중심으로 그의 문학론을 살펴본 것[38] 그리고 최성대와의 교유를 중심으로 그의 담론

---

34. 안영길,「신유한의 문학사상 연구」,『우리문학연구 제25집』, 2008, 66-67쪽 참조.
35. 이혜순,「해유록 연구」,『숭실대 논문집 제18집』, 1988.
　　이재훈, 신유한의 해유록과 대마도, 경희대대학원 석사논문, 2007.
36. 최박광,「한일간 한문학 교류에 대하여」,『한국한문학 연구 제5집』, 1981.
　　-----,「唱和集에 나타난 한일간의 시의 교류」,『慕山學報 제2집』, 1991.
　　정응수,「한일간 상호 이미지 연구」, -신정 백석과 신유한을 중심으로- 원광대대학원, 2003.
　　오바타 미치히로,「신유한의 일본자연관과 일본인관의 관계에 대한 고찰 제8집」, 사회과학연구, 2004.
37. 유호선,「청천 신유한의 불교관 연구」,『불교학연구 제8호』, 2004.
38. 이향배,「청천 신유한 고문론 연구」,『어문연구 제31집』, 어문연구학회, 1999.

을 살펴본 것[40]이 있다. 또 작품을 중심으로 그의 사유방식을 규명한 것[41]이 있다. 그리고 그에 대해 '기이奇異'하다는 평이 있을 만큼 독특했던 그의 사상적 추이를 주목하여 생애를 중심으로 사상의 변이를 규명한 연구가 있었다.[42] 이들 모두 나름대로의 관점에서 그의 문학론과 문학세계를 밀도 있게 다루었다. 그러나 17세기 대표적인 의고론자 중에 한 사람이었던 만큼 이에 대한 연구도 필요하다. 즉, 산문에 대해 매우 활발한 논의가 전개되던 시점에 이에 대한 신유한의 입장을 살필 필요가 있다. 당대의 지배적 경향과는 방향을 달리했던 그의 산문관을 살핌으로써 당대 산문의 다양성을 확인할 수 있고 이것이 신유한 문학이 갖는 특성될 수 있기 때문이다.

한편 신유한의 산문의식을 추출하는 방법으로 당대 문인과의 교류 속에서 그의 입장을 살펴보는 것이 효과적일 것이다. 왜냐하면 신유한의 독특한 문학적 행보에 대하여 다양한 논의가 있었기 때문이다. 따라서 이런 구도는 크게 허목 계열의 입장과 김창협 계열의 입장으로 양분할 수 있는데, 신유한은 이 두 계열을

39. 김윤조, 「청천 신유한의 문인들과 그 문학적 성향」, 『韓國學論集. 제39집』, 啓明大學校 韓國學研究院, 2009.
송혁기, 「신유한 산문의 일고찰 : 기사(記事)의 문학성을 중심으로」, 『韓國學論集. 제39집』, 啓明大學校 韓國學研究院, 2009.
심경호, 「신유한의 통섭적 사유방법과 문학세계」, 『漢文學論集. 제28집』, 槿域漢文學會, 2009.
김영숙, 신유한의 한시연구, 영남대 석사논문, 1981.
-----, 「청천의 문학관과 시론」, 『영남어문학 제8집』, 1981.
40. 황수연, 「18세기 지식인의 교유와 문화적 담론 검토」, 『한국고전연구 제8집』, 한국고전연구학회, 2002.
41. 이종호, 「청천의 현실인식과 사유방식」, 『안동대 논문집』 11집, 1989.
42. 안영길, 「신유한의 문학사상 연구」, 『우리문학연구 제25집』, 2008.

넘나들고 있었기 때문이다. 또 기존 연구의 입장도 이런 맥락에서 전개된 점[43] 역시 그 객관성을 확보하고 있다. 이런 점을 고려하여 이 연구 역시 방법을 수용하지만 기존의 성과에서 신유한을 허목 계열 문인으로 규정짓는 일반론에서는 온전히 동의할 수 없다. 까닭에 두 계열의 주장을 비교하며 그 가운데 신유한의 문학적 견지를 추출하여 그만의 문학 세계를 규명해 보려한다.

이런 연구가 그의 문학세계를 규명하고 동시에 17세기 산문의식의 일단을 이해하는데 이바지할 수 있다고 믿어본다.

II. 산문의식

1. 양대 쟁론에 대한 이해

신유한의 산문의식을 이해하기 위해서는 당대의 지배적 문단의 흐름을 참조할 필요가 있다. 즉, 이때는 소위 김창협계열 문인들의 산문의식과 허목계열 문인들의 산문의식이 서로 교차와 차별성을 갖으면서 발전하였다. 이를 이해하기 쉽게 나름대로의 간략한 도표로 만들어 보았다.

항목	허목계열	김창협계열
목표	고기古氣와 간오簡奧의 문체 추구	평창平暢, 법도를 정식화
주장	고문체의 구현	고문의 정신을 현실에 적용
전범문인	사마천, 한유, 왕세정	한유, 증공

---

43. 송혁기, 「17세기말 18세기초 산문이론의 전개양상」, 고려대 박사학위논문, 2005,

비판문인	한유, 증공, 구양수	왕세정
전범도서 및 인물	육경六經, 좌전左傳, 국어國語, 전국책戰國策 사기史記, 사마상여司馬相如, 양웅揚雄, 가의賈誼, 장자莊子, 열자列子, 손자孫子, 한비자韓非子, 회남자淮南子, 반고班固 선진양한의 고문	육경, 선진양한의 고문, 당송 고문, 한유의 문집
비판의 특징	한유이하 고문을 폄하	국어國語, 전국책戰國策, 양웅揚雄, 가의賈誼. 권유權愈에 대해서 규도規度는 모른 채 생경한 어휘구사에 비판. 김창협 : 왕세정의 작문기법, 편장구성법에 강도 높게 비판. 비지서사碑誌敍事에 있어서 간상법簡詳法에 대해 다양한 논의로 왕세정 비판. 사마천의 서사방식을 비지碑誌에 그대로 사용했다고 비판.
주요인물	신유한(서경書經, 좌전左傳, 사기史記, 한서漢書) - 사체史體를 산문의 전범, 산해경山海經, 급몽서汲冢書, 황정경黃庭經, 석고石鼓가 유가의 '숙속어菽粟語'보다 우월하다고 주장. 효문제孝文帝, 가의賈誼의 공용문서 선호. 이서우, 오상렴, 오광운 黃床(육경, 장자莊子, 사기史記) 권현權睍(선진양한의 고문) 이만수李萬秀(좌전左傳, 사기史記, 장자莊子, 열자列子, 손자孫子, 한비자韓非子, 국어國語, 회남자淮南子)	이의현李宜顯(제자서諸子書 25가家에 대한 문학비평, 장자莊子) - 육경에 중점, 다른 것에 경도되는 것 비판. 좌전을 전범으로 삼는 것에 대해 비판.

학습방법	선진양한의 고문만을 즐겨 읽음.(기호嗜好) 자구와 미감에까지 깊은 침잠, 반복적인 독서와 암송으로 문기文氣를 터득, 선진양한의 고문을 닮고자 함.	자구상의 모의 비판, 허자를 사용하지 않음으로써 고문古文을 흉내 내는 것을 비판. 자구상의 유사성이 아니라 학고學古, 법도法度를 주장. 자구와 별개로 규도規度, 법도法度, 법법을 배울 것을 강조. 좌전, 사기의 긴요관절緊要關節의 부각을 통한 간상법簡詳法, 착락錯落·착종錯綜의 서사기법을 높이 평가
평가	심노숭沈魯崇이 허목의 산문을 위서僞書로 비판, 최창대가 신유한의 작품을 장자莊子나 사기史記의 겉모습만 본뜬 것으로 고인의 정신을 배우지 못한 것으로 비판. 전후칠자의 논의와 유사함.(전후칠자의 글을 상당히 애독함)	체계적인 사승관계를 토대로 조선 후기 산문에 지대한 영향을 끼침. 그러나 시류를 제대로 받아들이지 못하고 성리학만을 고수한다는 비판을 면하기 어려움.

고문의 선택과 적용에서 상당한 차이를 보이고 있다. 즉 고문 그 자체의 구현이냐, 고문 정신의 구현이냐에 관점의 차이를 보이고 이에 따라 교재나 전범 문인도 달라질 수밖에 없었다. 신유한 역시 허목계열의 주장과 궤를 같이 하고서 나름의 산문관을 피력하고 있다.

다음을 살펴 그 공유성과 차별성을 알아보려 한다.

2. 허목 계열의 인식과 신유한의 산문관

이 항목에서는 위에 요약한 내용을 풀어 설명하는 가운데에 신유한의 산문의식을 규명하려 한다. 먼저 허목 계열의 주장은 선진 양한의 고문을 중시하여 고기古氣와 간오簡奧의 문체를 추구하였다. 본래 고문의 온전한 정신을 본받고자 하였으나 자구와 미감까지 닮으려 한 결과 당대의 현실적인 문체와는 거리가 있었으며 이것이 비난의 대상이 되었다. 허목은 다음과 같이 산문 정신을 설명하고 있다.

상고 시대의 전적典籍이 전하지는 않지만 우하虞夏 이래로 요사姚姒(순임금·우임금)의 혼혼渾渾함과 은주殷周의 호호악악皞皞噩噩함을 육경六經에서 볼 수 있다. 성인의 문文은 천지의 문文이요, 공자孔子의 문하에서 문학으로 이름난 사람은 자유子游와 자하子夏였다. 그러나 주周나라의 도道가 쇠하고 공자가 죽자 성인의 문文은 무너져서 노자老子로 갈라지고 백가百家가 흩어지고 진秦나라에 이르러서는 분서焚書까지 당하여 남은 것이 없었다. 천지의 순후純厚한 기운은 『국어國語』나 『좌전左傳』까지는 그래도 간오簡奧함이 남아 있었으나, 『전국책戰國策』에 이르러서는 어지러워졌다. 태사공太史公(사마천司馬遷)이 선진先秦의 고기古氣를 계승하였으나 양웅揚雄에 이르러서는 고古에 미치지 못한 채 기이함으로 들어갔다. 그러나 양웅이 죽자 고문은 사라져서 위진魏晉 이래로 고문은 완전히 없어졌다. 당나라 때에 한유韓愈·유종원柳宗元이 나와 서한西漢말의 문풍을 계승하였고, 그 후 소장공蘇長公(소시蘇軾)이 변화불측함을 터득하였으나 고古에는 미치지 못하였다. 또 그 후 공동崆峒(이몽양李夢陽)·봉주鳳州(왕세정王世貞)의 경후, 혼후함에 있어서는 한유에 미치지 못하고 변화불측함에 있어서는 소식에게 미치지 못한 채 다만 기궤(괴궤壞詭)할 뿐이었다. 진한秦漢 이래로 고古는 어지러움으로, 어지러움은 기이함으로, 기이함은 기궤함으로 변하였다.[44]

고대에서 당대까지 '고古'의 순연함을 잊고 오히려 기괴한 글쓰기를 하는 것에 대한 작가군을 구체적으로 논급하여 비판하고 있다.

그러므로 순연한 '고古'의 회복을 통해 당대 글쓰기를 바로 잡으려
는 관점을 제시하였다. 이 때문에 '고古'가 온전한 육경고문을 문
장의 기준으로 삼았다. 즉 간오簡奧함이 남아 있는『국어國語』및
『좌전左傳』과 선진고기先秦古氣를 계승하려 한『사기史記』를 그
대표적인 문장으로 인식했다. 양웅이 비록 기奇에 빠졌지만 그래
도 고문의 맥을 이은 것으로 보았다. 이후에 당대唐代의 한유韓愈
와 유종원柳宗元이 창도해서 서한西漢의 끝을 이었다. 그러나 송
대宋代에 소식蘇軾이 비록 변화불측을 터득하였으나 고문과는 거
리가 있었다. 이후 명대明代에 전후칠자는 기궤할 뿐이라고 하여
매우 상고적尙古的인 의식을 살필 수 있다. 고문을 시대별로 꿰
어 문인과 대비시켜 설명한 가운데 그의 철저한 상고주의와 고기
古氣와 간오簡奧의 문체 재현의식을 살필 수 있다. 이것이 허목의
문예미 의식이다. 이런 인식은 신유한에게서도 읽을 수 있다.

　저 유한은 영남의 농가에서 태어났고 궁벽하고 누추한 곳에서 고금
古今 백가百家의 글을 볼 수가 없었습니다. 그러나 15세에『시경』
을, 16세에『서경』을, 17세에『논어』를 읽고서 그 글자를 조탁함이
규옥圭玉 장옥璋玉 같음과 음률이 종소리 경쇠소리 같음을 좋아하
여 마침내 단편적인 구절과 소리의 아름다움 사이에서 고인의 모습
을 구하였지만 다시 천리天理와 신해神解의 오묘함이 있다는 것을
알지 못하였습니다. 성품과 기국이 좁아서 "고인을 힘써 본뜨면 그

---

44. 許穆,「文學」,『記言』권5, 총간 98-50, "上古載籍無傳 虞夏以來 姚姒之渾渾 殷周
　　之皡皡噩噩 可見於六經 聖人之文 天地之文 孔子之門 稱文學子游子夏 周道衰
　　孔子沒 聖人之文壞 貳於老氏 散於百家 至秦則又焚滅而無餘 天地純厚之氣 至
　　國語·左氏 簡奧猶在 至戰國長短書則亂矣 太史公繼先秦古氣 至揚雄氏 不及古
　　而入於奇 然揚雄氏 古文亡矣 魏秦氏來 蕭索盡矣 唐時 韓·柳氏出而繼西漢之末
　　其後蘇長公得變化 而不及古 遠矣 又其後崆峒·鳳州 渾厚不及韓 變化不及蘇 特
　　爲瑰詭 自秦·漢以降 古變而亂 亂變而奇 奇變而詭"

모습을 닮을 수 있다.”고 혼자 되뇔 뿐, 또한 생동하는 기백氣魄의 진정함이 있다는 것은 알지 못했습니다. 나아가 『좌전左傳』과 『이소離騷』, 사마상여司馬相如와 사마천司馬遷·반고班固의 말들을 보면서 『시경』·『서경』의 성구聲口와 일치하는 것이 있으면 그 가운데서도 빛나고 아름다운 것을 베껴서 소매와 품속에 가지고 다니면서 득의양양 낭송하며 말하기를 “문장이 여기에 있다.”고 하였습니다. 그 당시 향리에 과거를 준비하는 젊은이가 서산西山(진덕수眞德秀)의 『고문진보古文眞寶』와 사씨謝氏(사방득謝枋得)의 『문장궤범文章軌範』을 가지고 있기에 한번 얻어다 보았는데, 그 음률과 구절이 크게 다름을 괴이하게 생각하고는 이것을 육경六經의 이단으로 여기게 되었습니다.[45]

신유한이 처음 왕세정과 이반룡의 글을 보고서 '예가영웅藝家英雄'을 만난 듯 하다.'[46]는 언급을 두고 전후 칠자의 영향을 받았다는 논란이 계속되었다. 그리고 이런 논란은 신유한 개인에게 국한된 것이 아니라 허목계열의 산문이론이 전후칠자와 닮았다는 사실로 일반화되어 있었다. 그 근거는 첫째 구양수와 증공을

---

45. 申維翰,「書與尹太學士論文事」,『靑泉集』권6, 총간200-353. “維翰起山南豊家 地僻而陋 目未覩古今百家之書 十五讀風雅 十六讀典謨 十七讀論語 喜其字琢圭 璋 音如鍾磬 遂以求古人於句節聲華之間 而不復知有天理 神解之奧 性又局狹 自謂刻畵古人 可得其眉髮形肖 而亦不知有生動氣魄之眞 出而見左氏離騷兩司 馬班椽之言 有合於詩書聲口者 則錄其尤瑰瑋者 寘諸懷袖 沾沾諷誦曰 文在是矣 當是時 有鄕里業擧少年持西山眞寶 謝氏軌範等編 輒取而寓目 怪其音節大不類 以爲是六藝之異端”

46. 申維翰,「書與尹太學士論文事」,『靑泉集』권6, 총간200-353. “公曰 曩見子文筆 善傅會古語 似用濟南家津筏 是關於世運之波流而不自知者耶 抑獨有昌歜之嗜 乎 余笑曰 此非濟南病我 我自有罪 請循其本 及年二十餘 而得皇明王 李之文數 於傳寫間 見其用字用句 似左似漢 一毫不襲眞寶軌範中口氣 卽又沾沾曰 掃百氏 而挽千古 其斯爲藝家英雄 盖余所見極狹 而所好極偏 雖古之斷章蠹簡 如山海 經·汲冢書·黃庭·石鼓之類 亦貨而求之 不喜讀儒家菽栗語 所以爲敍述之體 往往 學古文不至而入於于鱗 政如刻鵠不成而反類鶩也”

그렇게 높이 평가하지 않은 점, 둘째 표절 시비로 휘말릴 수 있
는 자구 및 내용의 의구를 당연시 한다는 점에서 동일선상으로
간주한 것이다. 위의 글 역시 윤순尹淳이 전후칠자의 영향을 받
아 의고풍의 글을 쓴다는 지적에 따라 이에 대한 입장을 밝히고
있다.[47] 선진양한의 고문에 몰입했지만 전후칠자의 영향은 아닌
것을 피력하고 있다. 그가 선진양한의 고문에서 추구한 것은 자
법字法과 구법句法같은 독특한 문체를 선호한 것이다. 그래서 그
는 자주 자탁규장字琢圭璋·음여종경音如鐘磬·구절성화句節聲華·
구기口氣·성구聲口·음절音節 등과 같은 것으로 이를 피력하고 있
다. 이 때문에 그는 자신의 산문체가 당대와 좀 다른 시각에서 전
개된 것을 자인했다. 이를테면 김창협계열의 문인들이 한유와 증
공의 산문을 높이 평가했지만 신유한은 이를 극도로 폄하하였다.
이것은 허목계열의 문인들과 그 궤를 같이한다. 그리고 폄하의
이유는 증공의 경우 낭독의 맛을 고려하지 않고 평이하게 설명
하는 형식을 빌어 서술했기 때문이라고 했다.[48] 그는 어려서부터
『서경』,『좌전』,『사기』 등을 좋아하여 남의 시선을 의식하지 않
고 중얼거리며 외우고 다녔다고 한다.[49] 또 가의賈誼의 「치안책治
安策」을 읽기만 해도 흥이 나고 신바람이 나서 자신도 모르게 팔

---

47. 申維翰,「與任正言論文書」,『靑泉集』권3, 총간200-284. "최창대에게서도 전후
칠자의 의고주의를 닮았다는 말을 듣자 신유한은 이런 점을 의식한 듯 이몽양·
이반용·왕세정·왕도곤 등의 문학을 논하면서, 秦漢의 衣冠을 쓴 거짓된 문장이
라고 혹평하였다. (黃明諸子 一鼓作氣 挽千古甚力 獻吉麗于麟癡·元美巧·伯玉
悍·各欲超乘而上 稅駕三代 而畢竟寢處唐宋宮室 假借秦漢衣冠 優孟之爲孫叔敖
吾懼其不及眞也"

48. 申維翰,「與任正言論文書」,『靑泉集』권3, 총간200-284. "斯言之出 而使當世博
雅君子 目笑吾狂簡 亡所恨矣 高明以爲何如"

49. 申維翰,「與任正言論文書」, 위의 글. "甫離齔 不喜從塾師章程業 得尙書隻章片
簡 己喃喃學誦 閒左丘司馬數行句法 輒鼓舞咿唔 當是時 人皆笑僕穉而狂"

다리가 덩실덩실 춤을 춘다고 했다.[50] 이것은 그가 고문의 독특한 구법과 음향 및 어투 등에 따른 낭독의 즐거움을 탐닉한 것을 의미한다. 낭랑하게 살아있는 성독聲讀의 매력은 당송고문에서는 찾아보기 힘들고 선진 양한에 있다고 본 것이, 허목계열의 문인들이 갖고 있었던 산문의식이었다.

　다음은 신유한은 63세 때 문文이란 무엇인가에 대하여 자신의 견해를 피력했는데, 자구字句 운용상의 '간簡'의 미학에 대하여 설파하고 있다.

　　세상에서 이것 이외에 문文이라고 칭하는 것 가운데 하나가 유가儒家의 훈고학訓詁學인데, 이 또한 본원本源이 있습니다. 공자께서 『역易』의 「전傳」과 『효경孝經』을 지으신 이래 증자曾子·자사子思의 『대학大學』·『중용中庸』에 이르기까지 사람을 명리明理와 진성盡性으로써 가르쳐서 곡진하게 명命함에 있어 반드시 지之·호乎·자者·야也 등의 글자를 사용하는 것으로 힘을 얻었는데, 온 천하에 집집마다 실천하게 하기를 마치 숙속菽粟, 수화水火와 같게 하는 것입니다. 그런데 이것은 성인이 가르침을 베푸는 말씀이지 제가 말하는 문文은 아닙니다.[51]

　신유한은 유가의 훈고학과 그 본원인 『대학大學』·『중용中庸』·『역전易傳』·『효경孝經』을 자신의 기준에는 문文에 넣을 수 없다

---

50. 申維翰, 「雜說」, 『靑泉集·續集』권2, 총간200-411. "每於懶倦欲睡時 枯槁索居處 聽人讀離騷 或自閱治安策 便覺興集神來 肘股呂舞 始信吾生命分來 只有此兩端 因緣 苦未磨矣"

51. 申維翰, 「與任正言論文書」, 『靑泉集』권3, 총간200-285. "天下有舍是而稱爲文者 一曰儒家訓詁學 亦有本源矣 夫子作系易孝經 以至曾思大學中庸 誨人明理盡性 所以諄諄焉命之者 必用之乎者也等字得力 使天下家行戶踐 如菽粟水火 是聖人 設敎之言 而非吾所謂文也"

는 것이다. 이것을 두고 신유한이 사용한 '유가 훈고학'이란 말은 마융馬融·전현鄭玄 등 한대漢代 훈고학자의 저술뿐만 아니라 이후 송대宋代 정주학程朱學에 이르기까지의 경전 주석 문장을 포괄하는 것이고, 나아가 이념의 효과적인 전달을 제일의第一義로 삼고 미려한 산문의 형식미는 거의 고려하지 않은 설명문 성격의 문장을 통칭하는 것으로 보인다. 산문의 문예적 성취를 중시하는 고문가古文家의 입장에서 소위 주소注疏·어록체語錄體의 유입을 폐해로 보는 발언은 17세기부터 적지 않게 있어 왔다. 그러나 그 본원으로 공자의 저작과 사서四書의 일부를 들고, 이를 문文의 범주에 넣을 수 없다고 밝힌 점은 이례적異例的인 것이 아닌가 한다.[52] 이것은 당대의 지배적인 독서관에 대한 비판으로서 수많은 반론을 예상하면서도 문文에 대한 자신의 소신을 밝힌 대목이다.

이처럼 자구운용상의 절제의 미를 중시하며 진한고문秦漢古文만을 이상적인 문으로 간주하고 그 중에서도 특히 『서경』과 『사기』의 구절은 하나도 가감할 필요가 없는 '진간眞簡'의 경지를 이루었다고 격찬하고 있다.[53]

그리고 그 '진간眞簡'을 자구 운용의 기준으로 삼았다. 그가 처음 왕세정과 이반룡의 산문을 읽고서 그 글이 진한고문秦漢古文과 비슷한 것이 바로 '용자용구用字用句'의 법에서 발견한 것이

---

52. 송혁기, 『17세기말 18세기초 산문이론의 전개양상』, 고려대 박사학위논문, 2005, 70-71쪽.
53. 申維翰,「與任正言論文書」, 『靑泉集』권3, 총간200-284. "如「舜典」五載巡狩 禮四岳輯五瑞「周書·顧命」西序東房 奉璋同瑁「鄕黨」篇飮食衣服事君容儐相容 孰敢一語添剩「項羽紀」鉅鹿鴻門垓下光景「灌夫傳」行酒罵坐氣象 着何一字增損 斯皆不沿不襲 無價無矯 濯濯如珊瑚柯 粲粲如芙蓉花 皮膚脫落盡 獨有眞色眞香 卽吾所謂眞奇也 眞簡也"

다.[54] 즉 자구 운용이 탁월한 것으로 보았다.

전언한 바와 같이 그는 『산해경山海經』, 『급몽서汲冢書』, 『황정경黃庭經』, 『석고石鼓』가 유가의 '숙속어菽粟語'보다 우월하다고 주장하였는데 특히 가의賈誼의 「치안책治安策」은 읽기만 해도 '흥집신래興集神來'하여 자신도 모르게 팔다리가 춤을 춘다고 하였다.[55] 또 『사기史記』를 읽으면 그 생기로 인해 '목동신광目動神狂'과 '천기상응天機相應'한다고까지 하였다.[56] 그는 효문제孝文帝, 가의賈誼의 공용문서를 선호하였고 『서경書經』, 『좌전左傳』, 『사기史記』, 『한서漢書』 등과 같이 사체史體를 산문의 전범으로 인식하였다.

한편 허목은 선대의 문인을 평하면서 산문에 대한 견해를 피력했는데 최립崔岦(1539-1612)에 대하여 '굉심간오宏深簡奧'하여 그 고아古雅함을 본받을 수 있다고 했다. 또 정언음鄭彦訔(?-1631)의 문장을 '섬이오贍而奧', '사이오아肆而聱牙'하며 그의 부부는 기오奇奧한 절조絶調를 지녔다고 평하였으며, 허적(1563-1641)의 문장은 '간오경한簡奧勁悍'하여 위진魏晉을 이을 수 있다고 하였고, 조

---

54. 申維翰, 「書與尹太學士論文事」, 『靑泉集』권6, 총간200-353. "當是時 有鄕里業擧少年持西山眞寶 謝氏軌範等編 輒取而寓目 怪其音節大不類 以爲是六藝之異端 及年二十餘 而得皇明王 李之文數篇於傳寫間 見其用字用句 似左似漢 一毫不襲眞寶軌範中口氣"

55. 申維翰, 「雜說」, 『靑泉集·續集』권2, 총간200-411. "每於懶倦欲睡時 枯槁索居處 聽人讀離騷 或自閱治安策 便覺興集神來 肘股呂舞 始信吾生命分來 只有此兩端因緣 苦未磨矣"

56. 申維翰, 「書鑿龍門卷末」, 『靑泉集』권3, 총간200-284. "彼峯者山立 漫者波奔 怒者霆激 踊爲其人活畫 故生氣勃勃 令人目動而神狂 在它傳何曾盡然" 같은 책 7장 「書孫仲深史記抄」 "今子役吻於斯 讀范蔡傳 卽欲駕長轡 讀荊卿傳 卽欲提匕首悲歌 讀項羽紀 卽欲暗嗚叱咤 讀李廣傳 卽欲彎弓射單于 此又誰之使耶 卽司馬氏之自爲至 而亦不得自言其至者 天機之所動也"

경(趙絅, 1586-1669)의 문장을 '심오경절深奧勁切'해서 옛 작가의 유풍을 지녔다고 하였다.[57] 이들은 허목계열의 문인으로서 매우 호의적인 평을 통해 그의 미의식을 드러내고 있다. 그리고 그 기준에는 '간오簡奧', '섬이오贍而奧', '기오奇奧', '심오深奧' 등으로 '오奧'를 중심으로 전개된 것을 살필 수 있다. 이것은 실제 '간오簡奧'나 '고경古勁'을 실제 작품에서 추출하여 설명할 필요가 있다. 그렇다면 이런 요소가 바로 선진양한의 특징이니 『서경』, 『좌전』, 『춘추』등과 같이 간결한 어구 속에 함축적인 뜻을 표출하기에 심오深奧하다고 지적하고 있다. 또 후대에 즐겨 쓰는 동일어구의 반복보다는 불규칙한 구절과 어조사의 절제 등은 문장을 긴박하고 기이하며 난해성을 제공하기에 경건勁健한 미감을 주고 고경古勁하다고까지 했다. 그래서 남극관은 허목의 일부 문장을 두고 자구가 들쭉날쭉한데도 전혀 막힘이 없으니 참으로 기이하다고 평한 것[58]도 이런 산문의식과 무관치 않다.

실제 이런 것에 근거하여 작품을 분석하고 대비시켜보아야 하겠지만 산문의식의 탐색을 주로 하기에 차기로 미룬다.

한편 허목 계열의 공통된 산문관은 정주程朱의 주소체註疏體 및 송대宋代 문학 전반에 대하여 훈고적訓詁的 수준에 머물렀다고

---

57. 許穆, 「簡易堂碣」, 『記言』권18, 총간 98-95, "公平生好讀班固韓愈書 其文宏深簡奧 古雅可法 東方文學 千載一人"「水色集跋」, 『記言』별집 권10, 총간 99-96, "及讀陽陵水色集, 其文章最簡奧勁悍 能繼躅魏晉氏 而倔然成一家"「葱山先生碣銘」, 『記言』별집 권20, 총간 98-227, "其文 贍而奧 肆而聲牙 抑揚長於諷 本之屈原 參之子雲 相如 韓 柳氏 而成一家"「騷學三體序」, 『記言』별집 권58, 총간 98-389, "平生諸作 每寓意千古 以自宣著述之體 深思永嘆 奇奧爲絶調 梁松川嘗稱 千載曠音"「龍洲神道碑」, 『記言』별집 권40, 총간 99-278, "其文章 深奧勁切 卒澤於道德仁義 蒼然有古作者遺風"

58. 南克寬, 「謝施子」, 『夢囈集』坤, 총간209-320, "許眉叟文字 晚歲始道 攻許積疏 辭圓意活 如流丸走汞 字句雖參差 絶不滯礙 奇矣"

인식하였다. 따라서 이에 대해 다소 폄하하는 경향이 있다.[59] 즉 육경 및 선진양한고문을 산문의 기준으로 삼는 허목의 입장에서는 내용전달을 위해 파생되는 문체의 변형이나 다양한 견해를 담아 설명하는 번잡한 문체를 좋아하지 않았다. 이 때문에 주소체 및 어록체에 대하여 부정적이었다.

한편 허목계의 문사들은 송대宋代 문인에 대해서도 매우 비판적이었는데 구양수나 증공의 경우 언급조차 잘 하지 않았다. 반면에 소식蘇軾의 경우는 간혹 인용되었지만 역시 비판적 견지에서 거론되었을 뿐이었다. 특히, 신유한은 이런 허목계의 입장을 잘 보여주고 있다.

신유한은 허목계열의 간簡의 미학을 산문의 기준으로 삼았다. 하지만 그는 한 걸음 더 나아가 유가의 일부 경전(대학大學, 중용中庸, 역전易傳, 효경孝經)을 산문으로 인정하지 않고 간결하게 서술된 『서경書經』과 『사기史記』를 이상적인 산문으로 간주하였다. 그는 당대에 비판을 감수하고 산문에 대해 소신껏 그의 입장을 주장하였다. 이런 점은 산문에 대한 나름대로의 명확한 인식을 갖고 있었다는 점을 보여주고 있다. 또 낭독의 묘미를 강조하여 산문의 운문적 특성을 중시했다. 대체로 산문은 전달의 효율성에 무게를 두는데, 신유한의 경우 낭독의 묘미도 산문의 우열 기준으로 제시함으로써 신선한 문학관을 보여주었다. 단순하게 전달하는 산문에 머물지 않고 읽는 산문으로서의 가능성도 열어둔 것이었다.

---

59. 許穆, 「自評」, 『記言』권58, 총간 98-389, "宋興 修明三代之治 文學歸於訓詁"

3. 김창협계열의 인식과 신유한의 산문관

허목 계열에서 극도로 비판하던 증공과 한유를 김창협 계열에서는 오히려 이들을 높이 평가하고 심지어 전범으로까지 삼았다. 이처럼 이들은 문장에 대한 관점이 판이하였다. 신유한도 남들이 다 높여도 자신은 유독 싫어하는 문장으로 당대唐代의 한유韓愈와 송대宋代의 증공曾鞏을 꼽았다. 조선 후기 증공이 보편적으로 선호되는 문인임에도 이에 대한 배척의 의지가 매우 강하였다.

> (최창대崔昌大가) 내 평생에 쓴 글들의 잘못된 원인을 지적한 적이 있다. 마치 창편倉扁이 사람의 오장五臟을 볼 때 맥을 짚어서 증세를 이야기하는 듯 했다. 그러고서는 책상에서 『팔대가문초八代家文抄』중 증공曾鞏의 『남풍집南豊集』두 권을 뽑아 나에게 주면서 "가서 읽어 보면 병을 치료할 수 있을 것이네."라고 했다. 나는 훌륭한 가르침에 감사한 뒤, 책을 가지고 와서 익히고 연구하기를 오래하였다. 샘의 근원이 넓은 것을 알겠지만 부연이 너무 지나쳐서, 한번 읽으면 배가 부르고 두 번에는 잠이 와서 조금도 도움이 되지 않은 듯 했다. 남영주가 열흘을 고민하다가 다시 노자를 만난 것처럼 소매에 넣어갔던 책을 돌려주면서 "이 약은 제 병을 치료할 수 없습니다. 제 고질병은 어떻게 해야 합니까?"라고 물었다.--- 생각해 보면 선생은 나를 매우 사랑하여 처음에는 아주 평이한 송문宋文을 가지고 나의 광간狂簡함을 고쳐주려 했지만, 물이 돌에 스며들 수 없듯이 좋아하지 않는 것을 강요하기는 어렵다고 봅니다.[60]

---

60. 申維翰,「自敍」,『青泉集』續集 권2, 총간200-410. "(崔昌大) 逆揣吾平生文字被病根委 如倉扁視人肝肺 診脉論症 即抽案上八大家文抄中會南豊二卷 授我曰 試往讀此 可以醫病 余旣感荷盛意 取卷歸舍 翫繹久之 第見泉源浩浩 過於敷衍 令人一讀而飫 再過而睡 計無以秋毫相人 如南榮趑十日自愁 復見老子 袖卷而反之 且訊曰 此藥不能治吾病 奈吾膏肓何 --- 念翁愛我甚厚 初欲以宋文最易者 一革吾狂簡 而水不能入石 難强以非其好矣"

일반적으로 선진양한 고문에 담긴 '고기古氣'와 그 '간오簡奧'의 문체가 갖는 미적 특성을 추구하는 것이 허목계열 문인들의 지향성이었다. 그리고 이 전범을 설정하는 범위와 방식의 차이가 바로 김창협계열과 허목계열의 구별점이다. 즉 허목 계열이 육경六經과 선진양한先秦兩漢의 고문古文을 중시한데 비하여 김창협 계열은 당송 고문과 한유의 문집으로 범위를 확장하고 있다. 허목 계열이 한유 이후의 고문을 대체로 폄하한데 비하여 김창협 계열은 고문의 규도規度를 모른 채 모방을 지향하는 태도와 생경한 어휘 구사를 비판하였다. 이를테면 왕세정이 사마천의 서사방식을 비지碑誌에 그대로 사용했다고 혹평하고 있다. 그러면 여기서 신유한의 입장을 살펴보자. 그의 독서편력을 보면 '사체史體'를 중시하고 있다. 즉, 『서경書經』, 『좌전左傳』, 『사기史記』, 『한서漢書』 등에 구현된 이른바 '사체史體'를 제한적인 산문의 전범으로 제시하였다.[61] 그 다음으로 『산해경山海經』, 『급총서汲冢書』, 『황정경黃庭經』, 『석고石鼓』(춘추전국시대 진秦의 금석문) 등의 글을 유가儒家의 '숙율어菽栗語'보다 더욱 좋아하였다고 했다. 신유한은 문왕文王이 좋아하는 창가昌歜 먹기를 공자가 즐겼듯이, 자신도 어려서부터 '기고문성구嗜古文聲句'를 유일한 즐거움으로 삼았다.[62]고 했다.

신유한는 어려서 가의賈誼의 「치안책治安策」을 침식도 잊은 채

---

61. 申維翰, 「與任正言璞論文書」, 『靑泉集』권3, 총간200-284. "甫離齔 不喜從塾師
章程業 得尙書隻章片簡 已喃喃學誦 聞左丘司馬數行句法 輒鼓舞咿唔 當是時
人皆笑僕稱而狂 年長而讀漢書所紀文文詔制 賈傅治安策百千過 始信文章正脈
在史而不在他"
62. 申維翰, 「與任正言論文書」, 『靑泉集』권3, 총간200-284. "自念我生之初 一物不
帶來 由生入老 一事不係戀 獨於古文聲句 昌歜之嗜 本乎天性"

천 번을 읽었고,[63] 『서경書經』, 『좌전左傳』, 『사기史記』의 구절에
한껏 고무되어 남들이 이상한 눈으로 볼 정도로 입에 달고 중얼거
리고 다녔다. 즉, 반복적인 독서와 암송이 학습법이었다. 그러나
창작된 작품이 전범에 얼마나 가까운가를 자법字法, 구법句法, 구
기口氣 등의 상사相似 여부로 판단하려 한 혐의가 있지만[64] 꼭 선
진양한의 고문과 자구가 비슷하거나 일치성을 주장한 것은 없다.

그러나 이런 유사한 자구의 사용을 두고 최창대는 모든 편의
자구가 『사기』, 『장자』 등과 비슷하지만 정작 고인의 정신을 배
우지 못하고 겉모습만 본뜬 것이어서 우맹優孟의 흉내 내기에 불
과하다[65]고 혹평했다.

이처럼 산문이론의 초점은 도를 담아낸 문장에서 무엇을 어떻
게 배우는가에 있다. 이것이 바로 김창협계열의 문인과의 차이점
이다.

김창협의 제자인 이의현은 주희가 『대학大學』의 「보망장補亡
章」을 지으면서 순수하게 송대宋代의 문체만 사용했지 선진先秦
의 문체를 닮으려 하지 않았다고 했다. 또 문자 자체의 고금이 중
요한 것이 아니라 어떻게 사용하는가가 중요하며 당대의 시속時

---

63. 申維翰, 「雜說」, 『靑泉集』續集 권2, 총간200-411. "余自童年 不識書畫方技 以至
　　奕棊六博飮酒琴歌 一無所解 獨嗜古文 韻語則離騷 文章則賈傅治安策 讀過千遍
　　寢飯俱忘"
64. 申維翰, 「書與尹太學士論文事」, 『靑泉集』권6, 총간200-353. "當是時 有鄕里業
　　擧少年持西山眞寶 謝氏軌範等編 輒取而寓目 怪其音節大不類 以爲是六藝之異
　　端 及年二十餘 而得皇明王 李之文數篇於傳寫間 見其用字用句 似左似漢 一毫
　　不襲眞寶軌範中口氣"(반복해서 인용함)
65. 申維翰, 「自敍」, 『靑泉集』권2, 총간200-410. "往謁昆侖崔學士 翁盡索我少壯文
　　藁見之 沾沾喜曰 君誠好古 有氣力可進於古 而茫茫乎不識所由徑矣 君欲以毛髮
　　肖古人 而不以筋髓神氣求古人 故篇篇字句 似馬似左似莊似子雲 凡言似者皆非
　　眞 是不過優孟之爲孫叔敖矣 自己腔裏 亦有好家居 何苦寄宿人芭籬下"

俗적인 말이라도 사용할 수 있다고 했다. 특히 고문을 흉내 내어 허자를 사용하지 않는 것을 철저히 비판했다. 반면에 신유한은 지之, 호乎, 자者, 야也 등의 어조사를 사용하여 평이하게 쓴 것은 문장의 범주에 넣을 수 없다는 것과는 정면 대치된다. 즉, 이의현이 자구의 모의를 철저하게 비판한 반면 신유한은 고문의 구현을 위해 자구의 모의도 가능하다는 관점이다.

한편 김창협은 산문의 문채미 구현을 언급하는 가운데 구양수가 짧은 척독尺牘 하나를 쓰는 데에도 퇴고를 거듭했다는 사실을 지적하면서[66] 자신도 건강이 좋지 않은 상태에서 퇴고에 지나치게 정력을 소모한다는 지적을 받기도 하였다.[67] 그리하여 김창협 계열의 문인들은 이런 퇴고의 노력을 이어간다. 김주신이나 이천보 및 이정섭이 바로 그러하다.

한번은 최창대가 신유한 문장의 단점을 지적하면서『당송팔대가문초』에 수록된 증공의 문장을 권유하였다. 그러나 정작 최창대의 권유를 받아들여 오랫동안 숙독한 결과 정반대로 가장 싫어하는 문장이 바로 증공 및 한유의 글이었다고 고백하고 있다.[68] 이것은 증공을 매우 높이 평가한 명대 당송파나 김창협계열의 문인과는 매우 상반되는 입장이었다. 또 일반적으로 높이 추숭되는

---

66. 金昌協,「雜識·外篇」,『農巖集』권34, 총간162-392. "歐集吉州學記有二本 不但句字多所增損 章段先後 亦頗移易 一是石本 一是昇平時印本 而石本載居士集印本載外集 石本字數頗減 文尤簡暢 當時後來修改者 世言 歐公作文 雖尺牘 亦多追後修改 其不苟於述作如此 此記亦其一證 試將二本比對稱量 亦可窺其詳略去取之意 料簡刮摩之功 周益公序 略舊鑑新 因悟爲文之法者 正謂是耳"

67. 李喜朝,「雜記」,『芝村集』권22, 총간170-589. "農兄又謂 文不可太易 勸余 於作文時 必料簡 料簡卽鍛鍊之意也 歐陽公 亦嘗如此云 盖觀此 兄雖於晚年病中 作文必極費心力 以此 作之甚罕 且以爲重難 旣作又往往添痛 似亦料簡太過之致也"

68. 申維翰,「雜說」,『靑泉集』續集 권2, 총간200-411. "余於古文 不喜讀諸子 於唐不喜昌黎 於宋不喜南豊 此皆古今人學文章者 取以爲宗師 膾炙之所同嗜 而余獨不然"

소식의 문장에 대해서도 포폄을 함께 하여 나름대로의 문학적 견지를 보여주고 있다.

> 소식의 글에 잡박한 사상이 혼재되어 있고 선진고문은 커녕 양한고문에도 어림없이 미치지 못한다고 평가하였다.[69]

> 〈삼가호백평三家狐白評〉에서는 소식 글을 배우는 일정한 효용을 언급하면서 비중있는 작가라고 평하였다.[70]

위의 지적처럼 소식의 글에서 복잡한 사상이 혼재되었지만 글을 배우는 것에는 나름대로의 효용성이 있다는 것이다. 비록 불가, 도가, 종횡의 사상이 섞이어 순수 유학이 아니지만 오랜 글쓰기에서 우러나오는 성음聲音과 색택色澤을 본받을 만하다는 것이다. 이어 사마천의 문장도 평하고 있다.

> 내가 사마천의 문장을 살펴보니 우임금이 물을 다스리는 것과 같아서 그 기운차게 흘러 갈 때는 천지에 막힘이 없다. 패왕(항우)의 웅건함, 장이張耳·진여陳餘의 걸출함과 오왕 비濞의 교만방자함, 이광李廣의 기이한 운수 등에 이르러서는 모두 물이 거꾸로 거슬러 사납고 매서운 부분이어서 용문龍門을 뚫는 수단으로 소통시켜 이끌었다. 그 솟아오른 산과 같은 험함이며 흘러 넘치는 물과 같은 도도함, 쪼개지는 천둥 같은 노여움 등이 뛰놀아서 인물을 살아있는 그림으로 만

---

69. 申維翰,「與任正言論文書」,『靑泉集』권3, 총간200-284. "蘇氏父子 最號大方家 而儒家道家佛家縱橫家 雜然竝用 爲策論序記 其於遷固之法 十不能二三 何論周魯"
70. 申維翰,「三家評說後題」,『靑泉集』續集, 권8, 총간200-536. "蘇之波瀾似莊 幻變似佛 縱橫似戰國策 而以音節明暢爲宋調--- 宋不能唐 唐不能漢 非不能也 世運與習氣使然也 由今望宋世 非遠也 習相近也 學者擇於是三家而熟讀專攻 久久陶鎔 使其聲音色澤 望而知其似歐似蘇似王也"

들었다. 그런 까닭에 생기가 왕성하여 읽는 사람에게 눈이 휘둥그레
지고 정신이 나가게 한다. 다른 전傳에서도 다 그렇기야 하겠는가?
그대는 이 선집을 날로 섭렵하여 산을 가리켜서 우뚝하다 하고 물을
가리켜서 넘실거린다고 하며 이를 늘 바라보고 이를 늘 풀어 보도록
합시다. 한 편을 읽을 때마다 그 본색을 추구해야 합니다. 이와 같이
한다면 사마씨의 성용聲容을 얻을 수 있을 것입니다. 성용이 비슷해
지면 기氣가 감통하게 되고 기氣가 감통하면 천기天機가 응할 것입
니다. 그대는 진실로 변화에 이르게 될 것입니다.[71]

사마천의 문장을 산문의 최고봉으로 간주했다. 따라서 사마천
의 성용聲容을 얻을 때 천기天機에 응할 수 있다고까지 극찬했다.
그렇다면 사마천의 문장을 닮고 그 문장을 본색으로 삼아야 한다
는 것이다. 여기에서 신유한의 극단적인 복고형 글쓰기의 의식을
찾을 수 있다. 이런 까닭에 "신유한의 생기발발生氣勃勃은 그가
어투나 구법의 층위를 넘어서서 선진양한의 가장 높은 단계로 지
목한 생동기백지진生動氣魄之眞과 다르지 않다."[72]고 했다. 신유
한의 글쓰기는 생기발발生氣勃勃것이 특징이며 이런 것은 '사전
체史傳體'에 기인한다. 그리하여 그는 "문장정맥文章正脈은 바로
사체史體에 있다."[73]고 하였다. 그는 특히 논어를 즐겨 읽었는데
그 이유는 공자의 제자들이 공자의 동정動靜을 잘 기록하여 모사

---

71. 申維翰,「書鑿龍門卷末」,『靑泉集』권6, 총간200-359. "余目氏司馬文章 猶禹之
治水 方其沛然而往 天地無礙 及遇霸王之雄·耳餘之傑·濞之驕恣·廣之數奇 是皆
水逆而悍猛處 卽以鑿龍門手段闢而導之"

72. 申維翰,「與任正言論文書」,『靑泉集』권3, 총간200-284. "故翼素王而爲臣曰左丘
公穀 收秦火而置史曰 馬遷班固 俱能嫡傳史家宗法 而網羅千古事變 言辭以斐其
文 譬之善話者摹寫人物 亡論形色惟肖 必以造化精神 得其生動氣魄之眞 然後斯
合神品"

73. 申維翰,「與任正言論文書」,『靑泉集』권3, 총간200-284. "年長而讀漢書所紀文武
詔制 賈傳治安策百千過 始信文章正脈 在史而不在他"

模寫가 입신入神에 이르러 그 문당이 사가史家의 체體를 얻은 것으로 간주했다.[74]

'사체史體'란 전달성이 뛰어난 산문의 글쓰기 양식이다. 상상력이나 과장된 내용의 전개보다는 매우 사실적이고 구체적인 근거를 제시하여 의미전달에 목적을 둔다. 따라서 간결하고 명쾌하여 이해하기 쉽다. 이처럼 신유한은 자기 나름의 문체를 가미하려했던 김창협계열 문인과는 다른 산문관을 가졌다.

Ⅲ. 신유한 산문의식의 지향성

신유한의 산문의 지향성은 당대의 큰 양대 축에서 살펴보았다. 정도에 따라 허목 계열에 쏠림이 있었지만 그는 당략이나 사승관계에 따른 것이 아니고 다분히 개인적인 소신과 취향에 따른 것일 뿐이다. 이에 앞에서 언급한 것들을 정리하여 결론을 삼고자 한다.

1. '사체史體'를 제한적인 산문의 전범으로 제시

『좌전左傳』, 『이소離騷』등을 높이 평가하고 이와 일치선상에 있다고 보는 『시경詩經』, 『서경書經』을 중시했다. 나아가 『산해경山海經』, 『급몽서汲家書』, 『황정경黃庭經』, 『석고石鼓(진秦의 금석문金石文)』등도 거론하였다. 즉 '사체史體'가 갖는 명료한 내용 전개와 간결한 문장의 구성을 높이 평가한 것이다. 이처럼 번잡

---

74. 申維翰, 「與任正言論文書」, 『靑泉集』권3, 총간200-284. "又就儒家所習四書 而獨喜誦論語 以爲是洙泗門人善記夫子一動一靜 模寫入神 故 其文得史家之體"

한 글쓰기를 피하고 가능한 간결한 서술로 명료한 내용 전달을 중시했다. 이런 과정에서 '지之', '어於' 등과 같은 일상적인 허자마저 줄이고, 선진양한先秦兩漢의 고문古文을 지향하였기에 시의성을 담아내지 못한 문인으로 비난받는 것은 마땅하다. 즉 김창협계열의 문인이 비판하기에 충분하다. 그러나 선초鮮初이래 성리학의 대두와 함께 일정한 논리성을 갖춘 어록체, 주소체가 팽배하면서 신유한은 산문다운 산문이 많지 않다고 판단한 것으로 본다. 그리하여 산문이 갖는 원래의 산뜻한 맛과 명료성을 '사체史體'를 통해 구현하려 했던 것이다. 이런 의미에서 신유한의 산문쓰기는 당대의 보편적 글쓰기에 대한 신선한 자극이었다.

2. 선진양한先秦兩漢의 독특한 자법字法과 구법句法 선호

산문이 단순히 내용 전달의 나열식 전개가 아니라 한 구절 또는 한 자구마다 독특한 맛과 어감을 가져야 한다는 것이다. 이 때문에 그는 자주 자탁규장字琢圭璋·음여종경音如鐘磬·구절성화句節聲華·구기口氣·성구聲口·음절音節 등과 같은 것으로 이를 피력하고 있다. 그래서 그는 자신의 산문체가 당대와 좀 다른 시각에서 전개된 것을 자인했다. 까닭에 고문의 구현을 위해서라면 자구字句의 모의模擬도 가능하다고 보았다. 당대의 보편적인 어록체, 주소체의 지루함에서 벗어나 산뜻하고 독특한 맛이 있는 선진양한先秦兩漢의 자법字法과 구법句法을 좋아할 수밖에 없었다. 이 점은 당대의 지배성으로부터 벗어나 자신만의 글쓰기이자, 허목계열과 일치선상에 있는 문학적 노선이었다.

3. 산문에서 낭독의 즐거움 강조

산문에서 내용 전달만큼이나 읽는 리듬감 즉 낭독의 운율을 중시했다. 즉 고문古文의 독특한 구법口法과 음향 및 어투 등에 따른 낭독의 즐거움을 강조했다. 산문 역시 운문처럼 감성을 담아 읽을 수 있어야 한다는 것이다. 음악적 묘미를 고려한 산문쓰기는 나름대로의 의미가 있다. 가사문학이 반문반시半文半詩로 낭독의 맛이 있듯이, 산문 역시 일정한 배열을 통해 음악성을 확보할 수 있어야 한다. 즉 낭독하는 그 자체가 즐거움을 음미하는 과정인 것이다. 신유한의 이런 주장을 추론해 보면 당대의 글쓰기가 얼마나 난해하며 지루했는지를 짐작하게 한다. 즉, 만연체의 난해성을 극복하기 위한 새로운 시도로 해석할 수 있다.

4. '간오簡奧'의 미학美學을 중시

그는 『서경書經』과 『사기史記』를 '진간眞簡'의 표본으로 극찬하면서 '간오簡奧'의 미학美學을 중시했다. 불규칙한 구절과 어조사의 절제 등이 문장을 더욱 긴박하고 기이하며 난해성을 제공하기 때문에 '고경古勁'하다고 보았다. 이점은 허목 계열의 '간오簡奧'의 미학美學과 일치한다. 그리하여 『대학大學』, 『중용中庸』, 『역전易傳』, 『효경孝經』과 송대宋代의 정주학程朱學 및 경전주석의 문장 등은 산문의 형식미를 고려하지 않았다고 하여 강도 높게 비판하였다. 그리고 낭독의 묘미도 없고 자구상의 절제미도 떨어진다고 여긴 한유와 증공의 문장을 역시 폄하하였다.

이와 같이 그는 표피적으로는 허목계열 문인으로 분류하지만 실상은 당대 지배세력과 별반의 관계가 없는 순수한 문인이었을 뿐이다. 왜냐하면 허목계열과 잇닿는 뚜렷한 사승관계도 없을뿐더러 그를 계승한 사제관계도 명백하지 않기 때문이다. 다만 외직과 한직에서 책무를 다하고 순수하게 문학을 향유하고 깊은 사색과 오랜 연마를 통해 나름대로의 산문론을 제시했던 소박한 학자였을 뿐이다. 따라서 그간의 연구에서 그를 당대의 허목계열의 문도와 연결 짓는 것은 다소 무리가 따른다. 문학적 주장이 비슷하다고 해서 무리하게 연결시키는 것은 온당치 않다. 다만 그는 당대의 지배성에서 멀었기에 자유로운 산문관을 피력하고 다양한 사상에서도 열림과 성찰로 또렷하게 자신을 드러낼 수 있었다. 그리하여 신유한은 당대의 양대 계파에 얽매이지 않고 나름대로의 산문의식을 갖고 산문의 완성도를 높이려 했던 독특한 문인으로 재평가 받아야 할 것이다.

(3) 박윤묵朴允黙의 애민시愛民詩

Ⅰ. 서론

18세기 후반은 상공경제가 활발해지고 양반들의 실학 의식이 현실에 반영되어 실사구시와 이용후생을 추구하였다. 또 위항인들의 대중교육이 확산되어 식자층이 증대되었다. 이런 시대상에 박윤묵(朴允黙, 1771-1849)은 서리라는 미관말직으로 시작하여 동지중추부사를 거쳐 1835년 헌종 때에 평신진첨절제사로서 선치하여 송덕비가 세워질 정도로 명망 있는 관리가 되었다. 즉, 그가 근무하던 평신진에서 선치善治하여 첨사가 된 것이다. 이것은 그가 단순히 목민관으로서 중앙의 뜻을 받들어 그 지역을 잘 다스렸다는 의미보다는 그곳에 함께 한 민초의 고충을 헤아리고 그들에 대한 사랑이 구체적으로 실현되어 현실적으로 성공을 거둔 결과이다. 따라서 그의 애민정신과 실천은 남다른 것이다. 이런 맥락에서 그의 애민시를 고찰하는 것은 나름대로의 의미가 있다. 왜냐하면 당대 홍세태나 조수삼을 비롯하여 많은 위항인 들이 현실의 질곡을 토로하고 개선을 갈망했지만 그들은 신분적 한계로 깊게 관여할 수 없었다. 그러나 박윤묵은 이들과 달랐다. 비록 같은 위항인에서 출발했지만 끊임없는 자기 연마와 문재를 발휘하여 기회가 있을 때마다 성은을 입어 그는 꾸준히 신분을 상승시켰다. 그러나 그 가운데에 그가 민초를 사랑하고 헤아려 선치하였기에 이런 결과를 얻을 수 있었다. 따라서 이런 점에 주목하여 그의 애민시는 살펴 볼만한 가치가 있다.

원래 그의 본관은 밀양密陽이며 자는 사집士執이고 호는 존재存

齋이다. 효자로 이름난 박태성의 증손자로, 어산漁山 정이조丁彝祚의 문하에서 수학하였다. 정이조는 당대 문학으로 세상 사람들의 사표가 되어 많은 제자를 두었다. 그러나 사후에 그의 시문이 흩어져 없어지자 제자 박윤묵이 나머지를 거두어 두 권의 문집을 만들었다. 이처럼 박윤묵은 스승의 소실된 시문을 찾아 엮는 인간미를 가진 제자로 시문에 뛰어났으며, 서예에도 능하였다. 정조 때 규장각을 설치하면서 그에게 교정 보는 일을 맡겼는데 글을 정갈하게 다듬고 정리하여 은총을 두텁게 받았다. 49세(1819년) 때 어제御製 비문碑文을 받들고 곡산 谷山치마대馳馬臺에 가서 비석 세우는 일을 감독한 공으로 통정대부通政大夫에 올랐고, 57세(1827년) 때 어제御製를 글씨로 써 바쳐 익종의 명으로 종2품 가선대부嘉善大夫에 올랐다. 61세(1831년) 때에 영희전전감永禧殿殿監 동지중추부가 되었으며, 65세(1835년) 때에 평신진平薪鎭 첨사가 되었다.위항인으로서 매우 이례적인 신분상승이었다.

한편 그는 위항인들의 시사詩社인 송석원시사松石園詩社(천수경, 노윤적, 김태욱, 장혼, 왕태 등으로 구성된 시회詩會)의 어린 후배로 훗날 함께 활동했던 지석관, 박기열, 조경식 등과 함께 이 시사詩社를 기리는 주요인물이 되었다. 그는 약 3,000여 수의 한시[1]를 남길 만큼 평생을 시작활동으로 일관하였다.

"그는 평생토록 시를 짓는데 버릇이 들어 육십 년을 하루같이

---

1. 그의 문집인 존재집(存齋集)은 25권 13책의 필사본의 시문집이다. 이 책은 권두에 최면(崔沔)의 서문이, 권말에 박기수(朴騎壽)의 발문이 있다. 권1은 부(賦) 3편, 율부(律賦) 2편, 시78수, 권2-22는 시 2,900여수, 권23은 서(序) 20편, 시 9수, 발(跋) 4편, 권24는 찬(贊) 7편, 명(銘) 11편, 설(說) 10편, 논(論) 2편, 묘갈 2편, 권25는 잡저 19편, 제문 23편, 상량문 2편, 부록으로 행장·만사·묘갈 등으로 구성되어 있다.

하여 많은 글을 지었다. 진실하여 화려하게 숨기는 것이 없었으며 생각에 사악함이 없었다.”[2] 이것은 『시경』의 사무사思無邪를 잇는 정신으로 창작활동에 임하였으며 이것이 그의 시적 세계의 특성을 말해주는 것이다.

그러나 박윤묵의 독특한 정감어린 시의 구현이나 3000여 수라는 양적인 측면에도 불구하고 박윤묵의 작가론적 고찰이나 작품에 대한 연구는 아직 미흡한 편이다. 그의 가전에 주목하여 몇 편의 연구가 있었고,[3] 나머지는 대략 위항문학사나, 고전읽기자료에서 열전의 형식으로 소개가 되었을 뿐이다.[4] 그것은 홍세태나 최기남, 정래교 등이 수편의 학위논문으로 나온 것과는 대조된다. 이것은 홍세태, 정래교, 최기남 등이 치열한 사회 비판의식을 가진데 비해 박윤묵은 상대적으로 이런 점이 미약하다는 인상 때문일 수도 있고, 또 아직 위항작가군의 전반에 대한 관심이 많지 않은 것을 반증한다고 볼 수도 있다.

그러나 박윤묵의 경우 위항인이 갖던 부당한 사회구조에 대한 비판의식에 머물지 않고 오히려 겸허하게 그것들을 받아들이고

---

2. 朴允默,「存齋集」『이조후기 여항문학총서』2권 (여강출판사 1986), 225쪽. “平生 癖於詩 六十年如一日而多用賦體 惆焀無華蔽之 以思無邪”
3. 柳奇玉,「存齋 朴允默의 假傳 研究」, 우석어문 권 8, 1998.
　김창룡,「存齋 朴允默과 文房의 四傳記」, 한성대학교 논문집, 1992.
　안병렬,「存齋 朴允默의 假傳作品 〈麴淸傳〉考察」, 대동한문학, 1988.
4. 허경진, 조선위항문학사, 태학사 1997, 509쪽.
　　평민열전, 웅진북스, 2002, 129-132쪽.
　정후수,『조선후기 중인문학연구』, 깊은샘 1990. 243, 261, 264쪽.
　안영길, 조선 중인의 향기와 멋, 성균관, 2003.
　　조선 후기 위항인의 풍류활동과 문학, 2007 168쪽
　김창룡, 한국의 가전문학(하), 태학사, 1999, 111-119쪽.
　신승운, 박소동역, 고전읽기의 즐거움, 2004, 183-190쪽.

몸소 부분적으로 개선을 실천함으로써 또 다른 위항인의 모습을 보여주고 있다. 이런 점이 바로 박윤묵의 삶과 시가 주는 매력이다. 또 하나 그가 당대로서는 79세까지 살아서 비교적 장수하였으며, 3000여 수라는 방대한 시 속에는 시대상을 문학으로 잘 담아내고 있다는 점이다. 이 때문에 18세기 지식인의 일 특징을 파악하는데 매우 훌륭한 표본성을 갖고 있다.

이 논문은 이런 점에 주목하여 박윤묵의 애민시를 중심으로 그의 시세계를 살펴보고 그의 문학적 특징을 파악하려 한다. 동시에 이를 토대로 18세기 위항문학의 한 특징을 읽어내는 즐거움을 더하려 한다.

II. 가계家系와 문학적文學的 배경背景

1. 가계家系

대체로 위항인들이 그러하듯이 박윤묵에게서 역시 매우 평담한 삶의 모습을 살펴 볼 수 있다. 그의 가계에 대해서도 특별하게 드러낼 것이 없었다. 다만 박윤묵의 집안은 대대로 한어 역관(漢語 譯官)을 수행하였으며 효행이 지극하여 칭송이 자자했다는 정도이다. 즉, 인륜에 튼실한 가풍을 가졌으며 그런 곳에서 자란 박윤묵은 매우 단아하고 맑으며 군자의 풍모를 가졌다고 한다. 다음「존재집存齋集」서문을 살펴본다.

> 그 사람의 7세조 충건忠健은 선조조宣祖朝에 정사政事에 참여하여 천자를 따라 공을 세웠고, 6세조 양신良臣은 효종조孝宗朝에 정사에 참여하여 심양瀋陽에 따라가서 공을 세웠고, 증조 태성泰星은

효성이 지극하여 살아있을 때 정문旌門이 세워졌으며, 할아버지 수
천受天 또한 효성스러움으로 부역과 조세를 면제받았다.[5]

한어 역관(漢語 譯官)으로 공을 세운 집안의 내력과 효행이 두터
웠던 가문을 소개했다. 그리고 효행으로 인하여 조세를 면제받을
정도라면 그 집안의 인륜의식이 어떠했던가를 미루어 충분히 짐
작할 수 있을 것이다. 이 때문에 그의 시에서 비교적 가사에 관한
시가 많고 또 매우 소박하고 인간적인 면모를 보인 것도 이런 가
풍과 무관치 않을 것이다. 그리고 그의 인간성을 살필 수 있는 일
화를 본다.

박윤묵에게는 친한 벗이 있었다. 그 벗이 양식거리가 없으면 박윤
묵이 양식을 보내 주었고, 병이 심할 때에는 몸소 약맛을 보아 가며
먹였다. 그러나 그가 죽자 장례에도 부족하지 않게 도와주었다. 그
런데 그 벗에게는 예쁜 첩이 있었는데 자식까지 없었다. 어느 날 그
첩이 사람을 보내어 "군자의 덕에 감사드립니다. 죽어서도 결초보은
할 수 있다지만 살아 있을 때 만분의 일이라도 갚는 것만 못 합니다.
바라건대 쓰레받기와 비를 받들어서라도 은혜를 갚고 싶습니다."라
고 하였다. 그러자 박윤묵이 정색을 하여 물리쳤다. "만약 당신의 뜻
에 따른다면 나를 어떤 처지로 만들 것인가요? 벗이 죽자 그 첩을 내
첩으로 삼는다면 벗이 죽은 걸 다행스럽게 여기고 오늘이 있기를 바
란 것이 됩니다. 평소 나를 알아주는 사람이라 여겼는데 어찌 나에
게 이런 못된 짓을 하게 한단 말입니까?" 라고 하였다. 그리고 그 첩
이 갈 곳이 없고 이끌어 줄 사람이 없음을 딱하게 여겨 다른 사람에
게 시집을 보내 주었다.[6]

---

5. 朴允默,「存齋集」『이조후기 여항문학총서』2권 (여강출판사 1986), 225쪽.
"七世祖(忠健)參 宣廟朝扈聖勳 六世祖(良臣)參 孝廟朝瀋陽扈從勳 曾祖(泰星) 以
孝生時旌閭 祖(受天)又以孝給復忠孝世德如此"

이런 일화를 통해 박윤묵의 인품을 충분히 이해할 수 있을 것이다. 친구를 위해 변함없는 우정을 보이고 인륜에 튼실한 그의 인간적 면모를 칭송할 만하다. 가난한 친구를 위한 배려나 사후에도 변함없이 그에 대한 인격적 대우와 그의 애첩을 개가시킨 점에서 그의 사람됨이 어떠했는가를 짐작할 수 있을 것이다. 즉 그의 가풍이나 처신을 고려해 보면 그에게서 파격적인 작품을 기대할 수 없다. 다만 평담하고 소박한 모습이나 인간미 넘치는 문학 세계를 구현했을 것이다. 또 그가 65세(1835년) 때에 평신진平薪鎭 첨사가 되었을 때 흉년이 들어 백성들이 곤궁에 처하자 사재를 털어 수백 가마로 백성들을 먹여 살게 하였고, 혼인 못한 노총각 노처녀들의 혼례를 이루어 주기도 하였다.[7] 이처럼 그의 인간적인 면모와 훌륭한 처신은 행장의 여러 곳에서 찾을 수 있다. 그리고 문인으로서 그의 학문적 태도는 다음과 같이 지적되고 있다.

> 임지臨池[8]의 학學을 여러 해 동안 부지런히 공부하여 깊이 왕위의 남긴 법도를 얻어 정조 임금께서 권장하여 칭송 받는 은혜를 입었으니 진실로 세상에 드문 문장가이다.[9]

즉 그의 학문적 성과는 후천적인 노력의 결과로 보았다. 그리고 정조에게 칭송을 받을 만큼 나름대로의 성과를 이루었다. 또 당대 국가에서 좋아하는 시풍이나 문학의식이란 매우 도덕적이

6. 조희룡, 『壺山外記』
7. 朴允黙, 「存齋集」, 권26 「行狀」.
8. 臨池(임지) : 後漢의 장지(張芝)가 연못가에서 붓글씨를 배울 때에 못물이 온통 까맣게 변했다고 하는 고사. 습자(習字)의 뜻으로 쓰임.
9. 朴允黙, 「存齋集」『이조후기 여항문학총서』2권 (여강출판사 1986), 225쪽.
"於臨池之學 積年勤工深得王衛遺規至蒙我正廟 獎詡 誠稀世之筆家"

고 세상의 교화에 도움이 될 만한 것일 것이다. 물론 문학이란 당대의 도덕성을 부정할 수 없지만 도덕성으로부터 다소 자유로울 때 더욱 풍부하고 발전적일 수도 있다. 그러나 박윤묵에게서는 이런 것을 적용할 수 없고 오히려 당대 가치의 전형성을 찾을 수 있다.

이상에서 그의 가풍이나 이력을 보건데 애민시를 쓸 수밖에 없는 환경과 성품을 가졌다. 그리고 몸소 실천에 이른 것이다.

2. 문학적文學的 배경背景

그는 위항문학이 활발하던 때의 송석원시사松石園詩社의 후배로 출발하였다. 송석원시사는 1786년(정조 10) 천수경千壽慶을 중심으로 인왕산 아래 옥류동의 송석원에서 결성된 위항문학단체로 일명 옥계시사玉溪詩社라고도 한다. 주요 문인으로는 천수경을 비롯하여 장혼, 감낙서, 왕태, 조수삼, 차좌일, 박윤묵 등으로 매일같이 천수경의 거처인 송석원에 모여 시문을 즐겼다. 특히, 그들의 활동 중에 백전白戰은 전국적 규모의 시회詩會로서 일 년에 두 차례씩 개최하여 남북 두 패로 나누어 서로 다른 운자를 사용하여 시를 짓게 하였다. 이 시사는 당대 위항문인들의 집결체였을 뿐만 아니라 1797년에『풍요속선』을 간행함으로써『소대풍요』에 이어 정사년마다 그들의 시선집을 간행하는 전통을 수립하는 데 큰 역할을 했다. 위항문학은 이 송석원시사의 융성함과 그 구성원들의 활발한 작품 활동으로 인하여 이 시기에 전성기를 맞이하게 되었으며, 1818년(순조 18)까지 활동하였다.[10] 초기 위항

---

10. 한국민족문화대백과사전, 한국정신문화연구원 1996, 참조.

인들의 시풍은 부당한 처우와 모순된 사회제도에 따른 분노와 좌절, 또는 울격한 심정의 표출도 있었지만 그 지배적 정서는 문학적 정감의 표출과 낭만적인 시회활동이었다. 특히 박윤묵의 시에서는 격정적인 감정의 분출보다는 일상에서의 소박한 정감이나 기행 및 주변의 사소한 것에 대한 관찰을 주로 담아내었다. 이런 맥락에서 박윤묵 한시의 지배적인 경향은 소박한 생활상에 대한 통찰과 서민적 정취를 노래한 것이다. 이것은 당대 위항인이 처한 시대상과 무관치 않다. 박윤묵이 서민의 생활에 좀 더 밀착된 시를 쓸 수 있었던 것은 그가 사민四民이 본질적으로 평등하다는 생각에서 백성을 다스린데 기인한다.[11]는 지적과 무관치 않다. 이것이 박윤묵 시의 특징을 만드는 것 중에 하나이다. 그리하여 그의 문학적 태도를 다음에서 살필 수 있다.

위로부터는 요, 순, 우, 탕, 문, 무왕이 임금이 되었고 아래로는 주공, 공자, 맹자, 안자, 증자 모두 성인이 되어서 모두 이 한 명자明字로부터 말미암았다. 그래서 이것으로 마음을 밝히면 진실로 하나의 명덕明德이 되고 이것으로 세상을 밝히면 유신維新의 백성이 된다. 이것으로써 곡수曲遂(마음이 바르지 않은 곳에 바른 마음을 미치게 함)에 두루 응할 것 같으면 해당되지 않는 곳이 없다. 그러므로 위에 있는 명자明字 하나가 성우聖愚가 나뉘어지는 것이다. 아! 아는 것은 좋아하는 것만 같지 못하고, 좋아하는 것은 즐기는 것만 같지 못하고, 즐기는 것은 행하는 것만 같지 못하다. 그렇다면 마땅히 어떤 술법으로 이것을 행하겠는가? 대답하기를 몸으로 행할 뿐이고 성실과 공경하는 것뿐이다. --중략--대저 이를 밝히려고 하는 사람은 말한 마디를 내고 일 하나를 행하는데도 반드시 자기 몸가짐을 전전긍긍해야한다. 그리고 밝게 구별하고 깊이 생각해서 사람 욕심이 탐욕

---

11. 허경진, 『조선위항문학사』 211쪽.

에 잠기는 것을 막고 천리의 본연을 따르는데 힘써야 할 것이다.[12]

생래적인 성선의 주장 중에 하나가 명덕설明德說이다. 그래서 명명덕明明德해야 하는 것이다. 이 명덕明德을 성취하기 위해서는 말 한마디 일 한가지에도 몸가짐을 단정히 하고 사리를 구별하며 깊게 생각하고 탐욕을 막아 천리의 본연을 따를 것을 권유하고 있다. 즉 성경誠敬을 실천하여 성聖의 경지를 도달하려 했다. 성聖을 완성하는 것이 박윤묵이 생각하는 이상적인 목표점이었다. 지극히 보편적인 성리학적 의식을 가졌던 것을 확인할 수 있다. 이런 독실한 유학의식 속에서 그의 시가 매우 경건하게 또는 낭만적 정감으로 혹은 비판적 어조로 그려지고 있다. 이런 가운데에서 꽃핀 그의 애민시의 세계는 어떠했을까? 아마도 애민의 심상 못지않게 실천에 힘쓴 것을 살필 수 있다.

Ⅲ. 시세계

근대화가 초래한 대중의 희생과 부담을 주목하여 일상에서 서민들의 주체성과 생생한 경험을 주목한 일상사 연구가 1970년대 말 독일 학계에 등장하였다. 우리의 경우 1990년을 전후하여 위항문학에 대한 연구가 본격적으로 진행된 듯 하다.[13] 물론 그 이전에도 간헐적인 연구가 진행되었으나 학위 논문을 중심으로 연

---

12. 朴允黙,「存齋集」卷 一,「이조후기 여항문학총서」2권 (여강출판사 1986)
    "上焉而堯舜禹湯文武之爲君 下焉而周公孔孟顔曾之爲聖 皆由於一明字 而明之於
    心 則爲眞箇明德明 之於世 則爲惟新之民 以之 泛應曲邃 無所處而不當 故曰上明
    字 卽聖愚之所辨也 嗟乎知之不如好之者 好之不如樂之者 樂之不如行之者 然則
    當以何術而行之哉 曰體驗而已 誠敬而已." 중략 "夫欲明之者 出一言行一事 必戰
    兢自持 明辨審思 克杜人欲之汨萎 務徒天理之本然."

속적인 관심으로 진행된 것은 이 시점이었다. 그리하여 역사의 주체와 해방자로서 서민들의 생활 및 행동 양식을 연구의 초점에 두었다. 그 후 일상사 연구는 문학에서도 다양한 관점으로 서민의 행동양식에 주목하였다. 이를테면 서민들의 일탈적 행위, 정치에 대한 조롱, 사적 영역에의 몰입, 단체조직을 통한 정치의 세력화 등으로 표출되었다.[14] 조선 후기 양반의 집권기에서 중산계층으로 성장한 위항인 역시 이런 맥락에서 규명할 필요가 있다. 왜냐하면 바로 조선 후기 위항인들의 모습이 이런 특징을 잘 보여 주고 있기 때문이다. 그들은 기괴한 일에 관심을 두어 기사記事를 남기고, 분재나 수석 같은 취미생활에 몰입하며, 시회詩會를 통해 세력화를 꾀하기도 하였다. 박윤묵 역시 이런 맥락에서 살펴 볼 필요가 있다. 즉, 송석원의 후배로 이 시회를 통해 명성을 얻었고 후일 이를 계승한 서원시사西園詩社를 후원하고 격려하여 그 의미를 부여하려 했다. 그리고 그는 서민의 정취가 가득한 시를 즐겨 지었다. 79세라는 적지 않는 인생사에서 3000여 수의 한시는 그의 생활의 한 부분으로 자리했다. 즉, 시가 생활의 정감을 그대로 담았으며 160여 년 전의 생활의 정취가 오늘날 소시민의 정서와 유사하게 그려지고 있다. 그리고 그 가운데 돋보이는 것은 민초에 대한 지극한 사랑과 모순된 현실이 개선되기를 갈망하고 실천한 점에 있다.

---

13. 정후수,『조선 후기 중인문학연구』(깊은샘, 1990).
   허경진,『조선 위항문학사』(태학사, 1997).
   윤재민,『조선 후기 중인층 한문학의 연구』(고려대 민족문화연구원, 1999).
14. 권재일편, 언어이해, 네오시스, 2007, 155-156쪽, 참조.

1. 제도 개선

박윤묵은 관리였다. 민초의 삶에 자유로울 수가 없었다. 그는 민초의 고충을 헤아리며 이를 흡수하고 공감하여 시로써 널리 알려 선정이 실현되기를 염원하고 있다. 다음 시는 시골 아낙네의 고달픈 삶을 헤아려 지은 것이다.

〈촌가를 보고 지은 글〉
다 떨어진 치마를 입은 여자가 베틀 앞에 앉아서
솜을 타니 어지러이 눈이 날리는 것 같구나.
자기 집에 뼈를 애이는 듯한 추위는 살피지 못하면서
도리어 부잣집에 몇 사람의 옷을 더 보태고 있구나.

<村舍卽事>
獘裙女子坐當機　　彈絮紛紛亂雪飛
不省自家寒切骨　　反添華屋幾人衣[15]

박윤묵의 한시에서 돋보이는 것은 정제성에 있다. 먼저 '기機', '비飛', '의衣' 운자를 사용하였고 이른바 시안詩眼도 잘 짜여졌다. 즉, 기구起句에 '좌坐' + '기機'(베틀에 앉다), 승구承句에 '난亂' + '비飛'(어지럽게 날리다), 전구轉句에 '한寒' + '몸骨'(싸늘한 뼈), 결구結句에 '기幾' + '의衣'(몇 벌의 옷가지) 등으로 내용 연결도 잘 전개되었다. 이런 점을 보면 그가 적어도 한시의 기본 작법에 충실한 것을 알 수 있다. 추위도 옷감을 팔아야 생존할 수밖에 없어 옷감을 짜는 자신은 정작 옷이 부족하다. 민초의 삶은 이처럼 궁핍하다. 그렇다면 이런 시를 짓는 의도는 무엇일까? 헐벗고 고충스러운 민초

---

15. 임형택편,「存齋集」卷 一,『이조후기 여항문학총서』2권, 여강출판사, 1986.

에 대한 배려나 또는 이런 현실을 개선하려는 제도적 보완을 희
망했을 것이다. 자신의 처지로는 어쩔 수 없으니 이런 사실을 널
리 알려 개선되기를 바라는 의도였을 것이다. 그 속에는 따뜻한
애민정신이 자리하고 있다. 이런 그의 애민의 정신은 다음에서도
연장되어 표출되고 있다. 다음 시는 그가 근무했던 바닷가의 평
신진에서 본 민초의 삶을 사실적으로 그려낸 것이다.

〈바닷사람〉
소금을 굽는 움막이 아니면
곧 고기를 잡는 낚시줄이네.
자식을 키워 가업을 물려주고
정역丁役을 충당하는 것도 백성이 하는 일이네.
검게 얼굴이 모두 변해도
부지런히 애써 몸을 아끼지 않네.
세 가지 납세를 줄일 수만 있다면
아마도 바닷가 생활이 편해지리라.

<海民>
若非煮鹽幕　即是捕魚綸
養子仍爲業　充丁亦劾民
黑鬐皆變貌　勤若不憚身
三稅如能蠲　庶幾綏海濱[16]

　백성의 덕을 칭송하고 있다. 수련에서 함련까지 백성의 튼실한
삶의 태도를 그려내었다. 하지만 미련에서 세금을 줄여야 백성이
더 살만한 세상이 될 것이라고 했다. 이처럼 삼정三政(전정田政·군

---

16. 임형택편,「存齋集」卷 一,『이조후기 여항문학총서』2권, 여강출판사, 1986.

정軍政·환정還政)의 문란으로 인해 부지런히 일해도 살기 힘든 세
상이기에 세금을 줄일 수 있다면 해민海民이 삶이 조금은 좋아
질 것이라 생각한다. 조선의 세제는 임진왜란 후 궁방전宮房田같
은 기득권의 면세전을 늘려 세금이 줄어들었다. 그러나 백성들의
삼수미三手米, 공미貢米 등의 세를 늘려 세원을 충당하려 하였다.
그 과정에 일부 수령과 아전들의 은결隱結은 점점 늘어갔고 농민
들은 도결都結, 방결防結 등을 이유로 실제 세액의 몇 배를 징수
당하기도 하였다. 결과적으로 백성의 부담이 더하여 갔다. 이런
세제의 문란은 19세기에 발생한 민란의 중요한 원인이 되었다.
이 시에서 벌써 이런 일면을 일어낼 수 있다. 이런 시대상을 염려
했던 그의 시를 통해 피폐한 해민海民의 삶과 애민정신을 읽어 낼
수 있다. 그러나 그의 시는 대체로 현실 긍정적이며 현실의 상황
을 개선하려는 데는 소극적인 자세를 보이고 있다.

2. 민생고民生苦의 실사實寫

　민초를 사랑하는 그의 인간적 면모가 곳곳에 우려난다. 사실
애써 외면할 수 있는 하층민에 대하여 그들의 고충을 헤아리고
여과 없이 그려내었다. 목민관이면서 동시대의 사람으로 함께 나
누고자 했던 그의 인간미를 읽을 수 있다.

　　〈밤에 염창에 배를 대고 조수가 빠지기를 기다리다.〉
　　염창 입구에 정박했는데
　　겹쳐 밀려오는 파도에 마음이 편하지 않구나.
　　고기잡이 등불은 바람이 불어 어지럽게 흔들리고
　　물새는 밤이 깊도록 우는구나.
　　배가 나부끼고 별도 오가며

물결은 빨라지고 달도 기울어 간다.
편한 것과 위태함이 거친 땅과 같고
사공은 더욱 근심이 많아 지누나.

<夜泊鹽倉待潮退>
下碇鹽倉口　　層濤意不平
漁燈風起亂　　水鳥夜深鳴
舟轉星來往　　潮奔月仄橫
安危同苦地　　梢手倍多情[17]

이 시는 운자는 지켰지만 내용 전개 면에서는 거의 직사直寫한 것에 가깝다. 본대로의 느낌을 진술하게 전개했다. 산문적 구성을 갖고 있다. 이런 것이 후기 위항시의 일 특징이자, 박윤묵 한시의 특징이다. 배를 띄어야 하는데 그렇지 못한 사공의 심정을 헤아려 작시했다. 드센 파도소리와 바람결, 밤이 깊도록 우는 물새소리 등 사실적 묘사로 심란한 상황을 서술하였다. 달이 기울고 별도 모양이 바뀌어 시간이 경과되었지만 물결은 더욱 거칠어 사공의 심정은 더욱 착잡하다. 작시자의 초점을 사공에 집중하였다. 자신과 사공을 일체화하고 있다. 사공의 일을 하층민의 일이라 경시하지 않고 함께 공유하는 그의 심상이 애민에 근거하고 있다.

다음은 그가 근무했던 평신진으로 돌아오던 길에 한 과부의 비애를 목도하고 시로 그 애절함을 담아 낸 것이다.

---

17. 朴允黙,「存齋集」卷 一,『이조후기 여항문학총서』2권, 여강출판사, 1986.

아! 저 과부가 길에서 울고 있다.
하늘에 울부짖고 땅에서 절규하며 몸은 꺼꾸러져 있네.
문득 다시금 소리를 삼켜 소리가 다시 나오지 않고
치마 가득 피와 눈물을 흘리네.
갈림길에서 지팡이를 잡고 차마 떠날 수 없어
빈산에 어떤 여자가 저토록 우는가를 물었기 때문일세.
기운을 내어 우러러 보며 일행이 누구인가를 묻기에
애태우며 그대들은 내 한마디만 듣고 가라하네.
15살에 시집와 농부의 아내가 되어
부부가 겨우 몇 이랑의 농사를 지었네.
긴 여름 매서운 겨울에 겨우 풀칠하고
애써 고생해도 가질 것 없네.
금년 봄에 남편이 굶어 죽고
눈앞에 오직 아들 하나뿐이네.
어제 어두워지기 전에 나무하러 가서
앞산 속 호랑이에게 잡혀 먹혔네.
외로운 이 몸은 과부되고 자식마저 없어
뉘와 함께 의지하며 살아갈 것인가?
하물며 다시금 겨울 더욱 가까이 오는데
어린 자식들 싸려고 해도 무엇으로 쌀 것인가?
일행과 종들이 경청하고서
불쌍해서 눈썹을 찡그리지 않을 수 없네.
나무꾼도 눈물을 더욱 흘리고
위로하려 해도 말로써 어찌 할 수 없네.
황량한 마을에 머리 돌려 모두가 어둑어둑
바로 산이 슬퍼하고 포구가 원망할 때라.

噫彼寡婦路傍哭　　呼天叫地身顚覆
忽復吞聲聲不出　　滿裳龍鐘血和淚
臨歧住筇不忍去　　爲問空山此何女
作氣仰視公是誰　　煩公聽我此一語

十五嫁作農人婦　　　夫婦耦耕田數畝
長夏隆冬僅糊口　　　勞筋苦骨無不有
今春夫壻餓而死　　　眼前唯有一子耳
昨者未暮探薪去　　　爲虎嚙死前山裏
子子此身寡又獨　　　與誰依賴爲生理
況復冬候漸迫近　　　夫布兒布將何以
一行徒御傾聽之　　　莫不惻然爲戚眉
平薪歸客倍霑中　　　慰諭不可容言辭
回頭荒村雨冥冥　　　正是山哀浦怨時[18]

-「寡婦歎 과부탄」-

　시의 형식을 빌렸지만 기사체記事體 형식의 시라고 할 수 있다. 물론 기사체記事體는 후기 산문의 한 특징이지만 시에서도 이런 면을 살필 수 있다. 박윤묵의 시 역시 이런 것을 잘 반영하고 있다. 과부는 예부터 기박한 팔자 중 하나이다. 원래 네 가지 기구한 팔자(고아, 홀애비, 과부, 자손이 없는 사람) 중에 윗 시의 과부는 가난으로 남편이 굶어 죽고 자식은 호랑이한테 잡아먹히고 생활은 더욱 어렵다.그래서 위로할 말조차 없는 현실에 망연할 뿐이다.

　아이가 태어나기도 전에 벌써 세금이 매겨지는 부당한 현실이나, 굶어 죽은 시체가 길옆에 버려져 있는데 권세가의 집에는 고기와 술이 천하리만큼 흙더미처럼 쌓인 편중된 사회상, 고생 끝에 거둔 곡식이 세금을 내고 나면 거의 쌀독이 비는 피폐한 생활, 가혹한 세금에 시달려 앞 뒷산으로 숨거나 감옥으로 가는 일상들을 거침없이 고발하면서 공정하고 함께 잘 살아가는 세상을 갈망한다. 동시에 굶주린 백성에게 곡식이 대여되지 않은 인색한 행

---

18. 朴允默,「寡婦歎」,「存齋稿」,「이조후기여항문학총서」4권 (여강출판사 1986), 387쪽.

정을 비판하거나 세제 비리를 구체적으로 지적하고 있는 것을 통하여 중앙 행정의 통제가 지방 행정과 겉도는 모습을 유추할 수 있고, 중간 관리들의 가혹한 수탈을 살필 수 있다.

3. 탈속

현실적 한계를 뛰어넘는 방법 중에 하나가 탈속일 것이다. 조선 시대 문인 중에 현실적 한계나 모순을 극복할 수 없을 때에는 탈속적 삶을 추구하는 이도 있었다. 이를테면 신유한(申維翰, 1681~1752)의 경우 말년에 가야산에서 은거하며 스스로 '가야초수 伽倻樵叟'라는 자호를 짓고 우거했다. 여기서 자신을 최치원에 비기면서 은둔의 말년을 보냈다. 마치 최치원이 말년에 은거하며 『사산비명四山碑銘』을 쓰며 탈속적인 삶을 추구했던 것처럼 그의 여생을 보냈다. 그리고 이때 노장철학과 불경 등에 더욱 매몰하였다. 이것은 위항인이라 해서 다르지 않다. 박윤묵의 경우 역시 최고운에 비겨 탈속의 심정을 노래했다.

〈무릉교에서 최고운시에 차운하다.〉
구불구불한 길을 이루고 첩첩의 산을 이루니
십리 수석사이를 걸어서 지나가네.
한번 끊어진 신선의 다리는 다시 이을 수 없으나
속세에 관리를 혐오하여 날마다 산을 찾아 다니는 것 같네.

<武陵橋次崔孤雲詩韻>
曲成礠徑疊成巒　　　十里行過水石間
一斷仙橋無復績　　　似嫌俗吏日尋山[19]

---

19. 朴允默, 「存齋集」卷 一, 『이조후기 여항문학총서』2권, 여강출판사, 1986.

　　탈속이란 완전히 세속과의 단절을 추구한 삶이지만 실상은 그
렇지 못하고 현실 집착의 반어적 표현으로 볼 수 있다. 그만큼 현
실에서의 개선을 갈망한 것이다. 그럼에도 그 표현은 대체로 반
어적으로 전개되어 마치 완전한 탈속을 구현하는 것으로 오인하
기 싶다. 최치원은 시대를 뛰어넘어 탈속의 전형으로 많은 문인
들에게 자주 인용된 인물이었다. 박윤묵 역시 최치원을 끌어 탈
속의 심정을 노래한 것이다. 속리俗吏를 싫어하여 산을 찾는다는
것은 현실 부정을 표출한 것이다. 전언한 것처럼 18세기말 19세
기 초는 일부 부패한 탐관과 아전들로 인해 민초의 피해가 극심
하던 때였다. 이 시에서도 이런 지적을 살펴보면 당대 아전들의
수탈이 얼마나 심각했던 것을 유추할 수 있다. 비록 최치원의 시
에 차운하여 최치원의 처세관을 가늠하여 작시했지만 바로 그런
관점을 언급한 것은 당대의 현실이 그러했기 때문이다. 그리하여
박윤묵의 시에서 사회 개선 의지는 소극적이다.[20] 물론 현실적으

---

20. "存齋는 忠孝한 가문의 사람으로서 용모가 깨끗하고 평온하며 조용하고 욕심
이 적었다. 그는 집주변을 깨끗이 쓸고 하루 종일 책을 읽으며 정숙하게 자신
을 처신하여 만약 그 선행과 악행을 구별하는 것과 같은 것을 오히려 힘쓰지 못
할까를 걱정했다. 술은 잘 마시지 못하지만 다만 그것을 사랑하고 흥이 나면 매
번 산과 물, 아름다운 곳을 찾아 길게 휘파람을 불고 명랑하게 시가를 읊조리
며 번번이 기뻐하여 돌아오기를 잊어버렸었다. 여러 어린 아이들과 함께 난새
와 학이 사는 언덕에 머무르니 그 자신이 있는 곳을 알 수 있었다. 평생을 시를
짓는데 버릇이 들어 육십년을 하루같이 하여 많은 글을 지었다. 진실하여 화려
하고 숨기는 것이 없었으며 생각에 사악한 것이 없었으니 그 사람됨을 알 수 있
다.(存齋以忠孝家人 顏貌玉雪 恬靜寡慾 淨掃房室 竟日看書 窈窕然處自身 若其
淑慝之辨則猶恐不力焉 不善飮但愛之 而寄興每遇山水佳處 長嘯朗詠 輒欣然忘
返 諸兒子皆鸞鵠停峙 可知其所自也 平生癖於詩 六十年如一日而多用賦體 惘焆
無華蔽之 以思無邪 而可知其爲人也『存齋集』,「序文」)" 이처럼 그는 담담하고
관조적인 삶을 살았다. 결과적으로 그의 행동양상은 소극적인 지식인이었다.
그리고 그 마음속에는 매우 인간적인 진실을 갖고 있었다.

로 개선할 처지도 되지 못했지만 대체로 공감과 피력 또는 경우에 따라서는 도피적 태도를 보인다. 다만 하층민의 굴곡된 모습을 그대로 담아서 알리고 이것이 개선되어지기를 갈망하는 태도에 의미를 둔다. 박윤묵 역시 이따금 탈속을 노래했지만 실제적인 탈속을 갈망한 것이 아니라 현실적 대응의 한계에 대한 답답함을 굴절하여 표현한 것으로 볼 수 있다.

IV. 결론

그의 가계는 평탄한 중산층 하급 관리를 계승하였다. 그리고 누대로 효행을 실천하여 칭송을 받을 만큼 인륜에 튼실하였다. 이런 가풍에서 박윤묵은 맑은 심성을 갖고 평생토록 시작활동詩作活動에 전념하였다. 그가 강조한 것은 명덕明德이었다. 이 명덕明德을 성취하기 위해서는 말 한마디 일 한가지에도 몸가짐을 단정히 하고 사리를 구별하며 깊게 생각하고 탐욕을 막아 천리의 본연을 따를 것을 권유하고 있다. 역시 이를 위해 성경誠敬을 실천하여 종국적으로 성聖의 경지를 도달하려 했다. 이것이 그가 추구했던 목표점이었다. 이처럼 그는 지극히 보편적인 성리학적 의식을 가졌던 것을 확인할 수 있다. 이런 독실한 성리학적 의식 속에서 그의 시가 매우 경건하게 또는 낭만적 정감으로 혹은 비판적 어조로 그려지고 있다.

그의 관직생활 가운데에 그려진 애민시는 일반적인 위항인들의 시와 달랐다. 즉, 현실에 대한 비판을 넘어 직접 선치를 통해 애민을 실천하려 했다. 그리고 일반적인 위항인들의 비분강개한 시풍과 달리 그의 시풍은 매우 현실에 순응적이며 섬세한 면을 갖고 있다. 이를테면 정작 자신은 떨어진 옷을 입고서 옷감을 짜

서 팔아야만 살아갈 수밖에 없는 촌 아낙네의 고달픈 삶을 묘사
하고 이를 가슴 아파한다. 또 소금을 굽고 고기를 잡으며 자식을
기르는 해민海民의 순박한 덕을 칭송하고 이들에게 세금만 줄여
준다면 이들이 편할 것이라 지적하고 있다. 제도 개선을 통해 민
초가 행복하기를 갈망했다. 그리고 이런 심정은 애민으로 이어져
파도에 마음을 애끓는 사공의 심정을 담아내었다. 나아가 가난으
로 남편이 굶어 죽고 자식은 호랑이한테 잡아먹히고 생활은 더욱
어려운 과부의 극단적인 절망을 시로써 애절하게 그려내었다. 그
리고 아이가 태어나기도 전에 벌써 세금이 매겨지는 부당한 현실
이나, 굶어 죽은 시체가 길옆에 버려져 있는데 권세가의 집에는
고기와 술이 천하리만큼 흙더미처럼 쌓인 편중된 사회상, 고생
끝에 거둔 곡식이 세금을 내고 나면 거의 쌀독이 비는 피폐한 생
활, 가혹한 세금에 시달려 앞 뒷산으로 숨거나 감옥으로 가는 일
상들을 거침없이 고발하면서 공정하고 함께 잘 살아가는 세상을
갈망한다. 동시에 굶주린 백성에게 곡식이 대여되지 않은 인색한
행동을 비판하거나 세제 비리를 구체적으로 지적하고 있다. 이런
답답한 현실에서 그는 이따금 탈속을 갈망했다. 물론 탈속 그 자
체의 의미보다 불가항력적인 암울한 현실에 탈속이라도 해야 할
심정이기에 그렇게 표출한 것이다.

　비록 그의 애민시가 관찰자적 시점에서 전개되었지만 실천을
전제하였다. 그가 고관대작은 아니었지만 그 나름대로 고충스러
운 민초의 실상을 헤아려 선치善治에 노력한 것이다. 그리하여
그가 평신진平薪鎭 첨사가 되었을 때 흉년이 들어 백성들이 곤궁
에 처하자 사재를 털어 수백 가마로 백성들을 먹여 살게 하였고,
혼인 못한 노총각 노처녀들의 혼례를 이루어 주기도 하였다. 그

것이 박윤묵의 목민관으로서의 훌륭한 행적이자 애민의식의 발현이었던 것이다. 비록 사대부처럼 거대담론을 제시하지 않았지만 그 나름대로의 직분에서 최선을 다해 충실하게 살았고 애민을 실천한 그의 정신이야말로 작은 것의 실천을 통해 큰 것을 이루는 하나의 전범이 될 것이다.

3장
위항시문의 향기

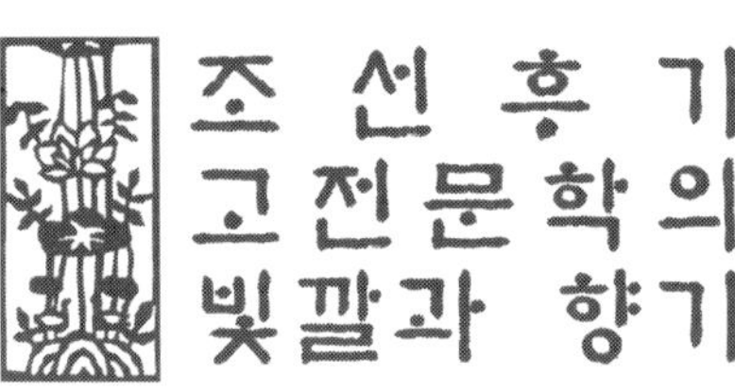

조선 후기
고전문학의
빛깔과 향기

3장. 위항시문의 향기

이 장에서는 조선 후기 위항인의 작품을 감상하면서 그들의 문학적 특징을 소개하고자 한다. 다만 그간 어느 정도 회자된 위항시인들은 이미 지난번 책에서 밝힌 바가 있어 그 외에 문학적 역량이 뛰어나거나 독특한 작품을 중심으로 살피려 한다. 그리고 이해를 돕기 위해 너무 생소한 인물을 소개할 경우 그와 관련된 대표성의 인물을 관련시켜 설명하려 한다.

1. 최승태崔承太

전주 최씨, 조선 후기의 시인으로 자는 자소子紹, 호는 설초雪蕉이다. 본래 한미한 집안의 출신이었으나 문명文名을 떨쳤다. 「설초시집」雪蕉詩集이 있었으나 지금은 전하지 않는다. 「설초집」서문 역시 최승태가 지은 것으로 추측된다. 그는 한미한 집안의 출신이었으나 위항인으로서 문명을 떨친 인물이다. 또한 이 시집을 보면 오언고시, 칠언고시, 오언절구, 칠언절구, 오언율시, 칠언율시 등으로 나누어져 다양한 시체를 구사했다. 그리고 시의 전반적인 내용을 살펴보면 차운을 한 시나 풍경과 사찰 또는 암자에 관한 시들이 많다.

위항인들은 비교적 여행을 많이 하였다. 특히, 역관의 경우 본인의 직업상 중국이나 일본 등을 다닐 수밖에 없었기에 여행에서 읊은 시가 많았고, 또 위항인에 개인적 취향에 따라 다양한 견문을 담아내고 있다. 최승태 역시 이러한 면모를 보여주고 있다.

1) 기행을 하며

〈억산사에 앉아 밤을 보내며〉
작은 집 동쪽 밭두둑에 달은 등불처럼 밝고
오동나무 잎은 가을 풍광에 흰 이슬이 엉기었네.
지난해를 생각하니 쓸쓸한 절에 머물러
계수나무 꽃향기 속에서 고승과 마주했네.

<夜坐憶山寺>
小軒東畔月如燈　　桐葉秋光白露凝
憶得去年蕭寺宿　　桂花香裡對高僧[1]

(감상) 시인은 억산사에 머물며 고승과 함께 한 일을 잊지 못한다.
　　　그리하여 아마도 달 밝은 가을에 지난해를 회상하며 읊었다.
　　　시가 사실적이며 깔끔하다.

〈불성암에 묵으며〉
산중에 선방을 빌려 하룻밤 자니
죽탑에 먼지는 없고 묘한 향이 나더라.

---

1. 崔承太, 「雪蕉詩集」, 『이조후기 여항문학총서』1권, (여강출판사 1986), 125쪽.

한밤중에 노승은 객몽客夢을 부르고
탑의 구름과 누각의 달은 어우러져 푸르고 푸르다.

<宿拂成庵>
山中一宿借禪房　　竹榻無塵聞妙香
半夜老僧呼客夢　　塔雲樓月共蒼蒼[2]

(감상) 시인이 불성암에 머무르면서 하룻밤 잠을 청한 일을 소재로
하여 읊은 것이다. 작자는 선방을 빌려 하룻밤 잠을 청하는데
선방은 죽탑에 먼지 하나 없을 정도로 깨끗하고 오히려 묘한
향이 날 정도다. 또한 노승은 객몽을 꾸게 만든다. 이 시를 통
해 절간의 정적인 미학과 엄숙한 미묘성을 맛 볼 수 있다.

〈어촌에서〉
강가에 해떨어지니 사립문을 닫고
강가에 나는 새도 각각 자기 집으로 돌아갈 줄 아네.
유독 늙은 어부만 배 안에서 졸고 있는데
이제 연기는 흩어지고 비가 도롱이 속에 가득하네.

<漁村>
沙村日落掩柴扉　　江上飛禽各自歸
獨有漁翁蓬底睡　　今煙疎雨滿蓑衣[3]

(감상) 시인이 어촌의 풍경을 보고 읊었다. 해가 지니 사립문을 닫고

---

2. 崔承太, 「雪蕉詩集」, 『이조후기 여항문학총서』 1권,(여강출판사 1986), 125쪽.
3. 崔承太, 「雪蕉詩集」, 『이조후기 여항문학총서』 1권,(여강출판사 1986), 125쪽.

각자가 집으로 돌아간다. 그러나 해가 졌지만 유독 배 안에서
졸고 있는 늙은 어부의 모습이 매우 인상적이다. 아마도 고
기를 더 잡아야 했든지 또는 비를 맞고 초췌하게 지친 어부의
모습을 묘사했는지는 알 수 없다. 다만 서민의 고단한 삶을
잘 담아내고 있다.

〈승가사에서〉

절은 뭇 산봉우리 위에 자리하고
창을 열어 해류海流를 보네.
초연히 만장萬丈의 바깥에서
몸은 흰 구름과 더불어 떠도누나.

<僧伽寺>

寺在群峰上　開窓見海流
超然萬丈外　身與白雲遊[4]

(감상) 시인이 '승가사'라는 절의 경치를 읊은 것이다. 작자는 흰 구
　　　름에 자신을 비유해서 구름과 더불어 떠도는 자신의 심정을
　　　나타내고 있다. 탈속적 경지를 노래했다.

〈들판에서〉

시냇물이 세차게 흘러 돌에 배를 겨우 대고
들에는 학이 하늘에 날아오르는 해질녘이라.
말을 몰고 홀로 향기로운 풀길로 돌아가니
살구꽃은 두세 집을 맑게 비추누나.

---

4. 崔承太, 「雪蕉詩集」, 『이조후기 여항문학총서』1권, (여강출판사 1986), 124쪽.

<郊行>

溪流橄橄石樣牙　　野鶴盤天日欲斜
驅馬獨歸芳草路　　杏花晴映兩三家[5]

(감상) 시인이 교외를 돌아다니면서 본 해질녘 운치를 그대로 읊은
것이다. 작자는 들판을 거닐면서 보고 느낀 운치를 사실적으
로 드러내고 있다. 이런 사실적 묘사에 충실한 것이 위항시의
한 특징이다.

2) 계절을 담아

〈늦봄〉

복숭아꽃 봄비에 젖어 새로이 붉고
작은 누각에 찬 기운 날리는 봄바람이라.
날씨가 사람을 힘들게 하여 잠마저 들 수 없지만
해질녘 꾀꼬리 울면서 버드나무 가운데 드네.

<暮春>

桃花春雨濕新紅　　小閣寒生燕子風
天氣困人凝睡思　　晩鶯啼在柳陰中[6]

(감상) 시인은 봄을 갈망하여 읊조렸다. 늦봄이지만 아직은 차가운
기운이 감도는 봄을 사실적 묘사를 통해 노래하고 봄을 기다
리는 애절함을 은연중에 드러내었다.

---

5. 崔承太, 「雪蕉詩集」, 『이조후기 여항문학총서』1권, (여강출판사 1986), 125쪽.
6. 崔承太, 「雪蕉詩集」, 『이조후기 여항문학총서』1권, (여강출판사 1986), 125쪽.

〈새하곡塞下曲에 차운하여〉

아득한 사막, 가을 구름에 살기가 넘치고

선우單于[7]는 말과 흰 이리에게 물을 먹이는구나.

수많은 군인들이 밤에 음산 아래로 내려가

사막에 찬 서리 가득한데 검화劍花[8]를 떨치네.

<次塞下曲韻>

大漠秋雲殺氣多　　　單于飮馬白狼河

千軍夜出陰山下　　　滿磧寒霜拂劍花[9]

(감상) 이 시는 도륜의 '새하곡'을 차운한 것이다. 이 시에서 '선우'는 왕소군을 데려간 '호한야선우'를 줄여서 부른 것이다. 그는 흉노적의 추장이며 '왕소군고사'[10]로 매우 유명하다. 당시 변방에서 흉노족과 전쟁을 하는 모습을 차운한 시이다.

〈가을밤에 홀로 앉아〉

장마가 비로소 그치니 밤빛이 맑고

은하는 명주실을 펼쳐 놓은 것 같고 달은 더욱 밝다.

발을 걷고 오랫동안 오동나무 그림자에 앉아있었는데

나뭇잎 위에 때때로 떨어지는 이슬소리 들리누나.

<秋夜獨坐>

積雨初收夜色淸　　　銀河如練玉輪明

---

7. 선우(單于) : 흉노족의 추장.

8. 검화(劍花) : 칼이 서로 부딪힐 때 나는 불빛.

9. 崔承太, 「雪蕉集」, 『이조후기 여항문학총서』1권, (여강출판사 1986), 125쪽.

開簾久坐梧桐影　　　葉上時聞墜露聲[11]

(감상) 시인이 가을밤에 홀로 앉아 밖을 보면서 지은 것이다. 시인은 오랫동안 내린 장마가 비로소 그치고 나뭇잎 위에 떨어지는 이슬소리가 들린다고 했다. 늦가을에 정취를 읊었다. 가을을 느낄 수 있는 삶은 행복하다. 그의 마음이 맑을 때 계절도 그에게 들어온다. 최승태의 시는 대체로 사실성에 충실하여 일상적인 정감을 표출했다. 전고典故보다는 즉물卽物에 감응하여 작시했다. 따라서 시가 담박하다. 그런 가운데 약간의 비애감이 흐른다. 소박하고 잔잔한 취향을 담아내었는데 이런 것이 위항시의 보편적 특성이다.

---

10. 왕소군(王昭君) : 중국 전한(前漢) 말 원제(元帝)의 궁녀이다. 원래 왕소군은 절강성 실세가의 딸이었으나 황제에게 정책으로 시집을 와서 황제의 사랑을 받지도 못하고 흉노와의 친화정책을 위해 호한야선우(呼韓邪單于)에게 다시 시집을 갔다. 그러나 호한야선우가 죽자 그의 아들에게 재가하여 그곳에서 불우한 삶을 마쳤다고 한다. 이 이야기는 전설화되어 후세에 윤색되면서 널리 전송되었다. 소군은 중국의 공인된 사대미인 중의 한 사람이다. 서경잡기에 이르면 원제에게는 후궁이 너무 많아 일일이 천자가 그녀들을 볼 수가 없었다고 한다. 그래서 화공에 일러 볼 수 있게끔 초상을 그리게 하였다 한다. 이에 후궁들은 너도나도 화공에게 뇌물을 바치게 되었는데, 많이 내는 자는 10만전, 적게 내는 자는 5만전을 바쳤다. 하지만 유독 왕소군만은 뇌물을 바치지 않았다. 그리는 사람에게 밉게 보인 덕에 자연히 초상도 실물보다 터무니없이 못나게 그려지니 천자 곁에 가 볼 수가 없었다. 그럴 즈음 세력이 커지기 시작한 흉노가 입조하여 한의 미인을 구하고자 하였다. 원제는 화공이 올린 초상화를 보고 그녀가 제일 못 생긴 줄로만 알고 그녀의 초상화에 점을 찍어 흉노족에게 시집보내기로 하였다. 그런데 그녀가 수레에 실려 가는 때에 이르러서야 겨우 그녀의 미모를 본 원제는 놀라움을 금치 못하고 말았다. 그녀가 후궁 중에서 제일가는 미녀였기 때문이었다. 원제는 땅을 치며 후회하였지만 이미 결정된 일인지라 번복할 수가 없었다. 일이 이렇게 된 책임을 물어 그녀의 초상을 실물에 훨씬 못미치게 그린 화공을 죽이고 재산 또한 몰수하였지만 이미 때는 늦고야 말았다. 왕소군의 이 역사적이며 드라마틱한 슬픈 이야기는 중국이 오랑캐들을 달래기 위한 화친정책 때문에 생긴 비극이라 할 수 있다.

11. 崔承太,「雪蕉詩集」,『이조후기 여항문학총서』1권, (여강출판사 1986), 128쪽.

2. 이상적李尚迪

이상적(1804, 순조4~1865, 고종2)은 조선 후기의 시인으로 본관은
우봉牛峰이며, 자는 혜길惠吉이고, 호는 우선藕船이다. 한어역관
漢語譯官집안 출신으로. 원외낭공파 이연직(員外郎公派 李延稷)
의 맏아들이며, 김정희金正喜의 문인이었다. 1828년(순조 28) 춘당
대春塘臺에서 개강할 때 임금으로부터 특별한 관심을 받았으며,
1845년(헌종 11)에는 임금으로부터 전답과 노비를 하사받았다.
1847년까지 다섯 번이나 품계가 올라 지중추부사에까지 올랐다.

1848년에는 비서성에서 정조·순조·헌종의《국조보감國朝寶鑑》
을 간행하는 데 참여하였으며,《통문관지通文館志》·《동문휘고同
文彙考》·《동문고략同文考略》등을 속간하였다.

1862년(철종 13) 1월 임금의 특명으로 영구히 지중추부사직을
받았으며, 다음해 7월 온양군수로 부임하였다. 역관의 신분으로
1829년부터 1864년까지 35년 동안 열두 번이나 중국을 여행하면
서 당대의 저명한 중국문인들과 교우를 맺었다. 그와 같은 인연
으로 청나라에서 명성을 얻게 되어 1847년 중국에서 시문집을 간
행하였다.

그가 교유한 중국학자들의 면모에 대해서는 귀국 후에 그들로
부터 받은 간찰을 모아 펴낸《해린척소海隣尺素》에 잘 나타나 있
다. 시 외에도 골동품이나 서화·금석金石에도 조예가 깊어 김정
희의 〈세한도歲寒圖〉를 북경에 가지고 가 청나라의 문사 16명의
제찬題贊을 받아온 일은 유명하다. 또한, 중국학자 류희해劉喜海
가 조선의 금석문을 모아 편찬한《해동금석원海東金石苑》의 〈제사
題辭〉를 썼다. 그는 역관으로서 언어에 대한 탁월한 기교를 구사

하여 섬세하고 화려하며 때로는 청아하다는 평을 얻고 있다. 〈거중기몽車中記夢〉이라는 작품으로 사대부들 사이에 명성을 얻었으며, 헌종도 그의 시를 읊어 문집을 《은송당집恩誦堂集》이라고 하였다. 저서로는 《은송당집恩誦堂集》 24권이 있고, 청나라의 학자들로부터 받은 서신을 모아 엮은 《해린척소》가 부분적으로 전한다.[12]

그는 오랜 역관생활에서 기행시를 많이 지었다.

1) 기행을 하며

〈연경의 여관을 떠나면서〉

만리길 연산객들

오늘 아침 말머리를 동으로 향한지라.

강물 위 구름 사이로 태양은 흘러가고

관아 버드나무엔 봄바람이 불어온다.

매사에 나 같은 역관이 무엇을 가지랴

이 길은 가고 가도 끝이 없어라.

벗과 다투어 노잣술을 다투면서

술 취한 이내 몸을 수레 안에 누이도다.

<發燕館> (癸卯 헌종 9년·1843 여섯 번째 隨行)

萬里燕山客　今朝馬首東

江雲流白日　官柳入春風

事事吾何有　行行路不窮

---

12. 한국정신문화연구원, 『민족문화대백과』 참조, 1996.

故人爭贐酒　餘醉臥車中[13]

(감상) 힘겨운 역관의 임무를 마치고 고향으로 돌아오는 화자의 마
음은 말할 수 없이 들뜨고 기쁘다. 오늘따라 평소 보던 구름
과 태양도 강물 위를 미끄러지듯 흘러가고 관아의 버드나
무 가지마저도 가벼이 춤을 춘다. 비록 많은 시간을 중국에
서 지내면서 수고했던 것에 비해 가질 것 없는 역관이기에 술
이나 마셔본다. 그리하여 그가 받은 노잣술은 화자의 심경을
잘 달래준다.

〈압록강을 돌아오며〉

풀 돋은 긴 둑 위로 오랜 말굽소리 재촉하니
빨리 집으로 돌아갈 듯 잠이 절로 깨는구나.
쓸쓸하고 힘든 때를 다시는 얘기 말자
봄물을 저어가며 이 강을 건너리라.

<回渡鴨江> (癸卯 헌종9년·1843 여섯 번째 隨行)

長堤綠草長蹄催　　快似還家眠自開
露宿風餐[14]休更說　　一篙春水渡江來[15]

(감상) 고향으로 가기 위해서는 압록강을 건너야 한다. 지금 말을
타고 압록강이 있는 곳까지 가는 길이다. 풀 돋은 둑 위로 재
촉하는 말굽마저 푸르게 물들어 힘찬 듯하다. 이미 마음은
집까지 당도한 듯 지치고 피곤했던 몸도 멀쩡하다. 작자가

---

13. 李尙迪,「恩誦堂集」,『이조후기 여항문학총서』속권7, (여강출판사 1986), 153쪽.
14. 風餐露宿 : 밖에서 바람과 이슬을 피하지 아니하고 먹고 자고 함.
15. 李尙迪,「恩誦堂集」,『이조후기 여항문학총서』속권7, (여강출판사 1986), 154쪽.

비록 힘든 임무를 수행하지만 압록강을 건너면서 벌써 고향
에 당도한 듯하다.

〈눈 내린 뒤 천행天行을 생각하며〉
눈 덮인 산꼭대기에 밤이 오는데
세월의 빛깔은 산과 함께 쌓이누나.
새벽 창가 너머론 매화가 갓 피고
차가운 숲속에선 까치소리 들려온다.
시를 짓다 문득 홀로 술잔 기울이니
많은 병으로 이별의 정회가 깊다.
일정 따른 긴 출정길
오늘 아침은 우북평이로세.

<雪後懷天行> (甲寅철종 5년·1854 아홉 번째 隨行)
夜來山頂雪　歲色共崢嶸
窓曙梅初發　林寒鵲一鳴
沈吟還獨酌　多病更離情
計爾長征路　今朝右北平[16)

(감상) 내린 눈은 높은 산마저도 덮어버리고 세월을 쌓아간다. 아마
　　　창밖을 내다본 시인은 또 한 해가 흘러 가는 것을 홀로 방안
　　　에서 바라보고 있다. 때마침 들려오는 까치소리는 반갑지만
　　　은 않다. 아마 밤을 지새우며 몸과 마음에 눈처럼 자꾸만 쌓
　　　여가는 병病이 봄물에 눈 녹듯 가벼워지길 바라며 또 술 한
　　　잔을 기울이게 된다. 쉬고 싶겠지만 화자는 오늘 아침 우북

---

16. 李尙迪, 「恩誦堂集」, 『이조후기 여항문학총서』속권2, (여강출판사 1986), 184쪽.

평에 이르러 맡은 바 임무에 충실해야 함을 잘 알고 있다. 혹
동이 터오는 이 새벽시간, 집을 떠나올 때 배웅해 주던 가족
이 그리워 '이정離情'이라 했다.

〈연경 여관에서 병들어〉

명절 지나 등불 켠 밤 달빛은 흐릿하고
병 가운데에 홀로 회상하니 다시 슬퍼지누나.
세상 많은 일들이 지난 날과는 달라지고
풍광은 어렴풋이 새해로 들었구나.
밤에 우는 수탉 소리 깜짝 놀라 꿈에서 깨어
편지 소식 끊긴 집에 기러기만 날아가네.
때마침 잠자리를 돌봐 줄 벗이 있으니
수레를 잇닿아 옥하변을 자주 찾아주누나.

<燕館病中> (己未 철종 10년·1859 열 번째 隨行)

節過燈夕月如煙	病裏孤懷更黯然
世事多端非舊日	風光依約入新年
驚回客夢荒鷄夜	望斷家書早雁天
賴有故人敦宿好	聯車頻訪玉河邊[17]

(감상) 아마도 빈번한 수행으로 몸과 마음에 병이 깊어졌다. 이런
때일수록 더욱 가족의 정은 가슴속으로 사무친다. 해가 바
뀌어 또 한해를 맞이했지만 이때쯤이면 가족들 소식도 뜸해
"혹여나 편지가 왔을까!" 작은 인기척에도 곧잘 놀란다. 이렇
게 쇠약하고 심약한 중에 벗이 찾아주어서 고맙기 그지없다.
오랜 수행을 다니는 역관들의 애환과 향수를 그려내었다.

---

17. 李尙迪,「恩誦堂集」,「이조후기 여항문학총서」속권6, (여강출판사 1986), 200쪽.

〈잠들지 않고 천행天行을 생각하며〉

외로운 밤 근심에 잠 못 이루니

등불 심지 돋우고 손수 차를 끓인다.

사람 때문에 일을 이루고

오랜 여정으로 집을 잊은 듯하다.

강물이 가까워 바람은 더욱 차고

성이 높아 달도 쉬이 지는구나.

돌아가는 때를 아직 알지 못하고서

매화를 맞이하여 고향 갈 길 늦어질까 걱정이다.

<不寢懷天行> (辛酉 철종 12년·1861 열한 번째 隨行)

獨夜愁無寐　懸燈手煮茶

因人成底事　久旅若忘家

江近風逾冷　城高月易斜

歸期猶未卜　惟恐負梅花[18]

  (감상) 열두 번의 천행天行 가운데 이 시는 열한 번째로 지은 것이
다. 자신의 가정에 충실하지 못하고 비록 나라 일이지만 남
의 일에 심신心身을 바쳐 평생을 수행했다. 아마도 손수 차
를 끓이며 지나온 날들을 회상하면서 집안과 부인, 자녀들에
게 많이 미안해 한다. 미련에 등장하는 매화꽃은 〈거중기몽
車中紀夢〉에서처럼 부인을 의미하는 듯하다.

---

18. 李尙迪,「恩誦堂集」,『이조후기 여항문학총서』속권8, (여강출판사 1986), 219쪽.

〈칠월 이십이일 온주에 부임하여 천행天行을 약속하며〉

온양을 맡으라는 직함을 받들매
청산은 두루 돌아 고을 문을 감쌌구나.
누구라서 어머니 교훈 어김을 애통히 여기는가?
재주 없어 임금 은혜 저버릴까 두렵기 그지없네.
어린아이 백발노인 모두 모두 돌봐줄 터
자주 끈 구리 도장 감히 절로 높이려 하는가.
나무마다 매미소리 끊임없이 들려오고
가을 바람결에 집 생각이 간절하다.

<七月廿二赴任溫州束寄天行> (癸亥 철종 14년·1863)

頭銜管領一泉溫　　匼匝靑山繞郡門
隱痛誰憐違母訓　　不才惟恐負君恩
黃童白叟皆堪恤　　紫綬[19]銅章敢自尊
樹樹涼蟬聽不斷　　西風歸思滿家園[20]

(감상) 이 시는 시인의 나이 거의 말년에 쓰여 진 것이다. 임금께서는 이상적의 됨됨이를 믿으시고 온양을 맡기셨는데 화자는 도리어 자신의 미천한 재주로 임금님께 누가 될까 걱정한다. 모든 백성들을 다같이 구휼해야 할 터인데 무거운 짐으로 인해 더욱 집 생각이 간절하다. 이상적은 매우 성공한 역관이다. 그는 12번의 중국 사신을 수행하는 역관으로 많은 사람들에게 인정을 받았다. 하지만 그의 시에 드려져 있는 고향과 가족에 대한 그리움, 사행使行길의 고충 등이 처절하게 그려내었다.

---

19. 紫綬 : 印綬. 인과 인끈. 벼슬아치로 임명되어 임금으로부터 받는 標章.
20. 李尙迪,「恩誦堂集」,『이조후기 여항문학총서』속권10, (여강출판사 1986), 226쪽.

〈방고사에서〉
오며가며 절문을 지나다가 세월을 느끼고
단청은 꽃잎처럼 떨어지고 흙 담은 쓰러져 있네.
교목에는 구름이 어지러운데 길에는 사람조차 없고
오직 홀로 스님만이 지는 꽃을 쓸고 있누나.

<路傍古寺> (己未 철종 10년·1859)
重過山門感歲華　　飄零金碧土垣斜
亂雲喬木無人徑　　惟有孤僧掃落花[21]

(감상) 산길을 가던 중 오래된 세월의 빛이 풍겨내는 절을 지나가며
　　　 쓴 시이다. 비록 단청의 고운 채색은 빛이 바래고 흙 담은 세
　　　 월 탓인지 힘없이 주저앉았지만 산바람에 떨어지는 꽃잎을
　　　 쓸고 있는 외로운 승려만으로도 충분히 고적감을 가득 느낄
　　　 수 있다. 한 폭의 고적한 산사의 정감을 읽어 낼 수 있는 시이
　　　 다. 그리하여 시詩의 회화성繪畫性이 돋보인다.

〈수레에서 꿈을 꾸다.〉
담비 옷을 입고 앉아 살짝 잠이 들어
어렴풋한 꿈결 속에 집 마당을 찾는다.
시냇가 객사엔 눈이 녹는데 빗질하는 이는 하나 없고
매화나무에서 문 지키는 학 뿐일세.

---

21. 李尙迪, 「恩誦堂集」, 『이조후기 여항문학총서』 속권 6, (여강출판사 1986), 200쪽.

<車中紀夢> (丁未 헌종13년·1847 여덟 번째 隨行)

坐擁貂裘小睡溫　　　依依歸夢訪家園

雪晴溪館無人掃　　　一樹梅花鶴守門[22]

(감상) 1847년 동지사를 따라 청나라에 가다가 소주蘇州를 지나며 지었는데, 당시 사대부들에게 가장 많이 칭찬받은 시이다.[23] 이 시의 결구를 보노라면 송宋나라 임포林逋가 서호西湖에 은둔할 때 처자를 대신하여 매梅를 심고 학鶴을 길렀다는 〈매처학자梅妻鶴子〉를 말하고 있다. 이상적 역시 여덟 번씩 이나 되는 중국 수행으로 집과 처자식이 많이 그리웠으리라. 이 때문에 꿈속에서도 찾는 이는 보이지 않고, 다만 매화와 학을 빌어 그의 그리움을 대신하고 있다.

〈혼자 서서〉

아득히 푸른 바닷가에 홀로 서서

고개 돌려 고향 보니 늦봄의 기운이 하늘에 짙다.

성 둘레 봄기운은 어느 사이에 찾아들고

마주하는 산을 대하니 마치 늙은 아전이 졸고 있는 듯.

황혼 무렵 까마귀떼 고목나무로 찾아들고

굶주린 한 무리의 학이 빈 배로 모여 드는구나.

정처 없이 이곳저곳 날아서 흩어지고

산빛 물소리에 모두 일찍 푸르러 지누나.

---

22. 李尙迪,「恩誦堂集」,『이조후기 여항문학총서』 속권10, (여강출판사 1986), 163쪽.

23. 허경진,『조선위항문학사』, (태학사 1997), 250쪽.

<獨立> (辛卯 순조 31년·1831 두 번째 隨行)

獨立蒼茫海一邊　　故園回首艶陽天

匝城春似游兵入　　對案山如老吏眠

數點昏鴉藏古柳　　一群飢鶴集空船

萍蹤別有依依處　　嶽色河聲總夙綠[24]

(감상) 만춘에 바닷가에 쓴 시이다. 시인의 눈에 비친 공간적 모습을 순서대로 서경하였다. 그의 시선은 바닷가를 기점으로 성 둘레를 거쳐 성곽을 품고 있는 앞산을 바라보며 그 앞산에 있는 고목나무로 날아든 까마귀떼를 그려내고 있다. 굶주린 학 떼의 소리를 듣고서 고개를 돌려보니 다시 텅 빈 배가 있는 바닷가이다. 마치 원을 그리며 감상하는 듯하다. 덧붙여 고향의 봄을 그리워하는 시인이 자신의 감정은 가능한 감추고 배경묘사에 충실하여 공감을 나누고자 했다.

2) 민초의 삶을 가슴에 안고

〈괴로운 비〉

기우제 지내다가 여름이 다 지나고

농사일은 감당키가 근심이구나.

한 번 내린 비는 때도 없이

삼십일을 잠시도 쉬지 않는구나.

들밭은 물 따라 가라앉았고

민가는 정처 없이 떠내려가네.

요탕시대에는 홍수와 가뭄에도 태평기만 했다는데

---

24. 李尙迪,「恩誦堂集」,『이조후기 여항문학총서』2권, (여강출판사 1986), 133쪽.

부질없는 삶에 머리 희어진다.

<苦雨> (庚申 철종 11년·1860)
禱雰中夏晚　農事已堪憂
一雨何無節　三旬不少休
園田隨墊沒　民戶任漂流
水旱堯湯世　浮生易白頭[25]

(감상) 큰 홍수가 났다. 그런데 시인은 홍수라 하지 않고 '괴로운 비
'라고 한다. 계속되는 비 때문에 논밭은 침수되고, 물에 떠다
니는 부표마냥 세간의 물건들이 자꾸만 멀리 떠내려간다. 땀
흘린 수고는 모두 헛것이 되어 가라앉고, 오늘 밤은 어디서
처자들을 재울까를 걱정하는 민초의 절박한 실상을 그려냈
다. 그리하여 비가 괴롭게 느껴진다. 민초는 부질없는 삶에
흰 머리만 늘어난다. 역관인 시인이 이를 가슴 아파하여 실
사하여 알리려 한다.

---

25. 李尙迪,「恩誦堂集」,『이조후기 여항문학총서』속권7, (여강출판사 1986), 210쪽.

3. 정민교鄭敏僑

　정민교(1697~1731)의 자는 이통李通, 호는 한천자寒泉子이다. 한
미한 집안의 4형제 중 막내로 태어났으며, 수려한 용모와 재주를
지녀 7살에 효경과 사기를 읽었고 8살에 시를 지었으며 열 댓 살
이 되면서 제자諸子와 역사책들을 스스로 깨우치고 형인 내교와
함께 제자들을 가르쳤다. 부친상을 마치고 과거공부를 시작, 진
사 시험에 세 번이나 합격하고 성균관에 입학하였으며 더욱 힘써
문과에 급제할 계획을 세웠다. 그가 지은 시와 문장들은 칭찬을
들었고 양반집 자제들이 다투어 사귀려하며 그를 따랐다.

　1725년 겨울 윤헌주가 평안도 관찰사로 나가면서 정민교를 데
리고가 해세海稅를 받는 일을 맡게 했는데 세금을 거두는 관리로
서의 경험이 그의 의식을 형성하는데 큰 몫을 한 듯하다. 이 때의
시에는 당시 현실에 대한 비판적인 인식과 민중의 피폐한 삶에
대한 그의 관심이 나타나 있다.

　홍석보의 서기가 되었다가 1728년 모친상을 당하자 집으로 돌
아왔고 3년상을 지내는 동안 더욱 살림이 어려워져 가족들을 데
리고 호남 한천으로 내려갔다. 1730년 조현명이 경상감사가 되
자, 서기로 채용하여 자기의 아들을 가르치게 하려고 데려가 잘
대우해 주며 서로 신분도 잊고 시를 주고받았다. 그러나 평소에
속병을 앓고 있었고 남쪽 지방의 풍토가 몸에 맞지 않아, 1731
년 병으로 죽었다. 시문집으로 「한천유고寒泉遺稿」를 남겼다.
1738(영조 14) 그의 문인 오도옥吳道鈺등이 간행하였으며 오옥吳玉
의 서문과 조현명趙顯命·정내교鄭來僑의 발문이 있다. 시·서·기·
논·부록 등으로 구성되어 있으며 시가 308수, 문이 3편, 부록에

는 정내교의 망제이통본말과 조현명의 묘지명, 안중관의 묘표가 실려 전한다. 그의 형 내교가 지은 발문에서는 "사사로운 이권을 구하지 않았으며, 잘못된 일이 있으면 반드시 나서서 투쟁하였다"고 그의 인물됨을 평가하였다.[26]

1) 민초의 삶을 가슴에 안고

〈세금을 거둘 때 짓다.〉

아, 너희 백성들은 원통함이 뼈 속 깊이 들어
뜰 가득 호소문 가지고 와 하소연하는 것이 수풀과 같구나!
글을 읽을 때는 매양 어진 정치하고자 하는데
일에 닥쳐서는 어찌 이익에 움직이는 마음만 거듭되는가?
이미 옛날 돈은 모두 절반으로도 허락되었는데
차마 텅 빈 장부를 가지고서 또다시 마음대로 침탈할 수 있겠는가.
말세에 사람을 교화시키기 어렵다 말하지 마라
조그마한 은혜를 베풀면 오히려 덕망을 칭송하는 소리 들을 것이다.

<收稅時作>

嗟爾民寃入骨深　　盈庭持牒訴如林
讀書每欲仁爲政　　當事何曾利動心
已許舊錢皆半減　　忍將虛簿更橫侵
莫言末路人難化　　小惠猶聞頌德音[27]

---

26. 한국정신문화연구원, 『민족문화대백과』참조, 1996.
27. 鄭敏僑, 「寒泉遺稿」, 『이조후기 여항문학총서』5권, (여강출판사 1986), 497쪽.

(감상) 세금 낼 수 없는 어민을 동정하며 지은 시이다. 평안도 지방
의 세금을 거두는 일을 맡은 작자가 세금을 거둘 때 쓴 시인
데 당시 백성들의 사정과 그에 아랑곳하지 않고 사욕만 챙기
는 관리들의 모습을 엿볼 수 있다. 여기에서 정민교는 바로
자신이 세금을 거두는 관리이면서도 받아야 할 세금이 실정
보다 너무 많이 매겨진 것을 알고 있다. 이 때문에 관리들이
공정하게 세금을 매긴 것이 아니라 사욕에 눈이 먼 탐관들이
세금을 매긴 것임을 고발하고 있다. 이런 현실에 대한 책임
은 교화시키기 어려운 백성들에게 있는 것이 아니라, 바로 관
리에게 있다고 직접적으로 꼬집고 있다.

〈세금을 거두며 쓰다.〉

한 해가 다하도록 밤에 오뚝이 앉아 기름 등불을 태우니

내가 평생 하는 것이 전분[28]에 있도다.

부지런히 힘써서 어떤 사업 성공시키려 했던가?

세상을 다스리는 경륜을 어촌에서 시험하려 하노라.

단지 원칙대로 하는 것이 좋을 것이니

어찌 반드시 명예를 구하며 억지로 은혜를 베풀겠는가!

이르는 곳마다 요컨대 회초리 때리는 가혹한 일 없애려 하나니

애민을 나는 성현들의 말씀에서 배웠노라.

<收稅作>

窮年兀兀夜膏焚　　　用力平生在典墳

勤若果成何事業　　　經綸聊試此船村

但能如法斯爲美　　　豈必干譽强作惠

---

28. 典墳 : 옛 책, 백성을 잘 살게 하는 노력.

到處要無捶楚虐　　　愛民吾受聖人言[29]

(감상) 이 시에서는 자신이 해야 할 일을 바로 알고 원칙대로 행하여 어려운 백성들을 더욱 힘들게 하는 가혹한 일이 없도록 하고자 하는 작자의 의지가 드러나 있다. 실제로 정민교는 다음에 부임하는 관리라도 마음대로 뜯어고쳐 횡령하지 못하게 세금장부를 바로 잡았다 한다. 한미한 집안에서 태어나 가난하게 살아왔고 겨우 도움을 받아 임시직 관리에 불과한 자리에 있었으면서도 다른 이들처럼 사사로운 이익을 탐하지 않고 잘못된 일은 바로 잡고자 하며 곧 실천에 옮겼다. '사사로운 이권을 구하지 않으며 잘못된 일이 있으면 나서서 투쟁하였다'는 형 내교의 평가가 과장이 아니었음을 알 수 있게 하는 시이다.

〈군정軍丁을 탄식하며〉

겨울바람 쓸쓸한데 변방의 해는 지고
외딴 마을에 하늘을 향해 울부짖는 여인이 있네.
우산牛山에서 돌아가는 나그네 듣기 차마 어려워
말을 세워 물으려하니 마음이 벌써 슬퍼지누나.
여인이 말하기를 그 남편이 전 해에 죽고
다행히 뱃속에 남긴 아이가 있다고 하네.
태어난 아들은 머리털이 아직 채 마르지 않았는데도
고을 아전이 군액을 충당하려 관청에 알리네.
포대기의 아이를 장정의 안에 붙이고
곧 바로 방문해 신포를 독촉하네.
어제 아이를 업고 관청의 점고에 가려하니

---

29. 鄭敏僑,「寒泉遺稿」,『이조후기 여항문학총서』5권, (여강출판사 1986), 497쪽.

날은 춥고 길은 먼데 눈바람이 사납더라.

돌아와 보니 아이는 이미 병들어 죽었으니

간장이 찢어지고 가슴이 막힌다.

원통함이 뼈 속 깊어도 하소연 할 데가 없고

곤궁하고 괴로우니 어찌 하늘에 곡하지 않을 수 있겠는가!

이 아낙의 이 말이 참으로 슬퍼

내가 한번 듣고 길이 탄식하노라.

선왕은 백성을 구제하는 덕을 우선시 하여

백성들은 보호되지 아니함이 없었고,

곤충 같은 미물 또한 덮어줌이 있었는데,

하물며 나같은 외롭고 늙은 사람은 하소연 할 데가 없구나!

조정에서 법을 만들 때에는 본래의 뜻이 있어

장정을 점검하는 것은 병사의 대오를 충족시키기 위함인데

법이 시행됨이 오래되어 오히려 폐단이 생기게 되니

근래 백성들에게 최고의 독이 되었네.

정남은 한정되어 있고 거두려는 세금의 종목은 많아

마침내 세금을 거둬들이려 하니 아이와 노약자에 미치는 것이
리라.

고을의 관리는 오직 상전의 두려움만 알고

자기의 이익만 아니 어찌 백성들을 구휼하리오.

단지 공허한 이름만 남아 차츰 더 혼탁해져 해악이 되니

백골의 징포徵布가 더욱 심하게 되었구나.

팔도에 같은 병폐로 백성들 절반이 죽으니

너와 같이 하늘을 부르짖으며 우는 것이 몇 곳이냐?

우리의 왕은 이를 근심하심이 말씀 속에 드러나 있어

열 줄의 임금 말씀에 자주 간곡함이 있다.
조정에서는 대책 없이 단지 좌시 할 뿐이니
이미 끝났도다! 이 법은 고칠 때가 없구나.
너희 아낙은 이제 하늘을 보며 울지 말라!
하늘을 부르며 따라와도 하늘은 알지 못할지니
일찌감치 황천 따라가서
그대 남편과 즐겁게 지내는 것만 못하리라.

<軍丁歎>

朔風蕭瑟塞日落　　孤村有女呼天哭
牛山歸客不堪聽　　駐馬欲問心悽惻
自言其夫前年死　　夫死幸有兒遺腹
生男毛髮尙未燥　　里任報官充軍額
襁褓兒付壯丁案　　旋復踵門身布督
昨日抱兒詣官點　　天寒路遠風雪虐
歸來兒已病且死　　肝腸欲裂胸臆塞
深寃入骨訴無地　　窮蹙寧不呼天哭
爾婦此言眞可哀　　余一聞之長太息
先王制民德爲先　　匹夫匹婦無不獲
昆蟲之微亦與被　　矧復無告吾惸獨
朝家設法本有意　　簽丁要使軍伍足
法行之久弊反生　　邇來最爲生民毒
丁男有限色目多　　遂令搜括及兒弱
縣官惟知畏上司　　利己寧復恤民戚
只存虛名混侵虐　　白骨之徵尤爲酷

八域同病民半死　　如汝幾處呼天哭
吾王念此憂形言　　十行絲綸頻懇曲
廟堂無策但坐視　　已矣此法無時革
爾婦且莫呼天哭　　呼天從來天不識
不如早從黃泉去　　更與爾夫爲行樂[30]

(감상) 유복자로 태어난 아기의 머리가 채 마르기도 전에 군액을 충당하려 군포를 독촉하는 조선후기 군정의 문란을 소재로 다룬 시이다. 당시 피해 입은 한 백성의 말을 그대로 옮겨 놓아 폐단이 더욱 구체적이고 사실적으로 와 닿는다. 남편을 잃어 힘이 들 여인에게 갓 태어난 아기마저 관리들의 횡포에 죽었으니 어미의 마음이 어떠하겠는가? 시인은 이들과 함께 슬퍼하며 이러한 일이 일어난 이유를 구체적으로 밝혀 오래된 법의 폐단을 비판한다. 법이 만들어진 본래의 뜻을 잃고, 거둬들이라는 세금은 많고 상전은 무섭고, 이런 관리들이 어떻게 백성을 구휼할 수 있는가를 꼬집는다. 또 그 폐단으로 백성의 절반이 죽어나가는데도 조정에서는 대책 없이 좌시할 뿐이니 개혁은 어렵다고 판단한다. 이 때문에 아무리 하늘에 부르짖어도 알지 못하니 죽은 남편이 있는 황천을 가는 것이 좋을 것이라고 역설적으로 성토하고 있다. 사사로운 이권을 구하지 않으며 잘못된 일이 있으면 나서서 투쟁하였다는 정민교가, 위의 두 시와 같이 문제점과 원인을 알고도 해결방법을 제시하거나 개혁할 의지를 보이지 않고 그러한 체념적인 맺음을 한 것은, 민교 자신의 능력 밖인 일이라서 그저 탄식할 수밖에 없었던 것인지도 모른다. 이것이 위항인의 한계이다. 현실을 직시하지만 개혁할 힘이 그들에게는 없다. 그의 시는 사회의 병폐를 해부하고 있으며 일반적으로 시라고 하는 장르에서 쓰이는 함축과 은유, 수식을 위한 수사는 거

30. 鄭敏僑, 「寒泉遺稿」, 『이조후기 여항문학총서』5권, (여강출판사 1986), 498쪽.

의 찾아 볼 수 없다. 정말 사실만을 그대로 쓴 것 같다. 위항인들의 특징이라는 직서直敍는 그를 두고 한 말 같다. 그의 시는 말하고자 하는 의표를 정확히 찌른다. 한 치의 곡曲도 없다. 민교 자신이 관리로서 그 가운데 서 있으면서도 관리들의 잘못된 행태를 드러내며 일의 원인을 정확히 집어낸다. 그의 시는 놀라울 정도로 대담하지만 거칠지 않다.

※정래교·정민교 형제의 사회시

봉건사회모순을 한두 편의 시에서 관심을 나타내었던 다른 시인들과 달리, 정내교·민교 형제는 적극적으로 자기들이 살던 시대의 문제들을 외면하지 않고, 과감히 부딪쳤다. 지배층의 이익에 영합하여 이권을 나누어 받으려 하지 않고, 대다수 피지배층의 문제를 자기의 문제로 인식하여 민중의 실상과 유리되지 않으며 삼정의 문란과 불평등한 신분제도에 대해 그 부조리를 인식하고, 민중 지향적인 시를 지었다. 홍세태와 같은 시대를 살며, 홍세태에게서 많은 영향을 받았다고 평가되었지만, 홍세태가 심각하게 인식하지 못했던 민중의 아픔을 처절하게 노래한 것이 이들 형제의 업적이다.

4. 이언진李彦瑱

  이언진(1740, 영조16-1766, 영조42)의 자는 우상虞裳이고, 또 다른
이름은 이상조李湘藻이다. 호는 송목관松穆館이니, 왜역인倭譯人
이다. 본관은 강양江陽이며 혜환 이용휴(惠寰 李用休)의 제자로서
시서詩書를 잘하였다. 63년 통신사 조엄趙曮의 역관으로 일본에
갔다 온 일이 있었다. 문집으로「송목관집松穆館集」을 남겼다.

1) 기행을 하며

〈해람편〉
이 땅 안에 수많은 나라들
바둑알처럼 별처럼 벌여 있어,
월나라에선 상투를 땋고
천축국에선 머릴 깎는다네.
제齊·노魯에선 봉액을 입고
호胡·맥貊에선 털 옷을 입는다네.
혹은 문명된 모습으로 멋지기도 하고
혹은 거칠고 야만스러워 보이지만,
그들을 끼리끼리 나누고 모은다면
온 누리가 모두 그런 사람들.
일본이 나라를 이룬 그 곳은
물결이 솟아나며 출렁이는 곳.
그 수풀은 뽕나무요
그 곳은 해 떠오르는 곳.
아낙네들은 무늬비단 길쌈하고

땅에선 귤과 유자가 난다네.
고기 가운데 기괴한 건 장거요
나무 가운데 괴이한 건 소철일세.
그 진산은 방전이요
구진이 그 방면별로 정해졌네.
남쪽과 북쪽의 봄·가을 다르고
동쪽과 서쪽의 밤낮도 다르다네.
가운데는 엎어 논 대 닮았고
텅 빈 굴 속엔 해묵은 눈이 있네.
소도 가릴 큰 재목은
저작의 미질인데,
단사丹砂와 황금 주석은
모두 산속에서 자주 난다네.
대판은 큰 도회지라서
온갖 보물을 간직했는데,
빛나는 건 주제현에서 나온 순은이고
둥근 건 말갈에서 가져온 보석이라네.
붉은 것과 푸른 것에다
화제·구슬도 곱게 비치네.
기이한 향내 나는 용연향을 태우고
보석은 아골처럼 쌓였구나.
상아는 입 속에서 뽑았고
무소뿔은 머리 위에서 끊어 내었네.
페르시아 오랑캐는 눈이 휘둥그레지고
절강의 큰 시장도 그 빛을 잃었구나.

수레가 물러가도 줄지어 오니
거간꾼만도 천여 명이나 된다네.
온 바다는 지중해인데
그 가운데는 삼라만상이 살아 움직이네.
후어 잔등엔 돛 펼친 배가 떴고
추어 꼬리에선 깃발이 펄럭이네.
굴조개 쌓여 방을 이루고
힘센 거북이 굴을 지키네.
갑자기 산호바다로 변하여
도깨비불이 환하게 타오르고,
갑자기 푸른 바다로 변하여
구름 노을이 곱게 비치더니,
갑자기 수은 바다로 변하여
수많은 별들이 흩어지고,
갑자기 온 둘레를 붉게 물들이니
비단 천 필이 눈부시게 펼쳐졌네.
갑자기 큰 도가니로 변하여
오색 금빛 다 발하더니,
용이 하늘 쪼개며 날아오르자
온갖 번개와 천둥이 부딪치네.
동쪽 구름 사이로 비늘과 발톱이 번뜩이고
서쪽 구름 사이로 팔다리가 드러나네.
발선 마갑주
그윽하고 괴이한 모습, 절로 황홀해라.
그 백성들 발가벗고 갓만 썼는데

바깥 모습은 석충이요, 속은 전갈일세.
일 만나면 죽 끓듯 요란스럽고
남 헤칠 땐 쥐처럼 교활해라.
이익 있으면 올여우처럼 쏘아대고
조금만 성나도 돼지처럼 달려드네.
아낙네들은 농지꺼리를 일삼고
아이들은 기괄을 베풀기 일쑤라네.
조상 내버리고 귀신에 빠지며
죽이기를 즐기면서 부처를 섬기누나.
글씨라고 보면 새 발자국 같고
말소리도 격새 지저귐 같아라.
암·수래야 사슴떼 같고
벗이래야 물고기떼 같아
말이라고 하는 게 새 지껄이듯
통역하는 나 자신도 모르겠네.
풀 나무들 기괴하니
나함羅含이 그 책을 태웠고,
온갖 물줄기가 모여드니
역생도 항아리 속의 하루살일세.
수족의 알 수 없는 모든 것
사급이 신비로운 그림으로 설명했고.
칼에 새긴 글자들도
정백이 뒤를 이어 다시 기록했지.
땅이 둥글다는 게 그른지 옳은지
바다 섬들의 이러하고 저러함.

서양 사람 이마두는
실을 짜듯 칼로 베듯 설명하였고
하찮은 이 몸이 시를 지으니
말은 속될망정 이치는 진실해라.
이웃사람들에게 커다란 꾀 있으니
기미의 수법으로 평화 잃지 마소.

<海覽篇>

坤與內萬國　　　碁置而星列
于粤之魋結[31)]　　竺乾[32)]之祝髮
齊魯之逢掖　　　胡貊之氈毳
或文明魚雅[33)]　　或兜離侏沫
羣分而類聚　　　偏土皆是物
日本之爲邦　　　波壑所蕩潏
其藪則槫木　　　其次則賓日
女紅則文繡　　　土宜則橙橘
魚之怪章擧　　　卉之怪蘇鐵
其鎭山芳甸[34)]　　句陳[35)]配厥秩
南北春秋異　　　東西晝夜別
中央類覆敦　　　嵌空龍漢雪
蔽牛之鉅材　　　抵鵲之美質

---

31. 魋結 : 몸치 모양의 상투. 북상투.
32. 竺乾 : 천축의 별칭, 印度를 가리킨다.
33. 魚雅 : '魚魚雅雅'의 줄인 말로 威儀가 整肅하다는 것을 가리킨다.
34. 芳甸 : 방초가 무성하게 자라나는 들판.
35. 句陳 : 별이름.

與丹砂金錫　皆往往山出
大坂大都會　環寶海藏竭
光者是朱提　圓者是鞓鞨
赤者與綠者　齊[36]暎瑟瑟
奇香爇龍涎　寶石堆鴉骨
牙象口中脫　角犀頭上截
波斯胡目眩　浙江市色奪
却車而臠至　駔儈千戶坷
寰海地中海　中涵萬象活
鱟[37]腹帆慢張[38]　尾旌旗綴
堆磊蠣粘房　屭贔龜次窟
忽變珊瑚海　煜曜陰火烈
忽變紺碧海　雲霞象色設
忽變水銀海　星宿萬顆撒
忽變大染局　綾羅爛千疋
忽變大鎔鑄　五金光迸發
龍子挐天飛　雷霆極閃戞
東雲閃鱗爪　西雲露肢節
髮鱓[39]馬甲柱　秘怪恣恍惚
其民裸而冠　外螯中則蝎
遇事則麋沸　謀人則鼠黠

---

36. 火齊 : 구슬의 일종으로 민괴주(玫瑰珠)라고도 한다.
37. 鱟魚 : 후어라는 바닷게의 등뼈는 바람이 불 때마다 돛처럼 펼쳐진다고 한다.
38. 鰌魚 : 길이가 수 천리나 되는 물고기. 바다 밑바닥 굴에서 사는데 굴속으로 들어가면 바닷물이 밀물이 되고, 굴 밖으로 나오면 썰물이 된다고 한다.
39. 髮鱓 : 두렁허리라는 민물고기를 가리킨다.

苟利則蠆射	小怒則豕突
婦女事嬉謔	童子設機栝
背先而淫鬼	嗜殺而佞佛
書未離鳥跡	語未離駃舌
牝牡類麋鹿	朋流同魚鼈
言語之啁啾	鞮象譯未悉
草木之環奇	羅含[40]焚其帙
百泉之源匯	酈生[41]甕底蟻
水族之不若	思及秘圖說
刀劍之款銘	貞白[42]續再筆
地毬之非是	海島之甲乙
泰西利瑪竇	線織而刀割
鄙夫陳此詩	語俚理甚實
善隣有大謨	羈縻[43]和勿失[44]

(감상) 일본의 시장이나 풍습, 생활상 등을 적나라하게 묘사했다. 그런 가운데에서도 일본인을 매우 부정적으로 인식하고 있다. 특히 바깥 모양은 석충 같지만 속내는 전갈 같이 독이 있다고 하여 그들을 경계하고 있다. 조선과 다른 풍부한 시장 경제를 살필 수 있다.

---

40. 羅含 : 晉나라 문인이다. 그는 생각이 늘 영롱하여, 謝尙과 함께 세상을 벗어나 사귀었다.

41. 酈生 : 酈道元인데, 水經을 지었다.

42. 貞伯 : 華陽眞人 陶弘景의 시호이다. 어렸을 때에 길홍이 지은 〈신선전〉을 읽고 養生에 뜻을 두었다. 거문고와 바둑 솜씨에다 글씨까지도 뛰어났으며, 여기서 말하는 책은 〈고금도검록〉이다.

43. 羈縻 : 주변 국가에 대한 견제 정책. 소나 말에 코뚜레를 하듯이 묶어 두어 제한된 범위 내에서 활동하게 통제한다는 뜻.

44. 李彦瑱, 『松穆館集』, 『이조후기 여항문학총서』1권, (여강출판사 1986), 682쪽.

〈일기도에서〉

오랑캐들의 맨발 도깨비 모습을 하고
오릿빛 옷 잔등에는 별과 달을 그렸구나.
꽃 치마 입은 계집애가 문밖으로 달려 나가는데
머리 빗다가 마치지 못해 머리카락이 뭉쳤구나.
아이 울어 목이 쉬니 유모가 젖 먹이고
손으로 등을 치니 목이 메도록 우네.
잠시 뒤에 북을 치며 관가 사람 온다하니
살아있는 부처라도 온 것처럼 수없이 모여드네.
벼슬아치가 절하며 구슬을 바치니
산호와 큰 조개가 쟁반 위에 올려졌구나.
서로가 벙어리라서 손님과 주인이 마주 앉아
눈치로 말 알아듣고 붓끝으로 혀를 놀리네.
오랑캐 마을에도 또한 정원 취미가 있어
종려와 파란 귤을 뜰에 심었구나.

<壹岐島>

蠻奴赤足貌魑魅	鴨色袍背繪星月
花裙蠻女走出門	頭梳未竟鬈其髮
小兒號嗄乳母乳	母手拍背聲嗚咽
須臾擂鼓官人來	萬目圍繞如活佛
蠻官膜拜獻厥琛	珊瑚大貝擎槃出
眞如啞者設賓主	眉睫能語筆有舌
蠻府亦解園林趣	栟櫚[45]靑橘配庭實[46]

---

45. 栟櫚 : 야자과에 속하는 상록 교목.
46. 李彦瑱, 『松穆館集』, 『이조후기 여항문학총서』1권, (여강출판사 1986), 683쪽.

(감상) 일본 사람들의 맨발의 모습이나 별과 달이 그려진 의복을 상
　　　세하게 서술했다. 나아가 당대 일본인들의 생활 모습을 담아
　　　냈다. 그리고 정원에 종려나무나 귤나무 등도 묘사한 일종의
　　　기행시이다.

〈일양壹陽 뱃가운데에서 혜환노사의 말을 생각하며〉
공자의 도와 석가모니의 가르침이
세상을 다스려 해와 달처럼 밝구나.
서양 사람들도 오인도에 이르니
과거에도 현재에도 부처님뿐일세.
유가에 보잘것없는 장사치들 있어
붓과 혀를 놀리면서 신기롭게 말하다가,
털 나고 뿔 돋은 채로 지옥에 떨어지니
생전에 인간 법률을 속인 탓일세.
독살스런 불꽃이 우리나라까지 미쳐
절들이 날로 늘어 도시와 시골에 늘어섰구나.
어리석은 섬나라 사람들 화복이 두려워
향 피우고 시주 안 할 때 없네.
부처를 섬긴다면서 싫어하는 짓만 하니 부처도 미워하겠네.
물고기 잡아 굽고 자라 뼈 발라내면서 멋대로 죽이니,
비유컨대 사람의 자식으로 남의 자식 죽이고
부모를 섬긴들 누가 기뻐하겠는가.
육경이 하늘 높이 문명을 드날려도
이 나라 사람들은 눈에 옻칠을 한 듯하네.
해 뜨는 곳과 해 지는 곳의 이치가 다름없으니
따르면 성인이요 어기면 악인이 되네.

스승님 주신 말씀 뭇 사람들에게 전하고자
시를 지어 목탁을 울리노라.

<壹陽舟中念惠寰老師言>

宣尼之道牟尼教	經世出世日而月
西士嘗至五印度	過去現在無箇佛
儒家有此稗販徒	簸弄筆舌神怪說
披毛戴角墮地獄	當受生前誣人律
毒燄亦及震朝東	精藍大刹都鄙列
睢盱島眾怵禍福	炷香施米無時缺
好佛反好佛所惡	燒剔魚鼈恣屠殺
譬如人子戕人子	入養父母必不悅
六經中天揭文明	此邦之人眼如漆
暘谷昧谷無二理	順之則聖背檮杌[47]
吾師訓吾訓介眾	以詩替金口木舌[48]

(감상) 일본인을 야만적으로 인식한 시인의 의식을 읽어낼 수 있다.
사실 당대만 하더라도 일본은 결코 물질적으로 정신적으로
후진국이 아님에도 그들을 깊게 보지 못한 면도 드러난다.
표피적인 일본의 관찰이 아니라 상층사회나 인식 등을 살피
지 못한 아쉬움이 있다.

---

47. 檮杌 : 초나라 역사 = 악한 것을 기록하여 후세에 경계한다는 뜻에서 이름으로
악인을 가리킨다.
48. 李彦瑱, 『松穆館集』, 『이조후기 여항문학총서』1권, (여강출판사 1986), 683쪽.

2) 계절을 담아

〈봄날 읊조려 보다.〉

일어나 침침한 눈 비비며 기둥에 기대니

만물의 정취는 찰랑찰랑 넘쳐 흐르는 듯하네.

기이한 구름의 출몰은 산 빛을 어둑어둑하게 하고

돌아가는 백로 날아 흩어지는 모습 저녁 빛을 받아 한결 밝네.

마음이 자연을 보고 흡족하니 만물도 참으로 좋다.

병으로 인사를 헤아리지만 마음에 만족하네.

텅 빈 창문, 고달파 잠을 자는데 누가 재촉하여 깨우나?

꾀꼬리 소리 잇달아 날 놀라게 하네.

<春日偶吟>

起擂昏眠倚棟楹　　眼前時物意盈盈

奇雲出沒山光眩　　歸鷺飛翻夕照明

心愜天機宜物態　　病量人事足吾情

虛窓倦睡誰催起　　賴有鶯聲續續驚[49]

(감상) 시인이 어느 화창한 봄날, 잠시 낮잠을 자고 일어나 그냥 시
　　　를 읊었다. 눈을 비비며 마룻대 기둥에 서서 봄의 정취를 느
　　　끼고 있다. 봄날에 만물이 생동하는 것을 잘 표현하고 있다.
　　　갑작스럽게 구름이 몰려와 산에 그림자가 생겨 산은 어둑어
　　　둑해지고, 저녁이 다 되어 백로가 날고 있는 모습이 눈앞에
　　　생생하게 그려진다. 비록 근심이 많은 세상이지만 지금 봄날
　　　의 정취를 느끼고 있는 자신의 모습을 보니 더 없이 편한 마

---

49. 李彦瑱, 『松穆館集』, 『이조후기 여항문학총서』 1권, (여강출판사 1986), 545쪽.

음이 든다. 꾀꼬리가 자신이 자고 있는 동안 재촉하여 깨우고, 소리가 그치지 않고 연이어 나와 작가를 놀라게 하는 모습에서 자연과 하나 되어 있는 모습을 그려내었다.

〈춘설春雪에 부쳐〉
밤바람이 차가워 눈을 빚으니
천지는 봄을 위하지 않네.
창문을 뚫고 들어온 아침 햇살은 엷고
숲에 가득한 차가운 기운 새롭네.

누각이 비어 있어 시 읊기에 딱 좋고
술잔이 따뜻하니 마시기 알맞네.
햇살은 저절로 화창하니
그대는 번민하여 눈살 찌푸리지 마라.

<春雪二首>
夜風寒釀雪　天地不爲春
透戶朝光薄　盈林冱氣新

樓虛詩逼境　樽暖酒宜人
自有陽和日　煩君且莫嚬[50]

(감상) 봄과 눈은 그다지 어울리지 않은 시어이다. 눈이라고 하면 당연 겨울을 생각하기 때문이다. 봄에 눈이 온다는 것은 또 다

---

50. 李彦瑱, 『松穆館集』, 『이조후기 여항문학총서』1권, (여강출판사 1986), 546쪽.

른 정취를 맛볼 수 있는 계기가 된다. 봄에 눈이 내려 작가는 시 두 수를 읊었다. 첫 번째 시에서는 봄에 눈이 온 경치를 읊은 시이고, 두 번째 시는 봄에 내린 눈을 보고 깨달음이 있어 읊은 시인 것 같다. 첫 번째 시에서 봄이지만 밤바람이 차가워 눈이 내린 모양이다. 봄이면 마땅히 따뜻해야 하건만 천지는 봄을 위하지 않고 차가운 눈이 내렸다. 햇살이 창문을 통과해 들어오는 아침 햇살은 엷고, 그 숲에는 봄의 따뜻한 기운은 온데 없고 차가운 기운만 가득하다는 풍경을 잘 묘사했다. 두 번째 시에서는 눈이 온 어느 날 비어있는 누樓에 올라 시를 읊은 것 같다. 그 곳에는 지금 아무도 없는 텅 빈 누각이어서 시인은 시 한 수 읊기가 좋다고 여긴다. 또 금상첨화로 술잔이 따뜻하여 술을 마시기에 알맞다고 생각한다. 한 잔 술을 마시며 깨달음이 있어서 말하기를 햇살은 저절로 화창하니 그대는 번민하여 눈살을 찌푸리지 말라고 하고 있다.

〈봄을 보내는 노래〉

봄이 돌아와 무슨 일이 있어 봄이 돌아가나

기인이 어느 곳에 있어 모두 슬피 보내는가?

내가 가서 홀로 그것을 여러 번 보낸 것을 기뻐하니

천만년에 오고 가도 여전히 꽃 피우네.

꽃이 피고 떨어져 없어 시기가 알맞으니

해가 돌아와 지난해처럼 사신으로 가네.

여러 해 이래 금년 같으나 때가 되었고

머무를 때에 만물이 궁궐에 화사하여 분명하네.

벽록을 펼치고 짙은 꽃향기를 우러러보고

쨍쨍 비치는 낮을 보니 시간이 빠름이 이미 녹음을 깨닫네.

봄은 오지 않고 남아 있지 말라 하니

천리를 좇아 천기를 좋아하네.

전별의 자리에서 푸른 버들로 멀리 떠나는 객을 보내니
사람은 가고 봄은 돌아왔건만, 그 사람은 돌아오지 않네.

<送春行>

春歸有何事春回　　　有何奇人皆悲送
去我獨喜送之百　　　千萬年往復還花
開花落無已時今　　　年歸似去年信去
年來似至今期爲　　　留時物殿韶光分
鋪碧綠侈芳菲仰　　　看白日速已覺靑
春非來莫留去莫　　　挽遵天理樂天機
離亭綠柳長送客　　　人去春歸人不歸[51]

(감상) 이 시는 전별의 자리에서 읊은 시이다. 떠나보내는 사람은
확실히 누구인지 모르겠지만, 그 사람이 늦봄에 떠나는 것만
은 확실하다. 아마도 사신을 보내면서 지은 것이다. 사신을
보내면서 천만년 오고 가도 꽃이 피고, 꽃이 떨어져 없으니
꽃은 이제 돌아갈 시간이라는 것을 말해주는 듯하다. 사신은
여러 해 동안 있다가 돌아가는데 그 동안 봄은 많이 지나서
그 때마다 궁궐을 화사하게 장식을 해주었다. 봄은 지나고
쨍쨍 비치는 낮을 보니 아마도 여름이 된 듯하다. 그리고 여
름에 녹음이 더욱 더해만 간다. 전별의 자리에서 푸른 버들
을 주어 멀리 객을 떠나보냈다고 한다. 버들은 이별을 상징
하기도 한다. 중국의 유명한 시인인 한유王維의 시에서도 이
런 시어를 찾아 볼 수 있다.

---

51. 李彦瑱, 『松穆館集』, 『이조후기 여항문학총서』1권, (여강출판사 1986), 550쪽.

3) 별리의 정을 읊어

〈원나라 두 명의 사신을 안서로 보내면서〉
위성의 아침 비는 가볍게 먼지를 적시고
여관의 버드나무는 더욱 더 푸르고 싱싱하네.
그대여 다시 한 잔의 술을 쭉 마시게
서쪽으로 양관에 가면 친구조차 없을 것이네.

<送元二使安西>
渭城朝雨浥輕塵　　　客舍靑靑柳色新
勸君更盡一杯酒　　　西出陽關無故人

(감상) '류색신柳色新'은 버들잎이 비에 젖어 더욱 싱싱해진 것을 말
한다. 예로부터 중국에는 멀리 가는 사람에게 버들가지를 꺾
어 헤어지는 사람들이 서로 잊지 말자고 전별하는 것은 당나
라 이래의 오랜 관습이었다고 한다. 이것을 보면 송춘행送春
行에서도 이러한 당나라의 풍습을 따라 푸른 버들을 꺾어 사
신을 보냈을지 모른다. 다시 봄은 왔지만, 떠나간 사람은 다
시 돌아오지 않으니 마지막 구절에서 시인이 안타까워하는
모습을 역력히 느낄 수 있다.

〈나그네로 봄을 보내며〉
봄에게 무슨 일로 그리 바쁜가 물으니
오고 가는데 능히 나로 하여금 근심하게 하네.
붉은 빛은 이미 꽃봉오리에 터져 눈과 같이 떨어지고
검은 빛은 겨우 상투를 만들어 서리와 같이 변했네.
보리 두렁 날 저물어 새로이 무성함을 보고

난 골짜기에서 가벼운 바람이 불어 늦은 향기를 맡네.
슬퍼져서 무의미한 말은 하지 않고
내년에는 한양으로 찾아가려네.

<客中送春>
問春何事劇忙忙　　來去徒能使我傷
紅已綻英飄若雪　　黑纔成髻變如霜
麥畦日晏看新茂　　蘭谷風經嗅晚香
怊悵不爲無意語　　明年相訪漢之陽[52]

(감상) 마지막으로 화곡집 중에서 시 제목에 봄이 들어가 있는 시이다. 아마도 객을 보내면서 봄을 보낸다는 의미일 것이다. 봄에게 무슨 일로 그렇게 바쁘게 돌아가느냐고 묻는다. 여기에서 실제 사람이 아닌 봄에게 질문을 해서 의인화했음을 알 수 있다. 오고 가는데 작가로 하여금 근심하게 하는 주체는 둘로 볼 수 있을 것이다. 하나는 봄이 될 수 있고 시의 제목에서 보면 객客이 될 수도 있다. 봄이 주체라면 아마도 늦봄일 것이다. 봄에 피었던 온갖 꽃은 꽃봉오리가 터져서 눈과 같이 땅에 떨어졌다. 이렇게 조금은 쓸쓸해 보이는 정취 속에서 시인은 자신의 모습을 또 비춰본다. 자신의 머리를 보니 얼마 남지 않은 검은 머리로 상투를 만들었는데 자신은 그 검은 머리가 회색빛으로 변해 서리와 같이 변했다는 것을 보면 이미 많이 늙었다는 것을 표현하고 싶었던 것 같다. 보리 두렁에는 무성해서 베어지기를 기다리고 난 골짜기에는 바람이 가볍게 불어 늦은 봄 향기를 맡는다는 부분에서 깊은 봄의 정취를 잘 나타내었다.

---

52. 李彦瑱, 『松穆館集』, 『이조후기 여항문학총서』1권, (여강출판사 1986), 551쪽.

5. 황택후黃宅厚

황택후(1687, 숙종 13-1737, 영조 13)의 본관은 창원昌原이며 초명初名은 황택중黃宅中이고 자는 자화子和, 호는 화곡華谷이며, 조선 후기의 무신이다. 미천한 가문에서 태어나 금위영禁衛營의 서리書吏를 지냈으나 학문을 좋아하여 최창대崔昌大, 이하곤李夏坤, 구택규具宅奎에게 사사하였다. 영조 4년(1728) 이린좌李麟座의 난 때 도순무사都巡撫使 오명항吳命恒을 따라 전공을 세웠다. 1728년(영조英祖 4) 이인좌李麟佐 등이 영남과 호남에서 일으킨 반란을 토벌할 때 도순무사 오명항吳命恒의 막부에서 서기로 활약했으며 특히 무고한 백성들을 많이 구제해 주었다. 영남의 잔적을 토벌할 때도 박종사朴從事를 따라가 많은 공을 세워 난이 평정된 뒤 양무원종공신일등揚武原從功臣一等에 올랐으며 부모는 봉증封贈되고 아들 1명은 음직蔭職을 이어받게 되었다. 1735년 조풍원이 평안도관찰사로 떠날 때 좌막으로 불렀으며 다음해 첨추로 승진했다. 이해 경기도 관찰사 이오천李梧川의 부름을 받고 영중의 재부와 군정의 일을 돌보았다. 1737년 북사를 영접하러 가던 중 병에 걸려 죽었다. 죽은 후 한성부좌윤漢城府左尹에 추증되었다. 권수에 구상, 이득신李得臣, 성덕우成德雨, 오태현吳泰賢, 황기천黃基天의 서序가 있다. 권卷{1~3}:시詩 218수(일반시 115, 심주록 20, 관서수창록 83). 권卷{4}:문文 2편(선고첨지중추부사증한성부좌윤부총관부군행상先考僉知中樞府事贈漢城府左尹副摠管府君行狀, 선부군초상의절록先府君初喪儀節錄), 잡저雜著 4편(유신론有身論,감물서感物序, 도화동기병팔경시桃花洞記幷八景詩, 축봉설畜蜂說). 권말卷末에 이영로李永老의 발이 있다. 부록에는 연보, 가상이 실려 있다. 저서로《소막창수록瀟幕

唱酬錄》, 《화곡집華谷集》이 있다. 「화곡집華谷集」은 황택후黃宅厚의 아들 황덕순이 1794년에 편집 간행한 것이다.

먼저 황택후의 문학적 특징을 파악하려면 그의 「화곡집華谷集」 서문을 살펴보면 알 수 있다.

화곡집서華谷集序

이는 즉 황군의 집안이 가난하지만, 김쇄우와 그 아들 덕순이 수습하여 정리한 것이다. 대저 문文이라는 것은 사회의 공유물이다. 귀하지 않는 것은 많고, 천하지 않은 것은 적으며, 중국 것이 아니면 화려하고, 먼 곳의 땅이 아니면 비루하며 관작(관직과 작위) 또한 사회의 공유물이다. 장수와 재상의 후손은 혹은 청렴하거나 규두 가운데에서 또한 공경이 나오기를 바란다. 옛날에 작인爵人은 덕으로서, 관인官人은 재주로서 한 것이 그러하다.

후세에 미쳐 내려와서는 반드시 능히 모두 그러한 것은 아니다. 비록 위진 펑·품씨 가문의 천한 풍속 같은 것은 아직 일찍이 이것에 대해 절절히 들어 본 적이 없다. 아! 고금천하를 통틀어 청관미직을 문벌을 보고 나타내는 것은 오직 우리나라뿐이다.

이에 중인, 하인은 구별하여 칭함이 이미 심하여 서얼이 사대부에 나란히 하지 못함에 이르러 극심해 졌다. 때문에 스스로 쓸모없음을 알아서 그 재능을 포기하여 생계가 곤란해지고 예의를 차릴 겨를이 없었다. 가끔 호걸스런 선비가 있어 능히 스스로 굳게 세워서 드러난 자는 거의 드물었다. 옛날의 귀천은 궁달[53]을 일컬으며, 전대의 시문을 가려서 상고해 보니 대대로 문득 수많

---

53. 窮達(궁달) : 빈궁과 영달, 출세하지 못함과 현달함.

은 궁색한 자가 많이 거했다. 옛날에 이미 몸이 궁함에 있으면 시에 능하다는 말이 우리나라 사백년 동안 여항의 시로써 드러난 자가 가히 많음을 알 수 있다. 어찌 그 재주가 고인에 미치지 못하겠으며 또한 어찌 미진 땅에 잡혀 있다고 그렇겠는가. 애석하도다.

황군은 여항 사람이다. 일찍이 연사의 역(전쟁)에 참여하여 도리어 그들을 물리치고 양무원종공신에 참여하여 첨지중추부사가 되었고, 한성부좌윤으로[54] 승진되었다. 지은 바의 시는 산질[55]하여 남은 것은 거의 없다. 그 가락은 우아하고 그 말은 순하고 경치를 베껴도 헛되지 아니하고, 용사를 했음에도 속되지 아니하고, 이 167편을 보면, 가히 타고난 성질이 욕심이 없고 마음이 깨끗하고, 공부함에 갖추어 넉넉함을 알 수 있으니, 어찌 가히 스스로 굳게 선 호걸이라 이르지 않겠는가.

우리나라의 손곡[56]과 류하의 무리들은 당시 이름 있는 재상과 신화와 장인에게 추앙을 받고 술잔을 응대를 꾀하였다. 지금의 사람들이 그를 칭하여 황군과 같다고 한다. 곤륜산에서 배움을 받고 이름 있는 사대부의 문하에 출입하여 창화한 자는 적었으나 즉흥시는 많았다. 산에 오르고 물에 임하고 무리를 떠나 남의

---

54. 左尹(좌윤) : ①고려때의 관직, 삼사(三司)에 소속되었던 종 3품 벼슬로 공민왕(恭愍王) 11년 (1362)에 설치하였다. ②이조때의 관직, 한성부(漢城府)에 소속되었던 종2품의 벼슬이름으로 인원은 2명이었다.
55. 散帙(산질) : 질(帙)이 차지 않는 책.
56. 李達(이달) : (1561~1618) 이조 때의 시인, 자는 익지(益之), 호는 손곡(蓀谷)·동리(東里)·서담(西潭)이고, 본관은 원주(原州)이다. 문장과 시(詩)에 능했으나 서출(庶出)이어서 과거에 응시치 못하고 후진 교육과 시주(詩酒)로 일생을 보냈다. 동문(同門)인 최경창(崔慶昌)·백광훈(白光勳)과 함께 당시(唐詩)에 능하여 그 당시 삼당(三唐)으로 불리었으며 문하에서 허균(許筠)이 배출됐다.

집에 머물러 있던 때에 만약 그 아들이 그 행적을 모아서 기록하지 않았다면 이 편을 누가 그것을 알고 회복시키겠는가. 또한 이르기를 효성스럽다. 이로 인하여 우리나라의 시를 가려 뽑은 것은 류하의 많은 사람들의 후손에게 이어짐을 얻게 한 즉 가히 밝게 다스려진 세상[57]과 글을 숭상하는[58] 덕화를 꾸미고 세상에 빈천함으로서 스스로 포기하는 자는 대개 힘써야 함을 알 것이다.[59]

1) 기행을 하며

〈창랑정에서〉

주인이 갓끈을 씻어놓고 있으니

---

57. 昭代(소대) : 밝게 다스려진 세상, 태평한 세상, 당대(當代)의 미칭(美稱).
58. 右文(우문) : 글을 숭상함. 문사(文事)를 숭상하다.
59. 임형택편, 「華谷集」『이조후기 여항문학총서』 1권 (여강출판사 1986) 533쪽.
"此卽 黃君宅中之零 金碎羽 而其子德諄 收拾爲集者也 夫文者公器也 不以貴者
而多 不以賤者而少 不以中國而華 不以遐陬而陋 官爵亦公器也 將相之後 或爲
淸庶圭竇之中亦出公卿 古之爵人以德 官人以才者 然也 降及後世 未必能皆然
而雖如魏晉評品氏族之陋風 未賞聞切切於是 噫通 古今達天下淸官美職之觀 門
地者 唯我東
是已中人下人之稱區別 已甚 而至於庶孽之不得齒於士夫而極矣 故自知無用 而
暴棄其才能 困於生計 而未暇於禮義 往往有豪傑之士 能自樹立而表見者 卽千百
之一二焉爾 古之貴賤 卽窮達之謂 而歷考前代詩文之選 代輒千百人 而窮者居多
古已有窮而能詩之言 而我東四百年 委巷之以詩著者 可數而知 豈其才不及於古
人 亦豈拘於偏邦而然哉 惜乎
黃君閭巷人也 嘗爲椽史之役旋卽去之 爲僉摳參揚武原從贈左尹 所著詩散帙 存
者無幾 而其調雅 其語順 寫景而不虛 用事而不野 觀此百六十七篇 而可知素性
澹泊用工該贍 豈不可謂自樹立之豪傑乎
我東蓀谷柳下之類 得當時名公臣匠之推 許酬酢至 今人皆稱之 如黃君者 受學於
崔昆崙 出入於名士大夫之門 而唱和者少 一觴一咏多 在於登山臨水 離羣作客之
時 如非其子記其行集 此篇誰復知之 亦云孝矣 因此 而選東國之詩者 得以繼之
於柳下諸人之後 則可賁昭代右文之化 而世之以貧賤 而自暴棄者 盍知勉夫"

나그네[60]가 거문고를 안고 지나가네.
어찌 홀로 청산 가까이 있느뇨?
함께 가는 흰새가 많기도 하누나!

<滄浪亭>
主人濯纓臥　游子抱琴過
豈獨靑山近　兼之白鳥多[61]

　(감상) 주인이 갓끈을 씻어 놓고 있으니, 한 나그네가 그곳을 지나다
　　　가 홀로 청산에 있는 주인을 보고 의아하게 여기며 물음을 던
　　　지고 있다. (창랑정에서 본 유유히 흘러가는 청산의 풍경을 표
　　　현함.)

〈변방을 나가며 부르는 노래〉
땀이 나도록 매년 움직이니
한나라의 병사들은 날마다 놀라네.
눈과 서리는 칼을 찌를 것 같이 생기고
변방의 달은 외로운 성을 비추네.

<出塞曲>
可汗年年動　漢兵日日驚
雪霜生劍戟　塞月照孤城[62]

---

60. 游子 : 나그네, 여객(旅客), 놀고먹는 사람.
61. 임형택편, 「華谷集」『이조후기 여항문학총서』 1권 (여강출판사 1986) 543쪽.
62. 임형택편, 「華谷集」『이조후기 여항문학총서』 1권 (여강출판사 1986) 548쪽.

〈변방에 들어오며 부르는 노래〉
새벽에 옥관[63]이 크게 열리고
한 군대[64]가 말 달려와 승리를 바친다.
곳곳마다 봉화[65]가 보이고
오히려 변방에서 나올 때를 생각한다.

<入塞曲>
玉關曉大闢　　獻凱一軍馳
處處看烽火　　猶思出塞時[66]

(감상) 중국 옥문관을 배경으로 한漢 나라의 전투를 상상하며 지었
　　　다. 적어도 위항인도 어느 정도 체계적인 공부를 했기 때문에
　　　중국 역사를 세계관의 한 축으로 이해한 것을 살필 수 있다.

〈박철령의 시내 정자에서〉
푸른 곳에 놀다가 나중에
깊은 술잔을 다시 이 정자에서 나누나.
서로 시를 주거니 받거니
시율은 새로운 소리가 있네.

---

63. 玉關 : 옥문관, 감숙성 돈황(燉煌) 부온에 있던 서역(西域)에 통하는 관문(關門).
64. 一軍(일군) : 주대(周代)의 제도에서 군대 일만이천오백명을 일컫음. 온군대,
　　전군(全軍).
65. 烽火(봉화) : 변란이 있을때에 변경(邊境)에서 부터 서울까지 경보를 알리게 만
　　든 불.
66. 임형택편, 「華谷集」『이조후기 여항문학총서』 1권 (여강출판사 1986).

＜朴君哲坽溪亭＞
積翠淸遊後　深樽復此亭
聯翩瓦酬唱　詩律有新聲[67]

　　(감상) 즐겁게 대작한 것을 서사했다. 시가 일상화된 하나의 일기체
　　　　日記體인 것을 살 필 수 있다.

〈장신궁 두 곡조〉

하나
비단천이 들이어진 창문에 아침을 가리고 밤에는 빗장을 치고
얕은 풀과 쇠잔한 이끼는 한 뜰에 가득하네.
어둠이 잦아드니 허물은 더하여 얻을 바가 없고
임금님은 반드시 그릇되게 보고 듣지 않았네.

둘
잎이 떨어지니 서리가 푸르고 기러기가 지나고
수놓은 치마와 머리띠를 펼치니 갑자기 쓸쓸[68]해지네.
어찌하여 사람의 맘이 봄 여자를 상심시켰다고 말하는가?
가을바람이 부는 곳에 슬픔을 이기지 못하네.

---

67. 임형택편,「華谷集」『이조후기 여항문학총서』 1권 (여강출판사 1986).
68. 凄其(처기) : 참, 써늘함, 한랭함, 기(其)는 조사(助辭).

<長信宮 二首>

其一
紗窓朝掩夜仍局　　淺草殘苔滿一庭
暗數愁尤無所得　　君王未必誤看聽

其二
葉落霜淸鴈過時　　繡裳羅帕忽淒其
如何人道傷春女　　也到秋風不勝悲[69]

(감상) 장신궁을 영사詠史하여 읊조렸다. 상상적 배경 묘사가 탁월
하다. 그런 가운데 군왕에 대한 충정을 드러내었다.

〈양잠〉

윤택한 뽕나무 성 남쪽에 있고
젊은 아낙 광주리 끼고 누에를 치네.
고운 손으로 푸른 뽕잎을 취하여
여자의 일 잠박[70]에 가득하여 달은 삼경이네.

<養蠶>

柔桑沃若在城南　　少婦提筐共養蠶
玉手纖纖取綠葉　　女工滿箔月惟三[71]

---

69. 임형택편, 「華谷集」『이조후기 여항문학총서』 1권 (여강출판사 1986)
70. 잠박(蠶箔): 누에를 치는데 쓰는 채반.
71. 黃宅厚, 「華谷集」, 『이조후기 여항문학총서』 1권, (여강출판사 1986), 566쪽.

(감상) 밤 늦도록 누에를 치는 아낙네를 실사한 것이다. 부녀자의
바쁜 생활상의 일부를 담아냈다.

2) 계절을 담아

〈봄날 붓에 맡겨〉

인생살이 온갖 일이 어떠한가?

고요히 이치로 보니 뜻이 혼미해지네.

시간은 빨리 흘러 늙기는 쉬우니

비바람이 몰아치니 꽃이 어지럽게 떨어지네.

빼어난 경치는 매양 봄 여름에 많으니

세상 인정 제비와 기러기의 구분 면하기 어렵네.

어찌 끊임없이 마음 같은 벗을 얻겠는가?

한 책상아래 은근히 글로써 모이리라.

<春日縱筆>

如許人生百事務　　靜觀以理意迷昏

光陰流邁老成易　　風雨淋漓花落紛

勝騏每多春夏際　　世情難免燕鴻分

源源那得同心友　　一榻慇懃會以文[72]

(감상) 춘일종필春日縱筆은 자신의 학문에 대한 한계와 신분에 대
한 한계에 대해서 느끼고 슬퍼하며 지은 시이다. '세상 인정
제비와 기러기의 구분 면하기 어렵네.'라는 부분은 신분적 한
계에서 오는 자신의 감정을 표현하고 있다.

---

72. 黃宅厚,『華谷集』,『이조후기 여항문학총서』1권, (여강출판사 1986), 588쪽.

〈애석한 봄〉

봄빛을 쬐려고 했지만
돌아가는 것이 왜 그리 바쁜가?
꽃과 풀은 그윽한 자취를 베풀어
향기로운 풀은 멀리까지 향기를 뿌리네.
간절히 생각하니 삼일이 지나고
아쉽게도 구순의 늙은이가 되었네.
나에게 좋은 것이 온다면
귀밑머리 옛날에는 푸르렀네.

<惜春>

春光挽不得　歸去爲誰忙
紅綠留陳跡　芳菲播遠香
節懷三日過　時惜九旬長
於我來相好　鬢毛昔歲蒼[73]

(감상) 나이를 먹어 봄날이 더욱 절실하고 아깝다. 젊은 날을 회상
하며 봄의 정취를 노래했다.

3) 벗에게 띄우는 노래

〈중양절에 홍순거에게 붙이며〉

단풍이 진 곳에 국화가 피었지만
친구와 더불어 기약하기는 어렵구나.

---

73. 임형택편, 「華谷集」『이조후기 여항문학총서』 1권 (여강출판사 1986).

반드시 근심에는 술이 없을 수 없으니
오히려 응당 시가 있어 기쁘다.
단풍 숲에 들어가서 홀로 걸어보고
물가에 앉아 있다가 다시 돌아온다.
이미 중양절[74]을 보내고 오니
좋은 순간을 다시금 어느 때에 맞을 건가?

<九日寄洪舜擧>
丹楓黃菊處　難與故人期
未必愁無酒　猶應喜有詩
入林行獨遍　臨水坐還宜
已送重陽去　佳辰復幾時[75]

(감상) 중양절을 맞아 벗 홍순거에게 보낸 시이다. 수련과 함련이
　　　매우 뛰어나다. 단풍이 짙은 곳에 국화가 피어 더욱 아름다
　　　운 가을이건만 그대와 함께 할 수 없으니 너무 안타깝다. 술
　　　로 달래보고 결국 시를 지어 위로한다. 외로움과 아쉬움이
　　　잘 표출된 시이다.

4) 풍광을 노래하며

〈연꽃을 따며 부르는 노래〉
흰 손[76]은 가벼이 노를 희롱하고

---

74. 重陽(중양) : 음력 9月 9日의 명절, 높은 하늘, 깨끗이 쓴 땅.
75. 임형택편, 「華谷集」『이조후기 여항문학총서』 1권 (여강출판사 1986).
76. 素手(소수) : 희고 아름다운 손, 미인.

꽃을 끄니 잎사귀 옆에 머무른다.
모름지기 연꽃을 탐내지 않고
오히려 스스로 연꽃 향기를 사랑하노라.

<採蓮曲>
素手弄輕楫　牽花佳葉傍
不須耽子大　猶自愛蓮香[77]

(감상) 배를 저어 연꽃을 매만진다. 하지만 스스로 꽃을 탐하지 않
고 그 향기만을 사랑할 뿐이라 한다. 시인의 청초한 심상을
읽어낼 수 있다.

5) 가족을 그리워하며

〈규원〉
아내와 자식은 사람마다 즐거운 집일세.
꽃 같은 얼굴과 머리털[78]의 금비녀는 빛나네.
모여서 남편의 성공이 빨리 이룬 것을 알고
부부[79]가 화락하니 내가 매우 기쁘네.

---

77. 임형택편, 「華谷集」『이조후기 여항문학총서』 1권 (여강출판사 1986), 548쪽.
78. 雲鬢(운빈) : 운환(雲鬟), 미인(美人)의 머리털을 푸른 구름에 비유하여 이른
말. 먼 산의 푸른 빛.
79. 琴瑟(금슬) : 거문고와 큰 거문고. 어휘가 전성되어 부부(夫婦), 부부의 사이를
가리킨다.

<閨怨>

妻子人人樂室家　　花容雲鬢耀金釵

曾知夫婿功成早　　琴瑟華堂我孔嘉[80]

(감상) 아내와 자식을 끔찍이 아끼는 시인의 마음을 살필 수 있다.
위항인에게는 오늘날 서민적인 가치를 쉽게 찾을 수 있다.

6) 역사를 회고하여

고전에 근거한 역사적 사건을 조망하고 이에 대해 작시作詩하
였다. 범위가 넓고 '행行'체를 즐겨 썼다.

〈왕소군의 원망〉[81]

자태가 버리기 어려우니 본질이 그러하다.

마음이 슬기와 식견에 머무르니 원망이 끊이지 않네.[82]

화가의 솜씨[83]는 원망치 않고 천명은 더해져서

다만 생명을 한탄하며 여자의 몸에 농염함을 위하네.

---

80. 임형택편, 「華谷集」『이조후기 여항문학총서』 1권 (여강출판사 1986).
81. 소군원(昭君怨) : 왕소군(王昭君)을 가리킨다. 전한(前漢) 효원제(孝元帝)의 궁
　　 녀(宮女)로 이름은 장(嬙), 칙명(勅命)으로 흉노(匈奴)의 호한사선우(呼韓邪單
　　 于)에게 시집갔다. 명비(明妃)라고도 한다.
82. 綿綿(면면) : 죽 연이어 끊이지 않는 모양. 연면(連綿), 세밀한 모양, 가는 모양.
83. 畵手(화수) : 화가(畵家), 화가의 붓, 화가의 솜씨.

<昭君怨>

態色難捐本質然　　心留慧識怨綿綿
不尤畫手尤天命　　只恨生爲艶女身[84]

(감상) 왕소군을 애도하여 쓴 시는 매우 많은데 이 시 역시 이런 맥락에서 지어졌다. 도도한 왕소군의 자태를 생각하고 그 기박한 운명을 슬퍼하였다. 다음은 '행行'체를 활용하여 지은 것이다.

〈소년행〉

아침에는 열 말쯤 기울더니 저녁에는 천금 같네.
거리의 버드나무 동산의 꽃은 호탕하기가 마음 같네.
칼날을 쳐서 연 나라 조나라 선비 돌려보내니.
달은 밝고 여자를 사모하는 거문고 소리 들려오네.

<少年行>

朝傾十斗暮千金　　街柳園花浩蕩心
擊劍送歸燕趙士　　月明來聽忝娘琴[85]

〈공자행〉

아침에 화려함이 끝나니 마땅히 비단거문고를 재촉한다.
향기로운 술잔은 옥 쌓아놓은 것을 압도한다.
금안장과 옥굴레를 씌운 푸른색의 말[86]의 것이고
길 가득 씩씩하게 우는 것은 임금님이 주서서 오는 것이네.

---

84. 임형택편, 「華谷集」『이조후기 여항문학총서』1권 (여강출판사 1986) 549쪽.
85. 임형택편, 「華谷集」『이조후기 여항문학총서』1권 (여강출판사 1986) 548쪽.
86. 驄馬(총마) : 푸른빛을 띤 부루말, 총이말, 청총마(靑驄馬).

<公子行>

朝罷華堂錦瑟催　　香杯濃滴壓瓊疊
金鞍玉勒靑驄馬　　滿路驕嘶御賜來[87]

〈새하곡〉

서리는 칼과 창을 갈고 눈은 활같이 떨어진다.
옛날 장군들은 오랑캐를 물리쳐 공을 세웠는데
변방 아래 청년들은[88] 모두 흰머리가 되었고.
서로를 이끌며 더불어 굳게 새기며 얘기하는구나.

<塞下曲>

霜磨劍戟雪飄弓　　破虜將軍昔建功
塞下健兒俱白首　　相携說與射雕雄

　(감상) 중국 고사와 관련된 사건들을 애도하며 시를 지었다. 이것은
　　　　두 갈래로 이해할 수 있는데 하나는 자신의 식견을 과시하는
　　　　측면이 있고, 또는 학문적으로 순수하게 전개되는 경우가 있
　　　　을 수 있다. 아마도 시인은 후자에 해당되는 듯하다. 그 근거
　　　　는 그가 문장가라는 명성을 떨쳐 공명을 획득할 필요도 없었
　　　　고, 다만 성실한 독서에 기인하여 역사적으로 애석한 사실에
　　　　대해 공감하여 순수하게 작시한 것으로 본다.

---

87. 임형택편,「華谷集」『이조후기 여항문학총서』1권 (여강출판사 1986) 548쪽.
88. 健兒(건아) : 혈기(血氣)가 왕성한 청년, 건장(健壯)한 남아, 시종(侍從)하는 병
　　졸.

6. 이정주李廷柱

　이정주의 호는 관몽夢觀, 자는 석로石老이다. 저자에 대해서는
구체적으로 밝혀진 사실은 거의 없는 형편이다. 이윤익李閏益의
서문에 의하면 어려서부터 시詩를 좋아했으며 또한 고인의 사장
詞章을 즐겨 초사抄寫했다 한다. 1820년대 초에 한 문인이 저자의
시詩 100여 편을 청淸나라로 갖고 가 일대거벽(一代 巨擘)인 오승
량吳嵩梁의 평을 부탁했는데 그 시詩들이 만당제가晚唐諸家의 골
수骨髓를 얻었다고 찬양했다. 시詩는 모두 천 여편이 넘었으나 산
일散佚되어 수 백 편이 남았다고 한다. 「몽관시고夢觀詩稿」는 이
정주李廷柱의 시집詩集으로 아들 사겸士謙과 상익尚益 등이 1859
년(철종哲宗 10) 편집하여 간행했다.
　「몽관시고집夢觀詩稿集」는 여항시인閭巷詩人 이정주李廷柱의
시집으로 3권 1책이며 전사자본全史字本으로 되어 있다. 1859년
(철종 10) 그의 아들 사겸士謙, 상익尚益 등에 의해 편집. 간행되었
고, 1891년(고종28)에 중간되었다. 권두에 김홍집金弘集과 이윤익
李閏益의 서문이 있고 권말에 이상익의 발문이 있다. 이 책은 권
1에 시 11수 및 산구散句 등이 수록되어 있다. 저자 이정주에 대
해서 구체적으로 알려진 사실은 거의 없고 다만 단편적으로 산견
되는 여러 기사를 통해 그가 당대의 가장 뛰어난 여항 시인인 이
상적李尚迪과 인척관계였으며 이정주의 시집 간행에 있어 이상적
이 중요한 역할을 하였던 것은 분명하다. 또한 장지완張之琬의 언
급을 통해 이정주가 19세기 중반의 여항 문학에 있어 정지윤鄭芝
潤·현기玄錡 등과 함께 커다란 몫을 담당했던 시인임을 알 수 있
다. 이윤익의 서문에 따르면 이정주는 어릴 때부터 문학 수업에

힘썼으며, 특히 만당晩唐·만명晩明의 시 작품을 좋아하였다고 하는데 이는 그의 시세계가 대체로 만당풍晩唐風으로 기우는 것과 깊은 관계가 있다. 1820년대 초에 한 문인이 그의 시 백여 편을 청나라로 가져가 당대의 거유인 오승량吳嵩梁에게 평가를 부탁한 결과 그로부터 만당제가晩唐諸家의 진수를 얻었다는 삽화 역시 이정주의 작품세계의 경향을 엿보는데 도움이 될 만하다. 이정주의 작품 모두 천여 편이 넘었다고 하나 이 시집에는 348수만이 전한다. 아울러 이 시집의 초간본 간행에 장혼張混이 깊이 관여하고 있는 것으로 보아 두 사람의 관계에 역시 주목의 대상이 되나 현재는 이를 입증 할 자료가 나타나지 않고 있다. 이 책은 국립중앙도서관 등에 소장되어 있다.

1) 자연을 노래하여

(1) 비에 관한 시

〈갑자기 내린 비〉
바람은 미친 듯이 불고 번개가 치고
구름이 짙어 우레 소리가 연이어 들려오네.
지붕의 모서리는 바야흐로 폭포가 되고
소나무 울타리는 이미 뿌리가 뽑혔네.
어찌 종일토록 오겠는가?
마침내 이곳은 한바탕 떠들썩하구나.
문득 뜰을 바라보니 어지럽게 흩어져 있고
오히려 낙조의 흔적이 적셔있네.

<急雨>

風狂飛電掣　雲黑荐雷奔
屋角方懸瀑　松籬已沒根
何能終日來　竟是一場喧
忽看庭蕪上　猶沾落照痕[89]

(감상) 비가 갑자기 오게 되는 상황을 있는 그대로 보여주고 있다.

〈비 가운데에〉

하늘에는 가랑비가 흐릿하게 내리더니
향로의 연기가 가늘게 비껴있네.
아득히 꿈속인 듯 하고
고요하여 또 다시 절간 같네.
푸르름이 파초 잎에 펼쳐졌고
붉은 빛이 석죽화를 더하네.
홀로 이 청절한 곳에 거처하니
말하지 않아도 그 마음 끝이 없어라.

<雨中>

細雨空濛裏　爐烟一縷斜
茫然如夢境　靜復似僧家
綠展芭蕉葉　紅添石竹花
獨居清絶地　不語意無涯[90]

---

89. 李廷柱, 『夢觀詩稿』, 『이조후기 여항문학총서』5권, (여강출판사 1986), 280쪽.
90. 李廷柱, 『夢觀詩稿』, 『이조후기 여항문학총서』5권, (여강출판사 1986), 280쪽.

(감상) 비가 오는 중에 작자 자신의 마음이 사색에 잠기는 모습을 그
려내고 있다.

〈비 그치고〉

비가 그친 후 엷은 구름 석양을 휘감고

다시 하늘의 끝을 보니 엷은 연기 펴져 있구나.

숲속의 빛은 감돌아 발의 문체가 깨끗하고

산기운이 푸르고 제비소리 서늘하네.

늙은이가 꽃을 보내 멀리 나비가 날아오고

집안 아이 국화를 나누어 가을 향기 심네.

바람을 쐬며 근심스레 시에다 그림을 그리려니

마음과 손에 남은 정으로 붓 또한 잊어 버렸네.

<雨後>

斷雨微雲捲夕陽　　更看天際淡烟長

林光浥濕簾文淨　　山氣蒼茫燕語凉

野老送花移遠蝶　　家僮分菊種秋香

臨風悄欲詩傳畵　　心手遺情筆亦忘[91]

(감상) 한가로움을 느낄 수 있는 시이다. 특히 마지막 구에서 억지
로 기교를 부리는 것이 아니라 시의 정경에 도취되어 붓 가는
대로의 자연스러움을 느끼게 한다.

---

91. 李廷柱, 『夢觀詩稿』, 『이조후기 여항문학총서』5권, (여강출판사 1986), 280쪽.

〈큰비〉

짙은 먹구름이 떨어지려고 하니

삼베 같은 빗줄기 내리네.

풍뢰가 한결같이 그 형세를 도우며

수목은 바람을 이기지 못하네.

모기와 파리가 모여 벽에 붙어 있고

제비와 참새는 처마에 의지하여 있네.

문득 밖은 시끄러우나

홀로 앉아 고요한 때를 기다리네.

<大雨>

欲墮雲容暗　如麻雨脚垂

風雷偏助勢　樹木不勝吹

粘壁蚊蠅聚　依簷燕雀痴

却從喧鬧外　獨坐靜聽時[92]

(감상) 이 시에서 의미를 부여한다면 지금 겪고 있는 역경 속에서 하
루 빨리 문제가 해결되길 바라는 마음을 모기, 파리(소인배,
기득권자)와 제비 참새(뜻을 가지고 있으나 세력이 없는 신화)
을 통해 말해 주고 있다.

〈비 가운데에〉

종일토록 먹구름에 놀란 파도 보내고

남풍이 불어와 빗 기운을 몰고 오네.

---

92. 李廷柱, 『夢觀詩稿』, 『이조후기 여항문학총서』5권, (여강출판사 1986), 281쪽.

홀로 앉아 향을 피우고 옛 그림을 보다가
뜰의 물이 섬돌을 잠궈 높아짐도 알지 못하네.

<雨中>

黑雲終日送驚濤　　斜挾南風雨勢豪
獨坐焚香看古畫　　不知庭水沒階高[93]

(감상) 이 시 또한 비가 오고 있는 그대로의 모습을 보여주고 있다.

〈비오는 봄날〉

온 세상이 꾀꼬리 소리, 풀빛 속에 붉은 꽃들이 비추고
강촌의 산 어귀 주막집의 깃발이 바람에 펄럭이누나.
남조시대 사백팔십 여 사찰에는
그 많은 누대마다 안개비가 나리누나.

<江南春>

千里鶯啼綠映紅　　水村山郭酒旗風
南朝四百八十寺　　多少樓臺烟雨中[94]

(감상) 위의 시는 당나라 두목杜牧의 봄비를 노래한 명시로 역시 서
　　　　경적인 풍광과 비 내리는 운치를 담아내는 모습이 이정주의
　　　　시와 정취가 유사하여 게재해 보았다.

---

93. 李廷柱, 『夢觀詩稿』, 『이조후기 여항문학총서』5권, (여강출판사 1986), 287쪽.
94. 杜牧, 〈江南春〉

〈장마 비〉

혼돈을 장차 누가 뚫을 것인가

처마의 빗소리 밤낮으로 이어지네.

땅은 깊어 밑바닥까지 이르렀고

시냇물은 넘쳐흘러 끝이 없네.

안개밖에 산은 어떠하며

구름 가운데 달은 몇 번이나 둥글었을까?

원컨대 천 길 되는 비를 가지고

깨끗이 쓸어버려 푸른 하늘을 보기를 바라네.

<霖雨>

混沌將誰鑿　檐聲晝夜懸

地應瀜到底　溪欲浩無邊

霧外山何似　雲中月幾圓

願持千丈箒　淨掃見靑天[95]

(감상) 어지러운 혼란 속에서 옛 영화(평화로움)를 그리워하는 마음
이 담겨있다.

〈비갠 가을〉

수많은 봉우리는 서로의 푸른 빛을 비추고

한 차례 비에 하늘이 끝없이 맑네.

잠자리들은 다투듯 물방울을 튀기고

호랑나비 가볍게 바람에 나부끼네.

---

95. 李廷柱, 『夢觀詩稿』, 『이조후기 여항문학총서』5권, (여강출판사 1986), 287쪽.

저물어 서늘해지니 붓의 기운이 더하여 지누나!
가을 기운 맑은데 거문고 소리 들리네.
성긴 발 사이로 밖을 바라보니
파초 꽃이 젖음에 다시 밝아지누나.

<秋晴>
千峰碧相映　一雨極天晴
點水蜻蜓競　飜風蛺蝶輕
晩凉添筆勢　秋氣暢琴聲
却看疎簾外　芭蕉濕更明[96]

(감상) 산은 비가 갠 후에 더욱 푸르고, 하늘은 더욱 맑다. 잠자리와
나비들은 비온 후에 더욱 생기가 있음을 보고 나 또한 가을
저녁에 거문고 소리 들으며 글 짖기가 더욱 힘이 나는데 벌써
아침이 오고 있음을 노래했다. 그에게 유별나게 비에 관한 시
가 많다. 비는 해갈을 시켜 화육을 돕고 사람들의 마음마저
깨끗하게 해 주는 일종의 카타르시스 역할을 한다. 또 비는
대체로 사람의 심상을 감성적으로 만든다. 이 때문에 시인은
매우 주정적이며 낭만적인 시풍의 작품을 많이 양상 했다.

2) 생활의 정취

〈산에서 시를 짓다〉

멀리있는 나무에 안개가 깔리니
앞산 사람도 희미하게 보이누나.

---

96. 李廷柱, 『夢觀詩稿』, 『이조후기 여항문학총서』5권, (여강출판사 1986), 283쪽.

계곡에선 거문고 소리 부드럽게 울리니
소나무 아래에서 마신 술이 절로 깨누나.

<山中卽事>
遠樹和煙白　前山人夢靑
溪邊琴響緩　松下酒痕醒[97]

(감상) 산에 올라가 자신과 마주 보고 있는 산에 안개가 피어올라 사
　　　람도 희미하게 보이는데, 산의 계곡에 아름다운 거문고 소리
　　　를 들리니 산의 아름다운과 거문고 소리에 흥취하며 마신 술
　　　도 깨는 것 같다.

〈불심을 배우며〉
어찌 수염을 보면서 추위를 가리려 하는가?
일체 자비의 마음이 이곳에 있구나.
가령 추위를 막아 불심을 태우더라도
오히려 대선사 되기에는 꺼리낌이 없다네.

<學佛>
何須視髮學毛皮　　一切慈悲念在玆
從使禦寒燒佛子　　不妨猶作大禪師[98]

97. 李廷柱, 『夢觀詩稿』, 『이조후기 여항문학총서』5권, (여강출판사 1986), 282쪽.
98. 李廷柱, 『夢觀詩稿』, 『이조후기 여항문학총서』5권, (여강출판사 1986), 286쪽.

(감상) 부처를 배우는 데에 눈에 보이는 형상적인 것이 아닌 결국 자
신의 마음속에 자비의 마음만이 있다면 대선사도 될 수 있다
고 표현한 것이다.

〈강촌〉

비갠 후 달이 중천에 떠 있고
영롱하게 불은 물은 하나의 강을 이루었네.
큰 소리는 작은 집을 삼킬 듯 하고
달빛은 빈창을 환하게 비추네.
돛단배는 멀리서도 홀로 돌아오는데,
갈매기는 잠들어서 저절로 쌍쌍이더라.
다시 안개 밖으로 피리소리 들려오니
곡진히 들리는데 앞 가락을 반복하는구나.

<江村>

霽雨中天月　玲瓏漲一江
大聲吞小屋　空色透虛窓
帆遠歸仍獨　鷗眠迴自雙
更聽烟外笛　曲盡復前腔[99]

(감상) 아득하고 조용한 강촌 정경이 자연과 사물들의 절묘한 묘사
로 한 폭의 그림처럼 눈앞에 펼쳐지고 있다.

---

99. 李廷柱,『夢觀詩稿』,『이조후기 여항문학총서』5권, (여강출판사 1986), 286쪽.

〈명지천을 지나가는 중에〉

명천의 냇물은 평평하고 넓은데 멀리 있는 산은 나직하고
향기로운 풀은 꽃샘 추위에 들쑥날쑥 푸르구나.
자주 말 끄는 인부에게 부탁하여 달리는 말에 채찍질을 가하니
고향집이 가까워짐을 알고 한결같이 달그닥 달리네.

<明池川途中>

明川平潤遠山低　　芳草春寒綠未齊
頻屬僕夫鞭走馬　　家鄕知近一蹄蹄[100]

(감상) 귀향하는 길에 명지천을 지나면서 지은 시로 귀향길의 풍경
을 묘사했고 고향집에 빨리 도달하고 싶은 마음을 나타내고
있다.

〈붓〉

한 자루 양털 붓이
정교하기가 대추씨 같네.
한편으론 글자를 다 좋아하게 하고
한편으론 글자를 다 미워하게 하는구나.
붓은 뜻이 다름이 없으니
그 사람을 따르게 하네.
탕임금과 무임금[101]의 세상인 까닭에
포악한 주임금의 백성들이 다 사용하는구나.

---

100. 李廷柱, 『夢觀詩稿』, 『이조후기 여항문학총서』5권, (여강출판사 1986), 291쪽.
101. 湯武 : 殷나라의 탕왕과 周나라의 무왕, 모두 자기가 섬기던 임금을 放伐하고
　　　나라를 얻은 임금.

<筆>
一枝羊毫筆　精妙似棗核
一使字皆好　一使字皆惡
筆非有意殊　使之隨其人
所以湯武世　悉用桀紂民[102]

(감상) 하나의 붓이 사람으로 하여금 미워하게 하기도 하고 좋아하게
　　　하기도 한다는 부분에서 볼 수 있듯이, 바른 소리를 쓴 글이
　　　사람의 뜻을 움직이는 강력한 힘을 지니고 있음을 표현했다.

〈동산에서 앉아 있다가 술에 취해 넘어져, 옆에 있던 사람이
깨우는 것도 알지 못하였다.〉
시간이 빠르게 가는 줄도 모르고 짧은 꿈을 꾸는데
한 병은 다하였으나 한 병은 가득 차 있네.
온 몸이 이슬 기운 속에 있다가 밤에야 일어나니
동산의 나무는 푸르고 은하수 밝더라.

<園中露坐不覺醉倒傍人喚醒>
不覺駸駸短夢成　　一壺雖竭一壺盈
滿身露氣中宵起　　園木蒼然星漢明

(감상) 동산에 앉아 있는 작가는 시간이 가는 줄도 모르고 술을 마신
　　　다. 그 자리에서 술이 취해 쓰러졌다가 밤기운을 느껴 일어
　　　났을 때, 푸르른 나무와 하늘을 바라보는데서 작가의 여유로
　　　운 모습을 엿볼 수 있다.

---

102. 李廷柱, 『夢觀詩稿』, 『이조후기 여항문학총서』5권, (여강출판사 1986), 300쪽.

7. 정지윤鄭芝潤

정지윤(1808, 순조8-1858, 철종9)은 조선 후기의 위항시인이다. 본관은 동래東萊이며 본명은 지윤芝潤이고 자는 경안景顔, 호는 하원夏園이다. 태어날 때 손바닥에 수壽자의 문신이 있었고, 이름 지윤의 '지芝'가 《한서漢書》에 '지생동지芝生銅池'로 있다고 하여 동銅자를 따서 수동이라는 별호를 사용하였다. 왜어역관倭語譯官의 가계에서 출생했으나 문인으로 생활하였다. 아들 낙술樂述은 《역과방목譯科榜目》에 이름이 올라 있는 역관이다. 정지윤은 생업을 돌보지 않고 세상을 떠돌아다니기 좋아했으므로 극도의 가난을 면할 수 없었다. 그리고 사회적인 여러 가지 모순에 불만을 느낀 나머지 평생을 광인처럼 행세하였으나 그 언동에는 날카로운 풍자가 깃들어 있었다. 본디 규율적인 생활을 싫어하는 자유분방한 성격을 지니고 있어서 평생 포의시객布衣詩客으로 만족하였고, 두뇌가 명석하여 아무리 뜻이 깊고 어려운 문장도 한번 훑어보고는 그 요지를 깨달았으나 모르는 것처럼 겸손했다고 한다.

위항시인으로서 대표적인 인물이며, 그에 관련된 허다한 일화들이 유포되어 '기발한 익살꾼 정수동'으로 유명하였다. 시풍은 권력이나 금력에 대한 저항 속에 날카로운 풍자와 야유로 일관하고 있으며, 시를 짓는 것은 구속에서 벗어나는 길이라 생각하여 "성령이 한번 붙으면 붓끝을 다할 따름이지, 시체나 신풍을 쫓거나 교묘하고 섬세한 것을 다투지 않는다."는 성령론性靈論을 구현한 시인이다. 번거로운 문장이나 허황한 형식을 배격하고, 간결한 가운데 높은 격조를 담은 시를 썼다. 최성환은 그의 시를 일컬어 고법古法에 얽매이지 않으면서도 고법을 저버리지 않았다고 평하였다.

 그의 시는 기발하면서도 품격을 잃지 않아 자연스럽게 일가를 이루고 있다. 술을 좋아하였으며 김흥근金興根·김정희金正喜·조두순趙斗淳 등 명사들과 교분이 두터웠다.

 그들이 그의 재주를 아껴 도우려 하였으나 거절하고 자유롭게 살다가 50세에 과음으로 죽었다. 저서로는 《하원시초夏園詩鈔》가 있다.[103]

1) 생활의 정취

〈느낀 바를 짓다.〉

가장 영롱한 곳에 성령性靈이 존재하니
깊은 공을 떨어뜨리지 말고 쉽게 말하지 말라.
들어갈 때에는 묘하여 응당 길에서 호혈虎穴을 찾고
나올 때에는 기이하여 어느 곳을 덜어내어 용문龍門을 뚫는가?
금빛 못에는 해가 녹아 꽃이 흔적조차 없고
옥빛 집에는 밤이 맑아 달에도 혼이 깃들어 있네.
어두운 길을 견뎌내며 홀로 걸어가노니
그대에게 권하노라, 대갓집 울타리에 의탁하지 말지어다.

내가 처음 세웠던 계책이 부끄럽고
뚜렷한 얼굴을 보니 이미 많이 거칠었도다.
담연淡然히 조금 깨우쳐 공부하기에 이르렀는데

---

103. 조동일, 『한국문학통사』3권, (지식산업사 1994), 제 3판,
   허경진, 『조선 위항 문학사』, (태학사 1997) 참조.

경솔하여 마침내 버릇 고치기도 어렵게 되었다.
수차례 술 따르며 수 만 가지 맹세를 하였지만
외로운 등불만이 십 년간의 글들을 알아주네.
콧수염 비비꼬며 너에게 맡겼으나 버팀목마저 끊어지고
새 시를 지었더니 비단만 못하구나.

제목 없이 한창 하늘의 음청陰晴을 그려 읊으니
남아있던 한가한 정 움켜쥐고 파리했던 삶과 바꾸는구나.
시고 짜던 글맛과 헤어지고 나니
음악소리[104]와 그림보다 더 낫구려.
재주의 근원이 일석一石같음을 어찌 쉽게 논 하리오?
글자의 이음이 천금千金같으니 아래에 가벼이 두지 말지어다.
오직 동풍만이 다함이 없이 거두어 들이고
살구꽃 핀 마을 어귀는 여전히 밝고 밝구나!

〈作詩有感〉

最玲瓏處性靈存　　不下深功不易言
入妙應經探虎穴　　出奇何減鑿龍門
金塘融日花無質　　玉殿清宵月有魂
幽徑只堪時獨往　　勸君莫寄大家藩

慚愧吾人設計初　　面頭歷歷已多踈
淡然纔覺工夫到　　率爾終難習氣除

數酌苣盟千種限　　孤燈知狀十年書
撚髭任汝莖莖斷　　有底新詩錦不如

無題吟半寫陰晴　　剩把閑情換瘦生
另是酸醎書外味　　勝於絲竹畫中聲
才原一石論何易　　字係千金下未輕
惟有東風收不盡　　杏花村畔又淸明[105]

(감상) 일연에서 성령론性靈論을 언급을 했다. 삼연에서는 "시를 짓는 것은 구속에서 벗어나는 길이라 생각해서 자기 홀로 가는 길을 택하면 그만이고, 울타리에 더부살이를 하지는 않겠다."고 하였다. 한때 추사 김정희(秋史 金正喜)가 자신의 문하門下에서 정수동鄭壽銅을 거둬 가르치려 했는데 그는 자유분방한 성격 때문에 방황하며 기이한 행동을 하곤 했다. 이어서 다른 연에서는 정수동 자신이 직접 그 일을 언급하면서 현재의 자신의 신세를 한탄하고 있다. 그 가운데에 자신의 시관詩觀을 피력했다.

〈동쪽 계곡에서 벼를 얻어 기뻐서 짓다.〉

소나무 등불 비친 흙집에서는 빗장도 만들지 않고
농가에 바라는 것 이야기하다 밤이 깊어 돌아가네.
괴로운 인연들 마을에서 석 잔의 술 기울이다가
모두 시낭詩囊을 짊어지고 십리十里되는 산을 오르네.
내가 있는 곳 어찌 하찮은 것들이 방해 하리
남과 비교하며 박봉薄俸에도[114] 괴로움 견디네.

---

105. 鄭壽銅,『夏園集』,『이조후기 여항문학총서』권, (여강출판사 1986), 4쪽.

처음 올 때는 연소年少하여 밭가는 것조차 묻기 어려웠는데
지금은 먼지와 흙이 이미 얼굴에 묻어있구나.

<穫稻東峽戲作>
泥戶松燈不設關　　農談相許夜深還
苦緣村局三杯酒　　全負詩囊十里山
處我何妨糠秕際　　較人堪愧斗筲間
初來白面耕難問　　塵土如今已在顔[107]

(감상) 이 시는 시인이 유랑하며 돌아다니다 수확기를 맞은 농촌 마
　　　을에 기숙하면서 느낀 바를 쓴 시로, 농민들과 이야기하면서
　　　자신의 처지를 돌아보며 자신은 지금의 위정자와는 다르다고
　　　했다. 처음에는 농민(하층민)과의 관계가 소원疎遠했었지만
　　　지금은 농민들과 함께 생활하며 그들의 처지를 이해하게 되
　　　어 이런 시를 지었다. 경련頸聯의 시어詩語인 강비糠秕는 권
　　　력에 아첨하는 위정자 또는 사대부들에 대한 풍자와 야유의
　　　의미가 있고, 두소斗筲는 자신의 출신이 역관임을 보여준다.

2) 민초의 삶을 가슴에 안고

〈아이의 울음〉
다른 때에 끝없이 문호門戶에 부고訃告소리 들이고
하루 아침에 끌려가 황량한 언덕에 맡겨졌네.

---

106. 斗筲(두소) : ① 한 말들이 되와 한 말 두들이 죽기(竹器), 전(轉)하여 작은 국량
　　　　　　　　(局量)
　　　　　　② 얼마 안 되는 녹(祿), 박봉(薄俸).
107. 임형택 편, 『夏園集』, 『이조후기 여항문학총서』 5권, (여강출판사 1986), 5쪽.

너의 아비 가래 메고 평생 일하였건만
오히려 사람으로 태어나 무덤에 묻히지도 못하였다.

한 치 되는 옷으로도 일찍이 너의 살가죽 덮을 수 없고
병든 때 입었던 옷에는 눈물 자욱, 약 흔적만이 남아있네.
십 년 동안 아팠지만 가난한 집 자식은 죽어
다시 누더기 옷 입혀 저승으로 돌려보내네.

반드시 총명한 것은 아니지만 둔하지는 않으니
어찌 일찍이 네가 겨울에 횃불 들고 감을 기뻐하겠는가?
고된 일하는 자가 글자를 알아 장차 어디에 쓸 것인고
부질없이 서툰 글씨로 벽 위를 쫓고만 있네.

<哭兒聲>
無限他時門戶計　　一朝携去付荒厓
爾爺荷鍤平生事　　尙得人間未見埋

寸錦曾無裏汝肌　　淚痕藥跡病時衣
十年慟煞貧家子　　復使壞泉藍縷歸

未必聰明勝闒茸　　何嘗喜汝就冬烘
辛勤識字將何用　　空有塗鴉壁上蹤[108]

---

108. 임형택 편, 『夏園集』, 『이조후기 여항문학총서』 5권, (여강출판사 1986), 6쪽.

(감상) 첫째 연은 평생 고된 일을 하고도 무덤 하나조차 남기지 못하고 죽어야 하는 농민(하층민)의 시름과 현실을 담고 있고, 둘째 연에서는 아비는 평생 일하였건만 무덤에 묻히지도 못하고 죽고, 그 자식은 태어나 죽을 때까지 병으로 아파하다 세상을 떠난다. 죽어도 제대로 장사 치르지도 못하고, 너무 가난하여 좋은 옷 입혀 보내지 못하고 누더기 입혀 황천으로 보내야 함을 한탄하고 있다. 마지막 연에서는 작자가 죽은 아이 장사 치르는 것을 보고 쓴 구절로 어린 아이의 죽음을 슬퍼하고 있다. 이 시에서 작자가 병든 아이와 자신을 동일시하며 신분 제한 때문에 생긴 자신의 시름이 해학으로 극복되지 않고, 불교에의 귀의로도 극복되지 않아 결국 시인은 이 세상의 구조를 시름으로 파악하기에 이르렀음을 보여주고 있다.

3) 기행을 하며

〈대흥을 돌아 해서를 향해〉

근심과 회한悔恨으로 답답한 마음 풀기 어려워

오 년 동안 세 번이나 만월대滿月臺를 지나갔네.

오래된 절, 푸른 구름 사이에는 짧은 나막신 남아있고

황량한 성, 붉은 단풍 사이에서 깊은 술잔만이 나를 채워주는구나.

고향에는 보는 눈이 넘쳐 사람이 아직도 지나다니고

천지가 어두워지니 기러기가 다시 날아드네.

스스로 우산 쓰고 돌아보며 도리어 한번 웃고

또한 벼슬 생각하며 글재주 뽐내본다.

<自大興轉向海西>

新愁舊恨鬱難開	五載三過滿月臺
古寺碧雲餘短屐	荒城紅樹足深盃
關山溢目人猶往	天地層陰鴈又來
自顧擔簦還一笑	虞卿亦是著書才[109]

(감상) 이 시는 자신의 방랑적인 삶을 돌아보며 지은 시이다. 답답
한 현실(신분제도에 대한 불만)에 울화가 치밀지만 정면으로
도전하지 못하고, 시詩로써 자신의 울분을 토해낸다. 현실에
강한 불만을 가지고 있음이 시 전반에 드러난다.

〈제목을 붙여〉

두루 관서지방 달리다 다시 서해로 가니
천지天地간에 몸이 편치 못해 슬프고 아득하다.
술 마신 뒤의 풍정風情은 나이 따라 줄어들고
지난 일, 봄 오는 일은 꿈을 꾸어야만 기억이 나네.
문득 근심 살펴보면 학질瘧疾 앓는 듯하고
손이 움직이는 대로 많은 시를 쓰니 점乩치는[110] 것 같구나.
다시 누가 나를 향해 흑벽으로 돌아가기를 재촉하는가?
나를 위하여 두견새와 늙은 아내만이 우는구나.

---

109. 임형택 편, 『夏園集』, 『이조후기 여항문학총서』 5권, (여강출판사 1986), 9쪽.
110. 乩(계) : 쟁반에 담은 모래 위에 송곳모양의 막대로 글자를 써서 길흉화복(吉
凶禍福)을 점을 쳤다.

<戲題>

走遍關西復海西　　側身天地一悽迷
風情酒後隨年減　　往事春來入夢齊
愁輒按時如患瘧　　詩多信手似扶乩
更誰向我催歸玏　　爲有啼鵑與老妻[111]

(감상) 이 시는 시인이 말년에 쓴 시로 자신의 몸 기탁寄託할 데 없음을 한탄하고 있다. 나이가 듦에 따라 풍정風情과 기억들이 희미해져가고 또한 자신의 정신마저도 의지대로 따라주지 않음을 느껴 자책하는 듯한 느낌의 시이다.

---

111. 임형택 편, 『夏園集』, 『이조후기 여항문학총서』 5권, (여강출판사 1986), 14쪽.

8. 최천익崔天翼

　최천익(1714~79)은 조선 후기의 위항시인으로 자는 진숙晉叔, 호는 능수農叟. 홍해의 아전이었던 준걸俊傑의 둘째 아들이다. 어려서 같은 고을의 운와耘窩라는 사람에게 배웠으며, 이형상李衡祥에게서 신동이라는 말을 들었다. 그의 집안은 대대로 홍해의 군리郡吏였는데, 그만은 발분하여 진사시에 급제하였다. 그러나 진사시에 급제하자 분수에 족하다고 하면서 다시는 과거에 나가지 않았다. 10여 년 동안 군리로서 생활한 것을 제외하고는 사방으로 유학遊學하여 학문에 힘썼다. 만년의 30여 년 동안은 후진의 훈도로 보냈다. 그의 문하에서 류인복柳寅福·최기대崔基大와 같은 인물이 나왔다. 벽읍인 홍해에서 명사들이 그뒤에 많이 배출된 것은 최천익의 영향 때문이라고 한다. 시문에 능하여 성대중成大中·신유한申維翰 등 당대의 일류 문사들과 교유하였다. 고금의 치난득실治亂得失과 관방형변關防形便에 대하여 모르는 것이 없었으나, 아전 출신이라는 신분상의 한계 때문에 뜻을 펴지 못하였다. 정조 때 병조판서를 지냈던 권람權欖이 그의 능력을 알고 관찰사에게 말하여 조정에 천거하려고 하였으나, 성공하지는 못하였다. 저서로는 초간본 ≪농수집農叟稿≫ 1권 1책과 중간본 ≪농수집≫ 2권 2책이 있다.

1) 벗에게 띄우는 노래

〈해장海藏의 노인 이의중李義仲에 부쳐〉
당신도 알다시피 문장은 우리들의 일이요
명리는 당시 사람에게 부치는 도다.

눈 아래는 그저 혼연하여 사물이 없는 듯하고
마음속에는 저절로 봄이 있도다.
미친 듯이 기운만 믿고서
우활하여 내 몸 하나 먹고 살기 힘드네.
자꾸 늙어 가매 도리어 웃을 수밖에 없어
부질없이 백발이 자꾸 늘어남을 본다네.

<寄海藏翁李義仲>
文章吾輩事　名利付時人
眼底渾無物　胸中自有春
顚狂惟負氣　迂闊不謀身
老去還堪笑　空看白髮新[112]

(감상) 자신이 늙어가는 모습을 보면서 한탄하며 지은 시이다. 이제
　　　자신은 늙었으니 모든 것을 뒷사람에게 맡기고 초연히 살고
　　　싶은 심정이 드러나 있는 것 같다. 하지만 아직도 다시 청춘
　　　이었던 젊은 시절로 돌아가고 싶은 마음만은 그대로 드러나
　　　있음을 알 수 있다.

〈마음대로 읊다.〉
봄날 술이 마주한 자리에 가득하니
그윽한 정회를 잠시 열 수 있다네.
버드나무 숲에는 새로 내리는 비가 지나가고
꽃피는 마을에서는 그윽한 향기가 날아온다네.

---

112. 崔天翼, 『農叟遺稿』, 『이조후기 여항문학총서』 4권, (여강출판사 1986), 626쪽.

성대한 세상이라 변경에 놀라운 일이 없어서
장군이 조대를 묻는다네.
군주를 생각하는 천리의 꿈이
때때로 백로들이 짝지어 돌아온다네.

<漫吟>
春酒盈盈席　幽懷得暫開
柳營新雨過　花塢暗香來
盛世無邊警　將軍問釣臺
思君千里夢　時入鷺班回[113]

(감상) 이 시는 최천익이 일정한 글의 제목 없이 생각나는 대로 시를
　　　읊은 것이다. 이 시의 느낌은 태평성대한 나라의 모습을 읊
　　　은 시이다. 전쟁 없는 나라에는 임금이 태평스럽게 낚시터에
　　　서 낚시를 드리우며 세월을 낚고 있고 그 주위로 아름다운 백
　　　로의 모습이 한 폭의 수채화와 같다.

〈제목을 붙여서〉
구구하게 된 일에 나와 함께 한 사람이 없고
일을 마쳐도 가슴 속에는 고민스러운 일이 많도다.
말고삐를 잡고 공자의 자취[114]를 찾고 싶고
꿈속에서 문득 중국의 한, 당 시대로 달려가고 있네.
몰아내려 해도 떠나지 않고 가슴만 우울하고

---

113. 崔天翼, 『農叟遺稿』, 『이조후기 여항문학총서』 4권, (여강출판사 1986), 626쪽.
114. 수사(洙泗) : 수수(洙水)와 사수(泗水). 모두 강이름. 공자가 이 근처에서 제자
　　　들에게 도를 가르쳤으므로 공자의 문하의 뜻으로 쓰인다.

펼쳐보려 해도 차단됨이 다시 어찌하리오.
지금에 와서야 깊이 후회하고
곧바로 장자에게 달려가서 나의 생애를 묻는다네.

<戲題>

區區俗務吾無與　　底事胸中惱擾多
鞅鞤欲尋洙泗路　　夢魂旋走漢唐家
驅除不去仍紏結　　展轉交遮更奈何
痛悔如今還自誓　　且從莊叟問生涯[115]

(감상) 가슴 속에 있는 고민을 해결하지 못하여 깊이 괴로워하고 있는 모습이 잘 드러나 있다. 모든 일은 자기가 하고 싶을 때 해야만 속이 시원해진다. 그런데 이 시에서는 모든 걸 해결하지 못한 채 가슴에만 담아두고 혼자 고민하는 것 같다.

〈정이동에 붙여〉

본심은 원래 가벼운 옷과 살찐 고기를 사모하지 않았는데
무슨 일이 바빠서 오래도록 돌아가지 못하였는가.
해질 무렵 타관살이 수심에 술잔을 다하고
밤 깊어 고향 꿈꾸어 사립문 집으로 돌아가네.
누가 학같이 병든 이 사람에게 의지하여 있는 것을 가련히 여기겠는가?
부질없이 한가한 구름이 뫼부리에서 나와 나는 모습을 부러워한다네.

---

115. 崔天翼, 『農叟遺稿』, 『이조후기 여항문학총서』 4권, (여강출판사 1986), 633쪽.

대관령이 하늘높이 솟았고 푸른 바다가 넓은데

텅 빈 공간에서 칼을 두드리며 길이 탄식하노라.

<寄呈履洞>

素心元不慕輕肥　　何事棲棲久未歸

日暮羈愁生盡角　　夜深鄕夢返荊扉

誰憐病鶴依人在　　謾羨閑雲出峀飛

關嶺極天滄海闊　　擊刀空舘但長唏[116]

　　(감상) 이 시는 타향에서 지내면서 고향을 그리워하는 모습이 잘 드
　　　　러나 있다. 고향을 그리워 하여 혼자 꿈을 꾸면서 옛 집의 모
　　　　습을 생각하고 있는 듯하다. 관사의 고즈넉함이 들려오는 듯
　　　　하다.

〈지주 박공地主 朴公에게 올리다〉

이월에 하양 땅[117]에 꽃이 바야흐로 피었고

백년의 빛나는 운이 봄과 함께 돌아왔네.

신선 오리 그림자가 부상[118]아래에서 떨쳐 일어나

패옥을 차고 그 소리를 흔들며 북두성 같이 왔네.

어느 곳엔들 학교를 일으킴이 마땅하지 않으리라.

이 마을은 반드시 인재가 적지 않으리라.

평생토록 그 뜻하여 바라는 것을 오늘에 만났지만

백수에 이 정자에 오르니 당대에 부끄럽도다.

---

116. 崔天翼, 『農叟遺稿』, 『이조후기 여항문학총서』 4권, (여강출판사 1986), 635쪽.
117. 하양(河陽) : 지명(地名). 지금의 하남성 맹현의 땅. 당나라 때 군진을 두었다.
118. 부상(扶桑) : 동쪽 바다의 해가 뜨는 곳, 동해 속에 있다는 신목(神木), 『산해경』
　　　참조.

<上地主朴公>

二月河陽花正開　　百年熙運並春迴
仙凫影拂扶桑下　　玉佩聲掀北斗來
何地不宜興學校　　玆鄕未必少人才
平生志願逢今日　　白首登軒愧澹臺[119]

（감상） 이 글은 주박공의 뛰어난 재주에 대해서 예찬한 글이다. 새
　　　로운 인재의 등용과 그에 대한 기쁨을 표현한 글이라고 할 수
　　　있겠다. 새로운 인재가 봄과 함께 돌아옴을 몹시 기뻐함을
　　　느낄 수 있다.

2) 생활의 정취

〈싸움닭〉

우연히 도운 투장에 북소리 둥둥 울리니
분주히 오는 사람들 개미떼처럼 북적이네.
투구 같이 빛나는 붉은 관을 기울이며
칼처럼 번뜩이는 금빛 날개 길게 펼치네.
용맹하도다! 머리엔 온통 붉은 핏물 고여 있고
자웅을 가리는 곳에는 살기가 도는구나.
꾀꼬리 소리 빌려 승리 축하 노래를 돌리니
기쁘게 움직이는 길거리엔 소박한 정이 있구나.

---

119. 崔天翼, 『農叟遺稿』, 『이조후기 여항문학총서』 4권, (여강출판사 1986), 636쪽.

<鬪鷄>

偶助鬪場蛙鼓聲　　慶來蟻陣勢道輕
如鰲照曜朱冠側　　似劍閃飜錦翼橫
勇猛兮頭渾雨集　　雌雄決處凜風生
借他鶯舌旋歌愷　　喜動陌頭俠少情[120]

(감상) 서민적인 주제인 닭싸움을 한시로 그려내고 있다. 생동감 넘
　　　치는 묘사로 마치 우리 앞에서 그림을 그려주는 듯하다. 양
　　　반들이 경박스럽고 속되다 하여 경시하는 주제를 살려 조선
　　　시대 서민들의 놀이와 삶을 알 수 있게 한다.

〈앵두〉

옮겨 심은 앵두가 아주 좋아서,
푸른 가지 붉은 열매 작게 늘어 서있네.
아이들이 하나씩 거두어 누런 팔에 가득 채우고,
꾀꼬리는 톡톡 쪼아 옥 계단에 떨어뜨리네.
달콤한 꿀에 낭떠러지 위의 물방울을 더한 듯,
밝은 구슬이 수중에 묻혔다가 나오는 듯.
안주와 술 다하자 시가 근심에 처하매
한 열매 맛을 보니 근심이 풀어지는 구나.

<櫻桃>

移得明光品絶佳　　綠枝丹實細兮排
童收箇箇盈金捥　　鶯啄輕輕落玉階

---

120. 崔天翼, 『農叟遺稿』, 『이조후기 여항문학총서』 4권, (여강출판사 1986), 100쪽.

恬蜜似添崖上滴　　明珠如出水中埋
端宜酒竭詩愁處　　一顆嘗朶一展懷[121]

(감상) 서민들의 일상생활을 진솔하게 담아내고 있다. 우리 집에 앵
두나무가 있는데 새도 먹고, 아이들도 먹고 그리고 나도 먹는
다는 꾸밈없는 서민생활의 질박함을 보여주고 있다. 간식거
리가 마땅치 않았던 조선시대 아이들이 제대로 씻지도 않은
누런 팔에 한 아름 빨간 앵두를 들고 다니며 기뻐할 모습이
그려져 상당히 정겹다.

3) 기행을 하며

〈도산서원을 찾아뵙고〉

우리 영남 사람들은 대개 도산서원을 소중히 여기니
퇴계 선생께서 살던 곳은 바로 고을이로다.
선생님의 모습을 조심스럽게 바라보니 높은 봉우리가 우뚝 서
있고
연원을 곧장 찾아가보니 낙동강이로다.
솔개와 물고기 따르는 곳에는 한없이 즐겁고
노인장께서 당시의 이곳을 노닐었으리라.
오랜 세월동안 그 문풍은 누가 다시 일으키겠는가?
하늘에 드리운 구름 그림자는 느릿하니 한가롭도다.

---

121. 崔天翼, 『農叟遺稿』, 『이조후기 여항문학총서』 4권, (여강출판사 1986), 100쪽.

<謁陶山書院>

吾南盖以陶山重	夫子遺居卽是州
氣像宛瞻喬嶽立	淵源直遡大江流
鳶漁隨處無窮樂	杖屨當時得此遊
百世聞風誰復起	天光雲影漫悠悠[122]

(감상) 도산서원을 마음속으로 생각하면서 옛 퇴계의 발자취를 그려보고 있다. 감히 우러러보지 못하는 퇴계이황을 높은 봉우리나 솔개나 물고기로 비유하여 의인화하였다.

〈공주公州를 가는 길에〉

충청도의 농사일을 올해 망쳤으니,
과부와 고아가 가장 가련하게 되었네.
황산의 사람들 쓸쓸히 집을 닫고 있고,
재앙 든 해 가을 좋은 밭에서도 거둘 것 없네.
조세를 급히 징수하라는 말을 들었는데,
벼슬에 머무는 자 누가 먼저 백성을 위하는가?
어리석은 백성이라도 신명스런 눈 있으니,
가난을 맛보면 저 민심이 두려우리.[123]

<公州途中>

湖西穡事失今年	寡婦孤兒最可憐
荒山人掩蕭蕭屋	災歲秋無上上田

---

122. 崔天翼, 『農叟遺稿』, 『이조후기 여항문학총서』 4권, (여강출판사 1986), 632쪽.
123. 崔天翼, 『農叟遺稿』, 『이조후기 여항문학총서』 4권, (여강출판사 1986), 76쪽.

在道愁看徵租急　　居官誰事爲民先
至愚亦有神明眼　　染指貧窮畏彼天

(감상) 작가 임득명은 중인신분으로 화가다. 그래서 그는 전국을 누비며 그림을 그렸는데 이는 공주 가는 도중에 목격한 참담한 부분을 시로써 표현한 것이다. 다른 시구의 의미들도 백성을 위함이 드러나 있지만 결구의 가난함을 맛보면 저 민심이 두려우리라는 것은 양반이 아닌 일반 평민으로서의 모습을 잘 보여주는 날카로운 표현이다.

〈보봉산을 찾아〉

취령[124]을 오르고 또 오르면 하늘 높이 닿은 듯,

돌피하고 덩굴 헤치는 걸음마다 힘이 드는구나.

밤비는 홀연히 산골짜기 물소리를 더하고

신령한 바람은 때때로 일어나 만송을 일렁이네.

산 구름은 모두 희니 스님의 옷에 머무는 듯,

단풍잎은 온통 붉으니 길손의 도포자락을 들리네.

산머리 겨우 다다르니 절이 있어서

마음 의지할 누각이 호방함을 비로소 알겠네.

<尋寶鳳山>

登登鷲嶺界天高　　避石捫蘿步步勞
夜雨忽添千磵響　　靈風時起萬松濤
山雲渾白居僧衲　　楓葉通紅過客袍
纔到上頭方在寺　　如知心目倚樓豪[125]

---

124. 취령(鷲嶺) : 석가가 설법한 인도의 영취산.
125. 崔天翼, 『農叟遺稿』, 『이조후기 여항문학총서』 4권, (여강출판사 1986), 82쪽.

(감상) 절의 모습을 그리기 위해 시인이 절에 다다랐다. 산중의 절에 미술 도구를 지고 가는 자체가 힘들지만 중간 중간 보이는 경치에 위안을 얻고 있다. 겨우 절에 도착하여 다 왔다는 안도감과 함께 절의 웅장함에 감탄하고 있다. 이 시에서 산 구름은 모두 희니 스님 옷에 머무는 듯, 단풍잎은 온통 붉으니 길손의 도포자락을 들리네 라는 부분으로 절이 높아서 구름이 스님 곁에 있다는 것과 그것에 대비해서 손님의 옷에 머문 단풍잎이라 할 수 있다.

〈연광정〉

서주의 명승지 연광정[126]은,

석벽이 펼쳐져 금수병풍을 둘렀네.

해질녘 긴 숲의 가을 색은 깊고,

일성의 어부 피리 소리에 온 산이 푸르구나.

<練光亭>

西州名勝練光亭　　　石壁開成錦繡屛
斜日長林秋色遠　　　一聲漁笛四山靑[127]

(감상) 작가의 그림을 보면서 시를 해석하면 더욱 좋다. 작가는 그림으로써 무언의 아름다움을 전달하고 시로써 그림에서 다 하지 못했던 말을 전달해주고 있다. 통일이 된다면 연광정에 올라 임득명의 시를 읊으며 긴 가을날을 노래하고 싶다.

---

126. 연광정(練光亭) : 북한의 국보며 제일누대·만화루 등으로도 불렸다. 고구려 때 평양성을 건설하면서 처음 세우고 그 후 중수하였다. 예로부터 관서팔경의 하나로 알려졌으며, 대동강에 면한 남쪽채 기둥에는 고려 때 시인 김황원이 대동강 기슭 부벽루에 올라 지은 시구를 적은 현판이 걸려 있다.
127. 崔天翼, 『農叟遺稿』, 『이조후기 여항문학총서』 4권, (여강출판사 1986), 83쪽.

〈능한산성〉

구름을 헤치고 정상에 오르니

능한고성[128]이 빙 둘렸구나.

표범 같은 마을의 개는 사납고

승려 같은 관리는 한가롭구나.

시내는 돌아 흘러 폭포를 이루고

나무는 빽빽하여 산을 감추었네.

스스로 산수의 경치에 편벽됨이 있으니

깊이 찾은 이곳은 세상과는 다르네.

<凌漢山城>

披雲高頂上　凌漢古城環

如豹村拘惡　似僧官吏閒

回溪飜作瀑　森木更藏山

自有煙霞癖　深探別世間[129]

(감상) 능한산성 역시 북한에 있는 곳으로, 작가가 전국을 여행하며
시를 지었던 작품 중에서 비교적 우리가 갈 수 없는 곳에 초
점을 맞추어서 시를 해석했다. 시의 구절 중 관리가 한가롭
다고 하는 건, 두 가지 의미로 해석해 볼 수 있는데 하나는 태
평한 시절이라서 관리의 일이 별로 없다는 것으로도 볼 수 있

---

128. 능한산성(凌漢山城) : 평안북도 곽산군 곽산읍 능한산에 있는 고구려시대의
석성으로 둘레 2.8km, 높이 5~6m에 해당한다. 고려시대 압록강계선의 군사
중심지인 흥화진성(현재의 걸망성)과 청천강계선의 중심지인 안주성에 이르
는 교통의 요지에 있는 중요한 성이었다. 이곳에서 거란군을 격퇴하였다는 기
록이 남아 있다.
129. 崔天翼, 『農叟遺稿』, 『이조후기 여항문학총서』 4권, (여강출판사 1986), 86쪽.

을 것이고, 또 하나는 가렴주구를 취한 관리의 한가로움을 작
가가 꼬집었다고 볼 수도 있다.

〈용천 가는 길에〉

가을 지나도록 나그네 되어 고향을 그리워하는데
역로의 날씨는 춥고 기러기는 서리를 맞아 우는구나.
웅골산의 빛은 구름 끼어 더욱 어둡고
용천[130]의 지세는 크게 황폐해졌구나.
망망한 바다에 뜬 거우도에는,
쓸쓸한 바람이 말갈의 마당에서 불어오네.
눈 가득 누런 갈대 들어오니 근심은 머무를 곳 없고,
말 가득한 거리는 일천리나 멀어져 있네.

<龍川途中>

徑秋爲客憶家鄉　　驛路天寒雁叫霜
熊骨山光雲更暗　　龍川地勢大還荒
茫茫海泛車牛島　　瑟瑟風從靺鞨場
極目黃蘆愁不定　　嬴驂道里一千長[131]

(감상) 이 시는 작가가 먼 타향에서 고향을 그리워하며 지은 것이라
　　　볼 수 있다. 중인이라는 신분이다 보니, 자신의 의지와는 상
　　　관없이 다른 지방에 가야되는 경우가 많았다. 날씨는 점점
　　　추워지고 풍경조차 쓸쓸해지다 보니 집 생각이 간절하다.

---

130. 용천(龍川) : 면적 약 337㎢, 인구 13만 4524명(1993 추정)이다. 북쪽은 신의
　　　주시, 동쪽은 피현군, 남쪽은 염주군에 접하고, 서쪽은 압록강을 경계로 하여
　　　신도군, 중국 둥베이[東北] 지방과 마주한다. 비옥한 평야지대이다.
131. 崔天翼, 『農叟遺稿』, 『이조후기 여항문학총서』 4권, (여강출판사 1986), 86쪽.

〈백상루〉

안주성 위의 백상루[132]엔,

누각 가까이 맑은 강이 감돌아 흐르네.

사방 들판은 평평하게 나뉘어 나는 새의 등과 같고,

온 산은 굽은 난간머리를 불러 당기네.

우연히 지나가는 이 날 술잔을 다투며 노래하고,

지난날 전벌[133] 거둠을 다시금 기뻐하네.

술병의 술을 스스로 따르니 아는 사람이 적고,

석양에 다만 기대어 슬픈 가을날의 시를 짓는구나.

<百祥樓>

安州城上百祥樓　　樓壓淸江一帶流

四野平分飛鳥背　　萬山邀挹曲欄頭

偶過此日歌鍾競　　復喜前年戰伐收

壺酒自斟相識少　　斜陽徒倚賦悲秋[134]

(감상) 그림을 그리러 백상루에 들렸다가 뜻밖에 지난날 전벌 거둔
　　　것을 주위 사람들로부터 흥미진진하게 듣는 장면을 시로 다
　　　루고 있다. 나라가 다시 태평해지니 마음은 기쁘지만 먼 타향
　　　이라 아는 사람이 없어서 홀로 술잔을 기울이는 쓸쓸함이 배
　　　어나온다.

---

132. 백상루(百祥樓) : 평안남도 안주시에 있는 누각으로 100가지 좋은 것을 다 볼
　　　수 있다는 의미에서 그런 이름을 지었다. 관서팔경의 하나로 청천강을 내려다
　　　보는 곳에 위치해 있다. 이곳에서 을지문덕 장군의 살수대첩이 펼쳐졌다고 전
　　　한다.
133. 전벌 : 홍경래의 난. 작가가 백상루에 올라 전란의 경과를 듣고 있다.
134. 崔天翼,『農叟遺稿』,『이조후기 여항문학총서』 4권, (여강출판사 1986), 85쪽.

9. 박창원朴昌元

박창원(1683-1753)은 조선 후기의 시인이다. 본관은 밀양이고 자는 선장善長, 호는 담옹澹翁이다. 아버지는 가선대부 홍준嘉善大夫 興俊이며, 어머니는 풍기진씨 성수豊基秦氏 聖修의 딸이다. 일찍이 부모를 여의고 외조부에게 수학하였고, 이어 이동언李東彦을 따라 학문을 익혔다. 아문衙門의 조부朝報를 담당하는 서리胥吏를 지냈는데, 신임사화 때인 임인년(壬寅年, 1722)에 "요사이 조지朝紙의 소재疏啓는 그 내용이 더러워 쓰지 못하겠다." 하면서 그만두고 사사로 들어갔다. 지조가 굳고 여간해서는 사람들과 교류하지 않았으며, 항간의 비리鄙俚한 말은 입에 담지 않았고 들으려고 하지도 않았다. 그리고 끼니를 잇기 어려운 형편이었지만 손에서 책을 놓지 않고 부지런히 경전을 섭렵하여 상당한 수준에 올라 있었다고 한다. 특히《주역周易》에 해박하여 독특한 괘도인 〈원괘차서도原卦次序圖〉와 〈원괘방위도原卦方位圖〉를 남기고 있는데, 자신의 경전에 대한 지식과 이론을 전개하였다. 그밖에 성력星歷·음률音律·지리·의복醫卜에 통달하였다. 저서로《담옹집澹翁集》3권 1책이 있다.

1) 풍광을 노래하며

〈뽕나무 숲 속의 저녁 안개〉
건너 편 언덕의 뽕나무 밭은 푸르고
봄 해질 녘 하늘엔 비둘기가 우는구나.
석양은 푸른 장막처럼 비스듬히
뽕나무 숲 속의 저녁 안개

<桑林暮煙>

隔岸桑田綠　鳩鳴春暮天

夕陽橫翠帳　漠漠鎖江煙[135]

(감상) 봄 날 해질녘의 풍경을 묘사하고 있다. 석양에 물든 하늘과
강 위에 어슴프레 잠긴 안개, 한 폭의 수채화를 본다.

〈관악산에 눈이 개다〉

산봉우리가 온통 하얗게 변하니

하룻밤 사이에 기이한 절경을 이루었구나.

하늘이 아름다운 부용을 만들어 내더니

이제야 눈 온 뒤 개인 것을 알겠구나.

<冠岳晴雪>

山峰白盡頭　一夜形奇絕

天出玉芙蓉　方知晴後雪[136]

(감상) 눈 그친 관악산의 풍경을 노래했다. 섬세한 묘사나 탁월한
비유보다는 편안하게 쓴 시이다.'아름다운 연꽃'이 곧 '관악
산'이라는 비유로 설경에 대한 감탄을 상징화하였다.

---

135. 임형택편, 「澹翁集」卷 二, 『이조후기 여항문학총서』1권 (여강출판사 1986),
584쪽.

136. 임형택편, 「澹翁集」卷 二, 『이조후기 여항문학총서』1권 (여강출판사 1986),
584쪽.

〈앞강에서 얼음을 깨다〉

차디찬 강가에 하늘은 저물어 가고

슥슥 사람들이 얼음을 깨고 있네.

그 투명함은 마치 수많은 옥조각과 같고

장차 석빙고石氷庫에 저장하려 하네.

<前江鑿氷>

栗洌江天暮　冲冲人鑿氷

瑩如千片玉　將以納于凌[137]

　(감상) 매우 추운 겨울 강에서 얼음을 깨어 동빙고와 서빙고에 저장
　　　　한다. 여름철 왕실 제사에 쓰거나 궁중에 사용한다. 시인은
　　　　채빙하는 과정을 작시했다.

〈관음사의 새벽 종소리〉

객사客舍의 창문 아래서 꿈을 깨니

지는 달은 서산 봉우리에 걸려 있구나.

은은한 소리는 어느 곳에서 들리는가?

숲 너머 외로운 절의 종소리로구나.

<觀音曉鍾>

客窓殘夢罷　落月在西峰

隱隱聲何自　隔林孤寺鍾[138]

---

137. 임형택편, 「澹翁集」卷 二, 『이조후기 여항문학총서』1권 (여강출판사 1986),
　　　584쪽.
138. 임형택편, 「澹翁集」卷 二, 『이조후기 여항문학총서』1권 (여강출판사 1986),
　　　583쪽.

(감상) 저녁 무렵 사찰의 종소리를 듣고 작시했다. 자신이 고적하기
에 종소리마저 외롭게 들린다고 했다. 한적한 심경과 사찰의
풍경이 울려 나온다.

2) 기행을 하며

〈봉은사에서 절구를 짓다〉

지팡이 짚고 봉은사를 찾아와 노니는데

푸른 나무 우거진 가운데 불전이 깊숙이 자리 잡았네.

노을빛이 처음으로 삼도三島 위에 떠오르는 날에

종소리는 이릉二陵의 가을빛을 띠네.

<奉恩寺絶句>

一筇來到奉恩遊　　　碧樹叢中佛殿幽

霞色初昇三島日　　　鍾聲却帶二陵秋[139]

(감상) 이 시는 지은이가 봉은사에 올라와 노닐면서 삼도三島에 일
고 있는 노을빛을 보고, 또 이릉二陵에 찾아 온 가을 기운을
느끼며 지은 시이다.

〈문수사에서 아침에 일어나 들을 바라보며〉

산새 소리 들으며 아침이 옴을 깨닫고

일어나 뜨는 해가 높은 대臺를 비추는 것을 보네.

홀연 물결이 은빛 바다처럼 이는 것을 보고 놀라니

---

139. 임형택편, 「滄翁集」卷 二, 『이조후기 여항문학총서』1권 (여강출판사 1986),
585쪽.

넓은 들엔 안개가 자욱이 끼어 걷히지 않네.

<文殊寺朝起野望>
山鳥聲中認曉來　　　起看初日照高臺
忽驚波浪如銀海　　　大野雲煙鬱不開[140]

(감상) 문수사에서 아침에 새소리를 들으며 일어나, 해가 비취는 높
은 대臺를 보며, 은빛 바다처럼 일렁이는 파도를 보며, 또 안
개 자욱한 넓은 들을 보며 느낌이 있어 적은 시이다.

3) 계절을 읊으며

(1) 봄

〈일락당ー樂堂의 봄밤〉
가는 봄이 아쉬워 밤 늦도록 앉아 있으니
밝은 달은 이화梨花를 비추고 있네.
흩날리는 흰 꽃으로 난간 앞은 향기롭고
화들짝 놀란 새들은 수풀 밖에서 지저귀네.
한참 뒤 술잔 잡고 시를 읊으매
거문고 타는 소리, 어찌 휘파람 소리 같은가?
묵묵히 있다 보니 다시 말까지도 잊어버리니
심신이 현묘한 경지에 접어드는구나.

---

140. 임형택편, 「澹翁集」卷 二, 『이조후기 여항문학총서』1권 (여강출판사 1986),
585쪽.

<一樂堂春夜>
惜春坐夜闌　明月梨花照
飛雪檻前香　驚禽林外叫
於焉把酒吟　何似彈琴嘯
黙黙更忘言　心神入玄妙[141]

(감상) 이 시는 가는 봄을 아쉬워하는 작자의 마음을 표현하고 있
　　　다. 밤늦도록 봄의 정취를 느끼고자 일락당에 앉아 있으니
　　　매화 향기 날리고 새들의 지저귐이 들려온다. 거기에 술 한
　　　잔에 시를 읊조리던 작자는 마음이 아주 심오한 경지에 이른
　　　것을 느끼고 있다.

〈늦봄〉

살구 숲 복숭아 숲 집집마다 봄빛은 가득한데
비바람은 시기猜忌가 많아 나날이 흐리구나!
꽃 앞에서 손뼉 치며 한번 취함을 아끼지 말라!
봄이 지나간 후에 응당 후회가 깊어질 것이니!

<暮春>
萬家春色杏桃林　風雨多猜日日陰
莫惜花前拚一醉　東君去後悔應深[142]

---

141. 임형택편, 「滄翁集」卷 二, 『이조후기 여항문학총서』1권 (여강출판사 1986),
　　　586쪽.
142. 임형택편, 「滄翁集」卷 二, 『이조후기 여항문학총서』1권 (여강출판사 1986),
　　　584쪽.

(감상) 늦은 봄날 집집마다 살구꽃, 복숭아꽃 활짝 피어 아름답기 그
　　　지 없다. 이 아름다움을 비바람이 질투하여 날은 계속 흐리
　　　다. 풍우風雨로 꽃은 일찍 떨어질 것이니 나중에 후회하지
　　　말고 꽃이 지기 전에 마음껏 즐길 것을 권유하고 있다.

〈늦은 봄[143] 성곽 서쪽 작은 동산에서 취하다〉

작은 뜰에 봄빛은 짙고 달 또한 밝은데
복숭아꽃은 피려하고 살구꽃은 흩날리는구나.
주인은 내가 시흥을 다듬는 것을 알고
맑은 술을 계속 권하여 한밤중 취해서 돌아가네.

<暮春醉西郭小園>

小院春濃月又輝　　　桃花欲綻杏花飛
主人解我裁詩興　　　勸進淸觴夜醉歸[144]

(감상) 늦은 봄날 달 밝은 밤에 복숭아 꽃 살구꽃을 보며 시를 지으
　　　니 흥겹기 그지없다. 거기에 술을 한 잔 곁들이니 시흥이 절
　　　로 난다. 매우 낭만적이다.

(2) 가을

〈동쪽 교외에 가을이 저무는데〉

바람과 서리 고결하고 가을은 깊었는데
단풍나무 숲 잎마다 붉게 물들었구나.

---

143. 暮春(모춘) : 음력(陰曆) 3월의 별칭. 늦봄. 만춘(晩春)
144. 임형택편, 「澹翁集」卷 二, 『이조후기 여항문학총서』1권 (여강출판사 1986),
　　　584쪽.

해질녘 산새소리 떠들썩한데
풍년들어 농부들 마음 즐겁기만 하네.
교변橋邊엔 갑자기 불어난 물, 파도가 높이 일고
성 위에는 찬 구름 머물러 뿌옇게 흐리구나.
이 늙은이 시마詩魔[145]에게 항복해도 들어주지 않아서
매양 계절 따라 비취는 풍경보고 한가로이 시를 읊네.

<東郊暮秋>

風霜高潔九秋深	葉葉染丹楓樹林
日暮喧呼山鳥語	年豊娛樂野人心
橋頭急水生層浪	城上寒雲逗薄陰
此老詩魔降不得	每逢時物一閒吟[146]

(감상) 가을날 동쪽 교외에서 주위를 둘러보니 단풍나무 예쁘게 물들었고 재잘대는 산새 소리도 들려온다. 농부들은 풍년으로 즐겁기만 한데 늙은 자신은 시상이 떠오르지 않아 시를 짓지 못하고, 단지 계절마다 비취는 풍경보고 한가롭게 시를 읊기만 하고 있다.

〈첫가을의 서늘한 기운〉

무더운 더위 사라지고 가을 절기 빠른데
들, 언덕 십리밖에 서늘한 기운 찾아왔네.

---

145. 詩魔(시마) : ① 바르지 못한 시상.
　　　　　　　② 시를 지을 때 마음이 일어나게 하는 불가사의한 힘.
146. 임형택편, 「澹翁集」卷 二, 『이조후기 여항문학총서』1권 (여강출판사 1986), 592쪽.

풀숲의 귀뚜라미 울음 성긴 비에 젖고 있고
잎 사이 매미소리 석양빛을 띄고 있네.
산은 더운 구름을 걷어다 먼 골짜기로 보냈고
시냇물은 가을 기운을 머금고 빈집을 돌아 흐르네.
깨끗이 맑게 갠 밤 책읽기 마땅하니
기름 잔에 등불 밝히고 책상 앞에 앉아 있네.

<新凉>
散盡庚炎秋節忙　　郊墟十里納新凉
草間蛩語沾踈雨　　葉底蟬吟帶夕陽
山歛火雲歸遠壑　　澗含金氣遶虛堂
良宵清淨宜看讀　　一盞明燈故近床[147]

(감상) 무더운 여름날을 보내고 첫 가을의 서늘한 기운을 느끼면서 적은 시이다. 가을을 알리는 비로 인해 주위는 더없이 맑고 깨끗해졌으며 기온도 서늘해져 가을이 왔음을 더욱 절실히 느끼게 해 준다.

(3) 겨울

〈섣달 그믐 날 밤〉
세상살이 슬픔과 기쁜 뜻 모두 겪고
외로운 회포는 쓸쓸한데 추운 방에 우두커니 앉아 있네.
흐르는 세월은 주역의 괘卦를 알맞게 채우고 있고
새로운 책력은 하夏나라 정월正月이 처음으로 돌아오는구나.

147. 임형택편, 「澹翁集」卷 二, 『이조후기 여항문학총서』1권 (여강출판사 1986), 588쪽.

밤이 해歲를 나누려 할 때 외로운 그림자만이 보이고
가는 해歲가 아직 남아 있는 순간에 종소리를 듣는구나.
이웃집에는 술이 있어서 웃음꽃이 피어 나오는데
나는 홀로 앉아서 백발이 성해짐을 한탄하는구나.

<除夕>

閱盡悲歡世裏情　　孤懷寂寞坐寒更
流年恰滿周文卦　　新律初回夏氏正
夜欲分時看燭影　　漏方殘處聽鍾聲
隣家有酒騰歡笑　　獨我空歎白髮明[148]

(감상) 섣달 그믐날 밤에 고요한 곳에 앉아 지난 날을 생각하니 외롭
　　　고 쓸쓸하기만 하다. 그런데 이웃집엔 잔치가 있는지 웃음소
　　　리로 떠들썩하고 그 소리를 들으니 머리털이 하얗게 센 자신
　　　의 처지가 더욱 한스럽게 느껴진다.

---

148. 임형택편, 「澹翁集」卷 二, 『이조후기 여항문학총서』1권 (여강출판사 1986),
　　　589쪽.

10. 범경문范慶文

범경문(1738, 영조14 ~1800, 정조24)은 조선 후기의 위항시인이다. 본관은 금성錦城. 자는 유문孺文. 호는 검안儉巖. 중인출신으로 가계와 생애는 전하지 않는다. 다만 그의 집은 아침마다 배오개 시장[이현시梨峴市]의 시끄러운 소리가 들리는 장안의 제2교橋, 즉 광교廣橋 근처에 있었다고 한다. 슬하에 6남의 자손을 두었다. 17~18세 때에 문장으로 이름나 진신대부들 사이에 이름이 있었고 그들로부터 장자長者의 풍모를 지녔다는 말을 들었다. 여항시인인 김시모金時模·김진태金鎭泰 등과 교유하며 창작활동을 하였으며, 이밖에 최윤창崔潤昌·마성린馬成麟·백경현白景炫 등과 사귀었고, 손아래인 천수경千壽慶을 비롯한 이른바 송석원시사松石園詩社의 구성원들과도 관계를 맺었다. 그가 18세 되던 해에 지은 시 〈만음謾吟〉 중에 "애석하다, 10년 동안 밑바닥 일만 이루었구나."라고 한 말이 있는 것으로 보아, 일찍부터 학문을 하였으며 그의 의식은 양반계층의 그것과 다름없음을 알 수 있다. 밑바닥 일이란 시문장을 지칭한 것이다. 음주를 좋아하고 성격이 소광疎曠하여 당시 이름있는 시인들과 수창하였으므로, 그가 남긴 시작품의 다수가 수창시이다. 저서로≪검안산인시집儉巖山人詩集≫2권 1책이 있다.

[참고문헌] 검안산인시집儉巖山人詩集. 풍요삼선風謠三選

1) 기행을 하며

〈소림암〉

암자의 이름은 소림사인데

남아서 참선하는 사람은 겨우 두 세 명이더라.

불심을 두루 깨닫는 곳에

맑은 달이 맑은 연못에 비추네.

<小林菴>

菴號小林是　留禪纔二三

法心圓覺處　淸月照澄潭[149]

(감상) 불심을 깨달음은 육체의 소욕을 거슬러 정신적 이상을 이루
는 것이다. 그것을 맑은 달과 깨끗한 연못에 비유했다.

〈서운사〉

법당은 어찌 그리 적막한가?

중들이 오래된 골짜기와 구름 속에 살고 있네.

상쾌하게 산속 바람 소리가 울리니

솔방울이 어지러이 떨어지네.

---

149. 임형택편, 「儉巖集」卷 二, 『이조후기 여항문학총서』2권 (여강출판사 1986),
　　192쪽.

<棲雲寺>

法宇何廖寂　僧棲古洞雲

爽然山籟發　松子落紛紛[150]

(감상) 구름이 깃들어 있는 절이라는 제목에서 알 수 있듯이 서운사
　　　는 깊은 산골짜기에 위치한 절이다. 그곳은 고요함을 너머
　　　적막감마저 맴도는 인적이 드문 곳이다. 그래서 불심을 깨우
　　　치는 스님들에게는 철저한 자기 수양을 할 수 있는 곳이다.

〈목정암〉

구름사이에서 불전이 열리고

흐르는 물은 칠성단을 빙 둘렀네.

나그네가 이를 때 중이 처음으로 밥을 짓고

소나무 숲에서 경쇠소리 차갑게 들리더라.

<睦政菴>

曙雲開佛殿　流水繞星壇

客至僧初飯　千松一磬寒[151]

〈보성암〉

석불은 어느 때에 새겼던가?

소나무 사이 보성암이 있더라.

---

150. 임형택편, 「儉巖集」卷 二, 『이조후기 여항문학총서』2권 (여강출판사 1986),
　　　192쪽.

151. 임형택편, 「儉巖集」卷 二, 『이조후기 여항문학총서』2권 (여강출판사 1986),
　　　192쪽.

종소리 울리자 지혜로운 달이 뜨니
온 세상 같은 밝음 이러라.

<普成菴>
石佛何年刻　松菴又普成
鐘鳴慧月出　千界一般明[152]

(감상) 이 시는 불교 용어를 많이 사용했다. 지혜로운 달이 온 세상
을 고루 비추듯이 불도를 깨달아 온 세상을 밝게 비추고픈 불
교의 자비를 노래했다. 시인은 사찰을 제재로 비교적 여러
수를 작시했다. 그에게 불교는 시심詩心의 원천이었다. 매우
관조적이고 명상적이며 한적한 산사의 정경을 주된 시적 배
경으로 삼았다.

〈손씨의 별장을 찾아서〉
비 그친 뒤 동쪽 성문을 나서니
푸른 사초가 십리 길에 덮여 있네.
우거진 숲 속에 손씨의 별장이여
건너 수풀에 새 울음소리도 많네.

<孫家庄>
雨後出東城　晴莎十里路
蒼蒼孫氏庄　隔樹多鳴鳥[153]

---

152. 임형택편, 「儉巖集」卷 二, 『이조후기 여항문학총서』2권 (여강출판사 1986),
192쪽.
153. 임형택편, 「儉巖集」卷 二, 『이조후기 여항문학총서』2권 (여강출판사 1986),
188쪽.

(감상) 제목에서 알 수 있듯이 '손씨'라는 성을 가진 자신의 친구 집
을 찾아 나서며 정경을 묘사한 시이다. 오래된 손씨의 별장
과 건너편 수풀 새 울음소리는 절묘한 조화를 이루었다.

2) 생활의 정취

〈비오는 날 청령촌에서 묵다〉

못에 가랑비 내리니 개구리 어지러이 울고
건너편 나무에 이웃집 방아 찧어 불빛이 어른거리네.
도롱이 입은 노인 밤에 참외를 따서 가고
파루가 끝날 무렵에 서울에 들어 왔다네.

<雨中宿淸泠村>

陂塘細雨亂蛙聲　　　隔樹隣舂片火明
蓑翁夜摘甛瓜去　　　罷漏終頭入漢城[154]

(감상) 작자가 비오는 날 청령이라는 촌에 묵으며 제 삼자의 입장에
서 그 마을의 생활상을 바라보고 있다. 여름날 한 토막의 일
담逸談을 감흥 위주로 재미나게 서술했다.

〈낙산駱山에 올라가 동청지同淸之 모임의 벗들과 시를 읊조리다〉

동산東山에 올라가 몇 번을 돌아봤던가?
숲 아래 그대와 함께 또 한 번 노니누나.

---

154. 임형택편, 「俛巖集」卷 二, 『이조후기 여항문학총서』2권 (여강출판사 1986),
191쪽.

궁궐정원[155]의 저녁 매미소리 지난 날과 같고
관사官舍의 단풍나무는 가을로 접어들었네.
가련하도다! 행역行役의 끝이 없음이여
얼마나 많은 시편에서 슬픈 경지를 읊었던가?
지난 날의 번화함은 물과 같이 흘러가고
단청이 벗겨진 누각에 석양만이 지네.

<駱山同淸之賦>

東山登陟幾回頭	林下同君又一遊
梁苑暮蟬如昨日	漢官煙樹入新秋
可憐行役無時了	其奈詩篇遇境愁
往昔繁華流水去	丹靑搖落夕陽樓[156]

(감상) 저녁 무렵 작자는 동청지시同淸之詩 모임의 동지들과 낙산
駱山에 올라가 가까이 보이는 창경궁을 바라보며 가련한 자
신의 처지를 한탄하고 있다. 궁궐에서 양반들의 보좌 역할을
할 수밖에 없는 신분적 한계를 시로써 표현하고 있다.

〈옛날 시문詩文의 체體를 본뜨다〉
봄 강을 날마다 바라보는데
강물은 아득히 어디로 가는가?
강가에 복숭아꽃 만발하였는데
내 마음은 이별을 안타까워 하네.

---

155. 양원(梁苑) : 서한 양효왕이 건축한 동원. 지금 하남성 개봉 동남쪽에 있다.
   여기서는 서울에 있는 창경궁을 일컫는다.
156. 임형택편, 「儉巖集」卷 二, 『이조후기 여항문학총서』2권 (여강출판사 1986),
   195쪽.

<擬古>

春江日日望　江水渺何之
江上桃花發　儂心惜別離[157]

(감상) 이 시는 봄 강을 바라보며 자신의 이별을 마음 아파하는 시이
　　　다. 봄 강은 복숭아꽃 만발하여 아름다워 좋은데 이와 달리
　　　내 마음을 이별을 안타까워하고 있다.

〈집에 돌아오는 길에서〉

잠깐 사이에 간서사에서 작별을 하고
곧바로 산 아래 집으로 돌아가더라.
단지 수풀에서 연기가 피어오르는 게 보일 뿐
나뭇가지의 까마귀는 구별할 수 없구나.

<還家途中>

乍別澗西寺　還歸山下家
但看煙起樹　不辨樹梢鴉[158]

(감상) 마치 한 폭의 저녁 풍경이 그려지는 듯하다. 그리고 매우 서
　　　정적이다. 위의 시와 마찬가지로 저녁 풍경을 읊은 시이다.
　　　이 시가 저녁풍경을 노래하고 있음을 알 수 있는 구절은 마지
　　　막 연에서 보면 어두워서 까마귀가 보이지 않기에 "나무 가
　　　지의 까마귀 구별할 수 없구나!"라고 하였다.

---

157. 임형택편,「儉巖集」卷 二,『이조후기 여항문학총서』2권 (여강출판사 1986),
　　　191쪽.
158. 임형택편,「儉巖集」卷 二,『이조후기 여항문학총서』2권 (여강출판사 1986),
　　　208쪽.

〈십월초 길일吉日에 향곡에 모여서 텅빈 골짜기에서 밤에
분운分韻을 들음이 많으며〉
한산寒山에는 이미 나무들이 떨어졌고,
가을빛을 띤 한 누각은 텅 비어 있네.
짤막한 이야기는 오동나무 궤석에 기대고,
맑은 시는 국화떨기에 대하여 있네.
높은 별은 사람의 뒤에 도달하고,
하늘은 넓어 기러기 날아 돌아오는 가운데,
아! 다듬이질 소리 절로 서로 급하고,
성긴 울타리에 밤바람 많이 불어오네.

<十月初吉會香谷以空峽夜多聞分韻>
寒山已落木　秋色一樓空
小話憑梧几　淸詩對菊叢
星高人到後　天闊鴈歸中
鳴杵自相急　疎籬多夜風[159]

(감상) 시월 초 길일에 향곡에 여러 명이 모였다. 밤하늘의 운치와
　　　가을의 경치 속에 느껴지는 풍류를 서로들 분운分韻하며 나
　　　누는 정경情境을 그려냈다. 가을 산에 쓸쓸하고 공허하게 비
　　　춰지는 누각이나 소담小談 속에 오고가는 대화는 자연만물
　　　의 이치와 함께 인간사의 한 부분 속에 휩싸여지는 듯하다.

---

159. 임형택편, 「僚巖集」卷 二, 『이조후기 여항문학총서』2권 (여강출판사 1986),
　　　194쪽.

3) 벗에게 띄우는 노래

〈여자의 마음으로 임을 보내며〉

단양을 향해 남쪽으로 떠나니 강물은 하늘과 닿아있고

동작 나루터에서 이별하는 배를 보내누나.

이별 후 서로를 그리워하는 무한한 뜻이

밝은 달로 임 곁을 비추게 하소서.

<閨意送人>

丹陽南去水連天　　　銅雀津頭送別船

別後相思無限意　　　爲教明月照君邊[160]

(감상) 부인이 남편을 보내는 마음으로 작가가 가까운 벗을 송별하
고 있다. 또한 이별의 그리움을 밝은 달에 담아 친구가 가는
길을 밝혀주길 염원하고 있다. 동작 나루터에서 떠난 배는 여
주를 거쳐 목계나루로 내려간다. 뱃길이 멀다. 벗과의 이별에
아쉬움이 더한다. 그리하여 여성의 입장에서 보내려 했다.

〈강남에서 부르는 노래〉

높은 누각에 술집을 알리는 깃발이 멀리 서로 바라보이는데

방죽 아래에는 촉나라 나그네의 돛배들이 많이 정박해 있네.

하루 종일 강가의 다리에서는 물안개가 푸르고

자고새가[161] 나는 곳에는 귤나무 수풀이 향기롭더라.

---

160. 임형택편, 「儉巖集」卷　二, 『이조후기 여항문학총서』2권 (여강출판사 1986),
191쪽.
161. 鷓鴣(자고) : 자고새.

<江南曲>

高樓酒慢遠相望　　堤下多停蜀客檣
盡日江橋湮水綠　　鷓鴣飛處橘林香[162]

(감상) 조선의 많은 시인들은 중국 강남을 동경했다. 그리하여 상상
적인 강남의 정경을 저마다 그려보았다. 당시로서는 귀한 귤
나무가 숲을 이루고 많은 배들이 정박한 포구며 고급 술집을
즐비한 강남의 풍경을 상상으로 펼치고 있다. 문학은 정감과
상상의 세계이다. 실제보다 더 아름답게 그려질 수 있는 문
학적 상상력은 마르지 않는 시작詩作의 원천이다. 윗 시는
바로 이런 것을 잘 보여주고 있다.

4) 계절을 노래하며

(1) 봄

〈봄 강을 읊조리며〉

비 개인 긴 강변에 풀들이 무성하고
사람이 술집에 올랐고 해는 아직 기울지 않았더라.
노는 여인은 꽃은 꺾어서 노래 한 곡을 부르는데
장사하는 배는 옮겨져 큰 강의 서쪽으로 정박하더라.

<春江詞>

長洲雨歇草萋萋　　人在朱樓日未低
遊女折花歌一曲　　商船移泊大江西[171]

---

162. 임형택편, 「儉巖集」卷 二, 『이조후기 여항문학총서』2권 (여강출판사 1986),
193쪽.

(감상) 화자는 주루朱樓에 올라가서 해가 지기 전 강 근처의 모습을 노래하였다. 여유 있는 삶의 모습이 드러난다. 여기서 주루朱樓란 곳은 당시 권세가 있던 사람들만 올라갈 수 있던 곳이었다. 비 그친 사주엔 풀색이 더욱 짙고, 무성하니 해는 아직 기울지 않았다. 강 근처의 유녀遊女가 꽃을 꺾어 노래 한 곡으로 장사꾼들을 유혹한다. 그리고 상선을 타고 온 장사꾼들은 배를 정박하고 유녀遊女들과의 하룻밤의 로맨스가 벌어진다.

〈열흘 밤〉

고향으로 돌아가고픈 꿈은 수레 위에 있고
소가 다니는 오솔길에는 가을의 기운이 완연하네.
임금이 내린 말씀은 스스로 능히 도에 통달하고
시내와 산에서도 오히려 가난한 생활이 싫지 않네.
서리는 깊어도 짧은 국화 새 떨기는 남아있고
세월이 오래되어 구불텅한 소나무 몇 척의 가지
서울의 김생은 자못 옛것을 좋아하여
저자 남쪽 차가운 달빛에서 시서를 낭송하네.

<十日夜>
歸田之夢上巾車　　牛峽經秋想澹如
綸綽自能通達道　　溪山猶未厭貧居
霜深短菊三叢許　　歲人盤松數尺餘
洛下金生頗好古　　市南寒月誦詩書[164]

---

163. 임형택편, 「儉巖集」卷 二, 『이조후기 여항문학총서』2권 (여강출판사 1986), 188쪽.
164. 임형택편, 「儉巖集」卷 二, 『이조후기 여항문학총서』2권 (여강출판사 1986), 194쪽.

(감상) 오솔길, 국화, 달빛, 오래된 소나무는 이 시를 더욱 서정적인
　　　분위기로 이끌어 가고 있다. 차가운 달빛에서의 시를 읊으니
　　　고즈넉함마저 감돈다.

(2) 겨울

〈원석元夕의 잡체雜體〉

다리 위 누각 앞에서 사람이 달을 바라보니
매년 모이는 것이[165] 예나 지금이나 같네.[166]
작년에 밝았는데 올해는 어둡구나!
마침내 흐림과 맑음이 다 하늘에 있네.

<元夕[167] 雜體[168]>

橋上樓前人望月　　　如期而會古今然
去年明朗今年晦　　　畢竟陰晴都在天[169]

(감상) 정월 대보름날이 되면 사람들이 모여서 달을 바라보는 것은
　　　예나 지금이나 같은데 하늘에 있는 저 달은 작년과 올해가 다
　　　르다. 그것은 인위적으로 할 수 없는 하늘의 뜻임을 자각하고
　　　있는 것 같다.

---

165. 期會(기회) : ①미리 시일을 정하고 모임 ②때. 기회.
166. 古今然(고금연) : 古今同然. 사물이 변하지 아니하여 예나 지금이나 같다.
167. 元夕(원석) : 정월 보름날 밤
168. 雜體(잡체) : 漢詩에서 각 구의 자수가 일정하지 아니한 詩體.
169. 임형택편, 「俛嚴集」卷 二, 『이조후기 여항문학총서』2권 (여강출판사 1986),
　　　205쪽.

11. 박윤묵朴允黙

　박윤묵(1771~1849)은 조선 후기의 시인이다. 본관은 밀양密陽. 자는 사집士執. 호는 존재存齋이다. 홍재弘梓의 아들이며, 정이조丁彝祚의 문하에서 수학하였다. 동지중추부사를 거쳐 1835년 헌종 때에 평신진첨절제사平薪鎭僉節制使로서 선치하여 송덕비가 세워졌다. 시문에 뛰어났고, 서예에도 능하였다.

　존재집存齋集은 박윤묵朴允黙의 시문집으로 25권 13책의 필사본이 있다. 이 책은 권두에 최면崔沔의 서문이, 권말에 박기수朴騎壽의 발문이 있다. 권1은 부賦 3편, 율부律賦 2편, 시 78수, 권2~22는 시 2, 900여 수, 권23은 서序 20편, 시 9수, 발跋 4편, 권24는 찬贊 7편, 명銘 11편, 설說 10편, 논論 2편, 묘갈 2편, 권25는 잡저 19편, 제문 23편, 상량문 2편, 부록으로 행장·만사·묘갈 등으로 구성되어 있다. 이 중 권8에 수록되어 있는 〈설시雪詩〉 30수는 서정적 면모를 잘 보여주는 작품으로서, 병서幷序에 "초막집 앞 못에 눈이 곱게 내려 한가하게 바라보다 문득 시상이 솟아나 붓 가는 대로 적었다."고 하였다. 권15·16에 수록되어 있는 〈추려시楸廬詩〉 30수 역시 한가로이 은거생활을 즐기는 도학자의 감회를 즉흥적으로 노래한 작품이다. 한편, 이러한 즉흥적인 서정시와는 달리 자연경관을 충실히 묘사하면서 도학자적 철학관을 가미하여 웅대한 기골을 느끼게 하는 작품들도 있는데, 권4에 수록되어 있는 〈인왕산시仁旺山詩〉 50운과 권22에 수록되어 있는 〈오과오강루잉유숙익일박모이귀득午過五江樓仍留宿翌日薄暮而歸得〉 10수가 그 대표적인 예이다. 최면은 서문에서 그의 시를 평하여, "당나라나 송나라의 시를 추종한 것도 아니고, 고래古來

의 시율詩律에도 얽매이지 않은 자연스러운 가락을 이루어냈다." 고 하였다. 그러나 대체로 시상이 복잡하게 얽히고 시어가 극도로 연마되어 있으며, 어휘사용의 폭이 넓고 전고가 활용된 경우가 많아 송시宋詩의 풍격에 가깝다. 명銘에는 종이·벼루·붓·먹 등 문방사우와의 친밀함을 은유적으로 쓴 글이 있으며, 논論에는 〈사생론死生論〉·〈필론筆論〉 등이 있다.

존재집서存齋集序

공자孔子께서 "시詩 3백편을 산정하여 한 마디로 가려 말한다면 생각에 사악함이 없다"[170]라고 했고, 맹자孟子가 말하기를 "그 책을 읽고 그 시를 외우면서도 그 사람을 알지 못한다면 가可한것인가?"[171]라고 했으니 내가 그것을 취해서 모범으로 삼았다. 사물에 감명을 받아 그 뜻을 말하는 것은 육의六義[172]에 있지 아니함이 없고, 또한 사정시비邪正是非를 가히 논하지 않을 수 없다. 선을 권장하고 악을 징계[173]하며 무능한 사람을 물리치고 유능한 사람을 등용[174]시키는 것은 다만 여기에 있을 뿐이다. 이는 경전의 반열에 있는 것으로서 세상에 가르침을 행하고자 하려는 것이다. 그러하도다! 한漢나라 위魏나라 이래의 작자들은 많았을 것이다.

---

170. 論語 爲政篇 - 子曰:「詩三百, 一言以蔽之, 曰『思無邪』

171. 孟子萬章章句下　孟子謂萬章曰:「一鄕之善士, 斯友一鄕之善士; 一國之善士, 斯友一國之善士; 天下之善士, 斯友天下之善士.　以友天下之善士爲未足, 又尙論古之人. 頌其詩, 讀其書, 不知其人, 可乎? 是以論其世也. 是尙友也.

172. 六義(육의): 詩의 六體. 즉 풍(風), 부(賦), 비(比), 흥(興), 아(雅), 송(頌).

173. 勸懲(권징): 선(善)을 권장하고 악(惡)을 징계함.

174. 黜陟(출척): 관직을 혹은 떨어뜨리고 혹은 올림. 무능한 사람을 물리치고 유능한 사람을 등용시킴.

즐거우면 곧 쉽게 노래하는 데에 나아가고, 슬프면 곧 괴로운 데로 들어가고, 부드러워 꾸미지 아니하고, 너그러워 꼼꼼하지 않음은 오직 진나라의 도연명과 사공돈, 당나라의 이백과 두보이다. 거의 3백편의 남겨진 기풍을 얻었으나 시도詩道를 맛보는 어려움이 이와 같았다.

대저 내가 장편과 단편 수천만 단어로 되어 있는 총 수십 권의 존재집存齋集을 얻어 그것을 읽어보니, 당唐나라의 것도 아니요, 송宋나라의 것도 아닌 것이 당나라 송나라의 것과 구별되는 우리의 것을 스스로 일가를 이루었다. 무릇 끌어내어 길게 소리 내어 읊조린 것은 가히 그 온화하고 원대하여 시원스레 펴낸 것을 볼 수 있다. 사실을 펴서 진술한 것은 가히 그 곧고 말 잘하며 지극히 친절함을 볼 수 있고, 이것과 저것을 비교하여 외운 것은 가히 그 인도하여 도와주며 확실함을 볼 수 있다. 모두 정풍正風[175]정아正雅[176]에서 밝혔으며 또한 무릇 변풍變風[177]변아變雅를 보좌하였다. 성정性情의 은미隱微함과 언행言行의 추기樞機[178]함이 그 가운데에서 드러나지 아니함이 없어 끝내는 아로새긴 자취와 부박하고 화려한 형태는 볼 수가 없다.

그 마음이 투명하여 한 점의 티끌도 없었다. 높낮이가 없이 평

---

175. 正風(정풍) : 바른 국풍(國風)의 시(詩). 시경(詩經)의 주남(周南)·소남(召南) 등 25편의 일컬음. 변풍(變風)의 對.

176. 正雅(정아) : 시경(詩經)의 소아(小雅)의 녹명(鹿鳴)부터 청청자아(菁菁者莪)까지의 22篇을 정소아(正小雅), 대아(大雅)의 문왕(文王)부터 권아(卷阿)까지의 18편을 정대아(正大雅)라 하며 이를 통틀어 정아(正雅)라 함. 왕도(王道)가 행하여져 정교(政敎)가 올발랐을 때의 作이라 하여 변아(變雅)에 對하여 이름.

177. 變風(변풍) : 시경(詩經)의 패풍(邶風)에서 빈풍(豳風)까지의 135篇. 王道가 쇠하였을 때 지어진 것이라한다.

178. 樞機(추기) : 사물의 긴하고 중요한 곳. 중요한 政務. 국가의 大政.

탄한 것은 소홀한 것으로 흐르고, 온화하고 아름다운 것은 너무
세밀하고 성한 것으로 흐르니 이 문집 같으면 곧 이런 병폐가 없
이 이른바 자연의 음향절주音響節奏이다. 내가 존재存齋와 더불
어 만년지기가 되었으니 성은 박朴이요, 이름은 윤묵允黙이고 그
자字는 사집士執이다. 밀양사람[179]으로 스스로 존재存齋라고 불렀
으며 얼굴과 기상이 화락하고 단아하였다. 그 사람의 7세조 충건
忠健은 선종宣宗조에 정사에 참여하여 천자를 따라 공을 세웠고,
6세조 양신良臣은 효종孝宗조에 정사에 참여하여 심양瀋陽[180]에
따라가서 공을 세웠고, 증조 태성泰星은 효성스러워 살아있을 때
정문旌門[181]이 세워졌으며, 할아버지(수천受天) 또한 효성스러움
으로 부역·조세를 면제받았으니[182] 충효忠孝와 여러 대代를 거쳐
쌓아온 德이 이와 같았다. 내가 그 사람의 집안을 살펴보니 넘치
는 경사가 길게 이어질 것이다. 아마도 그 윗세대에서 덕德을 쌓
았고 인仁을 쌓아서 거기에 이르게 될 것이다.

존재存齋는 충·효한 가문의 사람으로서 용모가 깨끗하고 평온
하고 조용하여 욕심이 적으며, 집주변을 깨끗이 쓸고 하루 종일
책을 읽으며 정숙하게 자신을 처신함으로 만약 그 선행과 악행을
구별하는 것 같은 것은 오히려 힘쓰지 못할까봐 걱정했다. 술은
잘 마시지 못하지만 다만 그것을 사랑하고 흥이 나면 매번 산과
물, 아름다운 곳을 찾아 길게 휘파람불고 명랑하게 시가를 읊조리
며 번번이 기뻐하여 돌아오기를 잊어버렸었다. 여러 어린 아이들
과 모두 난새와 학이 사는 언덕에 머무르니 가히 그 자기가 있는

---

179. 密城(밀성) : 지금의 밀양.

180. 瀋陽(심양) : 만주 요동성의 중심. 상공업·교통의 중심지.

181. 旌閭(정려) : 忠臣·孝子·烈女 등을 그 살던 고을에 旌門을 세워 표창함.

182. 給復(급복) : 공을 세우거나 효자·열녀로 인정받아 부역이나 조세를 면제받음.

곳을 알 수 있었다. 평생 시를 짓는데 버릇이 들어 육십년을 하루
같이 하여 많은 글을 지었다. 진실하여 화려하고 숨기는 것이 없
었으며 생각함에 사악함이 없었으니 가히 그 사람됨을 알 수 있
다. 또한 임지[183]의 학學을 여러 해를 부지런히 공부하여 깊이 왕
위의 남긴 법도를 얻어 정조임금께서 권장하고 아끼는 은혜를 입
었으니 진실로 세상에 드문 문장가이다. 내가 마침내 한숨을 쉬
며 탄식하여 말하기를 삼품절제사三品節制使가 어찌 시와 붓의 뛰
어난 재주와 여러 해를 부지런히 공부한 것을 보답할 수 있겠는
가. 때에 평신진첨절제사平薪鎭僉節制使가 되었다고 한다.[192]

燭喩

대저 촛불은 작은 것이지만 또한 족히 사람에 비유할 수 있는
큰 것이다. 그 밝기는 본성本性의 선善함과 같고, 그 중심의 불꽃
은 마음의 허령虛靈과 같다. 그 빛이 사방으로 나와서 한 집의 안
을 두루 밝히는 것은 인仁이 밖에서 펴져 사물에 미치는 것과 같
다. 그 기름에 일절 하나의 흠집이라도 있지 아니하면 그 불은 배
로 밝아지고, 그 찌꺼기[193]를 모두 버리지 아니한 즉 그 불 또한
밝지 아니한 것은 기질이 맑고 흐리며 순수하고 섞인 것을 구별
하는 것과 같다. 그 타버린 나머지가 가까운 데로부터 깊은 곳으
로 들어가는 것은 간절히 묻고 깊이 생각하여 도에 이르고 덕에

---

183. 臨池(임지) : 後漢의 장지(張芝)가 못가에서 붓글씨를 배울때에 못물이 온통
　　　 까맣게 변했다고 하는 고사. 습자(習字)의 뜻으로 쓰임.

들어가는 순서와 같다. 그 불이 절로 밝아지지 못하고 반드시 사람을 기다린 이후에야 밝아지는 것은 사람이 능히 절로 선하지 못하고 반드시 성현에게 배운 이후에야 이룰 수 있다는 것과 같다. 무릇 그 체용의 다름을 논한 즉 초의 불은 그 체體요 밝아져야 할 바를 밝혀서[186] 다른 것을 비추는 것은 용用이며, 인생의 본성本性이 선善한 것이 그 체體요, 그 선善을 밝혀 인仁에 그치는 것이 용用이다. 그러한 즉 초가 밝지 않은 것은 초의 잘못이 아니요 반드시 그 찌꺼기와 더러운 것이 그 사이에 있기 때문이요, 사람이 능히 인을 밝히지 못하는 것은 본성이 악하기 때문이 아니

---

184. 임형택편, 「存齋集」『이조후기 여항문학총서』2권 (여강출판사 1986), 225쪽.

"夫子 刪詩三百 而一言而弊之曰 思無邪 孟子曰 讀其書 誦其詩 不知其人 可乎 余取以爲法焉 感於物而言其志者 莫不有六義 而亦不無邪正是非之可論 勸懲黜陟 亶在於是 此所以列於經 而爲敎於世者 然也 漢魏以來作者 衆矣 而樂則易歸於謠 哀則易入於傷 和而不莊 寬而不密 惟晉之陶謝 唐之李杜 庶幾得三百篇之遺 旨詩道之難有如是

夫余得存齋集 長篇短什屢千萬言 總數十卷而讀之 不唐不宋自成一家 凡所以引赴 詠歎者 可見其冲遠疏暢也 敷陳事實者 可見其直截懇至也 諷譬彼此者 可見其誘掖的當也 皆有以祖述於正風正雅 而亦有以羽翼夫變風變雅 性情之隱微 言行之樞機 莫不畢露於其中 而終不見雕鏤之痕 浮靡之態

盖其靈臺洞徹 而無一點塵滓也 坦夷者流於潤略 溫雅者失於委薾而至 若斯集則無是病焉 直所謂自然之音響節奏也 余與存齋爲晩年之己 姓朴名允黙 士執其字 密城人 自號存齋愷悌 其人也七世祖(忠健)參 宣廟朝扈聖勳 六世祖(良臣)參 孝廟朝瀋陽扈從勳 曾祖(泰星) 以孝生時旌閭 祖(受天)又以孝給復忠孝世德如此 余觀人家 餘慶綿遠 盖其上世積德累仁有以致之也

存齋以忠孝家人 顔貌玉雪 恬靜寡慾 淨掃房室 竟日看書 窈窕然處自身 若其淑慝之辨則猶恐不力焉 不善飮但愛之 而寄興每遇山水佳處 長嘯朗詠 輒欣然忘返 諸兒子皆鸑鷟停峙 可知其所自也 平生癖於詩 六十年如一日而多用賦體 惆煏無華蔽之 以思無邪 而可知其爲人也 且於臨池之學 積年勤工深得王衛遺規至蒙我正廟 奬詡 誠稀世之筆家 余遂喟然而歎曰 三品節制使 豈足償詩與筆之偉材積工也歟 時爲平薪鎭云爾"

185. 滓穢(재예) : 찌꺼기와 더러운 것.

186. 明所以明(명소이명) : 밝아져야 할 바의 것을 밝히다.

요 반드시 물욕이 그것을 가리기 때문이다. 초는 그 찌꺼기와 더러운 것을 버려야만 밝음을 회복할 수 있을 뿐이오, 사람은 그 물욕을 버려야만 그 본성을 회복할 수 있을 뿐이다. 세간에 어찌 밝지 않은 초가 있을 것이며, 선하지 않은 본성이 있을 것인가?[187]

死 生 論

사람의 생사生死는 하늘의 낮과 밤과 같다. 삶이 있으면 반드시 죽음이 있다. 낮이 있으면 반드시 밤이 있다. 이는 생生의 무궁無窮한 조화造化가 자연스럽게 생겨남이다. 비록 사시四時의 흘러감이 앙상한 사물이 다하여 쇠衰하고 성成하는 모양이 봄에 그것이 나고, 여름에 사물이 통通하여, 가을에 사물의 성함이 있고, 겨울에 사물의 멸滅한다. 나서부터 통通에 이르고, 성함에서 사라짐에까지 이르러 음과 양이 서로서로 작용하여그 세공歲功[188] 이룬다. 이는 사람이 삶이 있으면 또 죽음이 있는 바이다. 사물의 이치는 기氣가 양陽이 되고, 정精의 음陰이 되고, 혼魂이 신神

---

187. 임형택편,「存齋集」『이조후기 여항문학총서』4권 (여강출판사 1986).
　　 "夫燭小物也 而亦足有以喩人之大者 其明者猶性之善也 其中心之火者 猶心之
　　 虛靈也 其光芒四出而遍於一室之內者 猶仁之發於外而及於物也 其膏油一切無
　　 纖瑕則 其火倍明 其滓穢之未盡祛則 其火亦不明者 猶氣質淸濁純駁之別也 其
　　 燼由近而入深者猶切問近思造道入德之次弟也 其火不能自明 必待人而後明者
　　 猶人之不能自善 必學聖賢而後有立焉者也 大抵論其體用之殊則 燭之火者 其體
　　 也 明其所以明而照於彼者 其用也 人生而性善 其體也 明其善而止於仁 其用也
　　 然則 燭之不明 非燭之罪 必有滓穢以間之 人之不能明善 非性之惡 必有物欲以
　　 蔽之 燭棄其滓穢則 復其明而已矣 人祛其物欲則 復其性而已矣 世間豈有不明
　　 之燭 不善之性也哉"
188. 세공(歲功) : 일 년의 시서(時序)를 이름, 또는 일 년의 행사(行事). 만물의 화육(化育), 또는 농사를 이르는 말이다.

이 되는 것과 같으니, 혼魂이 모이는 것을 일러 소위 생生이라 한다. 능히 삶이 아닌 것 앞에서 미룰 수 있고, 반대로 죽은 뒤에 그것을 볼 수 있다면 그 생生과 사死를 가히 얻어 볼 수 있는 것이다. 고로 주역周易에 말하길 '시작의 근원은 끝으로 되돌아간다.'라 하였다. 고로, 사생死生의 설명은 사람의 사생死生밖에 있지 않음은 여기에서 알 수 있다. 그 삶에 있어서는 곧 생生이고 죽음에 있어서는 사死이니 반드시 구차하게 살고자하는 것이 아니고, 헛되이 죽지 않을 것이니, 모두 천명天命에서 들었을 뿐이다. 무릇 금단金丹[189]의 비결은, 그 삶을 더 끌고자 하는 것이고, 윤회輪回의 설說은 그 죽음을 꺼리려하는 것이다.

정자程子가 이른바 노老는 삶을 탐하는 무리들이고, 불교佛教는 죽음을 두려워하는 무리가 바로 이들이다. 삶을 탐貪하는 것은 미혹됨이고, 죽음을 두려워하는 것 또한 미혹됨이니, 이는 모두 하늘의 이치를 바르게 알지 못하는 것이다. 한 개인의 사사로움을 구하고자하니, 오히려 어찌 도에 만족하겠는가.

또, 소위 천주학天主學이라는 것은 누가 그것을 행行하고, 누가 그것을 전傳했겠는가. 그 책을 내고 그 무리가 많아서 생사生死 보기를 기러기 털같이 하고, 칼과 톱에 이르러서는 차茶와 음식을 보는 것 같이 한다. 일찍이 그 생生을 탐貪하고 죽음을 두려워하는 이것은 과연 노老의 무리와 불佛의 무리가 아니겠는가. 그 사생死生의 사이에 처한 까닭은 도리어 불로佛老의 미혹됨만 같이 않겠는가.

삶에 대해 좋아하던 좋아하지 않던, 죽음에 대해 좋아하던 좋

---

189. 금단(金丹) : 도사(道士)가 정련(精煉)한 황금의 정(精)으로 만든 환약. 먹으면 장생불사(長生不死)한다고 한다.

아하지 않던, 저들은 이미 그 사는 것을 좋아하지 아니하고, 그 죽음을 싫어하지 아니함이 심하여 이단異端[190]이 사람의 마음에 옮겨진 길이 되었다. 그 해로움이 죽음에 이르는 것을 오히려 알지 못하는구나. 아하! 또한 슬프구나! 대저 산 사람을 봉양하고 죽은 사람을 장사지냄은 왕정의 중함이니 이에 있어 성인은 효제孝悌로써 가르치고 의식衣食으로써 기르며, 덕德으로써 성인을 본받게 하여 업業으로써 이롭게 쓰이게 하니, 그 죽음에 미쳐서는 관곽棺槨[191]으로써 장사 치르고 때에 따라 제사지내며 복(상복)으로써 근본에 보답하며 슬픔으로써 정을 다하니 이것은 천리의 떳떳한 도리이며 고금의 통하는 도리이다.

만약 혹 살아서는 그 봉양함을 다하지 못하고 죽어서도 그 장사지냄을 다하지 못했다면 그 사람의 도리를 다하지 못함에 부끄러움이 있지 않겠는가? 하물며 사람이 태어나서 신체발부身體髮膚는 부모에게 받은 것이니 부모가 온전히 낳아준 것을 온전히 돌아가는(죽는 것이) 것이 옳은가? 그 훼손하여 상하게 함이 옳은가? 반드시 상하지 않고 온전히 돌아가는 것은 비유하면 불을 보듯 분명하다. 그러므로 옛 성인은 모두 그 명을 다르지 아니함이 없었으니 그 이치는 하늘에 밤낮이 있고, 사시에 성쇠가 있는 것과 같을 뿐이다. 한편 혹 그 명을 어기고 그 이치를 이긴다면 우리의 도리가 아닐 것이다.[200]

---

190. 이단(異端) : 1. 성인의 도가 아닌 도. 사악한 도. 2. 자기가 신봉하는 이외의 도.
191. 관곽(棺槨) : 棺과 槨. 속 널과 겉 널.

明 德 說

정자가 말하길 무릇 사람이 마음에 대해서 말하고 본성에 대해서 말하는 때에는 자신의 마음과 본성은 어느 곳에 던져두었는지 알지 못한다. 지극하도다. 이 말씀이여. 자기도 모르는 사이에 세 번 반복하면서 감탄했다. 대개 명덕이라는 것은 성현이나 어리석은 사람이나 함께 타고난 것인데, 위에 있는 하나의 명자明字가 성현과 어리석은 사람을 구분해 준다. 눈으로 보는 것과 귀로 듣는 것과 코와 입으로 맡고 먹는 것과 손과 발로 때리고 치는 것 모두가 한 마음이 중심이 되어서 나오는 것이다. 그리고 마음속으로 얻어져서 밖으로 표현되는 것이 덕이다. 자기가 만난 바를 따라서 여기에 반응하는 것이 어둡지 않은 것이 명이다. 합하여

---

192. 임형택편,「存齋集」『이조후기 여항문학총서』2권 (여강출판사 1986), 225쪽.
"人之死生猶天之晝夜 有生必有死有晝必有夜 此生之無窮造化之自然也 雖以四時之流行歹物之消長觀之 春者物之生 夏者物之通 秋者物之成 冬者物之滅 生以至於通 成以至於滅 一陰一陽互相運用以成其歲功 人之所得以生且死者與物之理同氣爲陽精爲陰魂爲神 魂聚則所謂生也. 能推於未生之前 反觀乎已死之後 則其生也死也 可得以見矣 故易曰原始反終 故知死生之說 人之死生不外乎此 於其生則生 於其死則死 不必苟生 亦不必徒死 一切聽於天命而已 夫金丹之訣欲延其生 輪回之說欲諱其死 程子所云 老是貪生之徒 佛是畏死之類者是也 貪生者惑也 畏死者口 惑也 此皆不識天理之正 欲濟一己之私尙何足道哉 且所謂天主學者 孰爲之而孰傳之耶 其書出其徒繁 視死生如鴻毛 赴鋸如茶飯 未嘗貪其生畏其死是果老之徒歟佛之徒歟 其所以處於死生之間者 反不苦佛老之惑矣 愛莫愛於生 惡莫惡於死 而彼旣不愛其生 不惡其死甚矣 異端之移人心術也 其害有至於死 而尙不知 悟呼且悲 夫大抵養生送死 王政之大者 於是乎有聖人者 作孝悌以敎之 衣食以養之 德以踐形 業以利用 及其死也 棺槨以葬之 時節以祭之 服以報本 哀以盡情 此天理之常經 古今之通誼也 若或生不得盡其養 死不得盡其送 則其不有愧於人之道無幾矣 況人之生也 身體髮膚 受之父母 父母之所全以生之者 其全以歸之可乎 其毀以傷之可乎 其不必毀傷 而全歸者 譬若觀火之明矣 故 古昔聖人 皆莫不知其命而順 其理如天之有晝夜 如四時之有消長而已 一或逆其命 而拂其理 則非吾之道也哉"

서 이름하여 명덕明德이라 한다.

　비록 대단히 미련한 사람이라도 또한 반드시 이와 같은 진실이 없다고 말할 수 없고, 이른 바 대단히 미련한 사람이라도 도를 아는 마음이 없다고 할 수 없는 것이다. 그러나 터럭만한 차이가 뒤에 가서는 천리나 어긋난다. 선악의 기미가 그 빠르기가 역말 같아도 그 요점은 밝은 데 있다. 밝아야 할 것이 진실로 밝지 않으면 명덕明德이라 할 수 없다. 이것이 대단히 미련한 사람은 명덕을 반드시 가지고 있다고 말할 수 없는 까닭이다. 그러므로 성인은 위에 있는 한 명자를 가지고 요컨대 학자들로 하여금 손을 대고 힘을 쏟아서 처음 본신으로 돌아가는 것을 가리키는 단계가 되는 것이다.

　아. 처음 시작되는 것부터 보면 하늘로부터 타고 난 것과 사람들이 받은 것이 순수, 정대, 광명, 통달하지 않은 것이 없다. 지각이 안에서 어지럽히고 물욕이 밖에서 꼬여내서 지난 날의 순수자가 지금은 잡박해 지고, 지난날의 광명한 자가 지금은 어두워졌다. 만약 밝게 하는 기술과 날로 새로워지는 공력이 없다면 때 낀 거울을 닦지도 않았는데 어디서 빛을 취할 것이며, 연못을 흔들지도 않았는데 그 그림자를 달아나게 하겠는가.

　위로부터는 요, 순, 우, 탕, 문, 무왕이 임금이 되었고 아래로는 주공, 공자, 맹자, 안자, 증자 모두 성인이 되어서 모두 이 한 명자로부터 말미암았다. 그래서 이것으로 마음을 밝히면 즉 진실로 하나의 명덕이 되고 이것으로 세상도 밝히면 즉 유신의 백성이 된다. 이것으로써 곡수(마음이 바르지 않은 곳에 바른 마음을 미치게 함)에 두루 응할 것 같으면 해당되지 않는 곳이 없다. 그러므로 위에 있는 명 자 하나가 성우가 나뉘어 지는 것이다. 아! 아는 것은 좋아하는 것만 같지 못하고, 좋아하는 것은 즐기는 것만 같지 못하고, 즐기는 것은 행하는 것만 같지 못하다. 그렇다면 마땅히 어떤 술법으로 이것을 행하겠는가. 대답하기를 몸으로 행할 뿐이고 성실과 공경하는 것뿐이다.

진실로 자기 몸으로 체험하지 아니하고 단지 옛 가르침에 얽매어 남에게 말할 때는 반드시 어떤 것이 명덕이고 어떤 것이 성경인가 얘기하면서 만약 묻기를 자신이 날마다 하는 일 가운데 어느 곳에서 명덕을 볼 수 있는가 어느 곳에서 성경을 볼 수 있는가 라고 하면 캄캄해서 대답할 줄 모른다. (도교의) 양생자는 비록 성현의 말씀을 말하고 성현이 쓴 글을 읽기는 하지만 또한 몸과 마음에 무슨 이익이 있을 것인가 대저 이를 밝히려고 하는 사람은 말 한 마디를 내고 일 하나를 행하는데도 반드시 자기 몸가짐을 전전긍긍한다(조심한다). 밝게 구별하고 깊이 생각해서 사람 욕심이 탐욕함에 잠기는 것을 막고 천리의 본연을 따르는데 힘 쓸 수 있다.

이것을 칼 가는 사람에게 비유할 것 같으면 깊이 낀 때를 제거하기 힘쓰면 칼날이 스스로 날카로워지고, 밭가는 데 비유하면 먼저 가라지를 제하면 스스로 싹튼다. 이에 따라서 지난 날 어두웠던 것이 밝게 빛난 것이고 잡박한 것이 순수하게 된 것이다. 천리가 나에게 있는 것이, 탁 트여서 텅 비고 신령스럽다. 그래서 모든 일에 골고루 응할 수 있다. 각기 마땅한 데로 돌아간다. 이와 같이하는 사람이 있다면 비록 명덕에 대한 학설을 듣지 않는다 할지라도 스스로 명덕을 갖추는데 해로울 게 없는데, 만약에 한갓 옛날 사람들의 진부한 말을 주워 모아서 박학다식한 것처럼 생각하는 사람은 어찌 더불어 성현의 도에 대해서 논할 수 있는 것인가. 학자는 정자의 가르침을 깊이 연구하여 마음에 새겨서

몸으로 새기는 공부를 하면 거의 옳은데 가까울 것이다.[193]

1) 기행을 하며

〈조천석〉

강 속에서 튀어나온 돌은 형세가 우묵하구나!

이 땅의 왕손은 천자를 알현하려고 떠났네.

이제는 인마麟馬소식은 들을 수 없고

오로지 어부만이 지난 해를 말할 뿐이네.

---

193. 임형택편,「存齋集」卷 一,『이조후기 여항문학총서』2권 (여강출판사 1986).
"程子曰凡人說心說性之際 不知自家心性 在投何地 至哉言乎 未常不三復而詠歎也 夫明德者聖愚之所同得 而上一明字 卽聖愚之所辨也 目之所睹 耳之所聽 鼻口之所餐嗅 手足之所搏擊 皆由於一心之爲主 而得於心而見於外者德也 隨所遇而應之不昧者明也 合而名之曰明德.
雖下愚亦不可謂必無眞 所謂雖下愚不能無道心者也 然豪髮之差千里謬之 善惡之後 其速如郵 其要在於明 而明之苟不明之 不足爲明德 此下愚所以不可謂明德之必有者也 故聖人上一明字 要使學者 有所不手着力指示復初之階梯也
噫自其始生而觀之 天之所賦 人之所受 莫不純粹正大光明通達 知覺內速 物欲外誘 向之純粹者 今焉駁雜 向之光明者 今焉昏臀 若無明之之術日新之工 則鏡塵不磨 安取其光 方塘不擾 齣逃其影.
上焉而堯舜禹湯文武之爲君 下焉而周公孔孟顏曾之爲聖 皆由於一明字 而明之於心 則爲眞箇明德明 之於世 則爲惟新之民 以之 泛應曲邃 無所處而不當 故曰上明字卽聖愚之所辨也 嗟乎知之不如好之者 好之不如樂之者 樂之不如行之者 然則當以何術而行之哉 曰體驗而已 誠敬而已.
苟不驗之於身 徒泥古訓 對人言必曰何者爲明德 何者爲誠敬 而如聞 自家日用所爲何處可以見明德 何處可以見誠敬 則蒙然不知所對 養生者 雖道聖賢之言 雖讀聖賢之書 亦何 盖於心身哉 夫欲明之者 出一言行一事 必戰兢自持 明辨審思 克杜人欲之汨楚 務徒天理之卒然.
比如磨刀者 務去深累則芒刃自利 耕田者先除稂莠 則嘉穀自苗 於是乎向之昏翳者光明 駁雜者純粹 天理之在我者 洞然虛靈 泛應万事 各歸其當 如此者雖不聞明德之說 不害有自家之明德也 若徒拾音人之陳言 以爲博洽者 烏可與議於聖賢之道哉 學者深究程子之訓 刻意體認之工 則庶乎其可也."

<朝天石>

石出中江勢窪然　　王孫此地去朝天
至今麟馬無消息　　猶有漁人說舊年[194]

(감상) 왕손王孫은 천자天子를 알현하려 좋은 말을 타고 떠났지만
　　　소식이 없고, 왕손王孫을 모셨던 어부와 돌만이 남아 그 때
　　　를 짐작할 뿐이다.

〈달밤에 연관정 잔치에 다녀오는 길에 읊조린다〉
잔잔한 강 위에 뜬 달은 서리와 같고
높은 누각의 생황과 노래 소리는 멀고 길다.
한밤중에야 노래가 끝나고 사람들은 다 갔으니
달빛을 나누어 지금 낚시질[195]을 할 것인가?

<月夜宴鍊光亭歸路口占>

大同江上月如霜　　高閣笙歌風外長
夜半曲終人去盡　　清光分與釣魚郞[196]

(감상) 연관정은 강을 끼고 있나 보다. 그 곳에서 노래와 가락을 즐
　　　기고 모두 뿔뿔이 흩어져 돌아오는 길의 달빛은 너무도 맑고
　　　밝아 아름답다. 달은 그이에게 빛을 나누어주고, 그이는 달
　　　빛과 친구가 되어 낚시를 하고 싶어 한다.

---

194. 임형택편, 「存齋集」卷 一, 『이조후기 여항문학총서』2권 (여강출판사 1986).
195. 釣魚(조어) : 물고기를 낚음/낚시질함.
196. 임형택편, 「存齋集」卷 一, 『이조후기 여항문학총서』2권 (여강출판사 1986).

〈낮에 세검정에서 쉬다〉

돌은 쌓여 수십 이랑이요

시냇물은 옥돌과 뒹구네.

마주한 큰 바위는 술 취한 나그네를 둘러싸고

시냇가 백가[197]에는 해가 내리쬐네.

큰 술잔에 술[198]을 따르고

장검을 연꽃에 씻으려 하네.

악기의 반주도 없이[199] 노래를 부르고 또 부르니

산에 해가 저무는 것도 알지 못하는구나.

<午憩洗劍亭>

石蟠數十苗　澗水玉交加

巖面揮朱客　溪頭曝白家

大樽開竹葉　長劍洗蓮花

更有淸歌發　不知山日斜[200]

(감상) 첩첩이 바위에 둘러싸이고 시냇물소리 간질간질한 세검정에
　　서 나그네는 과거도 잊고 기분 좋게 취했다. 취해 기분이 좋
　　아 노래 부르고 다시 잔을 채워 노래를 부르기가 끝이 없으니
　　해가 저물도록 나그네의 놀음은 계속된다.

197. 白家(백가) : 몹시 가난한 집.
198. 竹葉(죽엽) : ① 대잎 ② 술의 이칭(異稱).
199. 淸歌(청가) : ① 악기의 반주 없이 부르는 노래 ② 맑은 소리로 노래를 함.
200. 임형택편,「存齋集」卷 一,『이조후기 여항문학총서』2권 (여강출판사 1986).

〈윤애가 사는 곳 양진을 찾아서〉

일찍이 재간이 부족한[201] 성질을 부끄러워하여

아직 강과 바다 같은 은혜에는 보답하지 못했네.

후회해도 이미 늦어 어찌할 도리가 없으니[202]

은혜에 보답코자 하나 말이 없네.

석양을 보며 강변에서 눈물짓고

가을 바람은 온 세상 밖까지 심정을 전해주는 구나.

살아서는 스스로 제 몸을 사랑해야 했고

죽은 뒤에는 남은 초고草稿만이 살아계신 부모님[203]을 생각하네.

<訪楊津尹哀寓所>[204]

常愧斗筲質　未酬河海恩

噬臍終莫及　披膏欲無言

落日江邊淚　秋風海外魂

殘軀須自愛　遺稿抱俱存[205]

(감상) 윤애는 유배를 와 있거나 고향에서 먼 타향에서 살고 있는 듯하
다. 늘 고향이 그립고 부모님을 생각하나 마음뿐, 살아서는 고
향에 살아 계신 부모님께 말로다 하지 못했다. 죽어서 남은 글
만이 그토록 그리워하던 부모님을 만났으니 안타깝기만 하다.

---

201. 斗筲(두소) : ① 한 말들이 되와 한 말 두 되들이 죽기(竹器)/전(轉)하여 작은
　　 국량(局量) ② 얼마 안 되는 녹
202. 噬臍莫及(서제막급) : 後悔莫及(후회막급). 후회해도 어찌할 도리가 없다.
203. 俱存(구존) : 부모가 다 살아 계신다. 『맹자』의 君子三樂에 '父母俱存 兄弟無
　　 故 一樂也'에근거한다.
204. 寓所(우소) : 우거(寓居)하고 있는 곳　寓居(우거) : ①남의 집에 붙이어 삶 ②
　　 타향(他鄕)에 임시(臨時)로 삶
205. 임형택편,「存齋集」卷 一,『이조후기 여항문학총서』2권 (여강출판사 1986).

〈달천 임장군의 사당에 절拜하다〉
달천이 싸움에서 이긴 땅은 아니지만
긴 세월[206] 동안 사람들에게 유명하더라.
빼어난 모습은 여전히 그대로인데
위엄과 충성은 흩어져 애처로운 마음이 생기는 구나.
명나라는 열사烈士를 남겼지만
조선은 만리장성을 잃었네.
당시의 뜻만 이루었더라면
황하가 온통 맑은 것을 볼 수 있었을 텐데.

<拜㺚川林將軍影宇>
㺚川非勝地　千載以人名
英像猶無死　危忠散惜生
大明遺烈士　東國喪長城
若遂當時志　黃河見一淸[207]

(감상) 임달천 장군은 풍채風采가 좋고 여러 전장戰場에서 성과가
　　　 좋았던 것 같다. 그래서 신임과 기대를 한 몸에 받았으나 실
　　　 패하고, 그 모습 그대로의 늠름함만이 당시의 용맹스런 충성
　　　 심을 말해준다.

---

206. 千載(천재) : 千歲(천세). 긴 세월.
207. 임형택편, 「存齋集」卷 一, 『이조후기 여항문학총서』2권 (여강출판사 1986).

〈단오[208] 날 선산을 살피며〉
절기가 천중에 이르러 묘에서 제사를 지냄에
우러러 보며 예를 행하니 마음이 숙연해지네.
보잘것없는 자손은 아직도 남은 복록이 있어
송추松楸[209]를 수호한 지 삼백 년이네.

<端陽省 先山>
節届天中祭墓前　　　瞻望周旋意怵然
殘孫弱子猶餘祿　　　守護松楸三百年[210]

(감상) 단오날 조상의 묘를 살피며 자신의 모습을 돌아보며 지금의
　　　심정을 토로하고 있다.

〈근심을 떨쳐버린다〉
어지러운 근심거리 천만 가닥이요
해가 떠서 곧 나를 휘감네.[211]
죽음에 이를 때까지 응당 이와 같을 것이니
살아 있는 동안은 곧 함께 할 것이라.
생각이 많아져 지나치면 곧 매우 복잡해지고[212]
마음을 추수려 봐도 그냥 허무[213]해 진다.
다행스럽게도 병 생길 인연이 아니여서

---

208. 端陽(단양) : 단오.
209. 松楸(송추) : 무덤가에 심어 놓은 나무(소나무, 개오동나무).
210. 임형택편, 「存齋集」卷 一, 「이조후기 여항문학총서」2권 (여강출판사 1986).
211. 縈紆(영우) : 얽힘. 휘감김.
212. 雜沓(잡답) : 매우 분잡함.
213. 虛無(허무) : ①아무것도 없고 텅비다. 형체가 없음. ②무상(無常)함. ③하늘.

당당한[214] 칠척七尺의 몸이로다.

<排愁>
亂愁千萬緒　日出輒縈紆
到死應如此　有生便與俱
念多逾雜沓　理遣或虛無
幸勿緣成病　堂堂七尺軀[215]

(감상) 날마다 많은 근심이 있지만 그것은 언제나 함께 할 것으로 생
　　　각하고 그것을 받아들이며 자신의 신체나마 건장한 것을 소
　　　중히 생각하고 있다.

〈정씨의 화원花園〉
일찍이 자진子眞의 은거함을 들었는데
오늘에서야 비로소 지나가게 되었도다.
꽃을 보며 취하기를 좋아하여
절류가折柳歌[216]를 엮었도다.
도시락[217]을 들고 이리저리 돌아다니니
봄 일이 사람을 기쁘게 하는 것이 많도다.
좋은 때는 오래도록 머물러있기 어려우니
덧없는 인생이나마 어찌 즐기지 않으리.

---

214. 堂堂(당당) : ①형세가 성대한 모양. ②씩씩한 모양. ③의용이 훌륭한 모양.
215. 임형택편, 「存齋集」卷 二, 『이조후기 여항문학총서』2권 (여강출판사 1986).
216. 折柳歌(절류가) : 버들은 꺾으며 부른 노래.
217. 行廚(행주) : 도시락.

<鄭氏花園>

曾聞子眞隱　今日始經過

好作看花醉　翻成折柳歌

行廚隨處遍　春事悅人多

佳節終難住　浮生不樂何[218]

(감상) 춘경을 완상한 정취를 노래했다. 말로만 듣던 정자진의 정원을 지나며 짧은 봄날에 마음껏 즐기려는 심상을 그렸다. 이 시는 일상성을 기록한 일기와 같다. 따라서 위항인에게 시는 오늘날 일기 쓰기와 같은 것으로도 볼 수 있다.

〈보름날 밤 면성綿城에 있는 사군[219]을 생각하며

글을 지어 다음날 사람을 보내 글을 붙이다〉

좋은 밤 이 달의 밝음을 어찌 하리오?

멀리 사군을 생각하며 부질없이 혼자 노래하네.

혹 아마도 천리의 감상을 함께 할 수 없을 것 같으니

남쪽 지방은 예로부터 짙은 구름이 많이 인다 하더라.

<元宵憶綿城使君 明朝走人奉寄>

良宵奈此月明何　　遙憶使君空自歌

或恐未分千里賞　　南中從古瘴雲多[220]

---

218. 임형택편, 「存齋集」卷 二, 『이조후기 여항문학총서』2권 (여강출판사 1986).

219. 使君(사군) : 사신의 존칭. 곧 칙사(勅使).

220. 임형택편, 「存齋集」卷 二, 『이조후기 여항문학총서』2권 (여강출판사 1986).

(감상) 멀리 있는 사군使君을 생각하며 이 좋은 달을 같이 하지 못
한 것을 근심하고 있다. 아마도 아끼는 사람을 생각하며 지
었을 것이다. 직업상 멀리 떠날 수밖에 없는 역관인 벗을 생
각하며 지었을 것이다.

2) 사회시

〈벽의 글을 보고 생각이 나서 지은 글〉

야위고[221] 허약한 모습 병과 이웃하니

평생을 어린아이 몸 지키듯 한다.

이 세상이 어리석은 귀머거리를 좋아해

방외인[222]으로서 한 번 실추되고 한 번 명예를 날렸구나.

<題壁寫懷>

弱質癃容病與隣　　　生平如護小兒身

世間好作癡聾漢　　　一毀一譽以外人[223]

(감상) 병약한 몸으로 살아야 하기에 늘 어린 아이 몸 지키듯 하다.
세상은 시속에 무지한 농아를 좋아해서 방외인으로 시인을
평가한다. 때문에 시인은 실추되고 이로 인해 방외인으로 유
명해졌다. 결국 시인은 이런 세상을 비판하고자 했다.

---

221. 弱質(약질) : 약한 체질. 또 그러한 사람.
222. 外人(외인) : ①한 집안. 한 단체 또는 한 나라 밖의 사람 ②어떠한 일에 관계
　　　없는 테밖의 사람.
223. 임형택편,「存齋集」卷 二,『이조후기 여항문학총서』2권 (여강출판사 1986).

〈귀가〉

항상 늦게 돌아와서야 밥을 먹고[224]

한밤중이 되어야 들어 왔네.

무너진 담에는 풀이 무성히 자랐고

벽 사이에는 얼룩진 꽃이 피었구나.

누추한 모양(피곤한 모양)의 내가 들어와 자리에 앉으니

병든 아내는 일어나 차를 권하네.

닭 울음소리는 조금 서둘러 우는데

날이 환하게 밝으면 막상 차이가 없네.

<歸家>

退食歸常晩　入門後夕鴉

壞垣生茂草　漏壁印班花

短僕來持席　病妻起勸茶

鷄鳴須早報　曉赴莫相差[225]

(감상) 항상 늦은 시간, 저녁이 새까맣게 되도록 늦은 시간, 엉성하
고 허름한 집의 안팎, 주인 내외의 모습마저도 초라하고 병들
어, 집으로 돌아가는 발걸음이 편하고 가볍지 못하다. 닭 울
음소리가 서둘러 활기찬 하루를 시작해보려 하지만 결국 다
를 것이 없는 지루하고 힘든 시간들이 반복될 뿐이다.

---

224. 退食(퇴식) : 퇴근하여 집에 와서 식사를 하다.
225. 임형택편,「存齋集」卷 二,『이조후기 여항문학총서』2권 (여강출판사 1986).

〈각학사[226] 서공부 사령의 행차를 받들어 올리다〉

예의와 유풍[227]은 우리 동방이 최고인데

청나라 돈을 무슨 일로 서로 통하려 하는가?

설령 추한 물건이 보급되어 나라를 넉넉히 할 수 있다 하더라도

천년을 가꾸어온 우리의 삶이 경위[236]를 어찌 혼동하겠는가?

<奉呈閣學士徐公副价之行>

禮義遺風最我東　　　清錢何事欲相通

縱云醜物能饒國　　　涇渭千年奈混同[229]

(감상) 당대의 일부 양반이나 위항인들은 청나라를 평가절하하고
있다. 특히 예의범절은 형편없다고 보았다. 청나라의 화폐를
추한 물건으로 인식한 것이 과연 시의성에 적합한 것이냐는
분명 비판의 대상이 될 수도 있다. 그러나 우리의 유풍에 대
해서는 깊은 자긍심을 가진 것을 살필 수 있다.

〈촌가를 보고 지은 글〉

다 떨어진 치마 입은 여자가 베틀 앞에 앉아서

솜을 타니 어지러이[230] 눈이 날리는 것 같구나.

자기 집에 뼈를 애이는 듯한 추위는 살피지 못하고

도리어 좋은 집에 몇 사람의 옷이나 더 보태 주었나.

---

226. 閣學士(각학사) : 송대(宋代)의 내각학사(內閣學士)를 이름.

227. 遺風(유풍) : ① 옛 사람의 풍도 ② 질풍(疾風)의 여세 ③ 천리마(千里馬)/대
단히 빠른 준마

228. 涇渭(경위) : 경수(涇水)는 흐리고 위수(渭水)는 맑다. 이것이 어휘가 전성되
어 사물(事物)의 청탁(淸濁)을 뜻하게 되었다.

229. 임형택편,「存齋集」卷 二,『이조후기 여항문학총서』4권 (여강출판사 1986).

230. 紛紛(분분) : ①어지러운 모양. ②뒤섞인 모양. ③많고 성(盛)한 모양.

<村舍卽事>

獎裙女子坐當機	彈絮紛紛亂雪飛
不省自家寒切骨	反添華屋幾人衣[231]

(감상) 촌가에서 헐벗은 백성들의 고단한 삶을 고발했다. 헤어진 치마를 입고 베를 짜는 아낙의 옷감은 가난 때문에 남의 집으로 팔려간다. 자신의 추위도 잊은 채 어지럽게 날리는 솜 사이에서 그녀들은 일을 할 뿐이다. 시인은 민초의 고단한 삶이 개선되기를 바라고 있다. 그리하여 시로써 알리고자 했다.

231. 임형택편, 「存齋集」卷 二, 『이조후기 여항문학총서』4권 (여강출판사 1986).

12. 김상채金尚彩

영정조의 유명한 위항시인인 김상채의 생몰연대는 자세치 않고 다만 그의 시문「창암집蒼巖集」전한다.

1) 계절을 노래하며

(1) 봄

〈봄날의 일〉
춘성에 꽃이 피려고
골짜기 어귀에 새들이 서로 지저귀네.
땅이 궁벽한 곳이라 사는 곳도 깊어서
세월이 바뀌어 감을 알지 못하네.

<春事>
春城花欲明　谷口鳥相語
地僻故幽居　不知歲煥去[232]

(감상) 봄날에 성城에는 꽃이 피고 새들이 지저귄다. 외지고 깊은
거처이기에 세월을 모른다. 시인은 세상의 명리를 멀리했다.
그리하여 계절만을 느낄 뿐 욕망이나 세상사의 격정이 없다.
시어가 마치 선禪의 경지를 노래한 듯하다. 읽어서 편안하
다. 마치 깊은 암자에 앉아 은일의 즐거움을 나누는 듯하다.

---

232. 임형택편,「蒼巖集」『이조후기 여항문학총서』2권 (여강출판사 1986), 107쪽.

〈비 개기를 빌며〉
한 번 온 비가 연이어 내리니
개기를 기도했는데도 개지 않네.
백성들의 마음 이미 황급하지만
들판에서는 그와 달리 밭을 갈수도 없구나.

<祈晴>
一雨連三月　祈晴故不晴
民政已遑急　田野判無耕[233]

 (감상) 많은 비에 밭갈이를 할 수 없다. 민초는 답답하다. 그리하여
　　　 시인 역시 비가 그치기를 기도한다. 시는 이렇게 만들어 진
　　　 다. 절실한 마음에서 노래하지 않을 수 없다. 그리고 거기에
　　　 는 소박한 시어와 전개가 있을 뿐이다. 김상채는 매우 평담
　　　 한 생활상을 잘 담아낸 시인이다.

〈이천의 객사에서 묵으며〉
여관의 쓸쓸한 등불 비치는 밤에
턱을 괴어 잠을 이루지 못하네.
어찌 견디랴 외로운 나그네 처지를
돌아가는 기러기 밤중에 우는 것을.

<宿利川客舍>
旅舘寒燈夜　支頤夢不成
那堪孤客處　歸鴈月中鳴[234]

---

233. 임형택편, 「蒼巖集」『이조후기 여항문학총서』2권 (여강출판사 1986), 107쪽.
234. 임형택편, 「蒼巖集」『이조후기 여항문학총서』2권 (여강출판사 1986), 106쪽.

(감상) 밤에 들리는 기러기 소리가 작시作詩의 동기가 되었다. 그리
고 초라한 객사의 정경을 묘사하고 잠을 이루지 못하는 시인
의 정황을 읊조렸다. 그러나 여기에서 잠을 잘 수 없는 좀 더
공감하는 내용이 첨가되었으면 좋겠다. 사실 위항인의 시를
읽어보면 평이하여 쉽게 와닿는 장점은 있지만 감동을 주는
요소는 그리 많지 않다. 아마도 시작詩作이 생활의 일부이지
만 명성과는 직결되지 않았기 때문에 담담하게 자기 나름대
로 그려내는 즐거움이었을 것이다.

(2) 여름

〈연못의 개구리 소리 들으며〉
한 차례 비가 무더위를 깨뜨리니
유월에 서늘한 기운이 일어난다.
힘찬 개구리 소리 어지러우니
어찌 홀로 연못가에 임하여 있을까?

<聽池蛙>
一雨破炎熱　六月動微凉
得意蛙鳴亂　何獨任池塘[235]

(감상) 개구리 소리와 계절의 관계가 작시의 동기가 되었다. 이제
시는 너무 좋은 것만을 가려서 쓸 필요가 없다. 남에게 칭찬
을 구하지 않았기에 시는 평담한 생활의 즐거움이다. 양반에
게서는 너무 시시하여 거론되지 않을 것들을 그때마다의 즉
흥적 감상을 시로 산출했다. 이는 위항인의 시에서 볼 수 있
는 독특한 특징이다.

---

235. 임형택편, 「蒼巖集」『이조후기 여항문학총서』2권 (여강출판사 1986), 107쪽.

〈탕춘대의 외로운 소나무〉

산에 무성한 숲 그늘들이 모여 있지만

외로운 소나무만이 달리[236) 푸르네.

꿋꿋하고 바른 군자의 절개여

바람이 일어나 좋은 말[237)을 듣네.

<春臺孤松>

山翠陰相合　孤松特地靑

堅貞君子節　風起德音聆[238)

(감상) 탕춘대에 외롭게 자리한 소나무를 군자의 풍모로 인식했다.
　　　그리고 바람이 불면 소나무가 소리를 낸다고 한다. 여기서
　　　소나무는 위항인들로 견주어 보았다. 시속에 맞추어 살아가
　　　는 그들의 추이가 아마도 소나무의 바람 소리일 것이다.

〈탕춘대를 보고 지은 글〉

석양은 하늘에 지고

꽃과 풀이 언덕 작은 길에 우거졌네.

옛 사찰은 노을 너머에 있는데

때마침 예불 드리는 종소리 들려오네.

---

236. 特地(특지) : 특별히, 일부러
237. 德音(덕음) : ①착한 말. 선언(善言) ②유덕(有德)하다는 평판, 덕성(德聲) ③
　　　천자(天子)의 말. ④도덕에 맞는 음악.
238. 임형택편,「蒼巖集」『이조후기 여항문학총서』2권 (여강출판사 1986), 108쪽.

<湯春臺卽事>

夕陽入洞天　芳草茂陵遲

古寺隔煙霞　時聞禮佛磬[239]

(감상) 석양이 질 무렵 사찰의 풍경 그리고 그곳에 그려진 꽃과 풀, 종소리 등의 시어가 지극히 낭만적 정감을 자아낸다. 위항인의 시에서는 생활 속에서 문뜩 스치운 순간의 감동스런 풍경이나 정황을 크로키 기법으로 담아내었다. 이제 시는 너무 이론적이며 사색적인 산물이 아니라 일상의 노트로 자리한 것을 살필 수 있다.

〈여행 중 매미소리를 듣고〉

낮잠에서 깨어나 높은 누각에 기대어 있는데

처마 밖 매미소리 초가을을 알리는 듯

멀리 고향을 생각하니 사람은 이르지 않고

고개 구름 강의 나무 함께 시름을 머금네.

<客中聞蟬>

午眠初罷倚高樓　　簷外蟬聲報早秋

遙想故園人不到　　嶺雲江樹共含愁[240]

(감상) 시인은 고향에서 멀리 떨어져 객지 생활 또는 여행 중이다. 낮잠에서 깨어나 누각에 기대어 있는데 마침 매미소리가 들린다. 이에 멀리 있는 고향을 생각하매 자신은 그곳에 이르지 못함을 알고 그 착잡한 심정을 결구結句에서 감정이입하여 표현하고 있다.

---

239. 임형택편, 「蒼巖集」『이조후기 여항문학총서』2권 (여강출판사 1986), 108쪽.
240. 임형택편, 「蒼巖集」『이조후기 여항문학총서』2권 (여강출판사 1986), 108쪽.

〈성곽을 나오며〉

성곽을 나오며 사잇길 지팡이 짚고

북산의 어제 낀 안개 아직 개지 않아 비 내렸네.

그윽한 새소리 또한 시인의 마음을 열어

나무 사이 지저귀며 맞이해 시구 읊조리길 권하네.

<出郭>

出郭間行有杖屨　　　北山宿霧未晴雨

幽禽亦解詩人心　　　隔樹啼迎勸咏句[241]

(감상) 시인은 성곽에서 나와서 지팡이를 짚고 북산에 들어선다. 북
　　　산의 어제 낀 안개는 아직 걷히지 않았는데 비까지 추적추적
　　　내리고 나무사이에서 그윽한 새소리가 들린다. 그 소리에 마
　　　음이 움직여 화자는 시를 짓고 싶다고 한다. 시작詩作 활동
　　　이 생활의 한 일부였던 것을 살필 수 있다.

〈화분을 옮기며〉

창문 앞 수층의 작은 축대

월계와 금잔화는 차례차례 피었네.

병으로 누운지 삼월의 봄꽃을 못 보아도

화분 옮기니 화색이 돌아오는 봄보다 낫네.

---

241. 임형택편,「蒼巖集」『이조후기 여항문학총서』2권 (여강출판사 1986), 110쪽.

<移盆>

窓前小築數層臺　　月桂金錢次第開

臥病三春花不見　　移盆花色勝春廻[242]

(감상) 시인은 병으로 누워있어서 삼월의 봄꽃을 보지 못했다. 그
렇지만 화분을 화자는 그가 누워있는 창문 앞으로 옮기게 한
다. 그랬더니 그 꽃빛이 다시 봄이 돌아오는 것보다 좋은 것
을 느끼고 화분 옮긴 일을 흡족하게 생각하고 있다.

〈한가로운 가운데 생각나는 대로 시를 지어 읊다〉

울타리와 지붕은 고치지 않아 오래되고 낡았지만,

분수를 알아 속세를 떠나 삶이 편안하다네.

평생 비록 일신一身이 작다고 말하더라도

하늘과 땅 중간의 태산과 같다네.

<閑中漫吟>

垣屋不治師古儉　　幽栖安分身俱安

平生雖謂一身小　　天地中間若泰山[243]

(감상) 시인은 속세와 떨어져 깊은 숲 속에 살고 있는 듯하다. 속세
와 인연을 끊고 살기에 손보지 않은 울타리와 지붕은 낡았지
만 그래도 이렇게 안분지족安分知足한 삶을 예찬하고 있다.
전구轉句와 결구結句에서는 아무리 초라한 일신一身이지만
하늘과 땅 사이에 있으므로 태산과 다를 바 없다고 하는데서
화자의 호탕한 성격이 내비친다.

---

242. 임형택편, 「蒼巖集」『이조후기 여항문학총서』2권 (여강출판사 1986), 111쪽.
243. 임형택편, 「蒼巖集」『이조후기 여항문학총서』2권 (여강출판사 1986), 111쪽.

13. 변종운卞鍾運

변종운(1790, 정조14 ~ 1866, 고종3). 조선말의 문관文官으로 자는 붕칠朋七. 호는 소재嘯齋. 본관은 밀양密陽이며 중인 출신으로 순조純祖때 역과譯科에 급제하였으며 시문詩文에 특히 능하였다. 그의 시는 당송唐宋시의 영향을 크게 받아 그 바탕을 이루며, 불교적 인생관이 깔려 있다. 그의 문文은 일반 유사儒士들이 관심 밖에 두었던 풍수설風水說 또는 소설이라 할 수 있는 3편의 전傳을 썼고 또 불교에 심취한 일면도 보이고 있다. 그는 역관 출신의 유사였지만 자기 신분에 대한 개탄은 그의 문집에서 별반 눈에 띄지 않고 있다. 그는 「독서수필讀書隨筆」중 독남경화讀南華經에서 "공자의 도는 중천中天의 해와 같이 빛나고 밝아서 만방을 두루 비춘다"고 하여 유자儒者임을 분명히 하고 있다. 이로 미루어 그는 부수적으로 불교, 제자에 대해 관심을 가졌음을 알 수 있다. 그의 작품 중 칠언절구 〈양자진揚子津〉은 널리 애송되었으며 저서로 「소재시초嘯齋詩抄」가 전한다.

〈산창山窓에서 일찍 일어나다〉
봄 숲에 온갖 새들이 지저귀는데
거의 이름을 알지 못하네.
오랫동안 산중의 나그네 이름 지으며
창가에 누워 새 소리를 분별하네.

<山窓曉起>

春林啼百鳥　太半不知名

久作山中客　窓間臥辨聲[244]

(감상) 산 속 집에서 화자는 새벽 일찍 일어나 숲 속으로부터 이름
　　　모를 새들의 울음소리를 듣게 된다. 그것을 듣고서 분별해 가
　　　며 새의 이름 짓기에 노력 중이다. 이 시는 산 속에서 자연을
　　　벗 삼아 여유롭게 즐기는 화자의 모습을 생각하게 해준다.

〈김단원의 화첩[245]을 보고 이름 짓다〉

먼 산에 저녁 안개 피어오르니

숲 빛도 어두워 지려하네.

흐르는 강의 푸른빛은 끝이 없어

외로운 돛배는 바로 하늘 위에 있네.

<題金檀園 宏道畵帖>

遠山起暮煙　樹色欲蒼然

不盡江流碧　孤帆直上天[246]

(감상) 단원檀園 김홍도의 그림 속 풍경을 보고 지은 시이다. 어두
　　　워져 가는 듯한 산의 모습과 끝이 보이지 않을 정도의 푸른
　　　강의 모습을 묘사했다. 강 위에 떠 있는 작은 돛배는 강물의
　　　끝이 보이지 않아, 마치 푸른 하늘과 연결된 듯 생각을 하였

---

244. 임형택편, 「嘯齋詩抄」『이조후기 여항문학총서』5권 (여강출판사 1986), 453쪽.
245. 화첩(畵帖) : ①그림을 모아 엮은 책 ②그림을 그리기 위하여 화선지 같은 것
　　　의 여러 장 모아 한데 만든 책. 그림본
246. 임형택편, 「嘯齋詩抄」『이조후기 여항문학총서』5권 (여강출판사 1986), 453쪽.

다. 그렇게 하여 배가 마치 하늘로 올라가는 듯 보인다고 말
하였다.

〈먼 들판〉

큰 들은 평평하기가 바둑판 같고

작은 촌락이 흩어져 있기가 바둑알 같네.

오랫동안 뒤집히는 것이 반복되는데

다만, 기이한 한 수로 다투려하네.

<遼野>

大野平如局　孤村散似碁

千古多翻覆　秖爭一着奇[247]

(감상) 요遼[248]는 중국에 있는 땅의 이름이다. 이 땅이 좋아, 서로 차
지하기 위해 다투어 주인이 여러 번 바뀌게 된다. 이러한 요
땅의 모습과 상황을 바둑판과 바둑알로 빗대어 게임 하는 것
으로 표현한 것이 참 특이하다.

〈의주에서 밤을 보내며〉

바람이 불고 비가 오는 밤에 닭이 울고

세잔한 등불은 꽃을 맺고자 하네.

고요하고 쓸쓸해 베개를 밀치고 일어나

머리를 돌려 경화京華[249]를 바라보네.

---

247. 임형택편,「嘯齋詩抄」『이조후기 여항문학총서』5권 (여강출판사 1986), 453쪽.
248. 요(遼) : 요하의 동서 요양(遼陽)일대 지방.
249. 경화(京華) : 경사(京師)라고 하는데, 경은 大, 사는 衆 곧. 대중이 사는 곳이
　　　라는 뜻. 임금의 궁성(宮城)이 있는 곳.

<龍灣旅夜>

風雨鷄鳴夜　殘燈欲結花

悄然推枕起　回首望京華[250]

(감상) 나그네가 낯선 도시에 머무르게 되어, 잠 못 이루어 베개를
　　　 밀치고 일어나게 된다. 그리고 세잔한 등불을 켜고, 문득 고
　　　 향 생각이 나니 쓸쓸하고, 허전한 마음이 생겨난다.

〈양자 나루터〉

갈꽃은 눈과 같았다가 다시 안개와 같은데

십리의 물결이 잔잔하고 매어 둔 배가 보이지 않네.

한 무리 겨울 기러기가 구름을 헤치고 떠나가니

석양의 가을빛이 강천江天에 가득하구나.

<揚子津>

爐花如雪復如烟　　十里晴波不繫船

一陣寒鴻決雲去　　斜陽秋色滿江天[251]

(감상) 이 시는 변종운卞鍾運의 시 가운데에서 매우 유명한 것으로,
　　　 양자강 나루터의 늦가을 풍경을 마치 한 폭의 그림처럼 묘사
　　　 하고 있다. 서경묘사에 충실하면서 시어가 매우 낭만적이다.
　　　 갈꽃, 눈, 안개, 물결, 기러기, 석양, 가을빛, 강천江天 등 늦
　　　 가을의 정감적 시어를 통해 회화성을 강조하였다. 이런 가운
　　　 데 마치 당송팔대가의 한 사람인 유종원의 '강설江雪'을 연상
　　　 케 하는 고적감과 회화성을 담아내었다.

---

250. 임형택편, 「嘯齋詩抄」『이조후기 여항문학총서』5권 (여강출판사 1986), 453쪽.
251. 임형택편, 「嘯齋詩抄」『이조후기 여항문학총서』5권 (여강출판사 1986), 454쪽.

〈석경루石瓊樓를 지나면서〉

유수流水는 무정無情하게 흘러가고 날은 저무는데

의연依然[252]한 꽃과 풀은 스스로 계곡을 이루었네.

꾀꼬리는 봄이 다 가는 것을 알지 못하고

오히려 숲 사이를 향해 울어 제치는구나.

<過石瓊樓>

流水無情落日低　　　依然芳草自成谿

黃鸝不識春歸盡　　　猶向林間恰恰啼[253]

(감상) 기起·승구承句는 석경루石瓊樓의 주변의 모습을 묘사한 것
　　　으로, 세월이 지나도 전과 다름없는 꽃과 풀은 그 자리에 계
　　　속 자라나서 저절로 계곡을 덮고 있다. 하지만 봄이 벌써 다
　　　가고 있는데도 꾀꼬리는 자기가 돌아갈 때를 잊고 계속 울어
　　　대기만 하고 있다. 아마도 세월이 유수流水처럼 빨리 흘러가
　　　는 것을 아쉬워하고 있다.

〈학을 놓아주고서〉

몇 해나 뜰 물가에서 봉래산蓬萊山[254]을 꿈꾸었던가?

한 번 구름사이로 들어가면 마음대로 오가네.

약수弱水[255] 동쪽 가에는 아름다운 풀과 달이 있는데

---

252. 의연(依然) : 전과 다름이 없는 모양.

253. 임형택편, 「嘯齋詩抄」『이조후기 여항문학총서』 5권 (여강출판사 1986), 454쪽.

254. 봉래(蓬萊) : 삼신산(三神山)의 하나. 발해(渤海)에 있는, 신선이 산다는 산.
　　　봉래산(蓬萊山) : ①동해(東海) 가운데에 있는, 신선이 산다는 산. ②《韓》여
　　　름 철의 금강산(金剛山)을 이름.

255. 약수(弱水) : ①강 이름. 지금의 감숙성(甘肅省)의 장액하(張掖河). ②선경(仙
　　　境)에 있다는, 홍모(鴻毛)도 가라앉는다고 하는 강(江).

오히려 주인이 돌아오기를 서로 기다리고 있구나!

<放鶴>

幾年庭畔夢蓬萊　　一入雲間任去來
弱水東邊瑤草月　　倘能相待主人回[256]

(감상) 학을 풀어 마음껏 날아가게 하려 한다. 자유롭게 학의 비행
　　　飛行을 돕고 싶다. 여기서 '학鶴'은 사회적 제약에서 자유롭
　　　고자 하는 시인의 염원으로도 이해할 수 있다. 그럼에도 주
　　　인으로부터 완전히 자유롭지 못한 위항인의 한계를 결구에
　　　서 드러내고 있다. 참고로 봉래와 약수는 서로 30만 리의 거
　　　리에 있다. 즉 매우 멀리 떨어져 있다는 의미이다.

---

256. 임형택편, 「嘯齋詩抄」『이조후기 여항문학총서』5권 (여강출판사 1986), 455쪽.

14. 류문산柳文山

소전小傳

류문산의 이름은 태로서 태어난 항렬이 진주 사람이다. 팔세 선조인 류흡은 강원도 관찰사였다. 그 큰아버지는 광주에서 살다가 서울에서 우거하였다. 문산은 자질이 도에 가까웠고 말수가 적었다. 웃는 모습에선 외계의 유혹이 없는 듯 하였고, 유순한 모습이 한 언덕과 골짜기와 같아 사람들의 더럽고 인색한 싹을 사라지게 하였다. 묻고 배우는 것에 심히 근면하였고 단천 장지완, 임유 고진원과 서로 친하게 지냈다. 집이 심히 가난하여 예를 갖춰 부모를 섬기는 것조차 어려워 가슴아파하였다. 옛 책들을 덮은 적이 없었으며 성품이 시를 좋아하여 기굴奇崛한 표현을 애써 찾으며 전인前人이 이미 써먹었던 말은 절대로 답습하지 않았다 고고한 원高古闊遠함이 도연명과 위응물의 경지에까지 이르고 있다.

건옹 김시랑이 시사詩社를 맺어 학산 윤경조, 벽곡 김상서와 관직에 있는 여러 태학사들이 남루에 모였고, 또한 최우산, 정황파 등의 여러 시인들이 그의 풍류의 융성함을 승계하였지만 최근엔 문산이 그것을 기뻐한 것에는 비할 바 못 된다. 집을 사포냇가로 옮기는 날부터 시에 종사하니 마치 천하에 영욕의 일을 알지 못한 듯하였다. 그 때에 건옹이 지독한 세상의 그물질을 당한 고로 문산은 더욱 길라잡이 스승을 잃은 듯 갈팡질팡하다가 세상을 대면치 않았다. 무지한 모양으로 가난한 사람들이 사는 뒷골목에서 사람들을 만나다가는 문득 술잔을 휘저으며 강개하다가는 그 쓸쓸한 심정을 쏟곤 했다. 때론 다른 사람들의 품팔이 글꾼이 되

어 한 달에 오백 전 을 받으면 입에 풀칠은 했지만, 받지 못하는
날엔 이웃집 사람들이 곤궁히 굶고 지내는 것을 보고서 땔나무와
쌀을 주어 그를 구해주었다. 비로소 문산이 두 부모를 장사지냄
에 가난하여 예를 갖추지 못하였고 외조부는 합장조차 못하였다.
무오년에 문산이 관직에 임용되었는데 글이 날마다 두터워져 일
년 만에 십년의 공적을 해치웠다. 곧 이에 두 번의 장사를 끝내
고 남은 것으로 그 아우에게 부탁하면서 말하기를 "나의 일은 끝
났구나. 죽어도 한이 없다." 하였다. 문산은 다음 해 봄에 죽었다.
그의 나이 오십 삼세로 딸 하나를 두었다.[257]

류문산에 대한 기록은 「사포시초史逋詩艸」에 있다.

〈서벽정의 작은 모임〉
사람 삶에 많은 재주에 난잡하지 말 것은
대개가 많은 재주 가지고선 복이 오지 않더라.
병든 몸 세월 지나 고목과 같이 앙상한데
강직한 마음으로 세상을 삼가니 걸죽한 막걸리로다.

---

257. 임형택편,「史逋詩艸」『이조후기 여항문학총서』5권 (여강출판사 1986), 311쪽.
柳文山名태 以字行晋州人八世祖瀜江源道觀察使 其大父自廣州寓京下 文山天
資近於道寡言笑泊如無外誘神情 頹然一丘一壑 令人消鄙吝之萌 問學甚勤 與
丹泉林瑜蘭皐高晋遠相友善 家甚貧 事親備嘗艱楚然 不廢舊學性嗜詩 窮搜奇
崛 不襲前人己道 語高古閒遠 深造陶韋門逕 健翁金恃郎結詩社 鶴山尹京兆 碧
谷金尙書 翠微申大學士聚于藍樓 又有崔愚山 鄭黃坡諸詩人 承之風流之盛 近
古無比文山悅之 移家史逋溪上日 從事於詩若 不知天下有榮辱事 及健翁酷羅
世 故文山益侻侻無遇也 兀然窮巷對人 輒揮觴感 慨抒其牢騷之情 爲人傭書 月
取五百錢 糊其口不給 聞隣人窮餓 猶復紫米以濟之 始文山喪二親 貧不具禮 外
王父未及合封 戊午文山賃官 書稍且厚一歲得十歲 直乃完其二葬 餘以付其弟曰
吾事畢矣 死無恨 明年春果不起年五十三 一女適人

등잔불 앞에서 잠 덜 깨니 아른히 천리 같은데
눈 온 뒤 겨울시를 지어 또 한수 쌓아 놓는다.
오늘 아내와 함께 한가히 약속하길
일찍 붓과 벼루를 불사르고 야인의 옷을 지었다네.

<棲碧亭小集>

人生莫使漫多才　　例是多才福不來
病骨經年如古木　　剛腸閱世似濃醇
燈前殘夢猶千里　　雪後寒詩又一堆
今日與妻閑約束　　早焚筆硯野衣裁[258]

(감상) 신분에 대한 불만이 다른 작품에 비하여 강하게 나타나는데 그 시적 주제에 대한 하나의 발단이 될 수가 있겠다. 즉 다른 작품들에서 죽림칠현으로 자신을 비유하며 피세적 둔세적 경향을 나타내는데 이는 여항인으로서의 신분불만이 컴플렉스적 경향으로 나타났다고 볼 수 도 있겠다. 그러므로 이 시는 그런 의식에 앞서서의 불만적인 의식의 발단이 엿보인다. 성정을 앞세운 시적 논리는 돋보인다 할 수 있으나, 현실에 대한 인식에 있어서는 실학자들에 미치지 못하는 것을 볼 수 있다.

〈시골에 살며〉

벽 사이 좀먹이 벌레 녀석
낙안 북쪽 재상 서책에 새끼를 치네.
군후가 수레에서 내려오는 날
술을 보내어 문안을 드려야지.

---

258. 임형택편, 「史通詩艸」『이조후기 여항문학총서』5권 (여강출판사 1986), 315쪽.

<村居>

壁間蠹食字　洛北宰相書

郡侯下車日　送酒問起居[259]

(감상) 좀 벌레가 책을 망가트리는 사소한 것을 노래했다. 또 고을
　　　수령에게 문안가는 일상을 드러내었다. 위항인에게서 거대
　　　담론巨大談論은 극히 일부 사람들에게서나 찾을 수 있고, 대
　　　체로 위의 시처럼 사소한 것을 피력했다. 이것은 사대부에서
　　　찾기 힘든 위항시의 한 특징이다.

〈죽리의 옛집〉

짙은 수풀에서 옅은 안개가 석양에 흐려지고

흐뭇히 팔을 맞잡은 노부부가 있구나.

성곽 사이 애닳은 사랑은 학 그림자로 돌아오고

눈 녹은 진창에 다분한 감정이 큰 아픔에 스치운다.

노란 꽃 울타리에 가을바람 일고

흰 대죽 난간에 저녁 비가 나부낀다.

고아 녀석 또한 못 먹어 뼈만이 앙상한데

고향을 연모하며 전원 동산을 물어본다.

<竹里舊居>

殘煙幽艸夕陽昏　　把臂欣然父老存

城郭偏憐歸鶴影　　雪泥多感過鴻痕

黃花籬落秋風起　　白竹欄干暮雨翻

孤露又兼窮至骨　　首丘餘戀問田園[260]

---

259. 임형택편,「史通詩艸」『이조후기 여항문학총서』5권 (여강출판사 1986), 316쪽.
260. 임형택편,「史通詩艸」『이조후기 여항문학총서』5권 (여강출판사 1986), 314쪽.

(감상) 작자 유태는 여항시인으로서 이 시에서는 그런 면모가 잘 드
러난 듯하다. 성정과 현실에 접근하려는 노력이 어느 정도
보여 지지만 치열하지는 못하다. 다른 시에서 보여지 듯 대
부분은 사실 그대로의 풍퓨로만 머물 뿐이다. 시의 표현법은
차치하고서라도 시대에 따른 의식 발전적 양상이 부족한 감
이 든다.

〈임천가는 길에〉

시골의 노인이 소를 몰아 들판을 한가로이 지날 새
흰 띠 풀이 덮인 모시밭을 돌아본다.
숲에는 빽빽이 서리가 쌓이었고
창호지는 쩡쩡 울리고 저녁비도 내나 마찬가지
오늘 밤 술잔 앞에선 고향이 아니지만
내일 아침 강가는 어느 산이런고?
누워서 등잔불을 보고 있자니 고향은 천리 길이라,
닭소리를 견디면서 홀로 관문을 나가보노라.

<林川道中>

村老驅牛野逕閒　　白茅初覆苧田還
樹林稠疊寒烟積　　窓紙丁東暮雨班
今夜樽前非故國　　明朝江上是何山
臥看燈火家千里　　可耐鷄鳴獨出關[261]

---

261. 임형택편, 「史逋詩艸」 『이조후기 여항문학총서』5권 (여강출판사 1986), 316쪽.

(감상) 객수客愁를 읊조렸다. 임천林川을 가는 길은 서리도 내린 가
    을이고 또 저녁은 비까지 내려 더욱 적적하고 음산하다. 술
    잔으로 객수客愁를 달래보지만 고향은 더욱 아득히 멀기만
    하다.

〈오래된 불상〉

옛 불상엔 나무 그늘이 드리워져 있고

한 명의 승려도 오지를 않네.

나는 예불을 할 줄 알아

불신의 묻은 이끼를 떨어낸다.

<古佛>

古佛負樹陰　　不見一僧來

野人知諂佛　　佛身不上苔[262]

(감상) 오래된 불상을 보고 불심佛心을 노래했다. 조선 초기 배척당
    하던 불교가 후기에 와서는 다시금 어느 정도 저변층을 갖춘
    것을 알 수 있다.

---

262. 임형택편,「史連詩艸」『이조후기 여항문학총서』5권 (여강출판사 1986), 316쪽.

15. 김의현金義鉉

김의현의 자는 사정士貞이고 호는 용재庸齋이다. 생몰연대에 대해서는 자세한 기록이 없다. 다만「용재집庸齋集」을 참고하면 규장각 서리를 지낸 것을 알 수 있다. 그의 시는 맑고 상쾌하다. 다음을 본다.

1) 꽃을 읊조리며

〈옥잠화〉
선녀의 비녀가 떨어져
시신侍臣의 갓 위를 가로 지르네.
귀하여 응당 일품一品에 거해야 하니
이름이 어찌 지나친 정에 부끄럽겠는가?

가는 줄기, 바람에 흔들려 푸르고
둥근 구슬, 달에 홀리듯 밝구나.
화려하나 실하지 않음을 말하지 마라!
땅에 던져진 금석의 소리와 짝이 된다네.

<玉簪花>
仙女鬢中墮　侍臣冠上橫
貴當居一品　名豈恥過情

細股風搖綠　宛珠月幻明
休言華不實　擲地配金聲[263]

(감상) 옥잠화의 고결한 자태를 사랑하여 읊조렸다. 꽃의 자태를 선
　　　　녀의 비녀에 견주어 가지와 잎 새를 섬세하게 묘사했다. 그
　　　　리하여 옥잠화에 동화된 자신을 잊고 있다. 시가 산뜻하다.

2) 기행을 하며

〈서쪽 교외로 가는 길에〉
광활한 들엔 찬 서리가 내리고
먼 하늘의 기운은 맑구나.
관리는 마른 가을의 물을 끊고
시장의 낮은 밝고 화창하구나.

모여서 술을 마시니 사람마다 취하고
마을의 방아 찧는 소리는 곳곳에서 울리네.
해마다 풍년드니 백성의 삶 두터워지고
의지할 곳 없는 이 또한 편안하구나.

<西郊途中>
曠野寒霜積　遙空一氣淸
官橋秋水斷　市店午炯晴

---

263. 임형택편, 「庸齋稿」茶泉小稿 『이조후기 여항문학총서』2권 (여강출판사
　　　1986), 718쪽.

社酒人人醉　村舂處處鳴
年豊民俗厚　惸獨亦安生[264]

(감상) 맑은 가을날의 모습을 노래했다. 풍년이 되어 넉넉한 삶의
　　　 모습을 담아내었다. 서민들의 모습을 시상의 중심에 두고 주
　　　 변의 소박한 정경을 그려내었다. 이것이 사대부 시와 다른
　　　 위항시의 한 특징이다.

〈오랜 나그네 생활〉
오래 머물러 주객을 잊어버리고
객이 주인 오기를 기다리네.
베개와 책상에 편안히 거주하며
거문고 타고 바둑을 두는 풍취가 조금도 없네.

근심에 처한 때 편지마저 끊기고
곧 눈꽃이 흩날림을 볼 텐데.
차가운 날 변방의 바깥에서
속옷도 아직 받지 못했네.

<久客>
久淹忘主客　客待主人歸
枕几居仍穩　琴棋趣不微

---

264. 임형택편,「庸齋稿」茶泉小稿『이조후기 여항문학총서』2권 (여강출판사
　　 1986), 722쪽.

翻愁雁書絶　卽見雪花飛
天寒關塞外　裏軀未授衣[265]

(감상) 주객主客을 잊은 생활, 이것이 바로 오랜 객지 생활이다. 손
　　　님이 오히려 주인을 기다리고 책상에서 자주 졸고 있는 것도
　　　편안하다. 하지만 편지는 자주 끊기고 눈은 내려 더욱 고향
　　　생각이 간절하다. 즉, 객수客愁를 노래했다. 그의 시에서는
　　　담담하고 맑은 심상이 서려 나온다.

---

265. 임형택편, 「庸齋稿」, 西行詩卷 『이조후기 여항문학총서』2권 (여강출판사
　　　1986), 745쪽.

16. 현기玄錡

현기(1809, 순조9-1860, 철종 11)는 조선 후기의 위항시인이다. 본관은 천녕川寧으로 천녕 현씨는 조선후기의 대표적인 기술직 중인 가문이다. 그의 일계一係 역시 대대로 역관을 배출한 역관 명문가이다. 그 또한 1828년 역과에 합격했으나 실제로 벼슬을 한 것 같지는 않다. 그의 자는 신여信汝이고, 어려서부터 총명하고 슬기로웠다. 시를 배워서 기발한 구절을 지어내어 전해가며 외는 사람이 많았다. 한문과漢文科에 합격했으나, 마음에 차지 않아 대수룹지 않게 여겼다. 처자식도 집도 없이 늘 친구 집을 떠돌아다니며 지냈다. 날마다 술을 엄청 들이키고는 미친 사람처럼 제멋대로 행동했고, 이 때문에 귀머거리가 되었다. 자신의 호를 희암希庵이라 하였다. 젊었을 때는 정수동鄭壽銅과 이름을 나란히 날렸으나, 나이가 들어서는 재치 있는 생각이 거칠어져서 정수동만 못하였다. 그래도 오랜 벗들은 그 이름을 사랑해 자기 집에 살게 했지만, 얽매여 있지 않고 나그네처럼 이리저리 떠돌아다니다가 나이 쉰 넷에 술에 크게 취해 죽었다 그의 시는 제자였던 김석준金奭準에 의해 간행되어 「희암시략希庵詩畧」 1권 1책이 전한다. 그의 시는 불우한 자신의 처지를 자주 노출시키고 있다.

1) 회포를 적다.

〈수선화〉
초나라의 남쪽 선비에게는 난초는 노리개요 국화는 음식이니
왕년에 상강수에 몸을 던졌네.
몸을 통해 이 향으로 간장을 깨끗이 하니

물고기와 용이 감히 배속으로 삼키지 못하였네.
맑은 물 대궐 안에는 신비로운 귀신이 많아
변환하는 것이 조화의 묘를 다스리는 것 같네.
수없이 굴러 기괴한 생각을 빚어
넋이 신선의 풀로 만들어져 다르게 돌아오네.
인간에게 보내어 나타나게 하니
외로운 그림자 밤에 푸른 물가로 오는구나.
진흙, 먼지, 흙과 같은 것은 알지 못하고,
눈이 녹은 물 호수의 돌은 이미 알았네.
밝은 소매의 비치색 장식이 하늘빛과 비슷하고
버선 그물이 얼음 물결을 막으니 견줄 것이 없네.
그러하여 큰소리로 노래해 어부에게 고하니
푸른 물결이 가득 차 맑음이 저와 같으니라.

<水仙花>

佩蘭餐菊楚南士	昔年投骨湘江水
通身是香肝腸潔	魚龍不敢吞腹裏
水晶宮中神鬼多	變幻能如化工理
萬轉千廻出奇想	返他魂魄作仙卉
寄與人間現高標	孤影一夜來清溪
不識淤泥與塵土	雪水湖石托知己
明瑠翠袖空彷彿	羅襪凌波遮莫比
爲爾高唱漁父詞	滿眼滄波淸如彼[266]

---

266. 임형택편, 「希庵詩畧」 『이조후기 여항문학총서』 5권 (여강출판사 1986) 326쪽.

(감상) 전국시대 말기의 초楚나라의 굴원屈原을 애도하여 시를 읊었다. 그리고 굴원屈原을 곧 자신의 분신으로 인식하고 있다. 너무 청조하고 시속과 타협할 수 없었던 굴원을 다시금 수선화로 환생시키고 있다. 현기는 한어역과漢語譯科에 합격하였고, 12세 때 「통감강목通鑑綱目」을 하루에 수백 행씩 외우는 등 비상한 재주로 사람들을 놀라게 했다. 시를 잘 지어 한때 사람들은 그를 '시신詩神'이라 부르기도 했다. 그러나 현실은 중인이다. 신분적 제약으로 뜻을 펼 수 없었던 그는 낙백落魄하여 음주飮酒로 세월을 보냈다. 그의 시에는 비분한 정감이 깔려 있다.

〈탄식하며〉

뼈가 드러나도록 청빈하게 살아 힘들지만 쉴 수 없고
병이 들어 총기가 근심과 연관되는 것을 깨닫네.
시비 많은 천하에 패권자는 없고
검루[267]라는 사람만이 부유하구나.
댓잎은 이제 참된 옳은 친구와 같고
국화는 나와 같은 무리이다.
이승에서 잘 살아 보았지만 가을바람이 쓸쓸히 부는 데로 쏠리고
가을날 실컷 읊조리니 가을도 서글프지 않네.

---

267. 검루(黔婁) : 춘추시대 제(齊)나라의 은사(隱士). 청렴결백하여 벼슬을 하지 않았다. 그가 죽자 시신은 누더기가 걸쳐진 상태였고, 시신을 덮은 베는 짧아 손발이 다 드러났다. 문상을 간 증자(曾子)가 베를 비스듬히 돌려 손발을 덮으려 하자, 검루(黔婁)의 처(妻)가 "고인께서는 바른 것을 좋아하셨습니다. 베를 비뚤게 놓는 것은 사(邪)라 좋지 않습니다. 또 고인께서는 빈천(貧賤)을 겁내지 않으셨고, 부귀(富貴)를 부러워하지 않으셨습니다."라 했다 한다.

<自歎>

到骨淸貧苦不休	病來聰悟兩關愁
是非天下無黃覇	富貴人間有黔婁
竹葉如今眞可友	菊花於我是同流
此生經飽偏蕭瑟	咏盡秋聲不畏秋[268]

(감상) 청빈을 담담하게 받아들이고 검루와 같은 삶을 예찬하고 있다. 그리하여 국화의 은일의 정취를 벗하고 죽엽의 올곧은 기상을 짝한다고 했다. 도연명의 은둔적 처세관을 엿볼 수 있다. 아마 이런 것이 위항인을 숙명적으로 받아 들였던 사람들의 시에서 자주 살필 수 있었던 가치관이었다. 현기의 시에서 관념적인 인생관을 찾을 수 있다. 굴원이나 도연명의 정취에 자신을 비유함으로써 현실로부터 스스로 멀어지게 했다. 그리고 현실을 있는 그대로 받아들이기를 거부함으로써 스스로 불행하게 살았다. 선조 때 현실적인 굴종 속에서도 철저하게 현실을 받아들이고 양반들에게 인정을 받아 신분 상승을 한 유희경과는 매우 대조적이었다. 위항인의 문학 작품은 당대의 제도와 인습이 만든 독특한 결과물이다. 일정한 지적 체계를 형성한 집단을 기득권이 이들의 가능성을 제약함으로써 이에 대한 다양한 대응적 양상이 이들의 문학의 특징을 갖게 했다. 때로는 현실을 외면하는 방외적인 입장에서, 또는 양반문화를 동경하는 모방적 입장에서, 이런 것들이 맞물려 복합적인 입장에서와 같은 독특한 양상을 형성했던 것이다. 이들의 문학적 활동은 오늘날 서민적 정취를 담은 대중문학을 여는 데 토대가 되었고, 문학 중심의 축이 일상성이나 기괴성 또는 소담론小談論을 흡수하는 영역의 확대를 가져왔다.

---

268. 임형택편, 「希庵詩畧」 『이조후기 여항문학총서』 5권 (여강출판사 1986) 325쪽.

색 인

ㅎ

저자 안영길

- 문학박사
- Georgetown 대학교 TESOL과정 졸업
- 유교사상연구소 책임연구원
- 현 성결대학교 한국학부 교수

저서

- 조선고전의 산책과 전망(아세아 문화사)
- 조선 위항인의 문학과 풍류(북코리아)
- 대학생을 위한 논문작성법(예하미디어)
- 중학 한문교과서(공저, 비유와 상징) 등.

조선후기 고전문학의 빛깔과 향기

초판 인쇄 | 2011년 8월 17일
초판 발행 | 2011년 8월 25일

저 자 안영길

책임편집 홍선아

발 행 처 도서출판 지식과 교양
등 록 제2010-19호
주 소 132-908 서울시 도봉구 창5동 320번지 행정지원센터 B104호
전 화 02-900-4520 / 02-900-4521
팩 스 02-900-1541
전자우편 kncbook@hanmail.net

© 안영길 2011 All rights reserved. Printed in KOREA

ISBN 978-89-94955-40-7 93810   정가 29,000원

이 도서의 국립중앙도서관 출판도서목록(CIP)은 e-CIP홈페이지(http://www.nl.go.kr/ecip)에서
이용하실 수 있습니다. (CIP제어번호: CIP2011003437)